Henning Schramm

Paula M.

Viel Spaß beim Lesen!

12.4.2018

Henning Schramm

Paula M.

Roman

Morlant Verlag

Bibliographische Information der Deutschen Bibliothek:
Die Deutsche Bibliothek verzeichnet diese Publikation in der Deutschen Nationalbibliographie; detaillierte bibliographischen Daten sind im Internet über http://dnb.ddb.de abrufbar.

Morlant Verlag
Taunusstr. 29
D - 61184 Karben
E-Mail: info@morlant-verlag.de
Internet: www.morlant-verlag.de

ISBN: 978-3-943041-19-4

Wer gab dir, Liebe, die Gewalt?

Viola Alvarez

Für Ute

ERSTER TEIL

Das Glück besteht nicht darin,
dass du tun kannst, was du willst,
sondern darin,
dass du immer willst, was du tust.
Leo Tolstoi

I.

Es kommt darauf an, dass du auf etwas zugehst,
nicht dass du ankommst;
denn man kommt nirgendwo an, außer im Tode.
Antoine de Saint-Exupéry

Ihr Anrufbeantworter blinkte aufdringlich im Flur als Jette Kreutzer am Spätnachmittag nach Hause kam. Paulas Stimme klang bedrückt und farblos. Sie bat Jette, ihrem Großvater auszurichten, dass sie ihren Urlaub in Italien vorzeitig beenden und schon heute wieder zurückkommen werde.

Jette klingelte mehrmals an der Wohnungstür von Ernst Preuss, dem Großvater von Paula. Sie klopfte und rief durch die geschlossene Tür. Nichts rührte sich. Sie ging in ihre Wohnung zurück, um eine kurze Nachricht für ihn zu schreiben. Ernst Preuss hängt sehr an seiner Enkelin und wird sich über die Nachricht freuen, dachte Jette.

Die Nachricht in der Hand klingelte sie nochmals. Abermals blieb alles ruhig. Sie schloss die Tür mit einem Ersatzschlüssel auf, den Paula ihr vor langer Zeit gegeben hatte, und ging geradewegs zur Küche, die, wie sie wusste, am Ende des Flurs lag, um auf dem Küchentisch die Notiz für den Großvater gut sichtbar abzulegen. Im Vorbeigehen warf sie einen

Blick durch die offenstehende Tür in Paulas Zimmer und blieb wie angewurzelt stehen.

Paula lag angezogen auf ihrem Bett. Jette betrat vorsichtig das Zimmer. Sie sah die leeren Packungen mit Tabletten auf dem Nachttisch und das Blut, das auf der roten Bettdecke von weitem nur schwer erkennbar war. Der Unterarm war blutverschmiert. Die Wunde war frisch. Paulas Brust hob und senkte sich. Kaum sichtbar. Sie atmete flach, aber sie lebte. Hastig lief Jette zum Badezimmer, wo sie einen Verbandskasten vermutete. Als sie am Schlafzimmer von Ernst Preuss vorbei kam, das ebenfalls offen stand, stockte ihr abermals der Atem. Er lag bewegungslos, wie aufgebahrt, auf seinem blütenweisen Bett. Sie ging hinein. Sie fühlte keinen Puls, er war tot.

Jettes Körper war wie paralysiert. Ihr Gehirn versagte ihr die Arbeit. Sie vergrub fassungslos den Kopf in ihren Händen. Entsetzen und Angst erfassten sie und schnürten ihr die Kehle zu. Sie hechelte panisch nach Luft, der Ohnmacht nahe. Sie versuchte, die Hyperventilation in den Griff zu bekommen und atmete tief ein und aus, bis sich der Nebel vor ihren Augen allmählich lichtete. Ihre Gehirnzellen bekamen wieder ausreichend Sauerstoff, um arbeiten zu können. Sie lief zu Paula zurück, schnürte deren Oberarm mit einer Krawatte ihres Großvaters ab und verband den Unterarm. Sie steckte ihr den Finger in den Mund. Erfolglos. Paula war zu geschwächt, um sich übergeben zu können. Das Gift der Tabletten in ihrem Magen konnte sein Zerstörungswerk in ihrem Körper ungehindert fortsetzen.

Nachdem der Notarztwagen sie beide in das Krankenhaus gefahren hatte, verbrachte Jette die Nacht fassungslos neben Paulas Bett in der Intensivstation des Universitätsklinikums Frankfurt.

Als Paula blinzelnd die Augen zu öffnen versuchte, wurde sie von einem grellen Neonlicht geblendet. Kalte Helligkeit umgab sie. Sie blickte auf eine schneeweiße Decke und ebensolche Wände. Eine Flasche und Schläuche kamen in ihr Gesichtsfeld. Sie hörte ein monotones Piepsen und Töne, die sie an Herzschläge erinnerten. Die Augen taten ihr weh von der Helligkeit, sie presste die Lider wieder zusammen. Sie überlegte, wo sie sein könnte. Zu Hause war sie nicht, sie besaß rote Bettwäsche und die Decke und Wände hatte sie beim Einzug helllila gestrichen. Sie strich mit den Fingern über den Bettbezug, der nach chemischer Reinigung roch, und über den kalten, groben Stoff des Nachthemds, der ihren frierenden Körper bedeckte. Am linken Arm spürte sie einen pulsierenden Schmerz. Sie fühlte, wie jemand ihre Haare aus der Stirn streifte und ihr Gesicht streichelte. Ihr Gehirn formte Bilder ihres Großvaters, bleich, kalt, tot.

Von weit her hörte sie eine Männerstimme. Die Worte blieben unverständlich. Sie vermischten sich mit einer weichen, hellen Stimme. Die helle Stimme kam ihr bekannt vor.

»Hörst du mich, Paula? Ich bin`s.«

Paula versuchte sich zu erinnern, wagte aber nicht die Augen zu öffnen. Sie wollte nicht in die Welt zurück. Jemand beugte sich über sie und flüsterte in ihr Ohr.

»Ich bin`s, deine Freundin Jette. Kannst du mich verstehen? Weißt du wer ich bin?«

Paula erkannte jetzt Jettes Stimme, reagierte aber nicht auf ihre Frage, wollte nicht reagieren.

Die tiefe Stimme des Mannes drang in ihr Ohr.

»Können Sie mir sagen, wie Sie heißen?«

Paula wollte nicht ihren Namen nennen, sie wollte nicht mehr Paula sein und schüttelte den Kopf.

Langes Schweigen. Nach einer Weile hörte sie, wie die männliche Stimme im Hintergrund des kleinen Zimmers, das sie nicht kannte und nicht kennenlernen wollte, etwas sagte. Sie konnte es nicht verstehen.

Bleischwere Müdigkeit machte sich in ihr breit. Die Stimme wurde immer leiser, ferner und verschwand schließlich ganz.

Paulas Kopfschütteln auf die Frage des Arztes legte sich schwer auf Jettes Brust. Schockiert sah sie den Arzt an. Sie konnte sich zusammenreimen, was es bedeuten konnte. Der Arzt versuchte behutsam, sie auf das Schlimmste vorzubereiten: Paula sei extrem geschwächt und es sei überhaupt ein kleines Wunder, dass sie noch leben würde. Ein Glück, dass sie so schnell entdeckt worden sei. Ein wenig später und sie hätte den Selbstmordversuch nicht überlebt. Leider hätten sie ihr Kind nicht mehr retten können und man müsse abwarten, ob die vitalen Körperfunktionen weiterhin stabil arbeiten würden und der Blutverlust sowie die Tablettenvergiftung keine Dauerschädigungen verursacht hätten. Er sah in Jettes verzweifeltes Gesicht und fügte, um sie zu beruhigen, hinzu:

»Es ist zwar ein bedenkliches Zeichen, dass sie nicht mehr weiß, wer sie ist, aber für eine genaue Diagnose ist es noch zu früh. Wir dürfen die Hoffnung nicht so schnell aufgeben.«

Sie wollte an Paula glauben, stand aber doch bestürzt vor dieser Tat ihrer Freundin.

Sie wusste, dass sie ihren Großvater über alles liebte, aber war sein Suizid ein Grund, sich selbst umzubringen? Oder hatte sie es im Schockzustand, in einer Affekthandlung angesichts seines Todes getan? Noch mehr war es ihr ein Rätsel, dass sich Paula in Erwartung eines Kindes, von dem Jette nichts geahnt hatte, das Leben nehmen wollte. Sie hat sich immer Kinder gewünscht. Wusste sie vielleicht selbst nichts von ihrer Schwangerschaft? Sie war erst im zweiten Monat. Äußerlich konnte man noch nichts erkennen. Hat ihr Freund von der Schwangerschaft gewusst? Bevor sie sich mit ihm in Verbindung setzen würde, musste sie das klären und zuerst mit ihr selbst sprechen – wenn sie das überhaupt jemals wieder konnte. Entsetzliche Vorstellungen hielten Jette im Klammergriff und die Gedanken drehten sich ausweglos im Kreis.

»Frau Majer ist wieder fest eingeschlafen. Das ist gut so, sie ist noch sehr schwach und braucht viel Ruhe. Jetzt gehen Sie erst einmal nach Hause. In den nächsten Stunden wird sie sicherlich nicht wieder aufwachen und Sie können nichts für sie tun. Hat sie eigentlich Verwandte, die wir benachrichtigen können?«

»Nein, alle ihre Angehörigen sind tot. Ihr Großvater, bei dem sie lebte, hat ebenfalls Selbstmord begangen. Frau Majer hat ihn tot in seiner Wohnung vorgefunden, als sie von einer Reise zurückkam, und dann selbst Hand an sich gelegt. Rufen Sie mich bitte unbedingt an, sobald sie Anzeichen des Erwachens zeigt, ich möchte bei ihr sein, wenn sie wieder in die Welt eintritt. Übrigens können Sie mich ruhig als so etwas wie ihre Schwester betrachten, auch wenn ich das nicht im biologischen Sinn bin. Ich bin die Einzige, die ihr volles Vertrauen hat.«

»Was Sie mir da über die Familie von Frau Majer sagen, ist ja schrecklich. Ich werde sie im Auge behalten und mich sofort an Sie wenden, wenn sie aufwacht oder etwas Unvorhergesehenes geschehen sollte. Das verspreche ich Ihnen. Sie ist bei uns in guten Händen, Sie können ganz beruhigt sein.«

»Das weiß ich, ich bin Medizinstudentin und habe hier in dieser Abteilung mein Praktikum absolviert. Ich kenne den Laden also etwas.«

»Dann müssten wir uns ja schon begegnet sein.«

»Ja, ich kenne Sie. Aber Sie können sich offenbar nicht an mich erinnern. Ich war ja nur eine unscheinbare, unbedeutende Praktikantin, die ein vielbeschäftigter Arzt schon mal übersehen kann«, sagte sie mit leicht ironischem Unterton. Das angedeutete Lächeln nahm ihrem Gesichtsausdruck etwas von dem großen Schmerz, der sie bis dahin beherrscht hatte.

»Es ist unverzeihlich, dass ich mich nicht an Sie erinnern kann. Eine so hübsche junge Frau hätte mir eigentlich sofort ins Auge fallen müssen. Entschuldigen Sie bitte meine unentschuldbare Unaufmerksamkeit. Umso mehr werde ich mich dafür jetzt um ihre schwesterliche Freundin kümmern«, erwiderte er und verabschiedete sich von ihr mit einem festen, fast schmerzhaften Händedruck.

Jette Kreutzer ging zu Fuß zu ihrer Wohnung am Westendplatz. Sie hatte immer noch ihre unbequeme, für Spaziergänge viel zu warme und ungeeignete Motorradkluft an. Sie musste an den Motoradausflug denken, den sie gestern mit ihrer neuen Freundin unternommen hatte. Sie hatten das schöne Hochsommerwetter genutzt und eine Tour in den Spessart gemacht. Bei einer Rast auf der *Bayrischen Schanze*, einem beliebten Ausflugsziel der Biker im Herzen des Spessart, hatten die frisch Verliebten in einem schattigen Biergarten etwas gegessen und getrunken. Sie fühlten sich unbeobachtet und unbeschwert mitten in der Biker-Community, deren martialisch anmutender männlicher Teil sich überwiegend aus Vollbartträgern mit blickundurchlässigen, dunklen Sonnenbrillen zusammensetzte und sich nicht um sie kümmerte. Lediglich einige Familienvorstände, die mit ihrem Anhang ebenfalls einen Ausflug unternommen hatten, um die gerühmten Schweinshaxen oder Schnitzel zu verschlingen, warfen ihnen verschämt-irritierte Blicke zu, als sie sich küssten und ihre Verliebtheit offen zeigten.

Der Großvater tot, Paula womöglich für immer behindert – und ich frisch verliebt. Das passt doch nicht zusammen. Darf ich in solch einer Situation verliebt sein? Darf ich Glück empfinden? Kann Glück und Leid so unmittelbar nebeneinander in ein und derselben Person existieren?

Als Jette schließlich todmüde in ihre Wohnung zurückkam, ging sie als erstes unter die Dusche, um ihre Lebensgeister zu wecken und wieder Boden unter die Füße zu kriegen. Bevor sie frühstückte, machte sie dem aufdringlichen Blinken des Anrufbeantworters ein Ende. Ihre neue Liebe hatte mehrmals vergeblich versucht, sie zu erreichen. Jette rief zurück und heulte sich bei ihr aus. Die schweren, aus dem tiefsten Inneren herausströmenden Tränen taten gut und nahmen ein klein wenig von der Schwermut, die auf ihrer Brust lastete.

Nach dem Frühstück ging sie in Paulas Wohnung. Ernst Preuss war bereits abgeholt und in die Gerichtsmedizin gebracht worden. Die Polizei wollte ein Fremdverschulden ausschließen. Jette lüftete die Räume, steckte die Bettwäsche von Paula und ihrem Großvater in die Waschmaschine und versuchte, den Bettvorleger, auf dem noch Paulas Blutspuren zu sehen waren, zu reinigen. Jette hatte sich vorgenommen, für Paula zu sorgen, soweit es in ihren Kräften stand. Sie wollte ihr eine wirkliche Schwester sein.

Drei Wochen nach ihrer Einlieferung wurde Paula aus der Klinik entlassen. Sie war nicht mehr dieselbe. Physisch waren zwar keine bleibenden Schäden sichtbar geworden, in ihrem Auftreten jedoch war sie für Außenstehende kaum noch wiederzuerkennen. Es war in den ersten Wochen extrem schwer, überhaupt ein Gespräch mit ihr zu führen, so sehr kapselte sie sich nach außen ab. Trübsinnig und hölzern bewegte sie sich in einer Welt, mit der sie nichts mehr zu verbinden schien. Zärtlichkeiten von Jette wehrte sie beständig ab. Wenn Jette ihr über die Hand streicheln wollte, zog sie die ihre zurück.

Sie konnte ihr nicht verzeihen, dass sie sie nicht hat sterben lassen, und sie wurde für sie zur Projektionsfläche für all ihre Leiden und Zumutungen auf dieser Erde. Sie blieb kühl und reserviert gegenüber ihrer einst besten Freundin, und diese litt erbärmlich unter dieser Zurückweisung.

Nur einmal wurde in dieser ersten Zeit nach dem Klinikaufenthalt die hohe Mauer, die Paula um sich herum zementiert hatte, löchrig und Jette konnte zu ihr durchdringen. Sie saßen abends zusammen im Wohnzimmer, hörten Musik und waren dabei, ihre trübselige Stimmung mit ein paar Flaschen aus Großvaters Weinkeller zuzuschütten. Paula war auf dem Weg zur Küche, um eine weitere Flasche zu holen, als das Telefon klingelte. Erika, die Sekretärin aus Paulas ehemaliger Agentur, war am Apparat. Während des Telefonats hellte sich plötzlich Paulas Gesicht auf und ein Lächeln, das sie seit der Klinikentlassung nicht mehr gezeigt hatte, huschte über ihr Gesicht. Nachdem sie den Hörer aufgelegt hatte, kam sie leichten Schrittes in das Zimmer und trank in einem Zug ihr volles Glas aus.

»Das ist doch endlich einmal ein positives Zeichen aus dieser beschissenen Welt da draußen. Diese Behnisch hat meinem Ex den Laufpass gegeben.«

Paula lachte hysterisch, unnatürlich krächzend und schrill.

»Aber das ist nicht alles. Seine Produktionsfirma hat ihn ebenfalls vor die Tür gesetzt, da er es mit der Agentur der Behnisch vermasselt hat. Die Behnisch, diese Schlampe, hat ihn vor allen Leuten runtergeputzt. Richtig so. Da hüpft einem doch das Herz! Geschieht diesem Scheißkerl gerade recht. Die Pest über ihn wäre noch besser.«

Sie schlug sich auf die Schenkel, strahlte vor Bosheit und Schadenfreude und prostete Jette zu, nachdem sie sich erneut nachgeschenkt hatte. Ihre Augen hatten einen heimtückischen, fast gewalttätigen Glanz. Jette starrte sie irritiert an.

»Mein Schatz, was wollen wir denn mit dem angebrochenen Abend anfangen? Bist du geil auf mich, Jette? Wills du mich ficken? Ich sehe so ein Funkeln in deinen Augen.«

»Ich bin nicht geil auf dich, ich liebe dich.«

»Das sagst du doch nur so. Im Grunde deines Herzens möchtest du mit mir schlafen. Diejenigen, die behaupten zu lieben, haben doch nichts anderes im Sinne als sich jemanden zu unterwerfen, um sich dann sexuell austoben zu können. Ich habe mir vorgenommen, mich nie mehr benutzen zu lassen. Falls mir irgendwann doch einmal der Sinn nach Sex kommen sollte, was ich mir im Moment allerdings nicht vorstellen kann, dann werde ich mir einen suchen, den *ich* ficken werde, und zwar ausschließlich zu meinen eigenen Konditionen, und ohne auch nur ein Milligramm von Gefühl oder Liebe zu investieren!«

Jette war entsetzt über Paulas grobe, vulgäre Sprache und die Menschenverachtung und Verbitterung, die darin mitklang.

»Was ist nun, was wollen wir machen?«

»Ich denke, wir sollten die Gelegenheit nutzen, zu reden; miteinander und ohne aus der Luft gegriffene Unterstellungen.«

Paula sah sie mit hohlen Augen an.

»Wenn du zu nichts anderem Lust verspürst, gut, dann reden wir eben. Gibt es etwas Interessantes auf dieser Scheißwelt? Über was willst du denn reden? Über die Männer? Über die beschissene Liebe? Über Verständnis oder über Gefühle, die von aller Welt zertrampelt werden? Sag mir, worüber du mit mir sprechen willst? Es gibt nichts, aber auch gar nichts, über was es sich lohnen würde, zu labern. Alles ist gesagt, alles liegt klar vor aller Augen. Die Welt ist eine Kloake. Piss drauf, dann hast du dich wenigstens erleichtert. Aber nicht einmal das können wir Frauen ja zielgenau. Pissen ohne Ziel und Verstand, das ist der Frauen Glück in einem beschissenen Vaterland, ha, ha.«

Paula lächelte. Kein Lächeln, das im anderen ein Echo sucht, sondern weh tun will.

»Ich will über dich reden. Über Paulas Zukunft, über Paulas Möglichkeiten.«

»Ha, meine Liebe, was gibt`s über Paula zu reden? Nichts, nicht das Geringste! Und über meine Zukunft schon mal erst recht nicht. Du hast mir meine Zukunft genommen, in der ich mich schon fast eingerichtet hatte. Die Zukunft ist der Tod.«

»Schon recht, wir alle müssen sterben, aber vorher gibt es das Leben, das hat die Natur nun mal so eingerichtet. Ich habe dir nichts genommen. Der Tod ist nicht weg, sondern wird dich immer begleiten, ob du das willst oder nicht. Ich habe dir den Tod nur für später aufbewahrt. Solange wir da sind, ist der Tod nicht da, wenn jedoch der Tod da ist, sind wir nicht mehr. So einfach ist das mit dem Leben und dem Tod. Bevor du wieder Kontakt zu ihm aufnimmst, musst du erst noch etwas für dein Leben machen.«

»Und wie ist das mit dem ungeborenen Leben? Mein Kind in meinem Bauch ist tot. Unwiederbringlich. Es kann nichts mehr aus seinem Leben machen.«

»Das ist entsetzlich, ja. Es tut mir unendlich leid für dich, Paula.«

»Es braucht dir nicht leid tun, ich hatte bereits an Abtreibung gedacht und bin nun der Entscheidung enthoben worden. Es ist besser, ich bringe mein Kind eigenhändig um, anstatt dies Handwerk den Ärzten zuzumuten. Es ist gut so, es hätte mich jeden Tag an diesen Scheißkerl erinnert. So, wie meine Mutter durch mich jeden Tag an ihren treulosen Ehemann gemahnt worden war.«

»Du hast immer noch die Möglichkeit ein Kind zu bekommen.«

»Jette, das glaubst du doch selbst nicht. Nie mehr werde ich ein Kind bekommen. Du kannst doch auch ohne leben, oder wie willst du schwanger werden ohne Mann.«

»Es gibt auch noch die künstliche Befruchtung, ganz zur Not würde ich mich vielleicht sogar von einem Leih-Mann befruchten lassen. Aber es stimmt, der Wunsch nach einem Kind ist bei mir gering ausgeprägt. Es gibt so vieles andere in der Welt, was mich mehr reizt.«

»Du bist zu beneiden, für mich stand der Kinderwunsch immer stark im Vordergrund, aber das ist jetzt aus und vorbei. Schade, ich werde mich damit abfinden müssen. Ich sage dir ja, ich habe keine Zukunft mehr, abgesehen vom Tod. Ich wüsste auch gar nicht, was ich machen sollte, ich kann doch nichts.«

»Von Nichtkönnen kann keine Rede sein. Du kannst, wenn du nur willst. Du musst wollen, dann hast du schon einen kleinen Zipfel vom Glück erhascht. Das Glück des Menschen besteht nicht allein darin, dass du tun kannst, was du willst, sondern hauptsächlich darin, dass du immer willst, was du tust.«

»Was kann ich denn, Zahlenkolonnen zusammenzählen, ja das kann ich. Und was sonst?«

»Du kannst studieren. Du hast alle Fähigkeiten dazu und durch die Erbschaft auch die finanzielle Möglichkeit.«

»Studieren? Ich habe doch noch nicht einmal das Abitur. Keiner in meiner Familie hat studiert.«

»Ich denke, es ist gut, sich aus Verhältnissen zu lösen, die einem die Luft nehmen. Werde, wozu du fähig bist, zu werden. Du kannst das Abitur nachmachen. Es gibt zum Beispiel das Hessenkolleg. Das ist für Leute wie dich wie maßgeschneidert.«

»Und was denkst du, zu was ich fähig bin bei meinem Drang zur Selbstzerstörung, meinem beklemmenden Drang, den ich im vollem Bewusstsein realisiert habe.«

»Deine Fähigkeiten musst du schon selbst entwickeln. Suche dir etwas, wo du auf eigenen Beinen stehen kannst, etwas, das dich unabhängig macht und das dir Spielräume für die Entwicklung deiner Möglichkeiten bietet. Ärztin zum Beispiel.«

»Damit ich mich beim nächsten Mal selbst retten kann.«

Jette überging die Bemerkung.

»Oder Rechtsanwältin, oder erfolgreiche Managerin. Ein bisschen mehr Geld zu verdienen, als man zum Überleben braucht, wäre förderlich für die Verwirklichung solcher Träume. Selbständigkeit oder zumindest eine relativ hohe Position natürlich auch. Je weniger du über dir hast, desto weniger wirst du angemacht und musst dir gefallen lassen, und das gilt, wie jeder weiß, ganz besonders für uns Frauen.«

»Bist du jetzt total übergeschnappt. Du hast wohl vergessen, dass ich nur eine kleine Buchhalterin bin, oder vielmehr war. Ich kann nichts.«

»Nichts bleibt so wie es war. Ich meine das sehr ernst. Du bist blitzgescheit und kannst alles, wenn du nur willst.«

Paula schüttelte zweifelnd den Kopf. Jette nickte ihr aufmunternd zu.

»Ich bin nicht du, aber wenn du unbedingt willst, werd´ ich mir das einmal bei Gelegenheit durch den Kopf gehen lassen. Bist du zufrieden mit deiner Patientin?«

Sie nuckelte gelangweilt an ihrem Weinglas herum.

»Nicht *ich* muss wollen, *du* bist es, um die es geht. Ich studiere ja bereits, wie du vielleicht schon bemerkt hast. Prost, meine Liebe, und vergiss mich nicht, wenn du einmal ein hohes Tier bist.«

Sie redeten und tranken noch lange und es wurde spät, bis die Freundinnen, leicht angetrunken, ins Bett gingen. Paula blieb noch lange wach, fand keine Erlösung im Schlaf. Die trübsinnigen, hoffnungslosen Gedanken kreisten um ihr gescheitertes, junges Leben.

II.

Das Wesen der ersten großen Liebe ist,
dass sie nicht überdauert,
dass sie vergeht, ohne jemals wirklich zu vergehen.
Es ist die Vertreibung aus dem Paradies,
die notwendig war, um ein Mensch zu werden.
Wolfram Fleischhauer

Es war an einem Freitag. Er lehnte, die Beine locker übereinandergeschlagen, mit dem Rücken an der Wand und trank ein Bier, während er, etwas verloren wirkend, über die junge Gästeschar des Clubs hinwegblickte. Die schwarzen, in der Mitte gescheitelten Haare glänzten seidig im grellen Licht der Spotlights, die, wie Suchscheinwerfer von Flakgeschützen, hastig über die wogende Menge huschten. Paula Majer sah zu ihm hinüber, als er sich gerade eine Zigarette anzündete. Ihr Blick blieb auf seinem Gesicht haften. Er hatte ein kantiges, sehr männliches Gesicht mit stark hervortretenden, fast indianisch wirkenden Wangenknochen. Die schwarzen, ausdrucksvollen, exotisch anmutenden Augen signalisierten Sanftmut und auch Unsicherheit. Im Gegensatz zu den Augen hinterließ der etwas gedrungene Körperbau mit dem mächtigen Brustkorb, der sich unter dem enganliegenden T-Shirt deutlich abzeichnete, den Eindruck von ungebändigter, wilder Kraft.

Paulas Körper straffte sich. Sie hob kämpferisch ihr Kinn, streckte absichtsvoll ihre Brust nach vorn und nestelte an dem mit Spitzen besetzten Ausschnitt ihres Tops herum. Mit einem gewinnenden Lächeln im Gesicht versuchte sie, seinen Blick auf sich zu lenken. Als sich die beiden Augenpaare kreuzten, war ihr, als ob ein Stromstoß durch ihren Körper zuckte, ihr wurde siedend heiß, das Blut sackte ihr plötzlich aus dem Kopf und sie musste sich an einer Stange, die hinter ihr an der Wand entlang führte, festhalten. Benommen wandte sie sich von ihm ab und ging zur Toilette.

Sie schüttelte, überrascht über ihre Körperreaktion, den Kopf und betrachtete sich im Spiegel. Sie bekam ihre Gefühle nicht in den Griff, sie waren flüchtig wie ätherische Öle. Paula bändigte die schulterlangen, blauschwarzen Haare hinter den Ohren, strich sich die mit silbernen Strähnchen durchsetzten, bis über die Augenbrauen reichenden Pony-Fransen aus dem Gesicht und zog den Lidstrich nach. Sie musterte sich mit ihren nachtschwarzen Augen im Spiegel des kleinen Waschraums. Kritisch, prüfend. Einige kleine Sommersprossen, die auf ihrem dunklen, südländisch wirkenden Teint merkwürdig deplatziert wirkten, gruppierten sich um die Nasenwurzel. Früher fand sie die kleinen zartbraunen Flecken niedlich, heute versuchte sie, sie zu verstecken, weil sie ihrer festen Überzeugung nach ihrem Gesicht einen zu weichen und zu mädchenhaften Gesichtsausdruck verliehen. Sie arbeitete intensiv an ihrer erotischen Ausstrahlung, gleichzeitig war sie aber auch sehr bemüht, sich in der Öffentlichkeit als uneinnehmbare Festung zu präsentieren und ihrem Äußeren einen provokanten Touch zu geben. Die rechte Augenbraue und einen Nasenflügel hatte sie piercen lassen. Sie trug auch ein Intim-Piercing, der ihr erotisches Selbstgefühl stimulierte.

Die linke Ohrmuschel zierten zehn, die rechte sieben wie auf einer Perlenschnur aufgereihte winzige Swarovski-Steine. Den Achtzehnten hatte sie schon gekauft. Er lag zu Hause bereit. Sie bezeichnete sie als ihre Alterssteine, jedes Jahr kam ein neuer hinzu. Auf die kräftigen, geschwungenen Lippen hatte sie schrilles Pinkrot aufgetragen, die Finger- wie auch die Fußnägel waren schwarzlila lackiert und die Wimpern künstlich verlängert. Zu dem bauchfreien schwarzen Top trug sie eine hautenge, dreiviertel lange rote Seidenhose und hochhackige Sandaletten.

Sie sprühte sich etwas kaltes Wasser in das glühende Gesicht. Ihr Blick verlor sich. Er ist hübsch, vielleicht sogar etwas zu hübsch für einen Mann, aber er hat einen tollen athletischen Körper, dachte sie.

Sie war sich nicht sicher, ob er nicht vielleicht homosexuell war. In der Disco wimmelte es von Schwulen und Lesben. Die Legierung von betonter Körperlichkeit und weicher Ausstrahlung sprächen für diese These.

Sie bewegte unsicher den Kopf hin und her.

Völlig unerwartet schlich sich plötzlich ein ganz anderes Bild in ihren Kopf. Die Konturen eines Mannes wurden sichtbar, die sich unauslöschlich in ihr emotionales Gedächtnis eingebrannt hatten.

Paula legte ihren Kopf leicht zur Seite und lächelte sich im Spiegel an. Bilder aus der Vergangenheit legten sich über die Gegenwart. Sie erinnerte sich an eine Liebesgeschichte aus ihrer Kindheit. Die romantischen Empfindungen, die sie damals beim Lesen gehabt hatte, durchfluteten in dem nüchternen Waschraum ihren Körper, jede Differenz zwischen Traum und Wirklichkeit ignorierend. Die Sätze einer Passage aus diesem Indianerbuch, die ihr besonders gefallen hatte, formten sich in ihrem Kopf:

»Tecumapese lag mit geschlossenen Augen auf der Wiese und dachte an Kumskaka, der mit seinen Freunden auf der Jagd war. Nachher, wenn die Dämmerung sich über das Land legen wird, wird er zu ihr in das Zelt kommen. Kumskaka wird sie in seine Arme schließen und sie mit dem, was er auf der Jagd erlegt hatte, beschenken. Er, der Schwarm aller Indianermädchen des Stammes der Shawnee und Sohn des Häuptlings, hatte sich aus der großen Schar Gleichaltriger für sie entschieden. Sie war stolz, glücklich und sehnsuchtsvoll. Heute Nacht wird sie seine Frau werden. Sie werden sich lieben, für ewig die Treue schwören und von der heutigen Nacht an für immer zusammen sein.«

FCK, ihr damaliger Lieblingsschriftsteller, von dem sie nur das Pseudonym-Kürzel kannte, hatte mehrere Bücher mit Geschichten über Indianer geschrieben, und sie hatte sie alle verschlungen. Sie waren damals für sie als Elfjährige fester Bestandteil ihrer Träume und Jungmädchenfantasien gewesen. Aber keine seiner Geschichten hatte sie so fasziniert wie die des jungen Indianerpaares Tecumapese und Kumskaka, die gemeinsam allen Widrigkeiten des entbehrungsreichen Indianerlebens getrotzt hatten und nie irgendwelche Zweifel an ihrer großen Liebe aufkommen ließen. Als sie, wie so oft, in der Stadtbücherei nach neuem Lesestoff Ausschau gehalten hatte, war sie auf ein Lexikon über Indianernamen gestoßen und erfuhr die Bedeutung von Tecumapese und Kumskaka, nämlich ›Sternschnuppe‹ und ›Fliegende Katze‹. Danach hatte sie ihre Mutter so lange gedrängt, bis sie ihr ein Kostüm schneiderte, das mit etwas Fantasie einer Sternschnuppe ähnelte. Das hatte sie manchmal, wenn sie allein zu Hause war, oder aber zum Fasching auf der Straße, getragen, auf dem Arm eine Plüschkatze, der sie selbst zartrosa Flügel angenäht hatte. Niemand wusste, was es bedeutete, wenn sie zärtlich über das weiche Kunstfell der Katze streichelte.

Paula verscheuchte die Gedanken an ihre Kindheit und gab sich wieder ganz der Gegenwart hin. Sie fragte sich, was dieser Mann mit den indianisch anmutenden Gesichtszügen da draußen in den Gängen des Technoclubs an sich habe, dass ihre Hormone verrücktspielten und sie beinahe in eine romantische Ohnmacht gefallen wäre. Sein Bild verdrängte alles andere in ihrem Kopf und jeder Gedanke an diesen Mann führte dazu, dass ihr Körper von einem prickelnden Gefühl erfasst wurde und sich ihre Nackenhaare hochstellten.

Sie fühlte sich beflügelt und wollte ihren Körper spüren. Wie sie es in ihrer Schulzeit schon oft gemacht hatte, entledigte sie sich ihres BHs und stopfte ihn in ihre kleine, rotlackierte Umhängetasche. Sie zog das kurze Top straff über den Busen. Sie legte noch etwas Lippenstift nach und zupfte einzelne Haare, die in dem grellen Licht der Toilette sichtbar geworden waren, von den Schultern. Bevor sie ging, räkelte sie sich nochmals voll Tatendrang vor dem Spiegel. Sie lachte sich zu. Sie fühlte sich wohl in ihrem Körper und sah im Spiegel eine erotische, begehrenswerte Frau. Sie spürte den seidigen Stoff auf ihren nackten Brüsten und als sie mit der Hand leicht über ihren Busen streifte, war ihre Haut wie elektrisiert und die feinen, kaum sichtbaren Härchen auf ihren Unterarmen richteten sich auf.

Die Beats, die man durch die Toilettentür nur gedämpft vernommen hatte, wummerten ihr nach dem Verlassen des Toilettenraums mit voller Lautstärke entgegen. Sie blieb einen Augenblick an der Tür stehen, bis sich die Augen wieder an das schummrige Licht gewöhnt hatten. Dann ging sie die steile Treppe hoch auf den Dancefloor der Haupthalle. Die mannshohen Lautsprecherboxen sorgten für eine kristalline

Wucht des Sounds, der in den tanzenden Leibern aufgefangen wurde und sich in vibrierende, ekstatische Bewegungsimpulse umsetzte.

Paula ließ ihren Blick über die wogenden Körper auf der Tanzfläche gleiten. Sie ging zu der Stelle, wo ein überdimensionaler weiblicher Akt die ansonsten eintönig grau gehaltene Wand zierte. Sie streifte mit den Fingerspitzen über das Bild. Genau an dieser Stelle hatte er gestanden und ein Bier getrunken. Sie wartete. Sie wartete lange und vergebens.

Es war laut und eng und die Körper gönnten sich keinen Raum. Die Farben der Lichtstrahler in der kleinen Bar changierten zu der Musik. Sie holte sich ein Bier und schlenderte in den Biergarten, einem lauschigen Innenhof, in dem die erhitzten Jugendlichen durchatmen konnten. Es war gegen zwei Uhr, die Party begann jetzt erst richtig und das Gedränge erreichte seinen Höhepunkt. Paula ging in das Obergeschoss, eine Panorama Bar, in der sich überwiegend die Schwulen und Lesben tummelten und ihrem eigenen Begehren in die Augen schauten. Gestählte, halbnackte Körper bewegten sich im hämmernden Rhythmus der Gay-Community. Ihre Suche blieb auch hier erfolglos. Paula blieb bis gegen vier Uhr. Er blieb unauffindbar. Sie schwang sich auf ihr Fahrrad und fuhr nach Hause. Lange lag sie wach im Bett, unfähig, ihren Kopf zu leeren.

Am nächsten Tag lag ein DIN-A-4 Blatt ihres Großvaters mit seiner winzigen, kaum leserlichen Handschrift auf dem Küchentisch.

»Liebe Paula!

Hoffentlich hast du gestern einen schönen Abend gehabt. Ich verbrachte leider, wie so oft, eine unruhige, schlaflose Nacht und habe dich gehört, wie du auf Zehenspitzen in dein

Zimmer gegangen bist. Danke für die Rücksichtnahme. Zumal dieser Charakterzug meiner jungen ›zornigen Dame‹ ja nicht unbedingt auf den Leib geschneidert zu sein scheint. Das kommt wohl daher, dass deine quirlige und etwas unstete Mutter dir das Leben wahrscheinlich nicht immer leicht gemacht hat. Früh schon musstest du dich neben ihr behaupten, dich bemerkbar machen, damit du wahrgenommen wirst. Ich bewundere deine Energie, deinen Selbstbehauptungswillen und deine Hartnäckigkeit, die freilich manchmal auch in Sturheit umschlägt. Aber ich will nicht richten, das steht mir nicht zu, zumal du mit achtzehn Jahren eine erwachsene Frau bist.

Anscheinend hast du diese Energie auch beim Feiern, wie jetzt heute Nacht. Ich konnte das früher nicht, hatte allerdings auch kaum Gelegenheit dazu. Heute ist es anscheinend normal bis morgens um vier unterwegs zu sein. Die Zeiten waren anders, damals. Und heute? Wozu soll die Nacht gut sein, frage ich mich manchmal, jetzt im Alter. Zum Warten? Aber auf was? Auf den Schlaf, der nicht kommt? Auf den Tag, der morgen ist, wie er gestern war?

Verzeih, ich will nicht nörgelig sein. Du hast das bei deiner Oma so gehasst und ich möchte nicht, dass ich dir unausstehlich werde. Vielleicht ahnst du, warum sie so war. Sie war unglücklich und sie war zornig auf sich selbst, dass es ihr nicht gelang, einen Zugang zu dir zu finden – wo sie doch nur noch so wenig Zeit hatte, das Tor zu deiner jugendlichen Seele zu öffnen. Ich selbst war wie gelähmt und ratlos. Mir waren die Hände gebunden, weil sie mir untersagt hatte, dir die Wahrheit über ihren Gesundheitszustand sagen zu dürfen.

Umso mehr bin ich dankbar dafür, dass wir beide heute so einträchtig unter einem Dach nebeneinander leben können. Fast ein bisschen wie ein altes, eingespieltes Ehepaar, das sich gegenseitig nichts mehr beweisen muss. Entschuldige den vielleicht unpassenden Vergleich, aber mir fiel nichts Besseres ein, womit ich meine Gefühle ausdrücken kann, liebe Enkelin. Du bist ein prächtiges Mädchen und wirst deinen Weg, wenn du ihn einmal gefunden hast, unbeirrt gehen. Davon bin ich überzeugt.

Du hast die Zukunft noch vor Augen, für mich ist die Erinnerung alles, was mir bleibt und mich erfüllt. Vom Standpunkt der Jugend aus gesehen, ist das Leben eine unendlich lange Zukunft, vom Standpunkt des Alters aus eine sehr lange Vergangenheit. Leider entdecke ich auf meiner Erinnerungslandkarte in letzter Zeit häufiger einmal weiße Flecken. Aber das ist für einen Achtzigjährigen vielleicht ganz normal. Ich hoffe inständig, dass ich dir später einmal nicht als dementer Trottel zur Last falle, das wäre mir ein schrecklicher Gedanke.

Ich hoffe, dass du nach dem langen Feiern gut hast schlafen können. Ich nehme es stark an. Heute früh jedenfalls, als ich mich von dir verabschieden wollte, hast du geschlafen wie ein Murmeltier. Ich brachte es nicht übers Herz, dich zu wecken. Du lagst da, wie ein schwarzgelockter Engel, der gerade erfahren hat, dass er zum Erzengel befördert worden war. Ist dir was Schönes widerfahren: im Traum, in der Wirklichkeit?

Ich bin wieder einmal schrecklich abgeschweift, verzeih deinem alten, geschwätzigen Opa. Aber ich bin früh aufgewacht und hatte so viel Zeit bis zum Aufbruch. Eigentlich wollte ich dir nur mitteilen, dass ich den ganzen Tag mit Robert unterwegs bin. Du weißt schon, das ist der Jugendfreund deiner Oma (ja, auch sie hatte Amouren, auch schon, bevor ich zum Zug gekommen war), der auch mein Freund geworden ist, und von dem ich dir schon häufiger erzählt habe. Er hat mich zu einer Schifffahrt von Frankfurt nach Rüdesheim eingeladen. Wir beiden Alten werden die Vergangenheit wieder einmal etwas aufleben lassen und das eine oder andere Glas Wein trinken. Es kann spät werden (natürlich nicht so spät wie bei Dir!) und du brauchst mir nichts zum Abendessen bereitstellen.

Danke für alles, was du für mich tust und mir gibst. Ich kann es gar nicht oft genug sagen. Es ist so tröstlich, jemanden wie dich um sich zu wissen.

Dein dich immer liebender Opa.«

Als Paula den Brief zu Ende gelesen hatte, lag ein feuchter Schimmer auf ihren Augen. Sie war gerührt. Er fühlte mit ihr und wichtiger noch, er brauchte sie und sie war glücklich, gebraucht zu werden. Ein Gefühl, das sie lange entbehren musste, so dass das Verlangen nach Anerkennung in ihr wie ein Krebsgeschwür gewuchert war, und vieles andere verdrängt hatte.

Sie saß lange am Küchentisch und ihre Gedanken schweiften ab in ihre Kindheit. Sie war erst drei Jahre alt gewesen, als sich ihre Eltern trennten. Zwar hatte sie an Paulo, ihren chilenischen Vater, keine Erinnerungen mehr, aber die Mutter hatte ihr verbittert erzählt, dass er eines Tages mit einer Spanierin sang- und klanglos verschwunden war, nur ein Jahr, nachdem sie nach Deutschland zurückgekehrt waren. Er ließ nie wieder etwas von sich hören. Sie löschte ihn aus ihrem Kopf. Paula konnte die Mutter nicht ausblenden, sie verkörperte die Erinnerung an den Mann, der sie ins Unglück gestürzt hatte. Paula war das Kuckucksei, das ihr Paulo ungewollt in den Schoß gelegt hatte, wie sie sich ausdrückte, und das sie nun allein ausbrüten und großziehen musste.

Paula sehnte sich nach einem Vater und war damals insgeheim neidisch auf die Mitschüler, wenn sie von ihrem ›Papa‹ erzählten, der für sie da war, wenn er gebraucht wurde, der mit ihnen spielte, der ihnen die Welt erklärte. Die Männer, die ihre Mutter ins Haus schleppte, konnten die entstandene Lücke nicht schließen, wie auch die Mutter den fehlenden Vater nicht ersetzen konnte und wenig dafür tat, ihr das Gefühl zu vermitteln, einer Familie anzugehören und darin Geborgenheit finden zu können. Im Gegenteil, sie empfand sich häufig eher als störender Faktor im häuslichen Getriebe, denn als geliebtes Kind und Familienmitglied. Oft wurde sie von der Mutter außer Haus geschickt, damit diese sich mit ihren häufig wechselnden Liebhabern ungestört vergnügen konnte. Paula wuchs im Schlepptau einer Frau auf, die überzeugt war, vom Leben betrogen worden zu sein, und die einen Großteil ihrer Energie dafür verwendete, den von Paulo an ihr verübten Verrat vergessen zu machen. Sie suchte ihr Glück, von dem sie meinte, dass es ihr zustand, in immer neuen Männerbekanntschaften, aber nicht in ihrer Tochter.

Paula litt in ihrer Kindheit unter den Entzugserscheinungen nicht gewährter Liebe, Achtung und Aufmerksamkeit. Je häufiger ihr diese lebenswichtigen Essenzen vorenthalten wurden, desto mehr dürstete sie danach. Als Ersatz zur Befriedigung dieser Sehnsüchte dienten ihr Bücher. Sie gewährten ihr in der von der Mutter dominierten engen Welt Asyl. Die Mutter sah es nicht gerne, mehr noch, sie missbilligte es, wenn sie sich in ihre Bücher vergrub und, wie sie sich ausdrückte, dadurch jeden Sinn für die reale Welt verlor.

»Das viele Lesen verdirbt den Charakter und die Augen, mach was Praktisches, geh raus ins Freie zum Spielen«, war so ein Standardsatz, mit dem sie ihre Tochter in die Realwelt zu scheuchen versuchte.

Paula fand jedoch genügend Wege, die Wünsche der Mutter zu hintergehen. Sie las, wenn die Mutter außer Haus war, und das war häufig der Fall, oder aber abends oder manchmal auch nachts im Bett im Schein einer Taschenlampe unter der Bettdecke. Paulas Interesse an dem, was in der realen Welt und der phantasierten Welt der Bücher geschah, war übergroß. Mangels Gesprächspartner befriedigte sie ihre Neugier, indem sie alles verschlang, was ihr an Lesbarem in die Finger kam, Tageszeitungen, Magazine, Sachbücher, sei es über Philosophie, Soziologie, Ökonomie, Psychologie, Geschichte oder Naturwissenschaft. Am liebsten aber waren ihr Geschichten, Erzählungen und Romane. Sie erfasste den Inhalt des Gelesenen mit ihrem fotografischen Gedächtnis ungemein schnell. Obwohl sie geradezu über die Seiten flog, vergaß sie nichts von dem, was sie einmal gelesen hatte und konnte das einmal Gelesene mühelos aus dem Kopf wörtlich wiedergeben. Ihre Seele war gefüllt mit Liebes- und Abenteuergeschichten aus aller Welt. Die virtuellen Welten der Bücher wurden ein Teil von ihr. Sie waren ihr manches Mal näher und wirklicher als die Wirklichkeit selbst und sie blieben immer, anders als die reale Welt, als fantasierte Lebenswelten für sie formbar. Mühelos konnte sie von einer Welt in die andere springen, und es war nicht immer ganz eindeutig, in welcher sie sich gerade befand, wenn sie mit jemandem sprach oder etwas erzählte. Fantasie und Wirklichkeit purzelten oftmals durcheinander und für Lehrer, Mitschüler oder auch ihre Mutter, war es oftmals schwierig, wenn nicht gar unmöglich, Wahrheit von Erfindung, Tatsache von Dichtung zu unterscheiden.

Paula stand vom Küchentisch auf, um unter die Dusche zu gehen. Sie räkelte sich entspannt unter dem heißen Wasserstrahl. Als sie aus der Duschkabine trat und das Wasser an ihrem Körper abperlte, spürte sie die Empfindsamkeit der Haut. Die kleinen Körperhärchen richteten sich auf. Ein leichtes, angenehmes Kribbeln zog sich von den Nackenhaaren über den Rücken bis zum Po hinunter.

Das Gesicht des unbekannten Clubbesuchers verdrängte die Gedanken und Bilder der Vergangenheit. Sie fragte sich zum wiederholten Mal, warum sie sich in diesen Mann verliebt hatte. Was war in ihrem Gehirn geschehen, das aus all den tausenden von Reizen, die dieser wie jeder andere Mann auch ausgesendet hatte, in Sekundenschnelle die entscheidenden Sympathieträger herausgefiltert und die undurchlässig geglaubte Pforte in ihr gehütetes Inneres mit einem geheimnisvollen Schlüssel geöffnet hatte.

Sie war fest entschlossen, auch wenn es Monate dauern würde, diesen Mann aufzuspüren. Etwas in ihr hatte sich für ihn entschieden und sie in einen kaum mehr kontrollierbaren Unruhezustand versetzt.

Sie ging von nun an jeden Abend in den Technoclub. Sie hatte immer dasselbe an. Sie setzte auf den Wiedererkennungseffekt und die Signalwirkung ihres Outfits, das letzte Woche zumindest seine Aufmerksamkeit geweckt hatte.

Es ist jetzt sieben Tage her seit sich ihre Blicke gekreuzt hatten. Sie schlenderte wie immer durch die verschiedenen Etagen des Clubs, trank ein Bier an der Bar, schäkerte mit dem Barkeeper und nahm ihre Tour durch die Clubräume wieder auf. Es war gegen zwei Uhr, als sie ihn entdeckte. Er stand mit einer Frau an der Bar im Obergeschoss. Sie starrte erregt auf das Paar, das sich interessiert zu unterhalten schien. Er sah genauso aus, wie sie ihn abgespeichert hatte.

Aber, Himmel noch mal, er ist schwul, ging es ihr durch den Kopf. Was hätte er sonst hier oben bei den Schwulen und Lesben zu suchen?

Als sie auf ihn zuging, drehten sich beide in ihre Richtung und fixierten sie. Seine Pupillen weiteten sich und er sah sie ungläubig an. Dann kniff er die Augen zu Schlitzen zusammen. An der Einbuchtung zwischen Nasenwurzel und Stirn zeigten sich zwei tiefe Längsfalten. In seinem Kopf schien es zu arbeiten.

Er versucht sich zu erinnern, mich einzuordnen, dachte Paula.

Er flüsterte seiner flachbrüstigen, stämmigen Nachbarin etwas ins Ohr. Diese musterte daraufhin Paula neugierig von oben bis unten. Paula war diese unverhohlene Begutachtung ihres Körpers unangenehm. Sie fühlte sich von deren Blicken entblößt. Die Frau hat sie nicht nur mit ihren Augen ausgezogen, ihr einladendes Lächeln sollte wohl auch andeuten, dass sie verstanden habe, warum sie sich hier oben bei den Lesben herumtreibe. Paula ärgerte sich über die Selbstverständlichkeit, mit der diese Frau von ihr Besitz zu nehmen versuchte. Ihr Ärger schlug unmittelbar in eine lauernde Angriffsbereitschaft um. Ihre Blicke schweiften im Wechselbad der Gefühle unruhig zwischen ihr und ihm hin und her, als er sie mit einer weichen, warmen Stimme ansprach:

»Hi, haben wir uns hier nicht schon einmal gesehen? … Ich glaube, es war letzte Woche. Letzten Freitag, richtig?«

Die Tonlage war höher als sie erwartet hatte und schien aus einem viel schmächtigeren Körper hervorzudringen, als dem, der sich ihren Augen darbot.

»Ja, wir haben uns letzten Freitag getroffen. Aber es war nicht hier.«

»Nicht hier im Club? Ich war mir fast hundertprozentig sicher, dass wir uns hier gesehen haben. Aber, wenn nicht hier, wo denn dann?«

Sie war jetzt ganz nahe bei ihm. Er roch angenehm. Er hatte ein Achselshirt an und unter der glatten, braungebrannten Haut seiner Arme traten deutlich die Sehnen hervor. Die muskulösen Arme hatte er vor der Brust gekreuzt.

»Doch, doch es war schon hier im Club, aber ein Stockwerk tiefer, nicht hier oben bei den Lesben.«

Sie blickte herausfordernd zu der Frau neben ihm und sagte mit sarkastischem Tonfall zu ihr gewandt:

»Ich muss dich leider enttäuschen. Ich bin nicht abonniert auf diese Etage.«

Diese musterte sie ein zweites Mal eingehend und grinste sie an.

»Schade. Hübsch bist du, zart, attraktiv. Ich hätte mir gewünscht, mit dir läuft etwas. Als du so auf uns zugekommen bist, hatte ich ein Supergefühl in mir verspürt«, gab die Brünette offen ihr Interesse an ihr preis.

Sie fuhr sich mit der einen Hand durch ihre streichholzlangen Haare und griff mit der anderen nach ihrem Cocktailglas, trank einen kräftigen Schluck und strahlte über das ganze Gesicht. Sie schien ihre Enttäuschung schnell verdaut zu haben oder konnte sie zumindest gut überspielen.

»Wenn nicht ich, meine Liebe, dann kommt aber doch hoffentlich mein lieber Freund zum Zuge. Er steht auf Frauen wie du eine bist: zierlich und seidig. Stimmt doch, oder?«, sagte sie zu ihrem Nachbar gewandt.

Sie stupste ihn an, spitzte ihre schmalen Lippen zu einem angedeuteten Kuss und machte ein eindeutiges Handzeichen.

Der Angesprochene blieb reglos und stumm stehen.

Paula war erleichtert, als sie vernahm, dass er nicht schwul war, und diese Person neben ihm nicht seine Freundin, oder genauer keine Freundin zum Vögeln.

»Ich denke mal, das bestimmst nicht du, wer mit wem was zu tun haben will. Ich suche mir selbst aus, ob und mit wem ich ins Bett gehen will, und ich nehme stark an, dein Begleiter wird sich das auch nicht von dir diktieren lassen wollen«, sagte sie mit scharfem Tonfall.

»Oh Gott, bist du eine empfindliche Mimose. Hast wohl was gegen Lesben, oder warum bist du so zickig?«

»Das ist doch jetzt sehr billig. Ich habe nichts gegen Lesben, aber gegen geile Weiber wie dich, die einen schon ausziehen und sich mit jemandem im Bett liegen sehen, bevor man einen Atemzug vollendet hat.«

»Spiel dich nicht auf, es sieht doch jeder, was mit dir los ist, oder zumindest diejenigen, die Augen haben, zu sehen. Und ich habe solche Augen.«

»Ist mir da etwas entgangen?«, mischte sich jetzt, neugierig geworden, ihr Begleiter in das Gespräch ein.

Er erhob sich von seinem Barhocker und versuchte mit einem versöhnlichen Grinsen im Gesicht die Situation zu entgiften.

Er ist kleiner als ich gedacht habe, ging es ihr durch den Kopf, als er neben ihr stand. Sie, selbst ein Meter dreiundsechzig groß, reichte ihm bis zur Nasenspitze.

»Schon gut mein Lieber. Dir ist tatsächlich etwas entgangen. Aber was, das versteht ihr Männer sowieso nicht, dafür habt ihr einfach kein Organ. Ich räume jetzt das Feld. Mark, ich wünsch dir viel Spaß mit dem hübschen Ding hier«, sagte sie und ließ ihren schamlosen Blick nochmals provokant über Paulas Körper gleiten.

»Du bist spitz, stimmt's? Ich hab‘ das gleich bemerkt. Leider nicht auf mich«, flüsterte sie Paula im Vorbeigehen ins Ohr und tippelte von dannen.

Paula fühlte sich durchschaut. Diese Frau hat entdeckt, was nicht für die Öffentlichkeit bestimmt war. Sie hatte gut beobachtet. Natürlich hatte sie sich absichtsvoll präsentiert, um diesen Mann zu beeindrucken. Sie wollte ihn anmachen und verführen. Sie, die Liebeswaise, die an Liebe nicht mehr geglaubt hatte, hatte sich in dem Augenblick, als sie ihn sah verliebt und verspürte jetzt, in seiner unmittelbaren Nähe, eine Ahnung davon, was Liebe sein könnte. Und sie wünschte sich sehnlichst, dass er sie nicht nur begehren, sondern sich ebenfalls in sie verlieben möge.

Mark blickte etwas ratlos und alleingelassen hinter seiner Freundin her. Er fuhr sich reflexhaft mit der Hand durch sein Haar, legte seine Stirn in Falten und schien nachzudenken, was die Worte seiner Freundin bedeuten konnten.

Paula baute sich vor ihm auf, so dass ihr Dekolleté stärker in sein Blickfeld geriet, und blickte ihm mit liebenswürdiger Miene und dem charmantestes Lächeln, das ihr zur Verfügung stand, in die Augen.

»Vergiss das Gerede deiner Freundin, es war nicht wichtig, dir ist nichts entgangen. Wollen wir nach unten gehen?«

Er erwiderte ihren Blick und nach kurzer Zeit machte sich ein breites Grinsen in seinem Gesicht breit

»Ihr Frauen seid schon seltsame Wesen. Ich werde euch wohl nie verstehen.«

»Das brauchst du auch nicht. Wir verstehen uns oft selbst nicht. Wenn du aber versuchen würdest, uns zu entdecken, wärst du schon weiter, als sehr viele andere Männer.«

»Okay, lassen wir das. Wie heißt du?«

»Paula.«

Er sah sie musternd an.

»Was du auch sonst über Yvonne denken magst, in einem hat sie recht, du bist superhübsch. Ja, du bist so unnahbar schön, dass ich nie gewagt hätte, dich von mir aus anzusprechen.«

»Jetzt übertreib mal nicht, du machst mich ganz verlegen.«

»Nein, wirklich, es ist wahr, und du glaubst gar nicht, was für ein Stein mir vorhin vom Herzen gefallen ist, als du sagtest, dass du nicht auf diese Etage abonniert bist. Hast du Lust, mit mir nach unten in den Biergarten zu gehen, da können wir uns besser unterhalten? Ich denke, hier oben sind wir beide ohnehin fehl am Platz.«

Paula atmete durch. Sie schloss die Augen und für einen kurzen Augenblick verschwand die Welt um sie herum, sie spürte lediglich wie ihr Herz heftig gegen die Brust schlug und sie nur noch Körper war, ohne Sinn und Verstand. Sie schüttelte sich leicht, kam wieder in die Wirklichkeit zurück und ergriff beherzt seine Hand, um mit ihm in den Biergarten zu gehen.

Sie unterhielten sich angeregt, tanzten und tranken reichlich. Paula wurde von Stunde zu Stunde mehr von der Männlichkeit, der ungewöhnlichen zartfühlend-herben Art dieses Mannes berauscht. Sie lauschte seinen Worten und seinen Geschichten, verliebte sich in seine Stimme, die wie eine süße Melodie in ihrem Ohr klang, in seine Erzählkunst, bis schließlich diese einzelnen Sinneswahrnehmungen in einen großen Gefühlsrausch zusammenflossen.

Sie blieben bis das fahle Grau des frühen Morgens die Nacht verdrängt hatte. Mark, nicht mehr ganz fahrtüchtig, ließ sein Auto stehen. Paula nahm ihn auf ihrem Fahrrad mit. Sie fuhr mit ihm, vom ersten morgendlichen Gezwitscher der erwachenden Singvögel begleitet, zu seiner Wohnung und radelte dann beschwingt nach Hause.

Sie lag lange wach im Bett und dachte über sich und das seltsame Wesen Frau in ihr nach: Da läuft einem so ein Kerl über den Weg und urplötzlich ist alles anders und die Erdkugel kommt ins Schlingern. Die Vergangenheit wird gegenstandslos, die Gegenwart übermächtig und die still gehegten Visionen nehmen Gestalt an und werden körperlich.

Paula stellte fest, dass jeder Satz, jedes Wort von Mark tief in sie eingedrungen und die Unterscheidung zwischen Wichtigem und Unwichtigem vollständig aufgehoben war, und sie glaubte, dass ihre Empfindungen, die diese Worte hervorgerufen hatten, ein Zeichen für etwas waren, das ihre Zukunft für immer bestimmen würde. Sie schien am Ziel ihrer Träume angekommen zu sein. Sie sah in Mark den Mann verkörpert, den sie sich als Mädchen ersehnt hatte und dem sie sich nun öffnen könnte, ohne Angst haben zu müssen, verletzt zu werden.

Paula dachte zurück an die Zeit, als sie ein zwölf-, dreizehnjähriges Mädchen war und von der großen Liebe geträumt hatte, und wie sie damals ihre verträumten Gefühle auf FCK, den Autor ihrer Indianergeschichten, übertragen hatte. Er war ihr großer Star, wie für andere Mädchen ihres Alters damals John Travolta oder Silvester Stallone. Sie war überzeugt, dass ein Mann, der über Liebe so einfühlend schreiben konnte, selbst zu solch großer Liebe fähig sein musste.

So schön die Welt war, die sie in ihren Büchern erlebte, so schwer war für sie aber oft die Wirklichkeit, das Erleben des Alltags, wenn sie sich angefeindet, unverstanden und ausgegrenzt fühlte. Je weniger Anerkennung sie fand, desto rebellischer und provozierender führte sie sich auf. Zu ihrem eigenen großen Unglück hinkte sie gleichaltrigen Mädchen körperlich fast um ein Jahr hinterher, was ihr zusätzliche Hänseleien einbrachte, mit denen sie zu kämpfen hatte. Die verzögerte körperliche Entwicklung war für sie besonders schmerzhaft, als sie in ein Alter kam, wo bei den meisten Mädchen der Busen zu wachsen begann, sich bei ihr selbst aber nichts dergleichen anbahnte. Sie war eifersüchtig und beneidete insgeheim diese Mädchen, die mit ihren Brüsten die Blicke der Jungen auf sich ziehen konnten, obwohl viele dieser Mädchen, wie sie glaubte, nicht so hübsch waren, wie sie selbst. Sie fühlte sich ungerecht behandelt, nicht nur von den Mädchen, sondern auch von den Jungen, die sie mit hochnäsiger Nichtbeachtung straften. Sie kapselte sich ab, zeigte beiden die kalte Schulter. Die Folge war, dass sie nicht nur bei den Mädchen, sondern auch bei den Jungen den Ruf hatte, empfindlich, unzugänglich und überheblich gleichermaßen zu sein. Sie galt bald als Einzelgängerin und Sonderling, hatte keine feste Freundin und war im Kreise Gleichaltriger oftmals unwillkommen.

Dieses Gefühl hatte sie nicht nur in diesem Kreis, sondern oftmals auch bei ihrer eigenen Mutter. Diese hatte ihr ein schwankendes Fundament mit auf den Lebensweg gegeben. Sie wuchs auf in einer Atmosphäre von permanentem Beziehungschaos. Männer gingen ein und aus, Eifersuchtsdramen wechselten ab mit Versöhnungen, der Verliebtheit ihrer Mutter folgten Niedergeschlagenheit und Depressionen, auf sexuelle Euphorie folgte oftmals berechnende sexuelle Verweigerung. Alles das spielte sich unmittelbar vor Paulas Augen ab, und sie war diesem Treiben ihrer Mutter wehr- und hilflos ausgeliefert. Bei den Erziehungsversuchen ihrer Mutter spielten Äußerlichkeiten, Körperlichkeit und die Herausbildung eines Bewusstseins, das die Frau auf ihre Sexualität reduzierte, eine weitaus wichtigere Rolle als die Herausbildung von Innerlichkeit, Charakterstärke und Intellekt. In einem Alter, wo die tiefgründige Suche nach Stabilität und Identität einem Höhepunkt zustrebte, wurde ihr vermittelt, dass das Glück der Frau wesentlich außerhalb ihrer selbst lag, nämlich in den Händen der Männer, und sie musste gleichzeitig über ihre Mutter die Erfahrung machen, dass dieses von den Männern gewährte Glück äußerst zerbrechlich war und zumindest bei ihrer eigenen Mutter nie zu dem erhofften Ergebnis geführt hatte.

Als bei ihr im vierzehnten Lebensjahr endlich die ersehnten Merkmale weiblicher Reife unübersehbar geworden waren, spürte sie, wie die Blicke der Liebhaber ihrer Mutter manchmal unverhohlen musternd zwischen ihrem Körper und dem ihrer Mutter hin und her gingen. Paula suchte sich selbst und fand sich als sexuelle Konkurrentin ihrer Mutter wieder.

Ihre Mutter hatte in dieser Zeit einen gutaussehenden, schwarzhaarigen Liebhaber, durchtrainiert und muskulös. Paula gefiel der Typus Mann und sie kokettierte mit ihm, wie Lolita in dem Buch von Nabokov, das sie gerade las. Sie merkte, dass er Interesse an ihr hatte. Sie spielte mit seinen Gefühlen und empfand einen eigentümlichen Reiz, als sie sah, wie ihre Mutter eifersüchtig auf dieses Spiel reagierte. Als ihre Mutter eines Abends außer Haus war, kam er in ihr Zimmer. Sie lag schon im Bett und las, wie immer, ein Buch. Er tat so, als wollte er gute Nacht sagen und murmelte ihr säuselnd etwas ins Ohr. Dann gab er ihr einen harmlosen Kuss auf die Stirn und fuhr ihr über das Haar. Plötzlich schob sich seine Hand unter die Bettdecke. Er streichelte ihren Körper, ihre Brüste, ihr Geschlecht. Sie lag regungs- und willenlos da. Er beugte sich abermals über sie, Himbeergeruch drang in ihre Nase, während er versuchte, seine Zunge in ihren Mund zu pressen. Dann versuchte er, auch in ihr Geschlecht einzudringen. Sie biss und kratzte, stieß ihn weg. Er gab sein Vorhaben auf und ließ sie mit sich allein.

Sie sagte ihrer Mutter nie etwas von diesem Geschehen. Sie schämte sich und hatte Schuldgefühle vor ihr, aber auch vor sich selbst. Sie war nicht nur verwirrt und fassungslos über die Tat dieses Mannes, der versucht hatte, sie zu vergewaltigen und die Mutter mit der Tochter zu betrügen, sondern auch darüber, dass sie uneingestandene, angenehme Gefühle hatte, deren sie sich schämte. Sie war erschrocken darüber, wie nah Fantasie, die Fantasie Lolitas, und Wirklichkeit, die Wirklichkeit von Lust und Begehren, beieinander lagen und wie schnell sich Spiel in Ernst verwandeln konnte.

Erst lange Zeit nach diesem Ereignis, als sie sich in ihrem jungen Körper als Frau eingerichtet hatte, verlor sie die Scheu vor begehrlichen Blicken und verspürte einen angenehmen

Kitzel, wenn ihr Körper bei den Männern Wirkung zeigte. Sie gefiel sich in dieser Zeit in sexuell besonders aufreizenden und provokanten Posen. Sie fand es prickelnd, in engen Pullis mit tiefem Ausschnitt ohne BH durch die Straßen zu schlendern und die Blicke der Männer auf sich zu ziehen.

Die Neigung, sich und ihren Körper zu präsentieren, wurde dazuhin durch ihre Mutter gefördert. Als sie die ansehnliche Figur ihrer damals fünfzehnjährigen Tochter entdeckte, schickte sie sie auf einen Schönheitswettbewerb. Der Erfolg war mäßig, aber Paula hatte es genossen, sich im Bikini oder einem hautengen Kleid den geilen Augenpaaren der Männer im Parkett auszusetzen.

Aber das alles war Oberfläche. Sie hatte in sexuellen Dingen seit dem Vergewaltigungsversuch ein klares Bild von sich entwickelt und zu diesem Selbstverständnis gehörte, geduldig auf die große Liebe zu warten, so wie ihre Indianerheldin Tecumapese auf Kumskaka gewartet hatte. Es war ihr fester Entschluss, sich nur dem zu öffnen und nur mit dem Mann zu schlafen, der es in ihren Augen wert war, eine Jungfrau in seinen Armen halten zu dürfen. Diese Verweigerungshaltung, die sich allerdings nur auf die Penetration bezog und nicht auf sonstige sexuelle Praktiken, war ihr streng gehütetes Geheimnis. Kein Mensch sollte von dieser, wie sie selbst wusste, etwas altmodischen und anachronistischen Einstellung jemals Kenntnis erhalten – außer natürlich irgendwann einmal der Auserwählte, der ihren großen Glückstraum mit Leben füllen sollte.

Dieser Mann war nun in Gestalt von Mark in ihr Leben getreten. Er sollte es sein, dem sie sich öffnen würde.

Es war September geworden. Über ein Monat war vergangen, seit sie ihre große Liebe entdeckt hatte. Die wärmenden Sonnenstrahlen mobilisierten ihre letzten Kraftreserven, so, als ob sie trotzig dem mit großen Schritten herannahenden Frühherbst zeigen wollten, wer Herr im Haus ist. Sie hatte sich bei ihrem Großvater eingehackt und bummelte mit ihm am Mainufer entlang. Sie beobachteten die Enten und Schwäne auf dem Wasser und die kreischenden Möwen, die in der Luft ihre Flugkünste zeigten. Beim Städelmuseum setzten sie sich auf eine Bank, um sich von dem Fußmarsch von der Gerbermühle bis hierher zum Holbeinsteg auszuruhen.

»Du machst in letzter Zeit einen überaus glücklichen Eindruck, Paula«, fing ihr Großvater das Gespräch an.

»Ich *bin* glücklich.«

»Das freut mich, ich hatte früher oftmals das Gefühl, dass du unzufrieden mit dir bist, unruhig und unerfüllt. Das hat mich traurig gemacht. Ich liebe dich sehr, das weißt du, und es tut mir weh, zu sehen, wenn Kummer dich aufsaugt. Entschuldige bitte, dass ich so offen mit dir rede. Ich weiß nicht, ob ich ein Recht dazu habe.«

»Aber ja Opa, du hast alle Rechte der Welt. Ich bin glücklich, wenn du dich für mich interessierst, und du liegst mit deiner Vermutung richtig: Ich habe mich in der Vergangenheit tatsächlich sehr oft nicht wohl in meiner Haut gefühlt. Ich war lange Zeit ausgezehrt von einem unstillbaren Mangel, der weit zurück liegt. Aber das ist jetzt vorbei. Ich hoffe es wenigstens. Und die Hoffnung wiegt sehr schwer, da ich sie schon fast aufgegeben hatte.«

Ihr Großvater schaute sie von der Seite an, und er versuchte in ihrem Gesicht zu lesen, worauf sich diese Hoffnung gründete.

»Hat ein Junge seine Hand im Spiel?«

»Tu doch nicht so scheinheilig, du weißt doch schon lang, was mit mir los ist.«

Sie stupste ihn mit ihrem Ellenbogen leicht in die Seite und strahlte ihn an. Er hob die Schultern und machte einen Schmollmund.

»Bin ich ein Hellseher? Wenn du nicht mit mir redest, woher soll ich dann wissen, was dich bewegt – Eine klitzekleine Ahnung hatte ich natürlich schon«, fügte er spitzbübisch hinzu.

»Dann verrat mir mal deine klitzekleine Ahnung.«

»Bist du verliebt?«

Sie umarmte ihren Großvater und gab ihm einen schmatzenden Kuss auf die Wange.

»Ja, ich bin verliebt, unendlich verliebt. Jetzt schon seit exakt neunundzwanzig Tagen. Es ist herrlich, verliebt zu sein. Du kennst das hoffentlich auch.«

»Ich freu mich sehr für dich. Ein Leben zu zweit macht vieles einfacher. Ja, mein Kindchen, ich kenne das süße Verliebtsein ebenso wie die Liebe und zehre heute noch davon. Ich würde nicht mehr leben wollen, wenn mir irgendjemand oder irgendetwas diese Erinnerung nehmen würde.«

»Rede nicht vom Sterben, du wirst dich ewig erinnern können, und wenn es mal nicht mehr so gut klappen sollte, werde ich deine Erinnerungsstütze sein. Du bist, neben Mark natürlich, der wertvollste Mensch in meinem Leben.«

»So, Mark heißt er also.«

»Ja, Mark. Ein hübscher Name, nicht wahr. Und er passt so gut zu ihm«, sagte sie mit großer Überzeugung.

»Hübsch, ja, aber ob er zu ihm passt, kann ich natürlich nicht beurteilen. Dazu müsste ich ihn erst einmal kennenlernen«, und er fragte sich, ob ein Allerweltsname wie Mark überhaupt etwas Spezifisches über eine Person aussagen kann.

»Du wirst ihn noch früh genug kennenlernen. Schon am kommenden Wochenende werde ich, wenn du einverstanden bist, ihn und Jette zum Essen einladen. Nachdem ich ihr schon so viel von ihm erzählt habe, will sie ihn auch unbedingt ›begutachten‹, wie sie sich ausgedrückt hat. Ich habe mir schon überlegt, was ich kochen werde. Es wird ein richtig großes Essen werden, mit allem Drum und Dran.«

Er guckte sie erstaunt von der Seite an.

»Was hast du? Ist es dir nicht recht?«, fragte Paula.

»Doch schon, natürlich. Aber ich bin erstaunt, dass du für uns alle kochen willst. Das ist ein ganz neuer Zug an dir.«

»Jetzt tu nicht so, als ob ich nicht schon häufig für uns gekocht hätte.«

»Das schon, aber gleich ein großes Essen für mehrere Personen? Normalerweise begnügst du dich mit Spagetti Bolognese oder etwas ähnlichem.«

»Irgendwann muss man sich mal großen Aufgaben stellen. Findest du nicht auch?«

Sie zwinkerte ihm zu und gab ihm einen zweiten Kuss auf die Wange.

»Ja, da stimme ich dir absolut zu. Man muss sich auch den Dingen stellen, die man nicht so gut kann, nur so kann man den Mangel überwinden und voran kommen.«

»Wie weise du doch bist«, sagte sie halb scherzhaft, halb ernst. »Was würde ich nur ohne dich nur machen.«

»Du siehst deinen Opa verlegen, ich bin doch nur ein alter, vertrottelter Mann.«

»Du bist nicht vertrottelt, sondern sehr vital, interessiert, unternehmenslustig und mit einem guten Gedächtnis ausgestattet. Stimmt es, wenn ich sage, du fischst nur nach Komplimenten? Gib es nur zu«, sagte sie schnippisch.

»Nun, mein Gedächtnis scheint leider etwas nachzulassen.« Er hielt inne und überlegte einen Augenblick, ob er sie mit seinen Ängsten, die vielleicht unbegründet waren, belasten sollte.

»Ich muss dir dazu eine seltsame Geschichte erzählen, die mir vor einiger Zeit passiert ist. Ich war mit meinem Freund Robert im Auto unterwegs. Ich hatte geparkt und wollte ein paar Besorgungen machen. Robert wartete so lange im Wagen. Als ich nach etwa einer viertel Stunde zurück kam, stand ich hilfesuchend unmittelbar vor dem Auto, so hat es mir jedenfalls Robert erzählt, und erkannte sowohl meinen Freund wie auch mein eigenes Auto nicht wieder. Das Verwirrspiel dauerte ein paar Sekunden, dann fand mein Gehirn offenbar wieder den Faden und die weißen Flecken im Gehirn wurden wieder bunt. Ich war ernsthaft erschüttert über das Erlebnis und mache mir seither doch etwas Sorgen um mein Erinnerungsvermögen.«

»Das kann doch mal vorkommen, dass man etwas vergisst. Ich würde mir deswegen keine Sorgen machen. Du bist für dein Alter noch so gut beieinander«, sagte Paula leichthin.

Insgeheim registrierte Paula diesen Anflug einer Geistesverwirrung jedoch mit Besorgnis.

»Lass uns aufbrechen, Opa. Die Sonne steht schon tief und verliert langsam ihre Kraft. Nicht dass du dir eine Erkältung holst. Ich benötige am Samstag unbedingt dein volles Urteilsvermögen.«

Als sie aufbrachen, gingen sie eine Weile schweigend nebeneinander her, jeder mit seinen eigenen Gedanken beschäftigt. Nach einiger Zeit hielt Ernst Preuss plötzlich inne, ergriff die Hände seiner Enkelin und streichelte sie.

»Liebe Paula, es war ein schöner Tag heute und wir hatten schöne Gespräche zusammen. Ich möchte dir deswegen etwas anvertrauen, über das ich noch mit niemandem gesprochen habe.«

Er machte eine Pause und schien zu überlegen, wie er beginnen sollte.

»Hilde, deine Großmutter, hat sehr darunter gelitten, dass ihre Tochter Paulo Majer, der bei der amerikanischen Armee in Frankfurt beschäftigt war, ohne ihr Einverständnis geheiratet hatte, und dann mit ihm, etwas überhastet, 1970 nach Chile abgereist war. Jana, deine Mutter, war erst neunzehn, als sie ihn kennenlernte, und noch sehr jung und unerfahren. Hilde hatte ein schlechtes Gefühl bei dieser Beziehung. Knapp vier Jahre später kamen sie, offenbar recht überstürzt und ohne Vorankündigung, mit dir nach Deutschland zurück und zogen nach Offenbach. Sie haben uns nie erzählt, was der genaue Grund für die plötzliche Heimkehr war, aber ich nehme an, dass wohl irgendetwas in der Armee vorgefallen sein musste; du weißt ja, er war Offizier unter dem Junta-General Augusto Pinochet. Auf alle Fälle freute sich deine Großmutter über die Rückkehr ihrer Tochter und schöpfte neue Hoffnung, dass sich das Verhältnis zu Jana und ihrem Schwiegersohn verbessern würde. Vor allem aber freute sie sich auf dich, ihre Enkelin. Du warst damals gut zwei Jahre alt. Aber sie wurde enttäuscht. Paulo war ein Nichtsnutz, ich glaube, er hat seine Frau sogar geschlagen. Aber das hätte sie vielleicht noch ertragen, unerträglich war jedoch für deine Mutter, dass sie hintergangen wurde. Von diesem Treuebruch hat sie sich, soweit wir das beurteilen konnten, nie wieder richtig erholt. Sie führte nach der Trennung von ihrem Mann ein Leben, das Hilde nicht guthieß. Für sie bedrückender war aber, dass Jana jeden Versuch deiner Großmutter hintertrieb, mit ihrer Enkelin ein liebevolles Verhältnis aufzubauen. Dadurch kam es zum Bruch zwischen deiner Mutter und Hilde, den du zum Teil ausbaden musstest. Als du dann nach dem tragischen Unfall deiner Mutter zu uns gekommen bist, hat Hilde versucht, in ihrem Sinn auf dich einzuwirken, um die, ihrer Meinung nach falsche Erziehung deiner Mutter zu korrigieren. Dabei hatte sie sicherlich nicht immer eine glückliche Hand, sie war oftmals sehr streng, vielleicht zu streng, und sie ließ sich zu sehr von Prinzipien leiten. Das provozierte deinen Widerstand. Aber glaube mir, und es ist mir sehr wichtig, dass du das weißt, sie hat es stets gut mit dir gemeint. Deine Großmutter war ein hochintelligenter und gebildeter, wie auch herzensguter, liebenswerter Mensch, dem ich unendlich viel verdanke. Das wechselseitige Geben und Nehmen in unserer Ehe war wundervoll; ich fühlte, wie ich lernte an ihr und mit ihr. Ich habe sie sehr geliebt und nichts kann mir sie je ersetzen.«

Er sah Paula mit ernstem Gesicht an und fügte mit fester Stimme hinzu: »Auch dir, liebe Enkelin, wünsche ich von Herzen solch einen Menschen. Und wenn du ihn gefunden hast, halte ihn gut fest.«

Paula ließ die Worte in sich hinein und nickte. Sie wusste, wie sehr ihm seine Frau fehlte und wie sehr er sich wünschte, seine Enkelin glücklich zu sehen.

Sie erinnerte sich gut an den Verkehrsunfall ihrer Mutter. Ihr damaliger Freund flog mit seinem Porsche wegen zu hoher Geschwindigkeit aus einer engen Kurve, prallte auf einen Baum und riss sich und Jana in den Tod. Neben der Trauer um den Verlust der Mutter verspürte sie damals eine klammheimliche Erleichterung über deren Tod und erschrak darüber. Sie stand diesen Gefühlen fassungslos gegenüber. Sie fragte sich, was mit ihr los war, dass der Tod der Mutter, über die sie trauern und die sie in Ehren halten sollte, solche Empfindungen bei ihr auslöste. Sie war damals sechzehn Jahre alt. Wieder fühlte sie sich der Mutter gegenüber schuldig, so wie zwei Jahre vorher, als sie sich als Vierzehnjährige ertappt hatte, wie sie sich heimlich darin gefiel, die Aufmerksamkeit des Liebhabers ihrer Mutter auf sich gezogen zu haben – und das ebenfalls mit großen Schuldgefühlen bezahlen musste.

Sie war nach dem plötzlichen Tod, kurz nachdem sie die Schule beendet hatte, zu ihren Großeltern von Offenbach nach Frankfurt gezogen. Dort lernte sie den Vater ihrer Mutter lieben. Zum ersten Mal in ihrem Leben fühlte sie sich von einem Menschen angenommen und verstanden. Mit der Großmutter kam es, wie das ihr Großvater richtig beobachtet hatte, zu häufigen Wortgefechten und knallenden Türen. Sie war genervt von ihrem alles kritisierenden und oftmals herrischen Ton, zumal sie annahm, dass ihr gutmütiger Großvater, wie sie selbst, ebenfalls unter den Allüren dieser Frau zu leiden hatte. Sie wollte die Großmutter dafür bestrafen. Das einzige Mittel, das ihr dafür zur Verfügung stand, war, sie zu reizen und zu provozieren, die Grenzen, die sie ihr setzen wollte, zu überschreiten. Je mehr sie sich die Großmutter starrsinnig auf Distanz hielt, umso mehr bemühte sie sich um ihren Großvater; fast so, als könnte sie dadurch die Verletzungen, die sie seiner Frau zufügte, an ihm wieder gut machen.

Ein Jahr nach der Mutter starb auch die Großmutter. Erst als sie bereits mit dem Tod rang, erfuhr sie von ihrem Großvater die Wahrheit: sie war schon vor Jahren an Krebs erkrankt.

Ihr Krebstod hatte sie aufgewühlt und starke Gewissensqualen in ihr ausgelöst. Sie bereute zutiefst ihre verletzende Arroganz gegenüber der Großmutter.

Neben der Liebe zu dem Großvater begann sich, ebenfalls zum ersten Mal in ihrem jungen Leben und für sie selbst überraschend, kurz nach dem Tod der Großmutter eine enge Freundschaftsbeziehung zu einer Gleichaltrigen zu entwickeln. Ihre jetzige Freundin Jette Kreutzer. Es erschien ihr damals wie ein Wunder, dass ihr neben dem Großvater ein zweites Mal nach dem Tod der Mutter jemand Zuneigung entgegenbrachte. So, als ob deren Tod einen Blockademechanismus in ihr gelöst und ihr ein neues Lebensgefühl eingehaucht hätte. Sie hatte nicht mehr daran geglaubt, dass ein Mädchen ernstes Interesse an ihr haben könnte, wie sie selbst auch die Hoffnung aufgegeben hatte, jemals eine Freundin zu finden, der sie sich anvertrauen könnte.

Sie erinnerte sich noch an die Worte einer Schulkameradin, als es mit ihr wegen einem Jungen zum unschönen Streit gekommen war: »Du bist vielleicht gescheit und hübsch, aber was du auch später machst, du wirst immer einsam und ungeliebt bleiben. Vielleicht wirst du einmal erfolgreich sein und man wird dir schmeicheln. Bilde dir nichts darauf ein, die Wahrheit wird bleiben, dass die Menschen dich verachten, weil du ein ausgemachtes Ekel bist.«

Paula hatte damals süffisant gelächelt und in derben Worten geantwortet: »Du bist ein Speichellecker und Arschkriecher. Du wolltest über mich an die Boys herankommen, weil du es alleine nicht schaffst. Jetzt beschimpfst du mich als Ekel. Das ist sehr billig. Aber tu, was du tun musst. Ich weiß, wer ich bin. Ich bin intelligent und hübsch, ganz recht. Das kannst du von dir wahrlich nicht behaupten. Ich kann jeden haben, du nicht. Das spricht für sich selbst.«

Sie hatten nie wieder miteinander gesprochen, aber deren Worte hallten in Paula lange nach.

In der Tat war sie attraktiv und hatte schon als Schülerin eine starke erotische Ausstrahlung. Sie hatte jetzt bei den Jungen Chancen und Erfolge. Sie hielt mit ihren Eroberungen, sehr zum Missfallen der Mitschülerinnen, nicht hinter dem Berg. Im Gegenteil, sie präsentierte stolz ihre Eroberungen und triumphierte, wenn sie die neidischen Blicke sah. Die Anfeindungen der Mitkonkurrentinnen um die Gunst der Jungen, die ihr diesen Erfolg neideten, perlten damals scheinbar an ihr ab, wie Tropfen auf den Blättern einer Lotuspflanze. Äußerlich. Innerlich litt sie allerdings unter der Missgunst und Ausgrenzung, die sie zur Außenseiterin stempelten, und sie sehnte sich zutiefst nach einer guten Freundin, mit der sie ihre Träume und Fantasien austauschen konnte.

Diese Sehnsucht wurde nun endlich gestillt. Sie fühlte sich bei Jette aufgehoben und hatte von der ersten Minute an Zutrauen zu der rotblonden Frau mit den himmelblauen, wachen Augen und den unzähligen Sommersprossen im Gesicht. Als Jette in Frankfurt zu studieren begonnen hatte, war sie in eine kleine Wohnung im dritten Stock des Wohnhauses gezogen, in dem Paula nun seit einem Jahr bei ihren Großeltern lebte. Jette war drei Jahre älter als Paula und studierte Medizin, wobei unklar war, ob sie dies aus Neigung oder wegen des Drucks ihres Vaters tat, der, selbst Professor für Biochemie in Tübingen, sich ein naturwissenschaftliches Studium für seine Tochter wünschte. Neben dem Studium beschäftigte sie sich intensiv mit Malerei und hatte auch Talent. Außerdem schrieb sie schöne, berührende Gedichte, so dass sie lange zögerte und zwischen einem naturwissenschaftlichen Studium und einem Kunst- oder Literaturstudium hin und her schwankte. Sie entschied sich schließlich für den Weg, bei dem weniger Widerstände zu überwinden, weniger Lebensrisiken und bessere Verdienstmöglichkeiten zu erwarten waren. Ihr wurde zwar jeden Monat vom Elternhaus eine nicht unbeträchtliche Summe als Studiengeld zur Verfügung gestellt, jedoch reichte das Geld nie für ihren ziemlich aufwändigen Lebensstil, der sich insbesondere im Kauf von teuren und extravaganten Klamotten und Kosmetika niederschlug, mit denen sie ihren lesbischen Freundinnen imponieren wollte. Deswegen jobbte sie zusätzlich stundenweise im Hexenkeller, einem Nightclub in der Moselstraße, der nur einen Katzensprung von ihrer Wohnung am Westendplatz entfernt war. In diesem Club, den auch Paula gelegentlich besuchte, hatte Paula Jette kennengelernt. Als Paula ihre Besuche in dem bekannten Lesbentreff einstellte, weil ihr die dauernden Annäherungsversuche der dort verkehrenden Frauen auf die Nerven gingen, trafen sie sich zu Hause in ihren Wohnungen am Westendplatz. Die Zusammenkünfte intensivierten sich noch, als Jette Kreutzer vom dritten in den zweiten Stock umgezogen war, und sie sich auf demselben Stockwerk gegenüber von Paula in einer kleinen Zwei-Zimmer-Wohnung eingerichtet hatte.

Paula fühlte sich von ihr in keiner Weise sexuell bedrängt. Im Gegenteil, sie fühlte sich von Jette liebevoll umsorgt. Sie spürte, dass ihre Freundin in sie verliebt war, und fand es keineswegs unangenehm, von ihr ein wenig angehimmelt zu werden. Es baute sich mit der Zeit ein enges Freundschaftsverhältnis zwischen ihnen auf, das aber, abgesehen vom Austausch argloser Zärtlichkeiten und gelegentlichem gemeinsamem Kuscheln im Bett, keine sexuellen Aktivitäten einschloss. Jette akzeptierte Paulas Ausrichtung auf Männer, und Paula Jettes sexuelles Verlangen nach Frauen. Sie klönten, oft stundenlang, offen über ihre Erfahrungen mit ihren jeweiligen Partnern und freuten sich für den anderen, wenn er ein interessantes Date hatte.

Die beiden Freundinnen fühlten sich verbunden durch die unbedingte Ehrlichkeit zueinander. Obwohl sie in vielerlei Hinsicht sehr verschieden waren, schien diese Gegensätzlichkeit der Freundschaft keinen Abbruch zu tun. Während Paula dazu tendierte, sich schnell in sich zurückzuziehen und überlegt, taktisch und kontrollierend an die Dinge, die zu erledigen waren, heranging, wobei sie manches Mal Feingefühl im Umgang mit ihren Mitmenschen vermissen ließ, war Jette spontan, fantasiebegabt, offen und geradlinig, ein Mensch, der herzhaft wenig von taktischen Winkelzügen hielt – und sie war lesbisch und damit, anders als Paula, weitgehend befreit von den oft verwirrenden Gefühlslagen gegenüber der Männerwelt. Jette baute keine Fassade im Umgang mit anderen auf, handelte so wie sie dachte und war stets bemüht, nicht verletzend zu sein. Manches Mal wünschte sich Paula in die Haut ihrer Freundin und beneidete sie um ihre innere Freiheit und Unbekümmertheit.

Paula hatte für die Essenseinladung den großen, runden Tisch im Esszimmer mit dem Sonntagsgeschirr und der schweren Damasttischdecke ihrer Großmutter eingedeckt. Kerzen und kleine Blumensträußchen auf dem Tisch sorgten für einen festlichen Glanz, der sehr lange nicht mehr in der Wohnung zu spüren war. Sie hatte sich viel Mühe gegeben, sie wollte die drei wichtigsten Menschen ihres noch jungen Lebens verwöhnen.

Es klingelte. Als Paula öffnete stand Jette in ihrer Motorradkluft, den Helm unter den Arm geklemmt, vor der Wohnungstür.

»Willst du noch eine Runde drehen? Das dürfte aber knapp mit der Zeit werden. In einer halben Stunde ist das Essen fertig.«

»Nein mein Liebe, ich war gerade mit meiner Maschine unterwegs und wollte dich fragen, ob ich eine viertel Stunde später kommen kann, ich schaffe es nicht bis halb acht und möchte doch für dich heute Abend richtig schön sein.«

Paula lachte sie an.

»Du bist immer schön, egal, was du anhast. Eine viertel Stunde ist okay. Ich weiß ja, dass du mit der Pünktlichkeit auf Kriegsfuß stehst. Zieh an, was dir in die Finger kommt, dann wirst du es schaffen. Wir trinken ohnehin vorher erst noch einen Aperitif.«

»Du siehst süß aus in dem Kleid, ich fürchte, da wird es mir schwer werden, mitzuhalten. Da kann ich aussuchen, was ich will.«

Sie betrachtete sich in dem großen Bodenspiegel im Flur als sie zurück in die Wohnung ging. Sie trug hohe Stöckelschuhe, dazu ein Sommerkleid aus fließendem Stoff mit farbenfrohen Blumenmotiven, das sanft ihren Körper umspielte und die Figur betonte. Es war ein Spiegelbild ihrer inneren Gemütslage: verspielt, verliebt, leicht. Wenn sie zurückdachte, fiel ihr keine Stunde in ihrem Leben ein, an der sie sich so glücklich gefühlt hatte wie jetzt. Sie strahlte sich an und stimmte ihrer Freundin zu: sie fand sich hübsch heute Abend.

Großvater Preuss hatte sich ebenfalls fein gemacht und betrat, bekleidet mit Fliege und dunklem Anzug, das Wohnzimmer, als Paula gerade eine CD auflegte. Paula ging zu ihm und gab ihm einen Kuss auf die Stirn. Sie hatte ihn seit der Beerdigung seiner Frau nicht mehr im Anzug gesehen und verstand dessen Garderobe als Wertschätzung ihrer Person. Sie schenkte ihm einen Whiskey mit viel Eis ein und sich selbst einen Campari Soda. Er nahm das Glas in die Hand, die andere hielt er auf dem Rücken verborgen. Er druckste verlegen etwas Unverständliches und trat wie ein Schuljunge von einem Bein auf das andere. Paula sah ihn verwundert an.

»Ist irgendetwas, Opa?«

»Ich möchte dir eine Freude machen und habe etwas, von dem ich nicht weiß, ob es dich erfreuen wird.«

»Opa, mich freut, dass du da bist, mehr braucht es nicht.«

Er holte seine Hand hervor und überreichte ihr ein etwa 30 mal 40 Zentimeter großes Bild. Es war eine Kohlezeichnung von Ernst Ludwig Kirchner mit dem Titel ›Das Liebespaar‹. Es zeigte eine nackte Frau, die, augenscheinlich kurz nach dem Liebesakt, mit zerzausten Haaren ermattet auf einem Bett lag, neben ihr saß ein ebenfalls nackter Mann, der sie, seinen Arm um ihre Schulter gelegt, versonnen betrachtete.

»Das hat mir deine Oma geschenkt, kurz nachdem Jana zur Welt gekommen war.«

»Es ist wunderschön. Aber es ist doch ein Geschenk deiner Frau für dich und außerdem viel zu wertvoll. Wenn ich mich recht entsinne, ist Kirchner doch ein richtig berühmter Maler. Du solltest es behalten. Du kannst es mir ja irgendwann einmal vererben.«

»Nein, ich will es dir jetzt geben. Bei dir ist es in guten Händen, und ich würde mich glücklich schätzen, wenn es dir gefällt. Es soll auch eine kleine Erinnerung an deine Oma sein.«

Paula lehnte das Bild auf der Anrichte an die Wand und ließ es auf sich wirken. Das Paar strahlte einen in sich ruhenden erotischen Ernst aus: Etwas Bedeutendes war geschehen, das die Liebenden beschäftigte, und das jeder auf seine Art verarbeitete.

Die Eindrücke des Bildes, die erotischen Empfindungen des Paares nach der Vereinigung, die ihr bisher unbekannt waren, hallten in ihrem Kopf nach und produzierten ungewollt ein starkes sexuelles Verlangen. Mark tauchte vor ihrem inneren Auge auf: nackt und sexuell erregt. Es klingelte erneut. Paula ging zur Tür und öffnete, dieses Bild von Mark vor Augen, geistesabwesend die Tür. Als Mark vor ihr stand, betrachtete sie ihn mit verklärtem Gesichtsausdruck. Ihre Augen wanderten von oben nach unten und wieder nach oben, wo ihr ein lachendes Gesicht entgegen strahlte. Der da vor ihr stand, war korrekt bekleidet in einem Sakko, weißem T-Shirt mit V-Ausschnitt und einer hellblauen Jeans und hatte einen Strauß mit roten Rosen in der Hand. Sie umarmte ihn, nahm ihn an die Hand und führte ihn in die Wohnung.

Nachdem sie die beiden Männer bekannt gemacht hatte, ließ sie sie allein, um die Blumen in die Vase zu stellen und nach dem Essen zu schauen. Ihr Großvater sollte Gelegenheit bekommen, mit Mark allein zu sein, und sich unbeeinflusst einen Eindruck von ihm machen können. Sein Urteil war ihr wichtig, wenn auch seine Meinung ihre Gefühle zu Mark nicht wirklich entscheidend beeinflussen konnten. Dazu war sie sich ihrer Empfindungen allzu sicher. Sie zählte die Rosen, es waren zweiunddreißig. Sie freute sich, dass auch Mark die Anzahl der Tage ihrer Liebe im Kopf hatte.

Als Paula gerade die Vorspeise in das Esszimmer tragen wollte, klingelte es erneut, und Jette erschien wie ein Wirbelwind auf der Bildfläche. Sie begrüßte Mark mit einer Umarmung, als ob sie ihn schon lange kennen würde.

»So, da ist ja unser Prachtkerl. Lass dich mal anschauen«, sagte sie burschikos und drehte ihn wie einen Kleiderständer um seine eigene Achse.

»Hm, ja, ganz Okay«, war ihr ganzer Kommentar und wandte sich Paula zu, der sie einen Kuss auf den Mund gab.

»Ich habe dir etwas mitgebracht.«

Jette überreichte Paula einen großen, schwarzer Bogen Papier, auf dem mit goldener Schrift geschrieben war:

Das Denken ist die Wand des Kerkers,
in dem das Sein gefangen ist.
Die Wände zu entdecken ist unser Werk ein Leben lang,
sie sind in uns und oftmals unsichtbar.

Denken ist ein Selbstgespräch
der Natur mit sich selbst.
Ohne Richtung, Sinn und Sein ist es
ein fortgesetztes Gemurmel nur,
beraubt der Freiheit süßer Klang:
Sinn braucht Sinnlichkeit
Sinnlichkeit braucht Sinn.
Der Weg zum Sein führt durch die Sinne,
so wie es einst Dionysos der Minerva sang.

»Was ist das heute nur für ein Tag. Ich werde von allen Seiten so überreichlich beschenkt. Wenn ich euch doch alle drei für immer und ewig in mein Herz einmauern könnte!«

»Bewahre uns davor, wir wollen leben und nicht eingemauert werden. Wir wollen Spaß haben und uns an unseren Sinnen erfreuen, wie die Liebenden, die von Gipfel zu Gipfel im Dschungel der Sinne schwirren und von dem Nektar der Gipfelblüten saugen«, sagte Jette.

»Wie du dich ausdrücken kannst. Ich würde nie solche Worte finden. Jette, du bist eine wirklich große Poetin und ich bin mächtig stolz, dich meine Freundin nennen zu dürfen ... Und du Opa, du bist meine Vergangenheit und mein selbstverständlicher, gütiger Weggefährte. Ohne dich hätte ich keine Wurzeln. Was soll ich über Mark sagen? Mit Worten kann ich das gar nicht ausdrücken. Nicht umsonst bedeutet Glücklichsein bekanntlich, dass alles in einem schweigt. Ich liebe dich, ich habe es dir schon tausend Mal gesagt, aber eben noch nie öffentlich. Ich vertraue dir und dem Glück und habe deswegen keine Scheu mehr, es alle Welt wissen zu lassen.«

Paula hatte feuchte Augen, sie war von tief empfundenen Gefühlsbewegungen überrumpelt worden und hatte große Mühe, nicht loszuheulen.

Die weitere Unterhaltung am Tisch war lebhaft und herzlich. Es war fast so, als ob sich alle verschworen hätten, Paula in ein neues Leben zu geleiten. Ein Leben, in dem ihre unruhigen, aufrührerischen Zeiten getilgt schienen, und das eine verheißungsvolle Zukunft versprach.

Als sich Jette verabschiedete und ihr Großvater sich zurückgezogen hatte, bat Paula Mark, noch bei ihr zu bleiben. Das erste Mal in ihrem Leben durfte ein Mann in sie eindringen, und sie genoss die ungestüme, rücksichtslose Kraft, mit der sein Geschlecht sich in ihr breit machte, und gleichermaßen das unbändige Gefühl, mit jeder Faser ihres Körpers begehrt *und* geliebt zu werden.

III.

Wenn es für unser Leben
etwas Ewiges geben soll,
so sind es die Erschütterungen,
die wir in der Jugend empfangen.
Theodor Storm

Paula saß in einem der vielen Cafés am Opernplatz, unweit der Macht und Reichtum verheißenden Hochhaustürme der Banken, die sich wie Phallussymbole in den Himmel reckten. Seit einem Jahr war sie nun schon mit Mark liiert. Es war ein heißer Sommertag im Juli. Die Hitze flirrte in den Betonschluchten der Stadt, kein kühlendes Lüftchen wehte. Sie trank einen Eiskaffee und wartete auf eine Kollegin, mit der sie sich in der Mittagspause verabredet hatte.

Seit einigen Monaten arbeitete sie in der Buchhaltung einer Werbeagentur. In der Geschäftsleitung war man auf ihr gutes Gespür im Umgang mit Zahlen und ihr außergewöhnliches Zahlengedächtnis aufmerksam geworden und hatte bei ihr angefragt, ob sie nicht Lust habe, innerhalb der Agentur von der sehr schlecht bezahlten Praktikantenstelle in der Marktforschungsabteilung zu diesem Job zu wechseln. Man hatte ihr eine feste Halbtagsanstellung angeboten und zum ersten Mal bekam sie nun ein monatliches Gehalt, mit dem sie fest kalkulieren konnte. Es war nicht viel, wenn sie es mit den exorbitanten Gehältern der Mitglieder der Geschäftsleitung verglich, die sie täglich vor Augen hatte, aber sie kam damit zurecht, zumal sie nach wie vor mietfrei bei ihrem Großvater leben konnte. Sie war stolz auf das erste selbstverdiente Geld, das ihr Selbstwertgefühl steigerte und ihren Status in der Beziehung zu Mark stärkte. Mark, der als Regieassistent für einen Hungerlohn bei einer kleinen Firma arbeitete, die Filme produzierte, und auf die den großen Durchbruch als Regisseur spekulierte, war ständig knapp bei Kasse. Sie steckte ihm verschämt von dem wenigen Geld, das sie verdiente, ab und zu etwas zu. Er nahm es gerne und ohne irgendwelche Hemmungen an.

Marks Produktionsfirma hielt sich hauptsächlich mit kleineren Werbefilmen über Wasser. Paula gelang es, ihn mit der Kreativdirektorin ihrer Agentur zusammenzubringen. Wie sie ebenfalls anhand der ihr einsehbaren Unterlagen in der Buchhaltung festgestellt hatte, konnte Mark so mit Paulas Hilfe einige Low-Budget-Produktionen für seine Firma einwerben. Sie war stolz auf diese Vermittlung. Mark sprach zu ihr etwas prahlerisch von Großaufträgen, aber sie wusste es besser und hielt den Mund, obwohl sie sich über seine gespreizte, dünkelhafte Großspurigkeit, die in letzter Zeit zunahm, manchmal ärgerte. Aber sie hatte auch Verständnis für ihn und seine Lage. Seit Jahren schon wurde ihm eine eigene Regiearbeit in Aussicht gestellt, die er nie bekommen hatte. Er trat auf der Stelle. Sein Selbstbewusstsein litt darunter, und je mehr er darunter zu leiden hatte, desto mehr plusterte er sich auf und desto dünnhäutiger und verletzlicher erschien er ihr, besonders in den letzten Monaten. Manches Mal wünschte sie sich bei ihm mehr Durchsetzungskraft und Stärke. Er nahm, was er bekam, aber er kämpfte nicht. Er war biegsam wie eine Weidenrute und leistete kaum Widerstand, auch wenn sie spürte, wie ihn eine der vielen ränkegetränkten Entscheidung seines Chefs schmerzte. In seltenen Momenten empfand sie, ganz tief im Inneren verborgen, seine widerstandslose Biegsamkeit als würdelose Schwäche, die ihr eigentlich missfiel. Nie gestand sie sich das jedoch ein, sondern suchte vernünftige Argumente, die sein Verhalten erklären konnten. Sie vergötterte ihn. Die abgöttische Liebe machte sie blind – und sie offenbarte den ungestillten Hunger nach Liebe und die Einsamkeit ihres bisherigen Lebens, das ihr nicht erlaubt hatte, eine strapazierfähige Identität und ein starkes Selbstwertgefühl auszubilden. Sie tat alles, ihn zu unterstützen und wieder aufzurichten, wenn es notwendig war, und das war häufig der Fall. Sie freute sich darüber, ihm von Nutzen sein zu können und fühlte sich glücklich, wenn er sie in seine sehnigen Arme nahm und ihr Liebesschwüre ins Ohr flüsterte. Ihre sorgsam gehegten Träume von der großen Liebe und ewiger enger Verbundenheit schienen sich in ihm zu erfüllen. Traum und Wirklichkeit hatten sich übereinander geschoben. Sie wurde geliebt und sie liebte. Es war für sie in dieser Zeit immer mehr zur Selbstverständlichkeit geworden, ausschließlich für ihn da zu sein. Sie nahm in Kauf, viele eigene Wünsche zurückstellen zu müssen, und akzeptierte auch ohne Klage seine in letzter Zeit sich häufende, grundlose Launenhaftigkeit und sexuelle Zurückhaltung, die sie mit Verwunderung registrierte, da er immer behauptet hatte, ohne nahezu täglichen Sex nicht leben zu können. Beides führte sie auf die hohe Arbeitsbelastung in seiner Firma zurück.

Paula blickte gedankenverloren zum Springbrunnen vor der Alten Oper in Frankfurt. Eine Frau mit Sonnenbrille und breitrandigem Sonnenhut, der ihr Gesicht beschattete, saß auf der Umrandung und kühlte ihre Füße im Wasser. Mit einem starken Strahl wurde die Wasserfontäne hoch in die Luft gedrückt und plätscherte zurück in das Becken, wobei sich ein feiner Sprühregen bildete, der regenbogenfarben die am Beckenrand sitzenden Menschen erfrischte.

Erika Handschuh ließ sich neben Paula auf den freien Korbstuhl plumpsen. Ihr Gesicht war gerötet und kleine Schweißperlen glitzerten auf der Stirn und dem Nasenrücken. Sie war Sekretärin in der Geschäftsleitung und arbeitete schon seit über zwanzig Jahren bei Paulas Arbeitgeber. Die kleine, korpulente und lebenslustige Person hatte ihre Ohren überall, und sie hatte Paula aus nicht erfindlichen Gründen dazu auserkoren, bevorzugte Abnehmerin ihrer Tratsch- und Nachrichtenflut über Interna der Werbeagentur zu sein.

»Puh, ist das eine Hitze heute. Jetzt habe ich schon fast nichts an und zerfließe trotzdem.«

Sie winkte dem Ober.

»Bringen Sie mir bitte eine große Flasche Wasser und einen Frankfurter Kranz.«

Sie lächelte Paula an.

»Gut siehst du aus. Aber das tust du ja immer, meine Liebe. Wie machst du das nur? Deine Figur wollte ich haben, dann müsste ich unter der Hitze nicht so erbärmlich leiden. Ich kann hungern so viel ich will, ich nehm einfach nicht ab ... Weißt du übrigens, dass Viktor Bregenz aus der Marktforschung uns verlässt, er hat ein lukratives Angebot von einer amerikanischen Agentur in San Francisco bekommen. Du kennst ihn doch noch, als du bei ihm in der Marktforschung gearbeitet hast. Ein attraktiver junger Mann – und sehr ehrgeizig, vielleicht zu sehr. Er geht über Leichen, das sage ich dir.«

Paula kannte Viktor gut. Er war in der Tat gut aussehend und ihr, der kleinen, unbedeutenden Praktikantin, immer zugetan gewesen. Mehrmals hatte er sie eingeladen und ihr eindeutige Avancen gemacht, er war aber stets bei ihr abgeblitzt.

Erika stieß sie plötzlich mit dem Ellbogen in die Rippen.

»Schau mal, wer da kommt«, sagte sie und zeigte mit dem Finger in Richtung Springbrunnen.

Paula erkannte Mark und wollte gerade die Hand heben, um ihm zu winken, als sie wie erstarrt innehielt. Aus Erikas Mund prasselten Worte, die wie Hammerschläge ihre Träume zertrümmerten.

»Das ist der Freund von Maike Behnisch. Sie ist schon über drei Monate mit ihm zusammen und hat ihr Verhältnis gekonnt vor allen verheimlicht. Aber mir entgeht so leicht nichts, wie du ja weißt. Ich habe unserer liebestollen Kreativdirektorin schon X-Termine mit dem jungen Mann, übrigens ein Filmregisseur, gemacht, die sie immer als Geschäftsessen deklariert hatte. Aber wenn sie mit ihm telefonierte, war ihre Sprache eindeutig: Ja, mein Liebling, hier; ich liebe dich, dort – und dann die Küsse, die durchs Telefon flogen. Ungeniert tauschten sie ihre Bettgeschichten aus. Ich sage dir, meine Gute, da passt kein Blatt Papier zwischen die beiden. Es muss wohl die große Liebe sein, da gibt's nichts zu deuteln.«

Mark ging auf die Frau mit der Sonnenbrille und dem Sonnenhut zu. Sie hob den Kopf. Paula erkannte jetzt Maike Behnisch wieder. Sie umarmten sich. Sie küssten sich. Sie lachten und gingen eng umschlungen in Richtung Taunusanlage davon.

Paula saß versteinert auf ihrem Stuhl.

»Ein nettes Paar, die beiden … «

Erika sah zu Paula, die kreidebleich und mit Tränen in den Augen vor sich hin starrte.

»Was ist mit dir, Paula? Ist dir nicht gut? Hier, trink einen Schluck von meinem Wasser.«

Paula stieß ihren Stuhl mit Wucht nach hinten, so dass er umstürzte, und stürmte aus dem Café. Sie lief fassungslos und dumpf durch die Stadt. Den ganzen Tag, die halbe Nacht. Die Menschen schauten sie an, wie man ein entlaufenes Hundebaby auf der Straße anguckt und sich fragt: Soll man ihn nach Hause nehmen oder zur Polizei bringen? Warum betrügst du mich? Und dann die quälenden, neugierigen, unnötigen Fragen: Was hat sie, was ich nicht habe? Warum bin ich nicht attraktiv, nicht begehrenswert für dich? Ist sie geistreicher und leidenschaftlicher? Ist es ihr Geld, ihre Macht, die dich in ihren Bann zieht? Was geht in dir vor, während sie die Beine breit macht und du ihre Brüste streichelst, wie du es bei mir machst, bei mir gemacht hast? Spottest du über mich, die kleine Buchhalterin, wenn du dich mit ihr vergnügst?

Niemand konnte ihr den Schmerz verdünnen, nichts den Kummer aufsaugen. Nie mehr wieder betrat sie die Agentur.

Die Erkenntnis, dass Mark ihre Beziehung zerstört, ihr Vertrauen hintergangen, sie ausgenützt und erniedrigt hat, war für sie wie ein Erdbeben, eine Naturkatastrophe. Sie war zutiefst überzeugt gewesen, dass die Liebe bis an das Ende ihrer Tage halten und sie es besser als ihre Eltern machen würde. So wie die Erde um die Sonne kreist und beide durch unerschöpfliche Kräfte zusammengehalten werden, verband auch die große Liebe zwei Menschen. Darauf hatte sie vertraut, hatte sich, bis sie Mark kennenlernte, sexuell enthalten, sich für ihn aufgehoben. Sie hatte sich und Mark als einen zusammengehörenden organischen Körper empfunden, als eine unverbrüchliche Ganzheit, die allerdings nur in gegenseitiger Rücksichtnahme, Verlässlichkeit und Treue existieren konnte oder gar nicht. Die klaffende, zerstörerische Wunde zerriss die Einheit in Stücke und gab der Liebe den Todesstoß.

Paula dachte an ihr Baby, das in ihr wuchs. Erst gestern hatte sie erfahren, dass sie schwanger war und wollte ihre unendliche Freude über das keimende Leben mit der Welt und Mark teilen und ihm heute die Nachricht überbringen. Welche Glücksgefühle hatte sie bei dem Gedanken, an das gemeinsame Leben mit Mark und ihrem Kind. Sie würden bald eine Familie sein, eine *richtige* Familie. Jetzt war alles zerbrochen und der Gedanke an das Kind nur noch eine Belastung. Es würde sie Tag für Tag schmerzlich an die enttäuschte Liebe erinnern. Der Gedanke an eine Abtreibung, vor ein paar Stunden noch undenkbar, schlich sich in ihr Hirn. Sie wollte nicht wie ihre eigene Mutter werden.

Die zahlreichen Bruchstellen in ihrem Leben, die sich wie Bildanschlussfehler durch ihre Vergangenheit zogen, hatten schon früher offenbart, dass einzelne Sequenzen ihrer Existenz nicht immer ganz zusammenpassten. Sie verbanden als schmerzhafte, misstönende, aber doch erträgliche Nahtstellen ihr Dasein. Jetzt aber tat sich ein Abgrund auf, der unüberwindbar war.

Paula versiegelte, mehr noch als früher schon, ihr Inneres, nichts mehr drang nach außen und niemanden mehr ließ sie in sich hineinschauen. Sie erzählte keinem Menschen von ihren inneren Qualen; nicht dem Großvater, der als einzige Stütze geblieben war, und auch nicht Jette, die natürlich die auffälligen Veränderungen in Paulas Verhalten registrierte. Da sie auf ihre bohrenden Fragen keine Antwort bekam, nahm sie die bockige Verschlossenheit zunächst als eine vorübergehende Laune ihrer Freundin hin, die sich wieder legen würde.

Die Blüten der Liebe, die sie leichtherzig in luftiger Höhe in den Wipfeln des Dschungels der Sinne gepflückt hatte, wie das Jette ähnlich vor langer Zeit einmal ausgedrückt hatte, waren verblüht und torkelten grau und verdorrt zur Erde. Der Sturz war groß. Paula wollte weg, weit weg. Am liebsten in ein Land, abseits aller Zivilisation, in ein Land, dessen Sprache sie nicht verstand und in dem sie mit niemandem sprechen konnte. Sie holte eine Karte von Italien. Ihr Finger glitt über die Berge, die Küsten, die Städte und blieb bei einem

Gebiet in Umbrien am Rande der Sybillinischen Berge, das sich *Piano Grande* nannte, hängen. *Piano Grande*, der Name versprach eine Landschaft, die ihr wie eine Schwester im Geiste klang, ein Ort, der mit der großen, leeren Stille in ihrem Körper, dem schwarzen Nichts in ihr im Einklang stand. Dort konnte sie sich verkriechen, dort würde ihr Elend einen Widerhall finden. Sie setzte sich am nächsten Tag in den Zug, verbittert und unendlich enttäuscht vom Leben, wie von Mark, der ihr mit monotoner Stimme zu sagen schien: wenn du tot wärst, würde ich dich auch nicht mehr lieben.

Die Flucht brachte keine Erleichterung. Die Abgeschiedenheit dort war ihr willkommen, konnte aber den bleischweren Druck in ihrer Brust und die trostlosen Gefühle kaum mindern. Sie mied jeden Kontakt dort und hatte auch jede Verbindung nach Hause zu ihrem Großvater und zu Jette unterbrochen. Isoliert von der Welt, drehten sich ihre Gedanken im Kreis. Sie fühlte sich zunehmend niedergeschlagen. Hoffnungslosigkeit, Minderwertigkeit, Hilflosigkeit und bleierne Müdigkeit legten sich über sie, dazu kamen starke Schuldgefühle, weil sie ernsthaft erwog, das Kind abzutreiben. Nach einer Woche fühlte sie sich krank, elend und am Rande eines Zusammenbruchs.

Sie raffte sich nur mit großer Mühe dazu auf, wieder nach Hause zu fahren. Bevor sie in den Zug stieg, versuchte sie, ihren Großvater anzurufen, um ihm mitzuteilen, dass sie wieder nach Hause käme. Er ging nicht an den Apparat oder war nicht in der Wohnung, so hinterließ sie eine kurze Nachricht auf Jettes Anrufbeantworter, mit der Bitte, ihren Großvater zu benachrichtigen, dass sie heute wieder zurückkomme. Als sie mutlos im Zug saß und die Landschaft an ihr vorbeihuschte, so wie das auch mit ihrem Leben passierte, das nichts als bitteren Nachgeschmack bei ihr hinterlassen hatte, verspürte sie tief in einem hinteren Winkel ihrer Seele den matten Abglanz eines nebelhaften Glücksgefühls, ihren Großvater, dessen Liebe sie auf ewig gewiss sein konnte, wiedersehen zu dürfen.

Sie klingelte. Der Großvater öffnete nicht. Sie schloss die Tür auf. Sie rief nach ihm. Die Wohnung war penibel aufgeräumt und sie erschien ihr seltsam unbewohnt, unpersönlich und leer. Nichts stand herum, keine Blumen, keine persönlichen Dinge. Auf dem Esszimmertisch lag ein Brief von ihrem Großvater, an sie adressiert. Sie nahm den Brief und ging in ihr Zimmer, um die wenigen Dinge, die sie nach Italien mitgenommen hatte, auszupacken. Als sie fertig war, setzte sie sich auf ihr Bett und las die Zeilen mit seiner kleinen Handschrift:

Allerliebste Paula,

als erstes möchte ich mich bei dir entschuldigen, dass ich mich so klammheimlich aus dem Leben stehle. Du hättest eigentlich verdient, dass ich dir gegenüber mit offenen Karten spiele, aber ich brachte es einfach nicht übers Herz. Vor zwei Monaten war ich beim Arzt, weil sich meine Gedächtnisausfälle in den letzten Monaten gehäuft hatten. Ich hatte dir vor einiger Zeit schon einmal von meinen vorübergehenden Gedächtnistrübungen erzählt, du erinnerst dich sicher. Der Arzt hat mir eine fortgeschrittene Alzheimer Erkrankung diagnostiziert. Ich habe dir damals auch erzählt, was du bei deinem guten Gedächtnis sicher ebenfalls behalten hast, dass ich ohne meine Erinnerungen nicht mehr leben kann und will. Sie sind der größte Schatz, den ich habe, wenn der nicht mehr zu heben ist, ist mein Leben nutzlos.

Dir kann ich auch nicht mehr nützlich sein, du bist versorgt, hast deinen Beruf und deinen Freund, mit dem du alles teilen kannst und mit dem dir alle Tore in eine Zukunft weit offen stehen. Mir wäre es ein unerträglicher Gedanke, im dumpfen Nichts dahinzusiechen, und dir womöglich noch zur Last zu fallen.

Es ist gut so wie es ist. Ich scheide gelassen aus dem Leben und habe es genossen, soweit ich es konnte. Ich habe Liebe in Überfülle bekommen, von meiner Frau und von dir. Dafür bin ich unendlich dankbar. Es tut mir weh, dich nicht mehr gesehen zu haben, aber ich bin nach reiflicher Überlegung dazu gekommen, dass es besser so ist. Du hättest nicht mehr lange Freude an mir gehabt. Die Wesensveränderungen bei Alzheimer sind doch sehr groß und für die Angehörigen oft nicht mehr ertragbar.

Ich weiß nicht, wohin die Reise geht, ich denke nirgendwohin. Ich habe dir einmal gesagt, dass ich nie an Gott oder an ein Weiterleben nach dem Tod geglaubt habe. Das tu ich auch jetzt nicht. Wie ein Seiltänzer auf einem Hochseil, das vom Nichts zum Nichts gespannt ist, habe ich versucht, mein Leben im Gleichgewicht zu halten. Ich denke, es ist mir einigermaßen gelungen.

Liebste Paula, ich verlasse die Erde in großer Ruhe, so wie die Landschaft heißt, wo du dich jetzt gerade aufhältst, während ich diese Zeilen schreibe. Unterhalb eines bestimmten Alters rebelliert jede Faser unseres Körpers gegen die Vorstellung, sterben zu müssen. In meinem Alter hat sich der Körper mit dem Tod arrangiert – und mit ihm auch der Geist. Der Tod hat nichts Beklemmendes, Tragisches mehr. In meinem Alter existieren Leben und Tod nachbarschaftlich nebeneinander und gehen allmählich ruhig ineinander über. Du wirst später selbst einmal sehen, dass es auch etwas Befreiendes hat, sich in einem älter werdenden Körper einzurichten.

Vielleicht lebe ich noch einige Zeit in dir weiter. Du bist die letzte und einzige nahe Person, die noch an mich denken wird. Man sagt ja, der Mensch stirbt erst dann, wenn der letz-

te tot ist, der sich an ihn erinnert. Aber vielleicht ist auch dies nur ein Trost spendendes Klischee.

Du wirst deinen Schmerz über meinen Tod überwinden.

Ich wünsche dir viel, viel Glück und Liebe in deinem Leben. Ich bin überzeugt, du wirst deinen Weg gehen.

Ich habe dir mein ganzes Vermögen vermacht, auch diese Eigentumswohnung, so dass du in nächster Zeit erst einmal versorgt bist. Mein Testament liegt in meinem Schreibtisch im Schlafzimmer.

Verzeih mir, dass ich dich allein zurück lasse.

Ich liebe und umarme dich.

Opa

Paula blieb tränenüberströmt auf ihrem Bett sitzen, alles Leben in ihr erlosch. Vor ihr tat sich ein riesiger Krater auf, ein Asche speiender Krater, der alles Leben verschlang. Alle Verbindungslinien zwischen dem Gestern, Heute und Morgen, ohne die ein Leben sinnlos ist, waren mit einem Schlag gekappt worden und ließen das Leben erstarren. Die Vergangenheit war mit ihrem Großvater gestorben; die vermeintlich unvergänglichen Augenblicke der Liebe wurden von Mark mit den Füßen getreten und zu Tode getrampelt; die Zukunft zerstob im Nichts. Sie war allein, die Lebensfäden zerrissen, auch Jette konnte sie aus diesem Abgrund nicht mehr herausholen. Immer näher war ihr bis vor kurzem noch das Leben gerückt und neues Leben trug sie in sich, doch jetzt wollte sie nur sterben. Sterben, wie ihr das der Großvater vorgemacht hat. Es hatte nichts Beklemmendes, sondern barg ganz offenbar auch für einen jungen Körper etwas Erlösendes.

Wie recht mein Opa doch hat, er war ein wirklich weiser Mensch, dachte sie, und ging ruhig und gefasst in das Schlafzimmer ihres Großvaters, der friedlich auf seinem Bett lag. Auf dem Nachttisch sah sie neben einem Glas, das auf dem

Blatt mit der Diagnose des Neurologen stand, neben einigen leeren noch zwei volle Schachteln Schlaftabletten. Sie gab ihrem Opa einen Kuss auf die Stirn und ging halb betäubt mit den ungebrauchten Packungen Schlaftabletten in ihr Zimmer zurück. Sie setzte sich auf das Bett, griff mit mechanischen Bewegungen nach den Tabletten, schluckte sie und schnitt sich ruhig mit eben den Rasierklingen ihres Großvaters, die sie ihm, kurz bevor sie weggefahren war, gekauft hatte, die Pulsader auf und legte sich hin.

Mit einer Art wohligem Staunen nahm sie war, wie die Energie aus ihrem Körper strömte und dieser alle Schwere verlor. Sie, die einst quirlig und ein Bündel an Willen und überschäumender Energie war, und oftmals nicht wusste, was sie damit anfangen sollte, löste sich auf. Sie, die so unendlich viel Willenskraft aufgewendet hatte, anerkannt, respektiert, wahrgenommen und geachtet zu werden, und sich doch so oft verleugnet hatte, ergab sich leichten Herzens dem Nichts. Der quälende Schmerz wich einem Gefühl des willenlosen Wohlbehagens. Sie atmete tief und ruhig, befreit von jeglicher Angst und körperlicher Enge. Sie dachte an ihren Großvater, der alles für sie war, und sie erinnerte sich an den Kauf der Rasierklingen, mit deren Hilfe sie das Leben hinter sich lassen konnte. Er hatte auch in ihrer letzten Stunde ein gutes Werk getan. Sie musste daran denken, wie sie sich geärgert hatte, weil die Klingen schon wieder teurer geworden waren; alles wird teurer, auch der Tod. Ein angedeutetes Lächeln huschte über ihr Gesicht bei diesem Gedanken. Wie banal war doch der Abschied von der Welt.

IV.

Ich fand mich gleichsam gezwungen,
es selbst zu übernehmen,
mich zu leiten.
René Descartes

Paula ließ sich nach der Entlassung aus der Klinik und dem langen, nächtlichen Gespräch mit ihrer Freundin Jette über zwei Monate Zeit, um deren Gedanken und Vorschläge abzuwägen und sich Klarheit über sich selbst zu verschaffen. In dieser Zeit verschwanden auch allmählich die düsteren Todesgedanken und machten der Suche nach neuen Perspektiven Platz.

Lernen, dem sie bisher wenig Bedeutung beigemessen hatte, fiel ihr nicht schwer. Warum soll ich nicht diese Fähigkeit für mich nutzbar machen? Niemand hat mich jemals gefördert, auf andere kann ich nicht bauen. Ich muss mich selbst bei der Hand nehmen. Ich habe ein gutes Gedächtnis, ich wäre doch dumm, wenn ich diese Anlage, die so ziemlich das einzige Positive ist, das ich geerbt habe, brach liegen lassen würde, dachte sie.

In ihrer Schulzeit stand sie mit der überwiegenden Mehrzahl ihrer Lehrer auf Kriegsfuß. Es gab damals nur einen Lehrer, es war ihr Sozialkundelehrer, mit dem sie zurechtkam. Er kümmerte sich um sie, erkannte ihre Hochbegabung, die sich in hervorragenden Noten ausdrückte, obwohl sie wenig dafür tat, und er sagte ihr das auch. Dieser Lehrer stand aber im Lehrerkollegium mit seiner Meinung ziemlich allein da. Paula hatte einen schlechten Ruf. Nicht nur, weil sie im Unterricht nicht mitarbeitete, sondern ihn regelrecht sabotierte. Sie schwatzte dazwischen und tuschelte mit anderen, kritzelte gelangweilt auf irgendwelchen Papieren herum, und gab dem Lehrpersonal deutlich zu verstehen, dass sie sich langweilte oder den Unterricht uninteressant fand. Sie zeigte kaum Hilfsbereitschaft und war schlecht in die Klasse integriert. Gerade die Klassenlehrerin hatte große Schwierigkeiten mit ihr, wie sich Paula erinnerte. Als ihre Mutter einmal, was selten geschah, in die Sprechstunde ging, weil Paula ein anderes Mädchen geschlagen hatte, erhob die Lehrerin schwere Vorwürfe, die die Mutter zu Hause ungefiltert an ihre Tochter weiterleitete. Paula hatte das Lehrerurteil aus dem Munde ihrer Mutter nie vergessen.

Im Unterricht sei die Tochter unsozial und zänkisch zu den Mitschülern, frech und aufmüpfig zu den Lehrern und sie störe auf unerträgliche Weise ständig den Unterricht. Weil sie leicht lerne und sehr schnell verstehe, erhebe sie sich dünkelhaft und hochmütig über die anderen. Schade, dass Paula nichts aus ihrem Potenzial mache, nicht richtig mitarbeite und oftmals Aufgaben weit unter ihrem Niveau abliefere. Es sei schwer, an sie heranzukommen. Sie, die Lehrerin, habe häufig versucht, mit ihr zu sprechen, aber Paula sei verschlossen und wirke zuweilen verstockt und verhalte sich so, als ob sie das, was man ihr sage, überhaupt nichts angehe. Die Lehrerin habe sie, die Mutter, aufgefordert mit der Tochter zu reden, zu ihr habe sie doch sicher eher Vertrauen als zu den Lehrern. Vielleicht gelinge es ihr, sie dazu zu bewegen, sich mehr in die Gemeinschaft zu integrieren und die störenden Allüren abzulegen. Als Paula ihre Mutter damals gefragt hatte, wie sie diesen Anschuldigungen entgegengetreten sei, hatte sie zu ihr mit einem Achselzucken gesagt:

»Ich bin derselben Meinung wie die Lehrerin. Ich wüsste selbst gerne, ob du überhaupt zu irgendjemandem Vertrauen hast. Ich, deine Mutter, komme kaum an dich heran. Vielleicht liegt es daran, dass Paulo Gott ins Handwerk gepfuscht und dich mir in den Schoß gelegt hat. Ja, es ist richtig, du bist unkonzentriert und zappelig, du bist altklug, aufmüpfig, widerspenstig und frech. Ich weiß nicht, was ich dagegen tun kann. Ich habe resigniert und mich damit abgefunden, dass meine, oder soll ich sagen Paulos Tochter so ist wie sie ist. Ich versuche, dein Verhalten einfach zu ignorieren und ich habe der Lehrerin den Rat gegeben, es ebenso zu halten.«

Auf Paulas Frage, inwiefern Paulo Gott ins Handwerk gepfuscht habe und warum sie ihren rebellischen und querköpfigen Charakter auf Paulo schiebe, da sie doch ebenso auch ihre Tochter sei, gab sie eine ausweichende Antwort: »Das verstehst du jetzt noch nicht, ich erkläre es dir, wenn du groß bist.«

Wie die Lehrer, so hatte auch ihre Mutter selbst nie wahrgenommen, was in ihrer Tochter für Begabungen schlummerten. Sie hielt sie für besserwisserisch, wenn sie kluge Bemerkungen machte. Sie hielt sie für vorlaut, wenn sie etwas bei ihr korrigierte oder richtig stellte – und sie zeigte ihr das nahezu täglich. Entgegen der gymnasialen Empfehlung der Grundschullehrer schickte sie ihre Tochter auf eine Realschule, mit der Begründung: Sie solle mal etwas Praktisches machen und solange sie noch etwas zu sagen habe, werde sie dafür sorgen, dass dies auch geschieht. Und außerdem, wer solle denn die lange Ausbildung bezahlen? Und was sei, wenn sie heiratet, dann wäre das alles doch umsonst gewesen.

Paula spann den einmal begonnenen gedanklichen Faden weiter: Wenn ich nicht dumm bin, dann kommt es nur auf das Wollen an. Jette hat vollkommen recht, ich muss wollen, was ich tu. Aber was will ich? Ganz oben auf der Rangskala steht: Unabhängigkeit. Dazu muss ich mein Leben ändern, die Verhältnisse hinter mir lassen, die meinem Wollen entgegenstehen. Ich muss hart sein. Wenn man zu weich ist, kneteten einen die anderen so, wie sie es haben wollen. Wie würde man dann aussehen?

Paula hatte das Vertrauen in die Welt verloren und konnte und wollte bei allem, was sie zukünftig planen und machen würde, sich allein auf sich selbst verlassen.

Sie sah sich ganz als autarke Menscheninsel in einem Meer von potentiellen Konkurrenten und Feinden. Das Leben war für sie ein Kampf, immer schon, und sie war nun bereit, den Kampf aufzunehmen. Es war ihr bewusst, in einer Gesellschaft, einer Kultur zu leben, in der jeder aufgefordert war, mehr aus sich zu herauszuholen, noch mehr an sich zu arbeiten. Diese Kultur, in der Fähige unerbittlich von Unfähigen selektiert wurden, war ausgerichtet an der totalen Effizienz des Menschen. Sie verlangte Perfektion. Dem wollte sie sich in Zukunft stellen. Aus ihren Büchern hatte sie gelernt, was die Welt bewegte: Einfluss, Macht, Geld, viel Geld. Damit würde sie ihre Unabhängigkeit von anderen Menschen bewahren und ihre Bedürfnisse befriedigen können.

In diesem System, in dem es nur Gegner und Konkurrenten gab, musste sie besser sein als die anderen. Sie musste die Gegner besiegen und aus dem Feld schlagen. Es war ein Kampf, der Höchstleistungen erforderte und bei dem es nur Sieger oder Besiegte geben würde. Sie würde besitzen, was ansonsten von ihr Besitzen ergreifen würde. Sie würde beherrschen, was andernfalls sie beherrschen würde. Sie würde wachsam sein und die ökonomischen Prinzipien dieser Welt, die auf dem Boden von Egoismus und Rücksichtlosigkeit gedeihen, für ihre Zwecke nutzen.

Nach diesen Überlegungen wurden die Umrisse ihrer Lebensplanung sichtbar. Nicht der Beruf als Ärztin oder Rechtsanwältin, wie das Jette empfohlen hatte, kamen für sie in Betracht, sondern allein Managerin. Sie entschloss sich, Karriere in der Wirtschaft zu machen, um viel Geld zu verdienen. Sie würde das Abitur nachmachen und Ökonomie studieren, nicht irgendwo, sondern in den USA, dem Mutterland der Leistungsgesellschaft, der Freiheit und des freien unabhängigen Selfmademan. Sie würde ihre Glück selbst in die Hand nehmen und es schmieden, so wie sie es für richtig hielt. Dazu schien ihr dieses Land prädestiniert, das Land, das, wie sie gelesen hatte, das Recht auf Glück in seiner Verfassung verankert hat.

Dieses Ziel vor Augen, kam Paulas alte Tatkraft zurück. Sie meldete sich unmittelbar, nachdem sie sich entschieden hatte, im Hessenkolleg zum Vorbereitungskurs an und begann im Februar ihre dreijährige Schulzeit. Sie nahm sich vor, das Abitur mit einer glatten eins abzuschließen, da sie nur dann eine Chance hatte, ein Auslandsstipendium zu bekommen, mit dem sie die finanzielle Belastung für ein Studium in den USA in Grenzen halten konnte.

Jette zog zu ihr in die Wohnung und zahlte ihr eine Miete, von der sie ihren Lebensunterhalt bestreiten konnte. Wenn das Geld knapp wurde, jobbte sie als Interviewerin bei einem kleinen Marktforschungsinstitut in der Berger Straße in Frankfurt-Bornheim. Den Job hat ihr eine Mitschülerin vermittelt, die dort ebenfalls als Freelancer beschäftigt war. So kam sie finanziell ohne große Anstrengungen über die Runden und konnte sich ganz auf die Schule konzentrieren.

Sie ließ sich eine Kurzhaarfrisur schneiden, entfernte ihre Augenbrauen- und Nasenpiercings und ersetzte die Swarovski-Steine durch eine echte kleine Perle an jedem Ohr. Einzig das Intimpiercing, das ihr bei der in dieser Zeit häufig praktizierten Masturbation als zusätzliche Stimulans diente, behielt sie. Sehr selten ging sie aus und dann auch nur ins Kino oder, wenn es eine Freiluftveranstaltung gab, auch einmal auf ein Rock-Konzert. Sie versteckte sich in der Anonymität der Masse. Sie mied Orte, wo man leicht angesprochen werden konnte und die als potenzielle Kontaktbörsen galten. Stattdessen vertiefte sie sich in ihren Lernstoff. Sie schirmte sich von der Außenwelt ab und vergrub sich in ihrem Zimmer. Oft war sie tagelang, manchmal sogar über Wochen für niemanden ansprechbar, auch für Jette nicht.

Als sie merkte, wie mühelos sie die Pflichtsprache Englisch lernte, belegte sie als weitere Sprachen noch Italienisch und Spanisch. In ihrer Welt, die sie sich erobern wollte, schien es ihr von Nutzen zu sein, einige wichtige Weltsprachen zu beherrschen. Neben dem eigentlichen Schulstoff, der ihr wenig Mühe bereitete, befasste sie sich wieder sehr intensiv mit dem Lesen von Büchern, das sie in letzter Zeit ziemlich vernachlässigt hatte, wobei sie den Schwerpunkt auf wissenschaftlicher Literatur und Philosophie legte, von der sie sich erhoffte, die Welt und sich selbst besser verstehen zu können. Sie, die Hochbegabte, stürzte sich, wie früher als Kind, auf alles, von dem sie annahm, dass es ihr einmal nützlich sein könnte.

Sie ließ sich von der Lehre des US-Ökonomen Milton Friedman beeindrucken, dessen individualistischer, auf der Freiheit des Einzelnen und des Marktes basierender Ansatz, wie er ihn in *Capitalism and Freedom* formuliert hatte, ihrem Lebensgefühl entgegenkam. Wie ihr ökonomisches Vorbild hatte auch sie sich im Zuge ihrer Studien auf die Seite derer geschlagen, die den Staat als antiindividuelle Maschinerie betrachten, der die Entfaltungsmöglichkeiten unnötigerweise begrenzte und dem individuellen Streben Ketten anlegte. In Ergänzung zu dem Ökonomen hatte sie Niccolo Machiavelli studiert, der in seinem *Il principe*, ähnlich wie Friedman, die Individualität des Menschen in den Vordergrund rückte. Aber er zeichnete eine, und das sprach Paula tief in ihrer vernunftbeherrschten Seele an, von Emotionen befreite Individualität, die zwar Bedürfnisse und Verlangen kennt, aber keine Eigenschaften, sondern nur Fertigkeiten des Machterhalts besitzt. Noch mehr aber als Machiavelli und die Lehren des Ökonomen Friedman fesselte Paula in dieser Zeit das Gedankengebäude des Philosophen Friedrich Nietzsche. Sie war von *Also sprach Zarathustra* so fasziniert, dass sie das gesamte umfangreiche Werk auswendig lernte. Mit Nietzsche gelang es ihr, tiefer in die Gedankenwelt über den Willen und das Wollen, die Jette angesprochen und die sie bisher nur oberflächlich verstanden hatte, einzudringen und für sich zu erschließen.

›*Wollen befreit: das ist die wahre Lehre von Wille und Freiheit.*‹ Ein Satz aus dem *Zarathustra*, den Paula wie ein Mantra vor sich her trug. Paula schusterte sich eine eigene Nietzsche-Welt zurecht, eine Welt des Sich-selber-Schaffens auf dem Fundament des Sich-selber-Zerstörens, oder dem, was der Kapitalismus kreative Zerstörung nennt, um zu Höherem zu gelangen.

Sie kondensierte das Gelesene zu einem griffigen Konzept für sich und bastelte daraus ein ihren Vorstellungen entsprechendes Weltbild zusammen, das ihr fortan als Orientierung und Geländer diente. So sehr ihr diese Ideologie Sicherheit gab, es blieb ein Unbehagen, an dem sie lange arbeiten musste, bis sie auch dies für sich gelöst hatte. Dieses Unbehagen tauchte bei der Lektüre von Schopenhauer auf. Wollen befreit, sagte Zarathustra. Der Mensch kann zwar tun, was er will, aber er kann nicht wollen, was er will, sagte Schopenhauer. Sie betrachtete diese Aussage als einen entscheidenden Punkt, der ihre eigene Existenz unmittelbar berührte. Wenn Schopenhauers Aussage richtig war, dass Wollen durch den Charakter des Menschen bedingt ist, war sie Gefangene dieses Sozialcharakters. Es wurde ihr bewusst, dass sie damit beginnen musste, ihre Existenz selbst zu überdenken, um ihr Denken zu befreien.

Paula erinnerte sich an das Gedicht, das Jette ihr anlässlich ihrer Essenseinladung geschrieben hatte. Als Jette ihr damals den Bogen mit der goldenen Schrift gegeben hatte, lebte sie noch in einem Garten Eden, aus dem sie jetzt vertrieben worden war. Es schien seitdem eine Ewigkeit vergangen zu sein. Sie war in die Welt zurückgeworfen worden. Oder wie Heidegger formuliert hätte: Sie hatte sich von der Weltflüchtigkeit zurück in die Weltzugehörigkeit begeben – und die Seele, gefangen im eigenen Körper.

Das Denken ist die Wand des Kerkers, in dem das Sein gefangen ist. Was war Jette doch für ein kluges Köpfchen, solch einen Satz formulieren zu können! Und was war sie damals doch noch für ein unwissender Mensch gewesen. Ihr Charakter, ihr Denken, ihr Sein war geprägt durch ihre Eltern. Sie wusste wenig über ihre Mutter und noch weniger über ihren Vater und nichts über die Eltern ihres Vaters. Sie waren weit weg und unsichtbar und doch waren sie ein Teil der Wand des Kerkers, in dem sie sich befand. Eines Kerkers, in dem es kein Glück und keine Liebe für sie gab. Sie fragte sich auch, welche Gene in ihr wirkten, wie weit bestimmten diese ihr Sein, in dem ihr Denken gefangen war. Wie weit war sie genetisch durch ihre Eltern geprägt? Falls sie etwas geerbt hatte, dann mussten es innere Anlagen und Neigungen sein, da sie rein äußerlich keine Ähnlichkeiten mit ihren Eltern hatte: ihre

Mutter war groß und von kräftiger Statur, und sie hatte im Gegensatz zu ihr eine helle, nordisch anmutende Haut. Demgegenüber war sie eher zart gebaut mit dunklen, südländischen Teint. Auch ihr Vater war eher kantig und ohne die feinen Züge, die Paula eigen waren.

Vererbt oder anerzogen, die Prägung ihrer Existenz durch ihre Eltern war eine Tatsache und dieses Leben, diese Existenz war gescheitert. Sie wollte und musste, um zu einem neuen Wollen zu gelangen, ihr bisheriges Sein zurück lassen. Es gab keine Grundlage, auf der sie aufbauen konnte und durfte. Sie musste sich selbst zerstören, um sich neu zu schaffen und Macht über sich selbst gewinnen. Eine Macht, frei von Gefühlsduseleien, gegründet allein auf Vernunft, Rationalität und technokratischem Verstand. Nach allem, was sie bisher gelesen und studiert hatte, war sie überzeugt, dass ihr das in den USA gelingen würde, und die von Friedman gegründete Chicagoer ökonomische Schule, wo sie zu studieren beabsichtigte, ein gutes Sprungbrett für den Neustart sein würde.

Paula schloss das Hessenkolleg als Jahrgangsbeste ab. Ein halbes Jahr zuvor hatte auch Jette Kreutzer ihr Studium beendet und bekam, dank der guten Beziehungen ihres Vaters, eine Stelle in der Neurologie der Universitätsklinik in Tübingen. Sie spielte mit dem Gedanken, in die Forschung zu gehen, und im Tübinger Umfeld hatte sie dafür bessere Chancen als anderswo. Es wurde einsam um Paula, nachdem die einzige Person, mit der sie sich noch austauschte und intensive Gespräche führte, ihr nicht mehr zur Verfügung stand. Es hielt sie nichts mehr in dieser Stadt, in der sie so viel Leid hat ertragen müssen.

Frühzeitig bemühte sich Paula um einen Studienplatz in den USA. Sie fuhr in den Schulferien zwei Mal nach Chicago und stellte sich bei dem ›Department of Economics‹ der Universität vor. In einer Universitätsbroschüre, in der sich die Fakultät anpries, las sie: ›*The Department of Economics at Chicago has always ranked among the handful of leading departments in the world. It has claimed a disproportionate share of the honors the economics profession can bestow.*‹ Die hohe ökonomische Reputation der Universität betrachtete sie als eine hervorragende Basis für ihre Karriere. Das neoliberale Modell des freien Marktes der Chicagoer ökonomischen Schule um Milton Friedman hatte sich in den letzten zwanzig Jahren weltweit durchgesetzt, nicht zuletzt dank der guten Lobbyarbeit der Alumni der Chicagoer Universität. Sie nahmen in zahlreichen wichtigen Gremien der globalen Finanz- und Wirtschaftspolitik leitende Postionen ein und standen als wirtschaftspolitische Berater vieler Regierungen hoch im Kurs. Jetzt, Ende der neunziger Jahre stand dieses ökonomische Konzept des unregulierten Marktes kurz vor dem Endsieg. Die Denkfabrik dieser Chicago Boys hatte ganze Arbeit geleistet. Nachdem es ihnen Anfang dieses Jahrzehnts, oftmals nur mit brachialer Gewalt, gelungen war, ›sozialistische‹ Ansätze aus den Köpfen der Regierungsverantwortlichen zu vertreiben, war der Sieg des Kapitalismus über den Kommunismus nun endlich errungen und sie machten sich daran, die letzten, wie sie sich ausdrückten, ›*sozialistischen Inseln*‹ zu fluten. Aus ihrer Sicht waren die kümmerlichen Reste, die während der Asienkrise noch für eine regulierten Markt und einen regierungsfähigen Staat eintraten, von den Zeitläuften der Welt abgeschnitten und dem Untergang geweiht. Paula war sich sicher, nicht auf der Verliererseite stehen zu müssen, wenn sie dereinst ihr Studium abgeschlossen hatte.

Mit dem exzellenten Abiturzeugnis, den Empfehlungen der Schulleitung und den zusätzlichen Sprachkenntnissen gelang es ihr, das erhoffte Stipendium zu bekommen. Sie vermietete die Wohnung, so dass sie mit dem Stipendiatengeld und den Mieteinnahmen in Chicago ein ausreichendes Einkommen hatte. Es ermöglichte ihr, in der Nähe des Sheridan Parks ein eigenes kleines Appartement zu mieten. Sie konnte von dort bequem zu Fuß zur Universität gehen, wo sie die Fächer Geldtheorie und Marketing belegt hatte.

Die Schlacht um die ideologische Vorherrschaft war entschieden, als Paula in Chicago zu studieren begann. Eine euphorische Stimmung beherrschte die Professoren und Studierenden. Die Welt lag ihnen zu Füßen. Sie fühlten sich wie Kreuzritter, die eine heilige Mission durchführten und die Welt mit ihrem Modell beglückten. Paula war beeindruckt von der Durchsetzungs- und Ausstrahlungskraft ihrer amerikanischen Studienkollegen und des Lehrkörpers und ließ sich bereitwillig von deren Hochgefühl anstecken.

Sie fühlte sich nicht nur eingebunden in den Sog des Erfolgs des Chicagoer ökonomischen Modells, sondern spürte auch eine tiefe Seelenverwandtschaft zu dieser technokratischen Denkart, die es jedem Individuum erlaubte, alle seine persönlichen Optionen und finanziellen Möglichkeiten zu entfalten. Jeder musste nur noch zugreifen und sich gegen die Konkurrenz behaupten. Sie hatte das allgegenwärtige Hai-Syndrom, von dem hier die Studenten gepackt waren, für sich akzeptiert und als einen Teil ihres Selbst verinnerlicht: ständig war sie in Bewegung, wie die Haie, die sich immer bewegen mussten, um nicht unterzugehen, da sie keine Schwimmblase hatten. Die Rastlosigkeit, der ständige Kampf aller gegen alle kam ihr entgegen. Werte wie Solidarität und Rücksichtnahme waren ihr fremd geworden. Der Stärkere, der Bessere sollte das Haifischfutter, das an der Wasseroberfläche schwamm, absaugen dürfen. Es war eine tiefverwurzelte und selbstverständliche Überzeugung der Amerikaner, jede sich bietende Chance zu ergreifen, so viel Geld wie möglich zu verdienen. Paula fühlte sich in dieser Hinsicht vollständig amerikanisiert. Die Spielwiese dafür war der freie Markt, auf dem alles gegen alles unter dem Aspekt größtmöglicher Profite getauscht wurde. Nicht nur Waren und Arbeit, sondern ebenso auch soziale Beziehungen. Paula unterwarf sich diesem Tauschmechanismus und lebte entsprechend dieser marktwirtschaftlichen Maxime. Alles, auch den Sex, begann sie als Tauschgeschäft zu betrachten. Der Nutzen musste die Kosten übersteigen.

Es war ein wolkenloser Frühsommertag. Paula saß auf einer Bank im Grant Park mit einem schönen Blick auf den silbern in der Sonne glänzenden Michigan See. Der See interessierte sie aber weniger, ihre Aufmerksamkeit richtete sie auf die Männer, die an ihr vorbei flanierten. Sie hatte aus Spaß angefangen, die Männer nach Kategorien zu sortieren. Sie unterteilte sie in vier Kategorien. Kategorie A: Männer zum Verlieben; welterfahren, intelligent, selbstbewusst, verlässlich, empfindsam, gutaussehend, erotisch, fantasievoll (sowohl geistig wie auch sexuell); ein Mann, von dem man, wie sie selbst ahnte, eigentlich nur träumen kann. Kategorie B: Männer, für eine Nacht; Männer, die sie neugierig machten und sie sexuell erregten, ohne dass sie sich jedoch vorstellen könnte, mit ihnen eine längere Beziehung eingehen zu können. C: Männer, die sie gleichgültig ließen. D: Männer, die spontan negative Gefühle bei ihr auslösten. Die Kategorien C und D bildeten, was sie nicht überraschte, die übergroße Mehrheit. Kategorie A war in dem Chicagoer Park, was sie bei der höchst anspruchsvollen Merkmalskombination ebenso nicht erstaunte, so gut wie nicht präsent. Aber sie stellte zu ihrer Überraschung fest, dass es nicht wenige Männer der B-Kategorie gab.

Die sexuellen Empfindungen sind also nicht ganz erloschen, dachte sie, der Tisch mit B-Männern wäre reichlich gedeckt, ich müsste mich nur entscheiden zu wollen.

Ihre Gedanken fraßen sich an dieser Vorstellung fest. Sie könnte mit ihnen schlafen, ohne irgendeine Verpflichtung und ohne Investitionen zu tätigen. Sie zog ihre Jacke aus und legte sie auf den Schoß. Die wärmenden Sonnenstrahlen auf ihrer Haut waren angenehm. Sie setzte sich in Pose und fing an, einige der B-Kategorie-Männern anzulächeln. Die Reaktion war unerwartet. Die übergroße Mehrzahl erwiderte mit erwartungsvoll-fragendem Blick das Lächeln und manch einer sprach sie daraufhin an. Es war ein angenehm-prickelndes Gefühl. Eine nicht näher definierbare Unruhe nahm von ihr Besitz. Sie streichelte sich unter der Jacke versteckt zwischen den Schenkeln, sie spürte das Blut in den Ohren pochen und Lust auf Sex, unkomplizierten Sex mit unkomplizierten Männern.

Wenn es in dem öden Männerwald auch keine A-Männer zu geben scheint, so muss ich mich eben mit B-Männern zufrieden geben, wenn ich bis zu meinem Lebensende nicht enthaltsam leben will. Will ich das?

Ihre Antwort war nach kurzer Überlegung ein eindeutiges: Nein!

Seit diesem Erlebnis im Park am Ufer des Michigan Sees begann für Paula eine neue Art von Sexualleben. Mit dem Privileg, sich außerhalb des Campus eine eigene Wohnung leisten zu können, war sie frei und konnte sich jederzeit in ihre kleine abgeschirmte Welt zurückzuziehen. Trotz dieser Freiheit nahm sie aber niemals während ihrer Studienzeit einen Mann mit in ihr Appartement. Wenn sie Sex haben wollte, angelte sie sich einen B-Mann, ging dann entweder zu ihm oder sie mietete sich ein Zimmer in einem Hotel. Und sie gestattete keinem Mann, mit ihr die ganze Nacht verbringen zu dürfen. Jeweils kurz nach dem Geschlechtsakt verließ sie ihre Sexpartner und ließ diese, oftmals verdutzt, in dem noch warmen Bett allein zurück. Sie benutzte die Triebhaftigkeit der Männer für ihre Zwecke, befriedigte sie und genoss im Gegenzug die pure körperliche Lust, ohne Gefühle investieren und ohne das Gesetz des Handelns aus der Hand geben zu müssen. Stets war sie darauf bedacht, es über die geschlechtliche Befriedigung hinaus zu keinen Zärtlichkeiten und intimen Handlungen kommen zu lassen, die sie eventuell nicht mehr beherrschen konnte. Sie degradierte die Männer zum Objekt der lustvollen Befriedigung ihrer Begierde.

Auch die wenigen oberflächlichen Bekanntschaften, die Paula während ihrer Chicagoer Zeit machte, waren geprägt von dieser Grundeinstellung. Sie war freundlich und liebenswürdig, wo sie sich aus der Beziehung etwas versprach, sie konnte schroff und unnahbar sein, wenn sich ihr jemand näherte, der ihren emotionalen Haushalt in Unordnung zu bringen drohte. Sie war schnurrende Weiblichkeit, wenn sie es darauf anlegte oder die Situation es erforderte, und sie war, was man hinter der grazilen, beinahe fragilen äußeren Erscheinung nicht vermutete, ein schroffer, kratziger Tyrann, der ein notorisch falsches Lächeln im eisigen Gesicht trug, wenn etwas nicht in ihrem Sinn lief, oder wenn sie eine Sache durchsetzen wollte und Widerstand sich ihr entgegen stellte.

Die Jahre vergingen gleichtönig rastlos, ganz dem Ziel untergeordnet, sich verwertbares technokratisches Wissen anzueignen. Paula setzte sich unter einen hohen Kontrollzwang, nichts Unvorhergesehenes sollte mit ihr geschehen, keine Möglichkeit durfte übersehen werden. Was planbar war, wurde in eine Art Masterplan, den sie immer vor Augen hatte, integriert; was nicht planbar war, wurde planbar gemacht. Sie hasste Überraschungen und versuchte, nichts dem Zufall zu überlassen.

Noch während ihres Studiums nahm sie Kontakt zu Viktor Bregenz auf, der erfolgreich in San Francisco in einer Internationalen Marketing-Research-Agency arbeitete. Er hatte sie aus seiner Frankfurter Zeit nicht vergessen und erinnerte sich sofort an sie, als er ihre Stimme hörte. Viktor war inzwischen Mitglied der Geschäftsleitung bei den *California Marketing Services*. Er bewirkte, dass CMS sie bei der entsprechenden amerikanischen Behörde anforderte, nachdem sie ihr Examen bestanden haben würde. Viktor würde sie als seine Assistentin in seine Abteilung übernehmen. Paula hatte das Angebot, ohne zu zögern, angenommen, obwohl ihr natürlich klar war, dass er ihr diese Stelle nicht nur wegen ihrer sehr guten Noten und Bewertungen angeboten hatte. Es war für sie eine Chance, die sie nutzen *musste*.

Als Paula im Juni von Norden über den Highway 101 kommend in San Francisco eintraf, zeigte sich die Stadt von ihrer besten Seite. Kein Nebel lag über der Golden Gate Bridge, Downtown präsentierte sich im gleißenden Sonnenlicht jenseits der San Francisco Bay. Paula hatte die Strecke von Chicago nach San Francisco mit dem Auto zurückgelegt. Sie war zunächst quer über den Kontinent nach Westen bis nach Seattle gefahren, um dann an der Pazifikküste auf dem 101er nach Süden zu stoßen. Sie war beeindruckt von der Größe, der unendlichen Weite und Unberührtheit des Landes und fühlte sich seit langer Zeit einmal wieder unbeschwert, frei und ganz auf sich zurückgeworfen. Sie fing an, den naturhaften, unwiderstehlichen Drang der Amerikaner nach Freiheit zu begreifen. Niemanden über sich als Gott, und auch der schien dem Pragmatismus dieses Volkes zu erliegen, und nur dazu da zu sein, um die von ihm auserwählte amerikanische Nation, bei ihren Bemühen, zu Reichtum zu gelangen, zu unterstützen. Paula glaubte nicht an Gott, zumindest nicht an einen tätigen Gott, diesen Unglauben hatte sie als Erbe ihres Großvaters bewahrt. Dem amerikanisierten Gott jedoch konnte sie ein gewisses Maß an Achtung nicht absprechen. Er wusste zumindest, auf welcher Seite er stand, und wer für seine Hilfe dankbar war.

Paula quartierte sich zunächst in einem Hotel unweit des Telegraph Hill ein, um dann in Ruhe ein Appartement für die nächste Zeit suchen zu können. Sie hatte drei Wochen Zeit, bis sie die neue Stelle antreten musste. Als erstes ging sie zum Friseur und ließ sich ihre inzwischen wieder bis zum Brustansatz reichenden Haare blond färben. Ihr war aufgefallen, dass die hiesigen Boys auf blond standen. Am zweiten Abend in San Francisco hatte Viktor sie in ein italienisches Fischlokal in der Nähe von Fisherman's Wharf eingeladen. Er holte sie mit seinem Wagen ab und zeigte gern, dass er auf seine Karriere in San Francisco stolz war. Er fuhr einen offenen BMW Sportwagen und strahlte sie in seinem weißen Sakko und teuren Designer-Bluejeans, wie frisch aus der Sommerfrische kommend, an, als er ihr die Wagentür öffnete.

»Schön, dass Sie sich für uns und San Francisco entschieden haben. Ich hoffe, Sie werden sich hier wohl fühlen. Ich werde versuchen, mein Bestes zu geben, um zu diesem Wohlgefühl beizutragen.«

»Danke Viktor, das ist lieb von Ihnen. Ich werde eine Weile brauchen, um mich hier einzugewöhnen.«

Er stieg, ohne seine Tür zu öffnen, über die Bordwand an der Fahrerseite und ließ sich hinter das Steuer plumpsen. Sie fuhren nur etwa fünf Minuten bis sie ihr Ziel erreicht hatten und er sie in ein gemütliches, kleines aber sehr feines Lokal geleitete.

»Hi Vicki«, begrüßte ihn der Wirt und umarmte ihn überschwänglich. »Du warst lange nicht mehr da.«

»Ich hatte Urlaub und bin erst seit einer Woche von Hawaii zurück. Aber was rede ich da. Erst einmal muss ich dir eine Namensverwandte, die bezaubernde Paula, vorstellen. Sie kommt aus Deutschland und fängt demnächst bei mir in der Firma an zu arbeiten. Du wirst sie vielleicht jetzt öfters sehen. Stell dich also gut mit ihr, Paulo.«

Bei dem Namen zuckte Paula leicht zusammen, ließ sich jedoch nichts anmerken. Er sah ihrem Vater entfernt ähnlich. Aber sie verscheuchte sofort den Gedanken. Ihr Vater war Chilene und dieser Paulo, ein Allerweltsname, war Italiener. Das nahm sie zumindest an, da sie in einem italienischen Restaurant waren.

Paula gab Paulo die Hand und dieser umarmte auch sie, wie schon Viktor, als ob sie sich seit langem kennen würden.

»Guten Abend, Signora. Ich freue mich ganz außerordentlich, eine Freundin von Viktor hier begrüßen zu dürfen.«

»Die Freude ist ganz meinerseits. Ein nettes Lokal haben Sie.«

»Danke Signora, ich hoffe, ich kann Sie auch mit meinem Essen und dem Wein, den ich übrigens direkt von meinem Onkel aus Sizilien geliefert bekomme, zufrieden stellen. Ich würde mich überglücklich schätzen.«

Paulo führte das Paar an einen vorbestellten Tisch und der Ober kam sofort mit zwei Gläschen Grappa hinzu.

»Zur Begrüßung, Bella Signora.«

Als der Wirt gegangen war, fragte Viktor, ob er für sie das Menu bestellen dürfe, es gäbe hier eine vorzügliche Fischplatte. Paula hatte nichts dagegen. Das Essen und der Wein waren in der Tat hervorragend, fand Paula und sie genoss den ersten gemeinsamen Abend mit Viktor, der sich sehr um sie bemüht zeigte. Nach dem Essen führte er sie in ein Jazzlokal in der

Bay Street. Paula rechnete fest damit, dass er das viele Geld für sie nicht ohne Hintergedanken ausgegeben hatte. Sie würde es ihm, in welcher Form auch immer, irgendwann zurückzahlen müssen. Aber vorerst war das Du mit dem obligatorischen Verbrüderungskuss, das er ihr im Laufe des entspannten und unterhaltsamen Beisammenseins anbot, die einzige Intimität dieses Abends. Er blieb ganz Gentleman, gab ihr beim Abschied vor dem Hotel zwei harmlose Küsse rechts und links auf die Wange und brauste mit röhrendem Motor davon.

Ein guter beruflicher Anfang in der neuen Welt, dachte Paula, als sie von ihrem Hotelbalkon auf die Bay und die erleuchtete Francisco-Oakland-Bay-Bridge blickte. Sie trank noch einen Piccolo aus der Zimmerbar und legte sich bei offener Balkontür, durch die frische Meeresluft in das Zimmer strömte, in das Kingsize Bett, das Platz für zwei geboten hätte.

Sie fand mit Viktors und Paulos Hilfe ein schönes Appartement im italienischen Viertel, das nördlich an China Town angrenzte. Italienische Wortfetzen schwirrten durch die Straßen dieses Wohnquartiers, die Seelen der Bewohner waren gefüllt vom Flair und den Träumen ihrer südländischen Urheimat. Paula genoss die freien Wochen in einer freundlichen, quirligen und exotischen Stadt mit vielen kleinen Läden und mit einer ganz unamerikanisch großen Zahl von Fußgängern, die lächelnd durch die Straßen zogen. Die Stadt machte auf Paula einen durchaus europäischen Eindruck und weckte in ihr heimatliche Gefühle, die ihr Sicherheit gaben. Es waren die ersten Wochen ohne Arbeits- und Examensdruck seit Jahren. Die Erinnerung an Mark verblasste hier an der sonnigen Pazifikküste, am anderen Ende der Welt, blieb aber, wie die

Filmmusik in einem Krimi, die drohend Unheil ankündigte, als Hintergrundstrahlung lebendig.

CMS, von ihrem Appartement gut mit öffentlichen Verkehrsmitteln erreichbar, lag in der Nähe des Union Square, nicht weit vom Museum of Modern Art, einem architektonischen wie auch künstlerischen Kleinod dieser Stadt, das ihr der kunstinteressierte Viktor in den höchsten Tönen anempfohlen hatte. Sie bekam neben Viktors großzügigem, ja protzigem Büro ein sehr kleines, fensterloses, aber modern eingerichtetes Arbeitszimmer, und musste nicht, wie all die anderen Angestellten im Großraumbüro arbeiten. Sie hatte ihren winzigen, jedoch abgeschirmten Freiraum, den niemand einsehen konnte, wenn sie die Tür schloss.

Paula arbeitete sich schnell in die Materie ein und war bemüht, alles im Sinne von Viktor zu machen und sein Ansehen in der Firma zu stärken. Wie jemand, der unter neurotischen Zwangshandlungen litt, stopfte sie ihren Kopf mit allen verfügbaren wichtigen und scheinbar unwichtigen Informationen voll. Ihr schier unerschöpfliches Reservoir an neuronaler Speicherkapazität, enthob sie der Qual der Auswahl. Da die Zukunft unbestimmt und nur bedingt planbar war, was eine gewisse Beunruhigung in ihr verursachte, war die Sammelobsession eine natürliche Folge dieser Zukunftsunsicherheit. Sie zapfte alle ihr verfügbaren Nachrichtenkanäle an und saugte nicht nur unternehmensinterne offizielle und geflüsterte Informationen, Mitteilungen und Berichte wie ein Schwamm auf, sondern nutzte auch intensiv ihre alten Kontakte zu ihren Professoren und Kommilitonen aus Chicago, um wertvolle Hinweise über Neugründungen und Entwicklungstendenzen auf dem sich explosionsartig entwickelnden ›New Economy Market‹ und über mögliche Fusionen oder Firmenübernahmen zu erhalten.

Viktor, der mit seinen Mitarbeitern Marktprognosen für Banken erarbeitete und sie bei der Erstellung ihrer Marketingpläne beriet, hatte in Paula nicht nur eine kompetente und lernbegierige Assistentin mit schneller Auffassungsgabe sondern auch eine persönliche, ergiebige und wie ein Uhrwerk funktionierende Datenbank. Er profitierte von Paulas außerordentlichem Gedächtnis in besonderem Maße, wenn er sie zu Präsentationen seiner Untersuchungsergebnisse mitnahm, da sie stets alle Zahlen und wichtigen Hintergrundinformationen zuverlässig parat hatte und, wenn nötig, ihm ins Ohr flüsterte. Als ständige Begleiterin von Viktor nutzte Paula ihrerseits die sich bietende Gelegenheit, an wertvolles Insiderwissen, das in vertraulichen Gesprächen über Firmeninterna nach den offiziellen Meetings ausgetaucht wurde, heranzukommen.

Bei auswärtigen Kundenbesuchen wurden für sie stets getrennte Zimmer in demselben Hotel gebucht. Sie verstanden sich, spielten sich bei schwierigen Verhandlungen geschickt die Bälle zu und hatten gemeinsam Erfolg, den sie wie diesen nach den anstrengenden Meetings gemeinsam begossen und genossen.

Im Spätsommer waren sie in Los Angeles und hatten einen großen Auftrag eines wichtigen Kunden ausgehandelt. Abends ließ die Anspannung, die sie den ganzen Tag über im Griff hatte, nach und sie feierten ihren Triumph mit viel Alkohol an der Hotelbar. Sie unterhielten sich angeregt und vertraulich, wie alte Freunde, die sich auf sich verlassen konnten. Mit überschwänglichen Worten outete er sich als leidenschaftlicher Kunstsammler. So sei er gerade dabei, eine kleine Sammlung mit Expressionisten aufzubauen, erzählte er ihr stolz. Er betrachtete Paula versonnen und lächelte sie an.

»Angefangen habe ich mit Malern der Künstlervereinigung ›Die Brücke‹. Mich bezaubern die Bilder dieser jungen Wilden. Aber nicht nur deren Bilder faszinieren mich, sondern auch das libertäre Leben dieser Künstlergruppe, insbesondere das des jungen Ernst Ludwig Kirchner, hinter dem ich deswegen ganz besonders her bin und von dem ich Dank des Geldes meiner Frau schon einige schöne Werke erwerben konnte. Mich beeindruckt seine konsequente Ablehnung der Institution der Ehe, sein exzessiver, von Drogen und Prostituierten begleiteter Lebensstil seiner Dresdner und Berliner Zeit, und auch wie sich diese persönlichen Einstellungen in seinen Bildern, insbesondere den Akten, ausdrücken. Ich teile nicht nur dessen Ansichten über die Frauen, sondern auch seine Vorstellung von freier Liebe.«

»Und was fasziniert dich daran?«

Viktor richtete sich auf und sah Paula jetzt ernst in die Augen.

»Wie du vielleicht weißt, war Kirchner ein glühender Verehrer von Nietzsche. Nietzsche sah die Frau als triebgesteuertes Wesen. Dem schloss sich Kirchner an und sah darin, wie dieser, vornehmlich ihre Erfüllung. Ich möchte nicht so weit gehen wie Kirchner und behaupten, Frauen seien deswegen weniger zu geistigen Höhenflügen fähig, aber ich denke schon, dass Frauen emotionaler, sensibler, sexuell empfindsamer und empfänglicher sind als Männer. Ich sehe wenigstens immer wieder mit Erstaunen, wie lustvoll und uneingeschränkt sich Frauen der Liebe hingeben können.«

»Oberfläche ist des Weibes Gemüth, eine bewegliche stürmische Haut auf einem seichten Gewässer«, zitierte Paula vor sich hin murmelnd aus Zarathustra und schüttelte den Kopf.

»Was hast du gesagt?«, fragte Viktor, der nur Wortfetzen verstanden hatte.

»Nicht wichtig. Ich habe Zarathustra zitiert, bin aber nicht einverstanden, mit dem Bild, das sich Nietzsche von den Frauen machte. In dieser Hinsicht macht es sich das Genie zu einfach.«

Er bat sie das Zitat, von dem er nur einzelne Worte wie *Oberfläche* und *seichtes Gewässer* verstanden hatte, nochmals zu wiederholen. Sie tat ihm den Gefallen. Viktor lächelte jetzt verschmitzt und ließ seine Augen über ihren Körper gleiten.

»Ich denke, es ist wohl schon ein Funken Wahrheit daran, wenn ein solcher Überflieger wie Nietzsche so etwas behauptet. Das Mysterium Frau ist nicht in ihren, wenngleich ebenso vorhandenen, intellektuellen Anlagen zu finden, sondern in ihrer Fähigkeit zur animalischen Sexualität.«

»Es ist leicht, sich hinter Geistesgrößen zu verstecken. Aber auch die haben keinen Exklusivanspruch auf die Wahrheit. Was sagt eigentlich deine Frau zu deinen Vorstellungen von Ehe, freier Liebe und weiblicher Sexualität?«

»Leider kann ich mit ihr nicht über solche Themen reden. Du musst wissen, sie kommt aus dem stockkonservativen, bigotten Texas. Außerdem kann man nicht immer leben, was man sich so erträumt, man muss leider Kompromisse machen. Da bin ich ganz Realist.«

»So, so, Realist bist du. Wie sieht den deine Realität aus?«

»Ich versuche eine ›Zweieinheit‹ zu leben, wie Kirchner die für ihn einzig mögliche Beziehung zwischen Mann und Frau nennt. Jeder bleibt sich selbst. Das schließt ein, dass ich nicht immer ganz treu bin. Aber ich stehe zu meiner Familie, meinen Kindern und achte meine Frau.«

»Achten? Ist das nicht ein bisschen wenig für eine funktionierende Ehe?«

»Geringschätze Achtung nicht, zumal wenn die sexuelle Anziehungskraft der Frau im Schwinden begriffen ist und sie das sexuelle Verlangen und die ästhetischen Sinnesempfindungen des Mannes nicht mehr in vollem Umfang erfüllen kann.«

»Stören dich ein paar Falten?«

»Nicht so sehr die Falten als solche, die eine Frau unter Umständen sogar charaktervoller machen, aber die nachlassende Festigkeit des Fleisches, wenn ich das einmal so pathetisch ausdrücken darf. Und es fehlt bei älteren Frauen die beschwingte, unberechenbare, unschuldige und arglose Jugendlichkeit. Wahrscheinlich hat Kirchner deswegen auch von kindlichen Aktmodellen so sehr geschwärmt.«

»Du vergreifst dich doch hoffentlich nicht an Kindern?«

Viktor lachte sie an.

»Nein, nein, ich achte sehr auf Volljährigkeit bei den Mädchen, mit denen ich ins Bett gehe, das könnte sonst in den USA schwerwiegende Folgen haben. Aber so junge Dinger reizen mich schon.«

»Pass ich dann noch in dein Beuteschema?«

»Absolut, Paula. Du bist einfach überwältigend, wenn ich das so offen sagen darf. Ich würde alles tun, um dich für mich zu gewinnen.«

Je weiter der Abend fortschritt, desto mehr gab er seine Zurückhaltung ihr gegenüber auf und warf freizügig mit Komplimenten um sich, die eine Frauenrechtlerin durchaus auch als sexistisch werten könnte. Er streichelte ihr über den Kopf und säuselte ihr ins Ohr, dass er dankbar sei, mit einer Deutschen deutsch sprechen zu können. Die amerikanischen Frauen seien im Allgemeinen doch sehr prüde und entgegen ihrem oberflächlichen, zur Schau gestellten Sexappeal nur selten sexuell schöpferisch. Paula sei nicht nur wie ein Stück Heimat für ihn, sondern verkörpere alles Weibliche: Schönheit, sexuelle Attraktivität, Jugendlichkeit.

Paula sagte wenig, ermunterte ihn, zu reden, hörte zu und genoss die durch den Alkoholgenuss sich ungehemmt aus seinem Mund ergießenden Schmeicheleien, auch wenn sie mit vielem nicht übereinstimmte, was er sagte. Sie wusste, was er bezweckte und war damit einverstanden. Sie waren beschwipst und ausgelassen, als Viktor schließlich seine Hand um Paulas Schulter legte und sie küsste. Sie erwiderte den Kuss.

»Du wirkst häufig verschlossen und kontrolliert, Paula. Heute erlebe ich dich das erste Mal gelöst und befreit. Mir ist schon in Frankfurt nicht entgangen, was für ein süßes Mädel du bist. Jetzt aber bin ich hingerissen von dir. Ich bin nicht nur gern mit dir zusammen und fühle mich wohl in deiner Nähe, sondern ich zerfließe vor Begehren nach dir. Ich glaube, ich habe mich unsäglich in dich verliebt.«

»Ich mag dich auch, aber bitte nimm nicht gleich so mächtige, überladene Worte in den Mund. Es reicht doch, wenn wir gut zusammenarbeiten und uns verstehen. Dazu bedarf es keiner großen Liebesbeichten«, sagte sie lachend.

»Paula, lach mich nicht aus. Es ist mir ernst. Ich würde gern etwas mehr zu dir durchdringen und wünschte mir, du würdest dich mir mehr öffnen.«

»Um ein Herz zu öffnen, ist es bisweilen durchaus auch sinnvoll bei der Bluse zu beginnen.«

Viktor sah sie etwas verwirrt an und brauchte einige Zeit, bis er begriff, was sie meinte. Sie tranken aus und nahmen eine Flasche Champagner mit auf sein Zimmer. Er öffnete ihre blütenweiße, gestärkte Bluse, sie trug nichts darunter. Er riss ihr hastig den Rock vom Leib, sie trug nichts darunter, und sie öffnete ihre Schenkel für ihn, nicht aber ihr Herz.

Seit dieser Zeit gaben sie sich, immer wenn es die Umstände erlaubten, ihren Lustgefühlen hin. Er suchte verstärkt ihre Nähe und sehnte sich in immer kürzeren Abständen nach ihrem Körper, sie genoss die Lust, die er imstande war, ihr zu bereiten, und hielt ihn gleichzeitig auf Distanz und die sexuelle Beziehung spannungsreich. Sie nippte an dem orgiastischen Zeitvertreib, ohne sich Viktor auszuliefern.

Nach einem halben Jahr bei CMS bekam Paula bereits eine erste Gehaltserhöhung und ein Viertel Jahr später beförderte die Geschäftsleitung sie zur Teamleiterin mit nochmaliger Gehaltsaufbesserung. Sie war nicht nur eine unentbehrliche Mitarbeiterin geworden, sondern hatte in der zurückliegenden Zeit ihre Informationsquellen erfolgreich für ihre Zwecke zu nutzen gewusst. Als sie von einem bevorstehenden Börsengang einer kleinen Internetfirma erfahren hatte, der ein großes Potenzial von den Banken vorhergesagt wurde, griff sie zu. Sie bot Viktor ihr Bild *Die Liebenden* an, das sie mit in die USA genommen hatte. Es passte in seine Kirchner-Sammlung, und er bot ihr einen überraschend hohen Preis, den sie sofort akzeptierte. Für das Geld erwarb sie Aktienoptionen des Unternehmens bei der Bank. Schon beim Börsengang war die Aktie um das Mehrfache überzeichnet und die Notierungen schossen in den Boomjahren der Internetblase in die Höhe und brachten nach wenigen Jahren einen riesigen Gewinn. Sie hatte Glück, die Märkte bewegten sich in dieser Zeit nur in eine Richtung. Die Kurse stiegen, es gab kaum Firmenzusammenbrüche und Kursrückschläge. Sie beteiligte sich mit Leidenschaft an Börsenspekulationen, die sie vor ihren Kollegen, Geschäftspartnern und Bankkunden verheimlichte. Sie verfiel dem Spekulationsfieber und riskierte immer höhere Einsätze mit geliehenem Geld und verbrachte jede freie Minute vor dem Laptop zu Hause oder dem PC in ihrem Büro und genoss den Kick, wenn sie innerhalb von Tagen ein paar tausend Dollar verdiente. Das Bild ihres Großvaters bildete so den Grundstein zu ihrem späteren beträchtlichen Vermögen, das sie an der Börse sowie außerbörslichen Options- und Devisengeschäften mit eigenem und geliehenem Geld verdiente.

Je erfolgreicher sie sich darauf konzentrierte, ihr Geld zu vermehren, desto mehr spürte sie das Alleinsein. Sie zuckte vor Nähe zurück, verschloss sich jeglicher öffnenden Intimität und zog sich schnell in sich zurück, wenn jemand die von ihr vorgegebene Distanz nicht wahrte. Gleichzeitig litt sie immer häufiger unter der selbst verschuldeten Ausgrenzung und verzehrte sich vor Selbstwut und Selbstmitleid. Sie neigte vermehrt zu Aggressivität und Wutausbrüchen, fühlte sich in solchen Momenten dumm, wertlos, wortlos und versuchte, die Gefühle der Verlassenheit zunehmend mit Alkohol und unsentimentalen Sex, der sich nicht nur auf Viktor begrenzte, zu verscheuchen.

Paula schien nach außen hin scheinbar mühelos die Sprossen der Karriereleiter nach oben zu klettern und machte sich zunehmend unabhängig von Viktor. Vom Vorstand des Unternehmens wurde sie mit immer mehr Aufgabengebieten in eigener Verantwortung betraut. Viktor spürte die Konkurrenz, die er sich herangezüchtet hatte, wagte jedoch nicht, sich ihrer mit Nachdruck zu erwehren, da er befürchtete, sie zu verlieren, und er blieb darüber hinaus Gefangener seiner sexuellen Obsessionen gegenüber Paula, die sie mit kühler Gelassenheit hinnahm.

Auf der Millenniumfeier, die CMS für ihre Mitarbeiter und Kunden in einem vornehmen viktorianischen Hotel in Sausalito veranstaltete, begegnete Paula Viktors Frau. Sie saß in einem zartrosafarbenen Ballkleid, gefertigt aus einer Orgie von Tüll, Seide und Rüschen, etwas verlassen wirkend an der Bar. Sie erschien Paula leicht betrunken, als sie sich zu ihr setzte. Ihr rundliches, pausbäckiges Gesicht, das mit dem zu dick aufgetragenen Rouge puppenhaft wirkte, drehte sich zeitlupenhaft Paula zu, als diese sie ansprach. Sie stellte sich ihr als eine Mitarbeiterin von Viktor vor. Lara Bregenz warf einen nervösen Blick auf Paula. Ihre blassen Augen musterten sie, dann wandte sie sich wieder ihrem Glas zu. Paula fragte sich, ob sie etwas ahnte. Als sie gerade gehen wollte, um einem möglichen kompromittierenden Verhör zu entgehen, legte Lara ihre Hand auf Paulas Arm und sprach sie mit einem starken Südstaatenakzent an, den sie Mühe hatte, zu verstehen.

»Entschuldigen Sie, wie war doch noch mal ihr Name? Ich habe ihn nicht richtig verstanden.«

»Paula Majer.«

Sie schien zu überlegen und ließ ihre leicht geröteten Augen abermals über Paulas Körper gleiten, der sich ihr in einem sehr kurzen schwarzen Cocktailkleid mit tiefem Dekolleté darbot.

»Oh, entschuldigen Sie meine Liebe, natürlich jetzt erinnere ich mich. Viktor hat häufig von Ihnen gesprochen. Wo war ich nur mit meinen Gedanken. Nett Sie einmal kennenzulernen. Hübsch sehen Sie aus in diesem Hauch von Kleid. Ich kann mir in meinem Alter leider so etwas nicht mehr leisten. Jetzt um die vierzig fängt der Körper doch schon an zu welken.«

»Die Freude ist ganz auf meiner Seite, Lara. Ich habe auch schon von Ihnen gehört. Aber ich bitte Sie, sprechen Sie nicht vom Welken, Sie blühen. Sie haben eine gute Figur und mit ihrem attraktiven Dekolleté könnten Sie alles tragen. Sie sehen ganz bezaubernd aus in ihrem Kleid«, log Paula.

Lara kam ihr vor wie die Karikatur einer Lady aus dem Film *Vom Winde verweht*. Ein mit Brillanten besetztes, überdimensioniertes Collier zierte ihren Ausschnitt, passend dazu trug sie hochkarätige Brillanten als Ohrschmuck und massiv goldene Armreifen an beiden Armen.

»Das ist lieb von Ihnen. Sie sind die erste, die mein neues Kleid lobt. Wir Frauen sind doch so abhängig von Lob und kleinen Komplimenten, nicht wahr.«

Sie tätschelte vertraulich Paulas Arm.

»Es ist ja nicht jedes Jahr eine Jahrtausendwende. Ich habe mir deswegen für den Silvesterball das Kleid extra in Dallas, Texas, schneidern lassen. Sie müssen wissen, ich stamme aus Texas. Mein Vater besitzt dort einige kleine Ölfelder, nichts Großes. Ich bin dort aufgewachsen und mit meiner Heimat immer noch sehr verwurzelt. Dieses Kleid hier gibt mir ein Heimatgefühl, ich spüre es förmlich auf meiner Haut.«

Den letzten Satz hat sie mit dramatischer Stimme aus tiefer Brust ausgestoßen.

»Ich kann das verstehen, obwohl ich Texas nicht kenne. Heimat ist ein tiefes Gefühl und ich denke, Sie haben auch liebevolle Eltern, die Sie vermissen werden.«

»Ja, meine Liebe. Wie gut Sie sich in mich hineindenken können. Meine Eltern sind in der Tat sehr liebevoll und mein Vater darüber hinaus überaus großzügig. Als ich Viktor geheiratet habe, hat uns mein Vater hier in San Francisco ein Haus geschenkt, in dem ich jetzt mit Viktor und unseren beiden Töchtern lebe. Der Schmuck, unser Schiff hier im Hafen, die teuren Autos, alles ist von meinem Daddy. Dazu reicht der geringe Lohn, den Viktor bekommt, nicht. Übrigens hat auch Viktor seinen Job in erheblichem Maß den guten Beziehungen meines Vaters zu verdanken. Wir haben also allen Grund ihm dankbar zu sein, und ihn zu ehren.«

»Das haben Sie, Lara. Sie können sich glücklich schätzen. Ich nehme an, Sie lieben ihren Vater sehr, und Viktor wird es nicht leicht haben neben ihm, einem so imposanten Vorbild. Aber sicher hat auch Viktor seine Vorzüge und Stärken«, sagte sie augenzwinkernd. »Und ich bin mir nicht sicher, ob Sie damit richtig liegen, sein Gehalt als ›gering‹ zu bezeichnen«, fügte Paula hinzu, da sie überzeugt war, dass er als Geschäftsführer einschließlich der Boni ein Vielfaches ihres Gehalts bezog.

»Ach, wissen Sie, meine Liebe, ›viel‹ ist relativ. Für einen einfachen Hispanic oder einen dieser bedürfnislosen Nigger hier sind fünfhundert Dollar pro Woche sehr viel Geld, für einen Weißen, der es einigermaßen weit gebracht hat, sind zehntausend pro Woche normal. Aber das Geld ist es ja nicht. Ich liebe meinen Vater und natürlich auch Viktor und schätze mich durchaus glücklich, hier mit ihm leben zu können. Aber wenn Viktor dieses Jahr nach Europa muss, ist mein Glück auf eine große Zerreißprobe gestellt. Ich habe mich gerade schweren Herzens hier an die Westküste gewöhnt, was schon eine große Veränderung gegenüber Texas bedeutet, und jetzt das. Ich möchte auf keinen Fall Amerika verlassen. Ich fühle mich außerhalb Amerikas unwohl. Es ist alles so anders in Europa, schmutzig, eng und kommunistisch. Paris, Rom, auch Frankfurt, das mir Viktor einmal gezeigt hat, ist ja während eines Urlaubs ganz romantisch, aber dort leben? Nein, nein und nochmal nein.«

Paula war hellwach geworden, als sie hörte, dass Viktor nach Europa geschickt werden sollte.

»Steht denn ein Abreisetermin schon fest?«

Lara schaute Paula etwas irritiert an.

»Haben Sie davon nichts gewusst? CMS hat in Frankfurt ein internationales Institut aufgekauft und sucht jetzt einen Geschäftsführer, der geeignet ist, das Institut zu leiten. Wann das sein soll, weiß niemand so genau. Aber ich habe gehört, dass das alles noch in diesem Jahr über die Bühne gehen soll. Ihnen, als seine engste Mitarbeiterin, hätte er das schon lange sagen müssen. Oder habe ich jetzt etwas verraten? Noch ist ja auch nichts fest, die Verhandlungen laufen noch, soviel ich weiß. Ich überlege schon die ganze Zeit, ob ich nicht noch einmal meinen Vater einschalten sollte. Ich würde in Europa nicht glücklich sein können und will hier nicht weg!«

Lara stampfte wie ein bockiges Kind mit ihren Füßen auf den Boden.

»Ich werde mich mal etwas umhören, Lara. Vielleicht kann ich etwas für Sie tun. Ich kann Sie gut verstehen.«

»Das wäre großartig, wir Frauen müssen doch zusammen halten, nicht wahr.«

»Eine Bitte habe ich. Sagen Sie ihrem Mann vorerst nichts von unserem Gespräch. Ich werde mich mit ihnen in Verbindung setzen, wenn ich mehr erfahren habe. Wenn Sie selbst genauere Informationen haben, können Sie mich gerne jederzeit auch zu Hause anrufen. Ich gebe Ihnen meine Visitenkarte.«

»Das neue Jahrhundert schien für mich so hoffnungslos zu beginnen. Sie haben mir wieder Mut gemacht, Paula. Vielleicht wendet sich doch alles noch zum Besseren. Prost!«

»Prost, meine Teure«, ließ sich die Stimme von Viktor vernehmen. »Habt ihr euch schon bekannt gemacht. Ich habe euch von weitem im intimen Gespräch vertieft gesehen. Es sah aus, als ob ihr Geheimnisse ausgetauscht habt? Ich hoffe, ich störe nicht.«

Viktor musterte abwechselnd beide Frauen und versuchte herauszufinden, über was seine Frau und seine Geliebte geredet hatten.

»Nein, nein, mein Liebling, wir plaudern angeregt über dies und das, was Frauen nun mal so interessiert. Eine reizende Person, deine Mitarbeiterin – und sehr verständnisvoll«, fügte sie mit einem verschwörerischen Blick zu Paula gewandt hinzu.

»Das freut mich, dass ihr euch versteht. Es ist gleich Mitternacht und ich wollte dich abholen, um das Jahrtausendspektakel von der Terrasse aus zu beobachten und zu begießen.«

»Paula, kommen Sie doch mit uns, dann können wir das zu Dritt genießen«, sagte Lara und hackte sich bei ihr ein.

»Wenn ich nicht störe, gern.«

»Aber nein, Sie stören überhaupt nicht, oder Viktor?«, antwortete Lara schnell. Sie sah Viktor von der Seite an und strahlte über das ganze Gesicht.

Viktor blieb nichts anderes übrig, als sich der Meinung seiner Frau anzuschließen. Paula sah ihn an. Er ließ sich äußerlich nichts anmerken, aber Paula spürte seine innere Unruhe, die ihn ergriff, gemeinsam mit der Frau, mit der er seine Ehefrau seit geraumer Zeit betrog, in das neue Jahrtausend hinein zu feiern. Lara ging voraus und Viktor zuckte im Rücken seiner Frau mit den Achseln, um Paula anzudeuten, dass er nichts für diese seltsame Dreier-Konstellation konnte. Paula hingegen gewann der Situation einen erregenden, prickelnden Reiz ab und amüsierte sich über seine Verlegenheit. Sie fühlte sich als Spinne im Netz und glaubte, alles unter Kontrolle zu haben, wenngleich auch sie ein leises Vibrieren ihrer Nerven nicht vermeiden konnte.

Der Blick von der Terrasse reichte über die Bay bis nach San Francisco. Auf dem Wasser glitzerten zahlreiche Schiffe als kleine Lichtpunkte. Vor der Silhouette von San Francisco Downtown hob sich im Hintergrund als kleiner Lichtteppich die hell ausgestrahlte Insel Alcatraz heraus. Östlich davon konnte man schwach die Lichter von Oakland erahnen. Punkt zwölf Uhr reflektierte die Bay den funkensprühenden Himmel und eine Orgie von bunten Lichtgirlanden, funkelnden Sternenmeeren und kometengleichen Himmelslichtern verschluckte mit lautem Gedonner die Nacht und leuchtete dem neuen Jahrtausend den Weg. Paula, Lara und Viktor prosteten sich zu und wünschten sich unter dem Lichterdach des Feuerwerks ein Happy New Year – und ersehnten die Erfüllung ihrer sehr persönlichen Wünsche. Wünsche, die sie keinem der anderen anvertrauen konnten und wollten.

Paula musste an Maike Behnisch denken, als sie Lara und Viktor nebeneinander vor sich stehen sah. Hatte Maike manchmal an sie gedacht, wenn sie ihr Geschlecht für Mark öffnete, dem sie ihres so lange Zeit aufgespart hatte? Hat sie erahnen können, wie sehr sie sie verletzte, als sie mit ihm vögelte und das Band, das seine Reißfestigkeit über absolutes gegenseitiges Vertrauen erlangte, zwischen ihnen zerstörte? Oder hatte sie an das unwichtige Mädchen aus der Buchhaltung keine Gedanken verschwendet und sie einfach ignoriert, so wie man beim Autofahren ein Tempolimit ignorierte, wenn die Leidenschaft am schnellen Fahren alle inneren Warnlampen abschaltete? Auch sie hatte jetzt Lara keinerlei Beachtung geschenkt und sich genommen, was sie wollte. War sie besser als diese Maike? Die schwarzen langen Haare, das markante Gesicht von Mark, den sie bis dahin erfolgreich in Gehirnregionen versteckt hatte, die der bewussten Einflussnahme entzogen waren, tauchten vor ihrem inneren Gesichtsfeld auf. Welche Vergleiche hatte er zwischen Maike und ihr angestellt, wenn er mit Maike schlief, wenn er ihre Brüste streichelte und sie liebkoste? Paula hatte alles getan, ihn sexuell zu befriedigen. Es war alles umsonst gewesen.

Lara und Viktor drehten sich zu ihr um und prosteten ihr im hellen Licht des immer noch andauernden Feuerwerks lächelnd zu.

»It's really great, isn't it?«, sagte Lara schwärmerisch und um Vornehmheit bemüht. Viktor und Paula nickten und nippten an ihren Champagnergläsern.

Paula sah ihre Chance gekommen, sich endlich stärker aus beruflichen Abhängigkeiten zu befreien und ihren Einflussbereich zu erweitern. Die Übernahme der Geschäftsleitung des

Frankfurter Instituts würde sie einen gewaltigen Schritt in diese Richtung weiter bringen. Finanziell hatte sie durch ihre gewagten spekulativen Geschäfte die erste halbe Million Dollar bereits erwirtschaftet und war mächtig stolz auf sich. Bis zur Million würde es schneller gehen, war sie überzeugt. Geld kam zu Geld. Was ihr noch fehlte, war ein angemessenes berufliches Spielfeld, auf dem sie ihre Träume von Unabhängigkeit und Macht ausleben konnte. Einer Machtfülle, die es ihr gestatten würde, sich für ihr Handeln bei niemandem mehr rechtfertigen zu müssen, und die andere dazu zwingen würde, ihr ungeteilte Aufmerksamkeit zu schenken, sie zu achten und, wenn es sein musste, zu fürchten. Sie kannte die Mentalität der amerikanischen Aktionäre und Vorstände: Wenn Profit und Rendite stimmten, konnte sie machen, was sie wollte, und müsste sich vor nichts als den Profitinteressen ihrer Arbeitgeber legitimieren. Es war ihr klar, dass sie mit siebenundzwanzig Jahren sehr jung war für diesen Geschäftsführerposten, andererseits war die Mentalität der Amis so, dass sie jedem eine Chance gaben, der Leistung zeigte – und diese allerdings auch, wie sie selbst schon erlebt hatte, ebenso schnell wieder fallen ließen, wenn sie nicht die Erwartungen erfüllten. Erst vor einem halben Jahr wurde ihr die Brutalität der Hire-and-fire-Mentalität vorgeführt, als ein Mitarbeiter, der sich über fünfundzwanzig Jahre für das Unternehmen abgerackert hatte, gefeuert wurde, weil seine Umsatzzahlen nicht mehr den Ansprüchen der Chefs genügten. Die Belegschaft murrte deswegen nicht auf, obwohl der so Davongejagte eine Frau und vier Kinder von seinem Gehalt zu ernähren hatte. Wenn der Profit nicht mehr stimmte, konnte die Firmenleitung darauf keine Rücksicht nehmen, und das war offenbar für viele US-Amerikaner akzeptabel.

Sie wollte um die Frankfurter Chance kämpfen. Vielleicht war ihre Jugend sogar ein Vorteil gegenüber Viktor. Der Jugendwahn in den USA kannte keine Grenzen. Wenn Viktor zurücktrat und Laras Vater noch ein bisschen nachhalf, rechnete sie sich gute Aussichten aus, zumal sie, ebenso wie Viktor, sowohl mit der amerikanischen wie auch europäischen Mentalität vertraut war, was für diesen Job aus Vorstandssicht sicherlich von Vorteil war. Die Unterstützung für diesen Jobwechsel durch Laras Vater, erschien ihr als das geringste Problem. Sie hatte Lara auf ihrer Seite. Viktor zum Verzicht zu bewegen, war sicher eine schwierigere Aufgabe. Aber sie würde zu gegebener Zeit geeignete Mittel und auch Wege finden, ihn umzustimmen. Sie hatte alle Karten für ein gutes Spiel selbst in der Hand.

Vier Wochen später hatte Viktor geschäftlich in San Diego zu tun, war aber ohne Paula unterwegs, da sie an diesem Tag einen anderen Kunden in Palm Springs besucht hatte. Sie hatten vereinbart, sich am Abend im Hotel in San Diego zu treffen. Nachdem er den Roomservice angerufen hatte, um etwas zu essen und zu trinken zu bestellen, zog er sich aus, streifte einen Bademantel über und ging in das Badezimmer, um sich die Zähne zu putzen. Als Paula eingecheckt und ihr Gepäck in ihrem Zimmer deponiert hatte, ging sie zu Viktor in dessen Hotelzimmer. Er hatte sie sehnsüchtig erwartet und nahm sie überhastet im Stehen, ohne ihr Zeit zu lassen, sich auszuziehen. Seit der Silvesterfeier waren sie nicht mehr allein zusammen. Er hatte sofort einen Samenerguss. Paula war enttäuscht.

»Versuchen wir es nachher noch einmal in Ruhe, Viktor. Ich bin doch kein Karnickel, das man nach Belieben in Sekundenschnelle rammeln kann. Ein bisschen Zeit musst du dir schon mit mir nehmen.«

»Entschuldige, ich konnte einfach nicht mehr an mich halten. Ich war ja vollständig auf Entzug.«

Paula hob die Augenbrauen wie eine Lehrerin, die ihren Schüler beim Abschreiben ertappt hat.

»Schläfst du nicht mehr mit Lara? Du solltest sie nicht vernachlässigen. Ich glaube, sie ahnt etwas. Sie hat an Silvester merkwürdige Andeutungen gemacht.«

»Denkst du? Ich kann mir das nicht vorstellen. Wie soll sie denn dahinter gekommen sein?«

»Du scheinst die Frauen zu unterschätzen, sie haben ein feines Gespür für so etwas.«

»Du hast ihr doch keine Anhaltspunkte in dieser Richtung gegeben? »

»Nein, aber ich hätte es tun können, oder?«

»Untersteh dich, so etwas zu tun. Das wäre eine einzige Katastrophe. Wenn Lara von unserem Verhältnis erfährt, wäre ich ruiniert.«

»Du übertreibst, so schnell ist man nicht ruiniert.«

»Doch, doch, es ist so. Du hast ja keine Ahnung. Lara kommt aus Texas und die Südstaatler sind in dieser Beziehung schrecklich konservativ, und mir als Deutschem gegenüber sind sie allemal skeptisch.«

»Ja, gut, ich kann mir schon vorstellen, was in Lara so alles abläuft. Aber es muss ja nicht so weit kommen.«

»Was meinst du denn damit, es muss nicht so weit kommen.«

Viktor wurde unruhig und musterte Paula mit zusammengekniffenen Augen.

»Das, was ich gesagt habe.«

»Und was hast du gesagt?«

»Dass es nicht so weit kommen muss.«

»Ich meine, was hast du gemeint, mit dem, was du gesagt hast.«

»Jetzt beruhige dich, Viktor. Lass uns in Ruhe reden.«

»Ich verstehe überhaupt nichts mehr, was willst du mit mir bereden?«

Paula bugsierte Viktor zu einem Sessel, drückte ihn auf den Sitz und schenkte ihm ein Glas Whiskey ein. Sie selbst nahm einen Martini.

»Ich habe gehört, dass CMS eine Firma in Frankfurt gekauft hat und dafür einen Geschäftsführer sucht. Als Geschäftsführer bist du vorgesehen, wie mir deine Frau gesagt hat. Stimmt das?«

»Ja, das ist korrekt. Darüber habt ihr also so geheimnisvoll geplaudert.«

»Ja, darüber und über noch mehr. Nämlich, dass deine Frau partout nicht nach Frankfurt will. Das solltest du ihr auch nicht antun. Sie ist eine anständige Frau und verdient Respekt.«

»Und was hat das alles mit dir zu tun?«

»Viel, ich will nämlich diesen Job haben.«

Viktor schaute sie verständnislos an, dann brustete er los vor Lachen.

»Was willst du?«

»Ich sagte es doch, deinen Job.«

»Hör mal Paula, ich habe so lange auf diese Gelegenheit gewartet. Ich möchte mich von dieser verschrobenen texanischen Familie befreien, und ich möchte zurück nach Deutschland. Das kommt überhaupt nicht in Frage.«

»Viktor, ich sage es ungern, aber du scheinst deine Lage nicht ganz zu begreifen. Du verzichtest auf den Job, mehr musst du nicht machen. Um alles Weitere kümmere ich mich dann. Wenn du das nicht tust, werde ich deine Frau und diese verschrobene texanische Familie darüber aufklären, dass du mich seit Jahren fickst. Und ich glaube, auch der Vorstand und deine Geschäftsführerkollegen werden nicht erfreut sein, dass du eine dir Untergebene verführt hast und dich mit ihr in Betten vergnügst, statt mit ihr zu arbeiten.«

Viktor sackte in sich zusammen. Er erfasste blitzschnell seine prekäre Situation und die Entschlossenheit von Paula.

»Ich werde darüber nachdenken, wir werden einen Weg finden.«

»Nein, Viktor, wir werden keinen anderen Weg finden. Der Weg liegt klar vor dir. Entweder das eine oder das andere. Und bitte, lieber Viktor, keine Sachen hinter meinem Rücken. Ich fände es schade, wenn wir uns auf so hässliche Weise trennen müssten. Ich mag dich und wir können bis zu meiner Abreise so weiter machen als sei nichts geschehen. Mein Körper gehört weiterhin dir. Willst du ihn nicht mehr?«

Viktor schaute gequält vor sich hin.

»Was mach ich ohne dich, wenn du nicht mehr in San Francisco bist. Lass uns doch beide hier bleiben, oder noch besser, lass uns zusammen nach Frankfurt gehen. Ich kann das sicher arrangieren.«

Paula spürte, dass sein Widerstand am Bröckeln war. Sie stand auf und ging langsam auf ihn zu, während sie sich eines Kleidungsstückes nach dem anderen entledigte.

»Ich werde gehen, Viktor, und du bleibst bei deiner Frau, darüber brauchen wir nicht weiter zu diskutieren. Außerdem gibt es hier noch viele andere hübsche Frauen, die du dir neben deiner Angetrauten halten könntest, falls du ohne junges, appetitliches Frischfleisch nicht auskommen kannst.«

Sie kuschelte sich an ihn, und als sie spürte, wie sein Geschlecht wieder hart wurde, setzte sie sich rittlings auf ihn und trieb mit langsamen Bewegungen ihres Beckens alle seine irdischen Gedanken aus seinem Hirn bis er ein zweites Mal, und diesmal mit ihr zusammen, einen Orgasmus bekam.

Als Paula unter der Dusche war, rief Viktor abermals beim Roomservice an und orderte zusätzlich zum Abendessen eine

Flasche Whiskey. Er ging bei dem ungleichen Kampf frühzeitig zu Boden und gab sich Paulas Begehren geschlagen.

V.

Sonderbar intakt
ist die Waage der Gerechtigkeit.
Die Wahrheit wiegt darauf nackt
schwerer als im Kleid.
Stanislaw Lec

Zwei Wochen vor ihrem achtundzwanzigsten Geburtstag und fast sechseinhalb Jahre, nachdem sie Frankfurt verlassen hatte, kehrte Paula mit einem Vertrag als CEO der Frankfurter Tochtergesellschaft von CMS in die Wohnung ihres Großvaters zurück. Sie ließ die verwohnten Räumlichkeiten komplett renovieren. Wände im Wohnbereich wurden eingerissen und ein offener Kamin eingebaut, sie vergrößerte das Bad, bestückte es mit wertvollen Armaturen und ließ zusätzlich zu der Dusche eine große in den Boden versenkte runde Badewanne anfertigen, und sie richtete die jetzt großzügig wirkenden Räume neu mit modernen Design-Möbeln ein. Sie ließ sich als Dienstwagen einen repräsentativen italienischen Sportwagen vor das Haus stellen und füllte ihre Kleiderschränke mit fashionabler Kleidung, mit der sie auf die potenziellen neuen Kunden Eindruck machen konnte. Sie ließ sich von einer exklusiven Kosmetikerin stylen und besuchte einen ebenso exklusiven Salon, der ihre ursprüngliche schwarze

Haarfarbe wieder hervorholte und ihr eine weiche, anmutig gelockte Frisur auf den Kopf zauberte.

Sie wusste, dass sie gezwungen war, harte Maßnahmen in ihrem Institut durchzusetzen, und sie dachte, dass es taktisch klug wäre, äußerlich mit unschuldiger, femininer Liebenswürdigkeit und gepflegter Korrektheit aufzutreten, um das Vertrauen der Mitarbeiter zu gewinnen. Innerlich hatte sie sich jedoch auf eine unnachgiebige Linie eingestimmt. Wenn bei Einzelnen kein Verständnis erreicht werden konnte, würde sie ungerührt von ihrer außerordentlichen Machtbefugnis, die sie von den Verantwortlichen in den USA erhalten hatten, Gebrauch machen – notfalls auch auf das Mittel der fristlosen Kündigung zurückgreifen. Wie das bei der aus Sicht ihrer amerikanischen Vorgesetzten, sozialistischen und äußerst restriktiven Gesetzgebung sowie der starken Stellung der Betriebsräte in Deutschland durchzusetzen sei, wurde ihr freigestellt. Ihre Vorgesetzten in Kalifornien hatten ihr ehrgeizige Vorgaben gemacht: Verdoppelung der Umsätze innerhalb von drei Jahren und Erwirtschaftung einer Rendite von fünfzehn Prozent, ausgehend von jetzigen knapp sechs Prozent. Sie hatte sich vorgenommen, diese Ziele zu erreichen, mit allen ihr zur Verfügung stehenden Mitteln.

Es war ihr bewusst, dass die Vorgaben mit der bestehenden Belegschaft und den bestehenden Betriebs- und Vertriebsstrukturen mit Sicherheit nicht zu erreichen waren. Sie hatte sich gut vorbereitet und zahlreiche Seminare für Personalmanagement und Führungskräfte in den USA besucht. Theoretisch fühlte sie sich sicher, aber sie wusste aus eigener Erfahrung, dass die Praxis nicht immer deckungsgleich war mit der Theorie. Sie war sich deswegen auch durchaus im Klaren, dass ihr Posten als Geschäftsführerin ein Himmelfahrtskommando war, bei dem sie ein Scheitern durchaus einkalkulieren musste. Wenn sie aber die amerikanischen Businesspläne hier in Frankfurt durchboxen konnte, standen ihr alle Tore in der internationalen Führungsebene offen.

Ihr Großvater hatte ihr vor exakt neun Jahren in seinem Abschiedsbrief geschrieben: ›*Du bist ein prächtiges Mädchen und wirst deinen Weg, wenn du ihn einmal gefunden hast, unbeirrt gehen. Davon bin ich überzeugt.*‹ Paula glaubte ihren Weg gefunden zu haben.

Sie hatte beruflich bisher viel erreicht. Der Weg war oftmals holprig und einsam und ohne Liebe gewesen. Letzteres hielt sie tief in ihrer Brust verborgen, wie ein Schatz, von dem niemand mehr weiß, wo er vergraben war. Die Sehnsucht nach Liebe blieb erhalten, auch wenn sie sich das nie offen eingestehen konnte. Sex war der einzige Überrest, der ihr aus dem reichhaltigen Fundus der Liebesgefühle geblieben war. Er war auch ohne Liebe möglich. Er ersetzte ihre verschütteten Träume nach Liebe durch prosaische Befriedigung sexueller Lust. Die rein körperliche Lustbefriedigung blieb jedoch ein schwacher Abglanz der einstmals tief empfundenen Leidenschaft, in der Liebe und Sex eine unverbrüchliche Einheit bildeten, in der Liebe und Lust vereint waren.

Die gegebenen objektiven Betriebsstrukturen waren auf dem Weg zur profitablen Konsolidierung des Instituts nur *ein* Hindernis. Im gleichen Maße erwartete sie auch auf persönlicher Ebene große Widerstände. Sie war jung und weiblich, das könnte einigen Teilen der Belegschaft wie auch bei den jetzigen Führungskräften, die sich hauptsächlich aus älteren, männlichen Mitarbeitern zusammensetzten, eine skeptische, zurückhaltende Grundhaltung ihr gegenüber erzeugen. Das Zauberwort für solche Situationen war *proaktives Handeln*. Ein Handeln, welches, wie es in den Handreichungen ihres kalifornischen Managementkurses wörtlich formuliert war, ›mögliche Probleme und Widerstände des Kommunikationspartners antizipiert und diese mit entsprechenden vorab geplanten Handlungsstrategien im Keime erstickt‹. Das würde sie beherzigen und alle wichtigen Mitarbeiter in den ersten Wochen intensiv beobachten und Einzelgespräche führen, um herauszufinden: bei wem mit welchen Widerständen zu rechnen war; welche fachlichen Schwächen sie hatten und welche Stärken; wer loyal war und wen sie auf ihre Seite ziehen konnte; wer schwach und willenlos war und es ihr somit ein Leichtes sein würde, Druck auszuüben, um etwas durchzusetzen; wer sich nur aufplusterte und wer zum Stänkern neigte; wer gewerkschaftlich organisiert war, was bedeutete, dass sie entsprechend umsichtig agieren musste.

Paula hatte sich auf ihre neuen Aufgaben akribisch vorbereitet. Sie war in letzter Zeit zwei Mal von San Francisco nach Frankfurt geflogen, um sich einen Eindruck von dem Institut und dem Personal zu machen. Nichts sollte dem Zufall, den sie an allen Fronten bekämpfte, überlassen bleiben. Sie wähnte sich gut vorbereitet und freute sich, trotz aller potenzieller Probleme, bei ihrer Ankunft in Frankfurt auf ihren neuen Job und auf das Leben in dieser Stadt.

Dienstag, der 1. August 2000 war ihr erster Arbeitstag in den modernen Büroräumen der *Frankfurter Marketing Services – FMS*, wie das Institut ab diesem Datum hieß. Sie fuhr mit dem Fahrstuhl in den 18. Stock des Hochhauses Ecke Mainzer Landstraße und Friedrich-Ebert-Anlage, wo die Abteilungsdirektoren, der Finanzdirektor und die Geschäftsführung untergebracht waren. Ihr Vorgänger war mit einer Abfindung in den vorzeitigen Ruhestand versetzt worden, so dass sie alleinige Geschäftsführerin war und alle Macht in ihren Händen lag. In den fünf Stockwerken darunter befanden sich die Arbeitsräume der insgesamt hundertfünfundzwanzig Mitarbeiter.

Sie war schon um acht Uhr in ihrem Büro und ihre Sekretärin, der sie ihr frühes Eintreffen angekündigt hatte, erwartete sie bereits. Die meisten Angestellten, die eine Gleitzeitregelung hatten, erschienen normalerweise erst zwischen neun und halb zehn. Für halb neun hatte Paula Majer ein Kick-off Meeting mit den Abteilungsdirektoren und Teamleitern einberufen, auf dem sie sich vorstellen und sie ihrerseits den Leitenden einen ersten kurzen Überblick über ihre Neuerungen und Planungen geben würde. Den frühen Termin für das Meeting hatte Paula Majer bewusst gewählt. Sie wollte gleich am ersten Tag deutlich machen, dass sie ein strengeres Zeitmanagement anstrebe und von den Managern erwarte, dass sie mit gutem Beispiel vorangingen – trotz Gleitzeitregelung. Sie erwartete von den Führungskräften, dass sie in Zukunft spätesten um acht im Büro zu sein hätten.

Paula war unruhig, es gelang ihr jedoch, die Nervosität gut zu überspielen. Sie wusste von der Wichtigkeit des ersten Augenblicks: ›Was für die Liebe gilt, gilt auch für die Kommunikation mit den Mitarbeitern. Die ersten Sekunden entscheiden oft über Zuneigung und Abneigung‹, hieß es in ihren Handreichungen und sie nahm sich das zu Herzen.

Als sie in den Konferenzraum kam, richteten sich dreizehn erwartungsvolle und neugierige Augenpaare auf sie. Paula hatte sich große Mühe mit ihrer Garderobe gegeben. Ein neutraler Beobachter hätte sie vielleicht als overdressed bezeichnet, aber sie wollte mit Absicht Akzente setzen und sich inszenieren und klarmachen, dass sie mehr ist als nur eine Geschäftsführerin, die die Leitung einer Firma übernommen hat: Sie wollte die Repräsentanz einer neue Firmenkultur sein. Sie trug kontrastierend zu ihren schwarzen Haaren einen sandfarbenen, eleganten Hosenanzug aus Seide. Unter dem schlanken, leicht taillierten Blazer mit tiefgezogenem breitem Revers hatte sie einen hautfarbenen, spitzenbesetzten Body an.

Passend zu der hüftschlanken, knöchellangen Hose trug sie farblich passende hochhackige Sandaletten. Die Fußnägel waren mit demselben kräftigen Rot lackiert, wie schon die Lippen und Fingernägel.

Bevor sie sich auf ihren Stuhl an der Stirnseite des ovalen Tisches setzte, blieb sie erst einmal davor stehen und lächelte gewinnend in die Runde ihrer Mitarbeiter, unter denen nur vier Frauen saßen. Sie wollte sich präsentieren und den Führungskräften Gelegenheit geben, sie in ihrer ganzen Erscheinung auszuleuchten. Wie mit einem Scanner glitten die Augen der Anwesenden über ihren Körper, tasteten jede Wölbung, jede Vertiefung, jede Rundung ab und manche Männeraugen blieben länger als gewöhnlich auf ihrem großzügigem Ausschnitt haften.

Paula erinnerte sich sechs, sieben Wimpernschläge lang an den Schönheitswettbewerb, auf den ihre Mutter sie als Jugendliche geschickt hatte. Mit ihrer Nummerntafel in der Hand sah sie sich im Bikini über die Bühne tändeln und ihren Körper zur Schau stellen. Sie fühlte sich damals nackt, denn auch das bisschen Bikinistoff schienen viele Zuschauer mit ihren Augen niederzureißen. ›Mach was aus deinem Körper, du hast Glück, dass du so gut gebaut bist‹, hatte Jana zu ihr gesagt. Und dann hatte sie noch augenzwinkernd hinzugefügt: ›Wenn man wenig Substanzielles zu bieten hat, ist eine gute Verpackung manchmal wichtiger als deren Inhalt‹.

Das ist nun nicht mehr der Fall, sie war wer. Trotzdem, in diesen wenigen Sekunden war sie wieder das Mädchen, das sich ausgesetzt und schutzlos fühlte, und preisgegeben den Blicken der männlichen Managerriege ihres Instituts, die nicht nur ihre neue Chefin, sondern auch die Frau, die sich vor ihnen präsentierte, taxierten. Aber nach wenigen Augenblicken war dieses aufkommende Ohnmachtsgefühl, genau wie damals auch, wieder verschwunden und sie blickte herausfordernd und selbstbewusst in die Runde. Sie war nur noch repräsentierende Oberfläche mit einem maskenhaften Gesicht, in das ein falsches Lächeln transplantiert war.

Sie bat die Mitarbeiter, sich vorzustellen und setzte sich etwas steif auf ihren Stuhl, den Rücken gerade durchgestreckt, die Hände gefaltet auf dem Tisch liegend. Während sich die Anwesenden nacheinander vorstellten, hörte Paula höchst konzentriert zu. Sie notierte sich im Geiste jedes Detail, auch scheinbar unwichtige Dinge aus dem beruflichen Umfeld wie auch dem Privatleben. Nach dieser Vorstellungsrunde erhob sich Paula Majer und präsentierte der Führungsriege des Instituts ihr Konzept. Sie hatte dazu einen kleinen Vortrag vorbereitet. Die wichtigsten Zahlen und Organigramme würde sie im Anschluss als Handout verteilen, so dass jeder schwarz auf weiß nachlesen konnte, was sie vorhatte. Wie sie es in den USA gelernt hatte, beschränkte sie sich auf die wesentlichen Kernpunkte: kurz, knapp, fokussiert.

Es herrschte angespannte Stille, nur das leise Summen der Klimaanlage und des Beamers waren zu hören, als Paula zu sprechen anfing.

»Meine Damen und Herren, ich freue mich auf die Zusammenarbeit mit Ihnen und hoffe, dass ich auf ihre Unterstützung und ihr volles Engagement rechnen kann. Wie vielleicht schon bei dem einen oder andern durchgesickert ist, hat die amerikanische Muttergesellschaft große Erwartungen an das hiesige Institut und ihre Mitarbeiter, denen wir uns alle stellen müssen. Ich möchte Ihnen die wesentlichsten Punkte, die mit CMS, USA abgesprochen und beschlossen sind, kurz darstellen. Über Einzelheiten werde ich dann in getrennten Gesprächen mit jedem einzelnen von Ihnen sprechen.

Zum ersten und wichtigsten Punkt: Wir werden die Verantwortlichkeiten innerhalb des Instituts neu ordnen. Waren sie bisher für jeweils eine oder mehrere Untersuchungsmethoden zuständig, so werden wir in Zukunft den Fokus auf die Kunden legen. Wir werden ein Key-Account-Management einführen. Jeder wird für einen bestimmten Kundenstamm verantwortlich sein, mit dem er vierteljährlich festzusetzende Umsatzzahlen erreichen muss. Die hohen Ziele unserer Aktionäre können nur erreicht werden, wenn Sie sich intensiv mit Ihren Kunden auseinander setzen. Das heißt, Sie müssen proaktiv handeln, Sie müssen voraussehen können, was Ihr Kunde will, welche Probleme einem möglichen Auftragsabschluss im Wege stehen könnten und so weiter. Um das zu tun, müssen Sie alle Informationen sammeln, die Sie über diesen Kunden und sein Umfeld erhalten können. Sie müssen ständig im Windschatten dieses Kunden sein, ob privat oder beruflich. Sie müssen wissen, wann er Geburtstag hat, um ihm gratulieren zu können, Sie müssen wissen, mit wem er beruflich verkehrt, wer Entscheidungsträger ist und wer Geldgeber, was er für Projekte plant und welche Projekte gerade beendet werden. Sie sollten auch versuchen, Erkenntnisse über die privaten Verhältnisse des Kunden zu gewinnen: wer ist seine Frau und wie kann man ihr eine kleine Freude machen, wie gut oder schlecht ist die Ehe, oder von mir aus auch: hat er eine Freundin. Alles das können und sollen Sie verwenden, um die Bindung zwischen Ihnen und diesem Kunden zu festigen und zu verbessern. Sie werden dafür von uns jede erforderliche Unterstützung bekommen.

Zweitens werden wir die Kundenstruktur verändern. Bisher hatten Sie zu viele kleine Kunden, die aufwändig zu managen waren und wenig Rendite abwarfen, wie Sie selbst wissen. In Zukunft werden wir uns auf die Großen jeder Branche konzentrieren.

Drittens werden wir eine neue Methode zur Marktprognose einführen, die in Amerika erprobt ist, und von der ich überzeugt bin, dass sie auch in Deutschland ein großer Erfolg werden wird. Es wird ein wichtiges Instrument sein, um unsere hochgesteckten Umsatzziele zu erreichen.

Viertens werden wir intern die Organisationsstrukturen straffen und ein neues Zeitmanagement einführen.

Fünftens streben wir mit diesen Maßnahmen an, die Umsätze in drei Jahren zu verdoppeln, und sechstens die Rendite im selben Zeitraum auf fünfzehn Prozent zu steigern.

Nochmals, ich weiß, das sind sehr ehrgeizige Ziele, aber gemeinsam werden wir das schaffen, davon bin ich ebenfalls fest überzeugt. Ich habe geplant, Sie auf mehrere Managementseminare zu schicken, wo Sie sich zu Vertriebsmanagern weiterbilden und effektives Zeitmanagement lernen werden. Verkaufen ist keine Hexerei sondern Können, das man lernen kann. Ich weiß, dass viele Deutsche dem aggressiven Verkaufen gegenüber Vorbehalte hegen. Das mag an ihrer mehr insich-gekehrten Mentalität liegen. Wir können da aber viel von den offeneren und praktischeren Amerikanern lernen. Ich weiß, wovon ich rede. Sie sind hier angestellt, um ihr Produkt zu verkaufen, wer sich das nicht zutraut, soll sich mit mir in Verbindung setzen, vielleicht finden wir eine andere Verwendung für ihn oder sie. Verkaufen basiert zum großen Teil auf Information und Psychologie, Ihrer eigenen Psyche und der des Kunden. Ohne den Kunden genau zu kennen und zu wissen, was ihn befriedigt, – das können oft auch Prestige- oder Machtbedürfnisse sein –, haben Sie keinen Hebel, ihn zum Kauf zu bewegen. Manchmal gelingt der Kaufabschluss auch gegen seinen Willen, wenn man geschickt ist und entsprechende Informationen hat, Sie wissen, was ich meine. Und, ebenso wichtig ist: wenn Sie nicht selbst von dem Produkt, das Sie verkaufen, überzeugt sind, und nicht auch davon, dass Sie gut verkaufen *können,* werden Sie nichts verkaufen. Deswegen ist es wichtig, dass Sie sich mit dem Produkt und dem, der es herstellt, also in dem Fall FMS, identifizieren, eins mit ihm werden. Kurz, Sie verkaufen mit dem Produkt immer auch ein Stückchen der Firma und sich selbst.

Meine Damen und Herren, ich danke Ihnen für ihre Aufmerksamkeit. Wenn Sie noch Fragen haben, gerne.«

Paula schaute in ihre Zuhörerschaft, die mucksmäuschenstill zugehört hatte. Ganz offensichtlich mussten viele die ihnen vorgeworfenen Brocken erst einmal verdauen. Kein Klatschen, kein zustimmendes Gemurmel, aber das hatte Paula auch nicht erwartet.

»Frau Majer, wie stellen Sie sich das denn vor? Sollen wir unsere Kunden bespitzeln und uns auf die Lauer legen, ob sie sich im Bett einer anderen Frau vergnügen, um an private Informationen zu gelangen?«

Paula musterte den Frager scharf und blickte im kühl ins Gesicht.

»Herr Fröhlich, ich denke, Ihre Ironie ist fehl am Platz. Es geht hier um eine ernste Sache. Wir wollen doch alle die relativ mageren Umsatz- und Renditezahlen verbessern. Oder Sie etwa nicht? Sie haben mit Ihrem Team von acht Leuten lediglich dreihundertzweiundzwanzigtausend Umsatz im letzten Jahr gemacht, darauf können Sie eigentlich nicht stolz sein und sollten sich bemühen, ihre Verkaufsanstrengungen zu optimieren.«

»Sie peilen eine Rendite von fünfzehn Prozent an. Ist das nicht ein bisschen zu ehrgeizig. Haben Sie auch schon personelle Überlegungen angestellt? Im Übrigen ist der deutsche Markt schwierig und der deutsche Kunde will, wie Sie vielleicht aufgrund ihrer jungen Jahren und geringen Erfahrung in Deutschland nicht wissen können, gehätschelt werden, und das ist zeitaufwändig und drückt die Rendite zusätzlich.«

»Herr Günther, ich mag im Vergleich zu Ihnen jung erscheinen und, ja, ich fühle mich auch jung – und tatendurstig. Verstehe ich Sie richtig, dass Sie mit ihren achtundvierzig

Jahren den Tatendrang schon verloren haben? Von nichts kommt nichts! Die Renditezahlen sind, ich sagte es, ehrgeizig, aber machbar, wenn Sie sich anstrengen. Falls sich abzeichnet, dass wir zusammen die Renditeziele nicht erreichen sollten, sind natürlich auch personalpolitische Maßnahmen nicht auszuschließen, aber darüber würde ich dann zu gegebener Zeit zuerst einmal mit dem Betriebsrat reden. Das brauchen wir hier und jetzt nicht weiter erörtern. Trotz meiner *jungen Jahre* weiß ich, Herr Günther, dass jeder gern gehätschelt werden will, nicht nur die Deutschen, und das Argument, dass immer gerade die eigenen Kunden besonders schwierig sind, woran das auch immer liegen mag, weil sie entweder deutsch, weiblich oder schwul sind, ist ein ziemlich alter Hut, den ich nicht gelten lasse. Alle Menschen, auch unsere Kunden sind grundsätzlich als schwierig zu betrachten und deren Widerstände, sofern welche da sind, müssen überwunden werden. Das ist unsere Aufgabe.«

Die Runde der leitenden Mitarbeiter sah sich etwas betreten an und schwieg lange. Paula beobachtete, wie zwei der Frauen unangenehm berührt vor sich hin starrten und jedem Blick auszuweichen versuchten, und wie die Mehrzahl der Männer sich geschäftig über ihre Unterlagen beugte und so tat, als ob sie lasen oder sich Notizen machten. Paula unternahm aber nichts, um die Stille zu unterbrechen, eine beklemmende Stille, die einen unangenehmen Druck in der Brust ausübte. Nach einer Weile meldete sich Hans Maria Dörfler zu Wort, ein kleiner, rundlicher Mann mit einer roten, großporigen Knubbelnase, die offensichtlich mit Unterstützung von reichlichem Alkoholgenuss diese Form entwickelt hatte.

»Vielen Dank, Frau Majer, für Ihre interessanten Ausführungen. Wir, und ich denke, ich spreche da in Namen aller, freuen uns auf die Zusammenarbeit mit Ihnen und hoffen, dass Sie sich schnell hier einarbeiten und in Frankfurt heimisch fühlen werden. Ich für meinen Teil sichere Ihnen meine volle Unterstützung zu.«

Paula hatte nicht das Gefühl, dass Dörfler, der Abteilungsleiter für die Werbeforschung war, in *aller* Namen sprach. Sie schätzte ihn als einen von der Sorte ›Schleimer‹ ein, die ihr genauso zuwider war, wie die Sorte Besserwisser, zu der sie Herrn Günther zählte. Da sich keiner mehr zu Wort meldete, schloss sie die Sitzung und ließ sich in ihrem großzügig geschnittenen Büro in einen der Ledersessel fallen, der um ein rundes Tischchen, das vor dem Panoramafenster stand, gruppiert war. Sie war mit sich zufrieden. Wenn sie schon nicht geliebt werden wird, soll sie wenigstens gefürchtet werden. Sie wollte privat nichts mit diesen Leuten zu tun haben, deswegen war es ihr ziemlich egal, was sie über sie privat dachten: Hauptsache, sie machten ihre Arbeit gut. Sie würde alles aus ihnen herausholen und sie glaubte, so war ihr erster heutiger Eindruck, sie würde ohne allzu große Schwierigkeiten ihr Programm durchziehen können. Sie hatte zumindest keine so starke Persönlichkeiten ausmachen können, die ihr gefährlich werden könnten. Ein paar harmlose Quertreiber, ein paar Großschwätzer und Besserwisser, ein paar kluge, kompetente Köpfe, aber anscheinend ohne große eigene Ambitionen, ein paar Dummköpfe, deren sie sich entledigen wird. Dazu gehörte, mit großer Wahrscheinlichkeit, auch der Sozialromantiker Fröhlich, von dem sie nicht annahm, dass er sich in dem harten Verkaufsgeschäft, wo man nicht immer rücksichtsvoll und mitfühlend sein konnte, wird durchsetzen können.

Paula schenkte sich ein Glas Campari auf Eis ein, den ihr die Sekretärin in den Kühlschrank gestellt hatte und blickte versonnen auf die Banktürme, die sich entlang der Mainzer Landstraße aufreihten. Dann setzte sie sich an ihren Schreibtisch und bastelte an dem Entwurf des neuen Organigramms, setzte Namen ein, andere strich sie, und sie notierte sich, für welche Bereiche sie eventuell neue Mitarbeiter brauchte. Ihren eigenen Namen setzte sie über den Kundenbereich ›Banken International‹. In den nächsten Monaten, nach den Einzelgesprächen, würde sie es ergänzen und spätestens in einem halben Jahr sollte die neue Mannschaft, mit der sie die Vorgaben aus den USA erreichen konnte, stehen.

An ihrem achtundzwanzigsten Geburtstag, es war ein Samstag, erwartete sie Jette Kreutzer. Sie hatte sich angesagt, um ein paar Tage bei ihr zu bleiben. Sie arbeitete in der Zwischenzeit an der Tübinger Universität in der neurophysiologischen Forschung und hatte mit der Frankfurter Universität einige Termine vereinbart. Sie begrüßten sich überschwänglich. Sie hatten sich Jahre nicht mehr gesehen und nur über Telefon und E-Mail den Kontakt aufrechterhalten. Jette küsste Paula, wie früher, auf den Mund und streichelte sie liebevoll und zärtlich, was Paula zuerst als unangenehm empfand, weil sie in dieser Hinsicht entwöhnt war, aber Jettes Zärtlichkeitsbeweise waren so arglos und unbeschwert, dass sie schnell ihre Scheu vor ihr wieder verlor.

Als Jette durch die Räume der renovierten Wohnung ging, fiel ihr die große Ordnung auf, die in jedem der Zimmer herrschte. Jeder Gegenstand stand an seinem Platz, der offenbar genau festgelegt worden war. Die Bücherregale in allen Zimmern waren voll von Büchern, aber die Buchrücken standen in Reih und Glied und ließen keinen Eindruck von Nachlässigkeit aufkommen. Keine Kleidungsstücke oder Schuhe lagen, wie bei ihr zu Hause, chaotisch herum, sondern waren jedem neugierigen Blick entzogen. War die Wohnung früher vollgestellt mit viel Möbeln und Nippes, so wirkte sie jetzt geradezu karg und steril. Zuerst dachte Jette, dass die Seelenlosigkeit der Wohnung darauf zurückzuführen war, dass Paula erst seit kurzem aus Amerika zurück war und deswegen so wenig herumstand, doch, als sie sich die vielen Telefongespräche ins Gedächtnis zurückrief, glaubte sie, die Bedeutung, die die Wohnung für Paula hatte, zu erahnen. Sie war das Spiegelbild ihrer Seele, ihrer inneren Ordnung. Sie entsprach dem, wie sie sich selbst und die Welt sah. Sie war bemüht, alles in eine vernünftige, überschaubare Ordnung zu bringen. Sie versuchte sich selbst fassbar zu machen, durch Zerlegung des eigentlich unteilbaren Ganzen in verschiedene, voneinander scheinbar unabhängige Facetten und von außen aufgezwungenen Rollen, die sie zu spielen hatte, und die sie nun wohl oder übel mit Leben füllen musste. Die in der Wohnung materialisierten Ordnungsprinzipien waren Programm, sie waren der Ausdruck einer Bedürftigkeit nach innerer Ordnung, es waren Konstruktionen zur Abwehr hässlicher Wahrheiten und innerem Chaos.

Jette schlenderte durch die Wohnung und konzentrierte sich auf die Suche nach einem Bild, dem Bild *Die Liebenden.* Sie fand es nirgends.

»Wo ist denn das Bild von deinem Großvater?«, fragte sie schließlich ihre Freundin.

»Ich habe es verkauft.«

Jette sah sie ungläubig an.

»Was hast du gemacht?«

»Ich habe es in San Francisco an einen Kollegen verkauft.«

»Da muss es dir finanziell ja sehr dreckig gegangen sein.«

»Nein, absolut nicht. Das Bild war der Grundstock zu meinem jetzigen Vermögen.«

»Manchmal verstehe ich dich nicht. Hast du nichts anderes als Geld im Kopf? Pass auf dich auf, dass du nicht verhärtest! Das Bild von deinem Großvater muss für dich doch einen immensen ideellen Wert gehabt haben, das verschleudert man doch nicht einfach so.«

»Ich habe es auch nicht verschleudert, sondern etwas daraus gemacht.«

»Paula, ich habe Angst, dass du innerlich auseinanderfällst. Das hältst du nicht aus, es würde dich zerstören.«

»Wie meinst du das? Mich zerstört nichts mehr so leicht. Ich bin durch eine harte Schule gegangen.«

»Manchmal kommt es mir vor, als ob ich zwei Paulas vor mir habe. Die eine kenne ich ziemlich gut. Das ist die Paula, die so liebevoll, zärtlich und mitfühlend sein kann, aber auch temperamentvoll, provozierend und rebellisch, wenn sie dazu herausgefordert wird. Das ist die Paula von einst, die sich auf sich verlassen konnte, die in ihr Inneres hineingehorcht und darauf gehört hatte. Die andere Paula, ich möchte sie mal die Business-Paula nennen, die ich in vielen Telefongesprächen und E-Mails kennengelernt habe, ist mir fremd und ich kann sie nur schwer einschätzen. Sie erscheint mir eher unnachgiebig, hart und berechnend, eine Frau, die sehr an Äußerlichkeiten hängt und nach außen gekehrt ist und wenige Verbindungen zu ihrer Seele, zu ihren inneren Werten hat.«

»Im Prinzip nicht ganz falsch, was du sagst, aber welche Konsequenzen ziehst du daraus? Ist das eine gut und das andere schlecht? Und ganz so verbindungslos sind die äußeren und inneren Teile nicht, wie du meinst.«

Paula hatte keine Lust, sich für ihren Lebensstil und die Art, wie sie ihr Vermögen erworben hatte, zu rechtfertigen.

»Das musst du selbst herausfinden, was für dich gut oder schlecht ist, ich konstatiere nur, was ich sehe und empfinde. Wenn ich eines in meinen neurologischen Forschungen kennengelernt habe, dann dies, dass alles miteinander verbunden ist. Sobald wir feststellen, und das gilt insbesondere für unser Gehirn, dass solche Verbindungen für längere Zeit unterbrochen sind und einzelne Bereiche für eine längere Zeit auseinanderfallen, tritt auch eine schwere Beschädigung auf, sei es psychisch oder physisch.«

»Und du meinst ich falle in Einzelteile auseinander, mit entsprechenden Schadstellen. Das ist ziemlich hart, was du da sagst. Welche Defekte siehst du denn so bei mir?«

»Ich will dich nicht verletzen, Paula. Ich hoffe, du verstehst, dass ich das nur deswegen sage, weil ich dich liebe. Aber wenn du mich schon fragst, ich habe manchmal Zweifel, ob die Liebe, das Mysterium der Liebe bei dir noch ein zu Hause hat. Und ich bin fest überzeugt, dass der Mensch ohne Liebe zugrunde geht.«

»Was meinst du mit Mysterium der Liebe?«

»Ich denke an die Liebe in einem umfassenden, netzwerkartigen Sinn, das Mysterium liegt nicht so sehr darin, dass du liebst, sondern genauso darin, dass ein anderer dich liebt oder lieben kann.«

»Du meinst, ich lebe ohne Liebe?«

Jette zuckte die Schultern.

»*Du* musst das wissen und in dich hineinhorchen. Ich stecke nicht in Dir. Aber wenn wir schon beim Thema sind, wie sieht es denn aus mit den Männern?«

»Mal diesen, mal jenen. Ich gebe zu, seit damals ist die Liebe, wie du sie definierst, nicht mehr mein nächster Verwandter. Dafür liebe ich Sex und mache ausgiebig Gebrauch davon. Und wie steht‘s bei dir?«

»Paula, ich bin unsterblich verliebt. Eine bildhübsche Frau und so was von intelligent und so was von geil, das kannst du dir gar nicht vorstellen.«

Paula musste schmunzeln, seit sie Jette kannte, ist sie unsterblich verliebt.

»Ich freue mich für dich, umso höher muss ich schätzen, dass du *mich* besuchen kommst.«

»Paula, du bist etwas anderes. In dich bin ich nicht verliebt, dich liebe ich wie man eine richtig gute Freundin liebt«, sagte sie und küsste Paula leidenschaftlich und Paula genoss es, geliebt zu werden.

»Es wird schon noch mal klappen mit der richtigen Liebe, habe Geduld«, sagte Jette mit warmer Stimme zu ihrer Freundin.

»Ich glaube nicht mehr daran, ist aber auch nicht wichtig. Sex reicht mir. Wenn ich geil bin, wie das vor langer Zeit einmal eine dir wohlbekannte lesbische Geschlechtsgenossin ausgedrückt hatte, hol ich mir, was ich brauche und bin von niemandem abhängig. Es ist gut so, wie es ist. Sex ohne Liebe kann absolut befreiend sein, ich kann mich ganz dem reinen Trieb ergeben und empfinde die Lustgefühle umso intensiver. Ein solch intensives Empfinden haben viele Frauen vielleicht niemals. Ich quartiere mich in ein Hotel ein und hole mir für eine Nacht einen hübschen Kerl aus einer Bar. Weißt du, es ist verrückt, sobald du den Männern auch nur andeutest, dass du gewillt bist, mit ihnen zu bumsen, dann tun sie fast alles für dich und fressen dir aus der Hand. Ich muss so gut wie nichts investieren. Wie hat doch Shakespeare Hamlet sagen lassen: Gebt mir den Mann, den seine Leidenschaft nicht macht zum Sklaven.«

»Du bist ein verrücktes Mädel, Paula. Aber wenn es dir gefällt so, meinen Segen hast du.«

Paula musste lachen, weil sie daran dachte, dass Jette in vielen Dingen ebenfalls ein im Wortsinn ver-rücktes Leben führte.

»Schön, dass du das sagst, manchmal habe ich Zweifel, ob es richtig ist, was ich tu. Aber vielleicht bin ich tatsächlich etwas verrückt und seltsam. Mein Leben ist es ja auch.«

Sie tranken noch viel Wein und waren den Abend glücklich miteinander.

Als Paula sich auszog und vor dem Spiegel im Bad stand und sich betrachtete, sagte sie leise zu sich: Keiner will mich lieben.

»Was hast du gesagt, Paula?«, rief Jette, die schon im Bett war, vom Nebenzimmer.

Paula drehte sich erschrocken zu ihr hin.

»Nichts für deine Ohren, Jette.«

Keiner will mich lieben, sie wiederholte den Satz häufig, wenn sie allein mit sich war. Es war manchmal wie ein Tic, Worte, die sich ohne ihr Zutun bildeten und sich in ihr festsetzten. Eine innere Sprache, die für keine Ohren bestimmt war. Aber Sprache ist innen und außen, und manchmal geht sie aus dem Körper und man merkt es gar nicht, dass sie ihn verlassen hat.

Paula legte sich zu Jette ins Bett, die sie liebevoll umarmte und fest an sich drückte. Sie kam sich neben ihr tölpelhaft und gehemmt vor, sie spürte den Schmerz ihres Körpers, der von kaum jemandem berührt wurde – nicht in dieser Art wie er jetzt berührt wurde. Die Tage, die Jette in Frankfurt war, verbrachten sie fast wie ein Liebespaar, und Paula schnupperte an dem zarten Duft des flüchtigen Glücks, den sie fast vergessen hatte.

Nachdem Jette Kreutzer abgereist war, tauchte Paula wieder in ihre Welt des Business ein und stülpte sich deren Handlungsmaxime über wie eine zweite Haut, die sie gegen alle Sozialromantik, wie sie es nannte, immunisierte. Es war eine eigene Welt, in der sie sich sicher fühlte, die nach eigenen durchschaubaren Regeln funktionierte und für sie ein festes Fundament bildete, auf dem sie glaubte, ihr Leben bauen zu können. Es waren Regeln des freien Marktes, des Kampfes und der Kriegstechnik mit einer eigenen martialischen Sprache und spezifischen Codes. In *war-games* analysierten und planten die Manager *feindliche Übernahmen* und die *Taktik und Strategie* der täglichen *Kämpfe* gegen die gegnerischen Mitkonkurrenten, und es ging um nicht weniger als *Sieg oder Niederlage*; man kämpfte um Ressourcen; man führte Preisgefechte und schlug *Schlachten* an der Marken*front*; man gab eine Schlacht verloren und tröstete sich, dass damit noch lange nicht auch der *Krieg* vorbei sei. Das war ihre Alltagssprache. Es war eine Sprache des Faustrechts, alle gegen alle, in einer Welt, die Vernichtung zum Ziel hatte; eine Welt der Selektion, in der nur die Stärksten überlebten.

Paula spürte durchaus die Unmenschlichkeit, die in dieser Sprache mitschwang, und die oftmals ein diffuses Unbehagen in ihr auslöste. Sie litt auch gelegentlich unter der Härte vieler Entscheidungen und dem Kollateralschaden, den diese anrichteten. Aber sie war überzeugt, dass diese Welt ihr keine andere Wahl ließ. Würde sie anders entscheiden, würde das ihren Untergang in dieser Welt bedeuten, in der sie sich eingerichtet hatte. Sie war schon einmal beinahe untergegangen, in einer anderen Welt, und das, hatte sie sich geschworen, würde ihr niemals wieder passieren.

Mit eisernem Willen würde sie ihre Ziele verfolgen und durchsetzen und sich ein Leben erkämpfen, das frei war von emotionalen Fallstricken. Die Maxime, alles aus sich herauszuholen, war Programm geworden, Überlebensprogramm. Ihr Dasein spulte ab, wie ein Uhrwerk, alles griff ineinander und war aufeinander abgestimmt, ließ keinen Raum für Leerlauf und Stillstand. Das war der Grund, warum sie oftmals gehetzt und rastlos wirkte. Sie war zu anderen ungeduldig und schroff, wenn etwas nicht so funktionierte, wie es in ihrem Kopf einprogrammiert war. Sie war innerlich verunsichert, wenn etwas Unvorhersehbares geschah und sie nicht unmittelbar eine vorprogrammierte Handlungsalternative parat hatte. Dies blieb jedoch im Verborgenen. Paula war eine Frau, die vor Publikum einen Schalter umlegen und alles Innere ausschalten konnte; sie war dann perfekte, strahlende Oberfläche; Projektionsfläche für Fantasien ebenso wie Reibungsfläche für Neider, für Menschen, die unter ihren Verletzungen litten. Sie kam sich manches Mal vor wie ein Schauspieler, von dem, wie sie sich gut erinnerte, Nietzsche in Zarathustra behauptet hatte, dass er zwar Geist, aber wenig Gewissen habe und immer an das glaubt, womit er am stärksten Glauben macht, - glauben an *sich* macht. Morgen hat er einen neuen Glauben und Übermorgen einen neueren. In dieser schauspielernden Rolle, in die sie intuitiv und unwillkürlich schlüpfte, konnte man von ihr ein kehliges, abgehacktes und amorphes Lachen vernehmen. Es besaß keinerlei Resonanzboden, war in Untiefen geboren und wirkte auf den, der es zu hören bekam, seltsam aufdringlich. Ein Lachen, das in eigenartigem Kontrast zu ihrem anmutig-verführerischen Körper stand.

Als am 11. September 2001 die einstürzenden Zwillingstürme des World Trade Centers eine tiefe Wunde in das Fleisch des verletzten Nationalstolzes der Amerikaner trieben, fragte sich Paula, ob wohl die globale Aufregung, die Entrüstung in den USA und großen Teilen der Welt ebenso groß gewesen wäre, wenn der 11. September in Chile, in Italien oder Deutschland geschehen wäre. Oder hatte der hohe Emotionsgehalt der Ereignisse neben der abscheulichen Tat nicht auch viel mit dem überhöhten Selbstwertgefühl, dem Auserwähltsein, den zerplatzten Träumen der Amerikaner von Unverletzbarkeit zu tun, die sich in ein Trauma verwandelten. Paula stand in enger Verbindung mit der Muttergesellschaft und spürte, vielleicht aus der atlantischen Distanz heraus, überdeutlich, wie sich das traumatische Geschehen in der Seele ihrer Gesprächspartner niedergeschlagen und in welchem Maße die Angst vor Terrorismus die sonst so draufgängerischen Amerikaner ergriffen hatte. Bei ihr in Deutschland ging aber desungeachtet alles seinen normalen Gang: business as usual. Sie hatte zu dieser Zeit viele ihrer selbst gesetzten Meilensteine erreicht und einen sicheren Instinkt für Marktentwicklungen ausgebildet. So erkannte sie frühzeitig, dass der New Economy Markt zur Jahrtausendwende seinen Zenit überschritten hatte und stieg aus, bevor die Marktblase platzte und die Kurse der Dotcom-Unternehmen purzelten oder viele Unternehmen pleitegingen. Sie hatte sich stark im Immobilienmarkt der USA engagiert und kräftig an dem atemberaubenden Anstieg der Immobilienpreise verdient.

Jetzt, nach dem September-Desaster in New York witterte sie noch eine neue Chance. Der amerikanische Präsident schürte die Terrorismusangst seiner Landsleute und nutzte sie für seine politischen Zwecke. In Amerika entstand von heute auf morgen ein riesiger neuer Markt, der den Sicherheitsbedürfnissen seiner Bürger entgegen kam und riesige Gewinne versprach. Das Heimatschutzministerium vergab Milliardenauftrage an entsprechende Firmen, neue Geheimdienste entstanden, private Sicherheitsdienste schossen wie Pilze aus dem Boden und am außenpolitischen Horizont zeichneten sich neue Katastrophen und kriegerische Auseinandersetzungen mit dem von der US-Regierung ins Visier genommenen Reich des Bösen ab. Für die Kriegsrüstung wie auch die Bezahlung von Söldnern, die als Wachpersonal von Gefangenenlagern im allgemeinen Überwachungsdienst und in der Logistik eingesetzt wurden, musste der Kapitalmarkt riesige Mengen an finanziellen Mitteln bereit stellen. Paula stieg in diesen Markt des Katastrophen-Kapitalismus zeitig ein. Sie schichtete ihr privates Depot vollständig um. Sie setzte risikofreudig ihr gesamtes Kapital auf diesen Markt, kaufte niedrig notierte Aktien der auf Sicherheit spezialisierten Unternehmen in den USA, die gute Verbindungen zur Regierung hatten, und erwarb Anteile an führenden israelischen Firmen, die in diesem Markt hervorragendes Ansehen genossen und ebenfalls hohe Wachstumschancen versprachen. Schon nach kurzer Zeit hatte ihr privates liquides Vermögen die erste Millionengrenze überschritten. Wieder einmal hatte ihr ökonomischer Instinkt sie nicht im Stich gelassen.

In ihrem Frankfurter Unternehmen hatte sie in diesem ersten Jahr die Mitarbeiterzahl kräftig reduziert und eine beträchtliche Zahl von Mitarbeitern durch neue Leute ersetzt. Viele hatten freiwillig eine andere Arbeitsstelle gesucht, weil sie sich unter der neuen Führung nicht mehr wohl fühlten, aber viele Unwillige hatte sie auch aus betrieblichen Gründen entlassen. Paula Majer galt bei großen Teilen der Belegschaft als ›unnachsichtige, unberechenbare Chefin, die hinter ihrer lieblichen Maske, wie eine Spinne im feingewobenen Netz lauerte, um zuzubeißen, wenn ihr etwas gegen den Strich ging‹. So hatten es einmal zwei Angestellte auf der Toilette ausgedrückt, die nichts von Paulas Anwesenheit hinter der verschlossenen Klotür ahnten. Wie Paula es vorhergesehen hatte, wurde ihr bei vielen der einschneidenden Umstrukturierungsmaßnahmen wenig Widerstand entgegengesetzt, und es gelang ihr, den Umsatz beträchtlich zu steigern. Bei den Renditezielen blieb sie allerdings hinter den Erwartungen zurück, weil die Tätigkeitsprofile doch deutlich personalintensiver und die Marktforschungsanalysen aufwendiger waren, als sie ursprünglich gedacht hatte.

Sie hätte mit dem Erreichten durchaus zufrieden sein können, wenn ihr nicht eine Person die Suppe nahezu täglich versalzen würde. Sie bekam diesen Mitarbeiter, Andreas Fröhlich, der ihr schon an ihrem ersten Tag unsympathisch aufgefallen war, nicht in den Griff. Fröhlich, ein kleiner fünfzigjähriger Mann mit rundem Bauch und ebensolchem Gesicht, in dem eine Pinocchio-Nase keck in die Luft ragte, mit kleinen, listigen Augen und zeitgemäßer Glatze, war beliebt bei der Belegschaft. Fröhlich war ein Mensch, der mit der Bezeichnung Knuddelbär treffend charakterisiert war. Er galt als ›Versteher‹ und diente vielen Mitarbeiter, insbesondere aber den weiblichen Angestellten, als eine Art Kummerkasten. Er war klug und kompetent, aber überhaupt nicht ehrgeizig.

Paula war sich selbst nicht sicher, weshalb sie Fröhlich nicht mochte und nicht mit ihm klar kam. Er war nicht aufmüpfig und leistete wenig sichtbaren Widerstand. Allerdings hatte er immer viele Mitarbeiter zu seiner Unterstützung hinter sich, wenn er sich zu einer Angelegenheit äußerte. Das bedeutete für sie natürlich immer ein gewisses Gefahrenpotenzial und war Sand im Getriebe ihres autoritären Führungsstils. Er war geschmeidig wie eine Gummipuppe und wenig greif- und angreifbar. Er war scheinbar, und das war der schlimmste Makel in ihren Augen, ohne eigenen akzentuierten Willen und ohne eigene Bedürfnisse. Ein Softie, der gänzlich ihren Vorstellungen von Männlichkeit widersprach. Im Laufe der Monate hatte sich ein Kampfritual zwischen diesen ungleichen Menschen entwickelt, das jeder realen Grundlage entbehrte. Und für Paula war es zu einer unerklärlichen Obsession geworden, Fröhlich Knüppel zwischen die Beine zu werfen und ihn zu demütigen. Sie beschnitt seine Kompetenzen, nahm ihm wichtige Kunden weg und warf ihm anschließend vor, dass er seine Umsatzziele nicht erreichte. Dass diese Schikanen offenbar alle an ihm abprallten, machte sie nur noch unberechenbarer.

Es gab genug Speichellecker in der Firma, die sie aus anderen Gründen genauso verachtete wie den windigen, aufsässigen Fröhlich. Solch einen unterwürfigen, ihr gegenüber loyalen Mitarbeiter setzte sie auf ihn an, und ließ sich jedes Fehlverhalten melden, um eine Handhabe für eine Abmahnung in die Hand zu bekommen. Aber auch diesen Versuchen entwand er sich bisher erfolgreich. Als einer der Betriebsräte freiwillig ausschied, wurde er zu ihrem Unglück als Nachrücker Betriebsrat und war somit auf normalem Weg nicht mehr kündbar. Sie gab den Kampf nicht auf, sie wollte ihm zeigen, wer die Macht hatte, wer hier der Siegertyp war. Sie setzte alles daran, ihn aus dem Institut werfen zu können, und ihm die spröde Maske von seinem notorisch lächelnden, ewig gleichmütigen Gesicht zu reißen. Sie empfand hohe Genugtuung, wenn es ihr gelang, ihn, wie in einem Tennismatch, mit harten Schlägen über das Feld zu treiben, und er sich am Ende ihr geschlagen geben, sich ihr unterwerfen musste. Demütigung auch als Demonstration eigener Stärke. Vielleicht wollte sie ihm aber auch nur zeigen, dass es nicht ausreicht, nur zu verstehen und gut zu sein, sondern dass man im Leben kämpfen muss, einen Willen zum Daseinskampf haben musste. Es gab Momente, an denen sie erstaunt innehielt mit ihrer Verfolgungsjagd und sich ernsthaft fragte, woher eigentlich die unsägliche, auch belastende Antipathie gegen Fröhlich herrührte. Es musste, so weit war ihr das einsichtig, ein dickes Knäuel von Eigenschaften und Ursachen gewesen sein, aber sie wollte nicht weiter darüber nachdenken. Sie hatte sich in ihm festgebissen, wie ein Kampfhund, der sein Opfer nicht mehr loslässt.

Eines Tages berichtete ihr ›Undercover-Späher‹, dass Fröhlich, es war ein Samstag, an dem er noch im Büro arbeitete, eine Packung Kopierpapier im Gesamtwert von vier Euro vierzig mit nach Hause genommen hatte, um dort angeblich etwas für den Betriebsrat zu kopieren. Endlich konnte sie zum KO-Schlag ausholen. Die Entwendung von Papier aus dem Büro wurde vom Arbeitsgericht als Diebstahl von Firmeneigentum gewertet, was laut Gerichtsbeschluss eine fristlose Entlassung rechtfertigte. Bereits vor Monatsende entließ sie ihn am 20. Juli fristlos.

Andreas Fröhlich war verheiratet. Seine Frau Sandra ging keiner bezahlten Beschäftigung nach, sondern übte nur drei Tage in der Woche eine ehrenamtliche Tätigkeit in einem Seniorenheim aus. Sie hatten zwei Kinder, ein 14-jähriges Mädchen und einen 10-jährigen Jungen. Fröhlich litt stark unter der Arbeitslosigkeit und noch stärker unter der damit einhergehenden sozialen Isolierung. Er bemühte sich intensiv um eine neue Tätigkeit. Vergebens. Er versuchte, sich selbständig zu machen. Ohne Erfolg. Er zerbrach an der Erfolglosigkeit seiner Bemühungen und sah für sich, den Fünfzigjährigen, der von den Personalchefs der renditegierigen Wirtschaft keine Chance mehr bekam, keinen Ausweg mehr. In kürzester Zeit schlidderte der vormals so fröhliche und lebensbejahende Mensch in eine depressive Phase. Seine Frau fand ihn am 22. September, zwei Monate nach der fristlosen Kündigung, aufgehängt im Dachstuhl ihres Wohnhauses.

Paula erfuhr wenige Wochen nach dem Selbstmord von dem tragischen Geschehen, und auch davon, dass seine Familie in der Zwischenzeit von Hartz IV-Unterstützung leben musste. Sie war betroffen und erinnerte sich an die eigene Ausweglosigkeit, damals, als sie selbst nicht mehr weiter wusste und im Tod den einzigen Ausweg sah. Sie hatte die Lebensmüdigkeit überwunden und den Lebenskampf, und nichts anderes war das Dasein in ihren Augen, angenommen. Erfolgreich angenommen, wie sie meinte. Sie konnte sich alles leisten, verreisen, wohin sie wollte, kaufen, was sie sie sich wünschte, auch Sex haben, wann und mit wem sie gerade Lust hatte. Sie wies eine moralische Schuld an dem Desaster der Familie Fröhlich von sich, wenn auch ein im Hintergrund flackerndes Unbehagen erhalten blieb. Sie redete sich ein, in gewissem Sinn in ihrer Vermutung bestätigt worden zu sein, dass dieser Andreas Fröhlich zu weich war für einen Job in der Wirtschaft, und es zum Wohle der FMS daher richtig gewesen war, ihn zu entlassen. Und sie sah es auch als eine Bestätigung ihres eigenen eingeschlagenen Wegs: Ohne Härte konnte man in dieser Welt nicht bestehen. Nach kurzer Zeit war das folgenschwere Schicksal von Fröhlich und seiner Familie erfolgreich irgendwo in dem neuronalen Labyrinth ihres Gehirns abgelegt und dem Bewusstsein nicht mehr zugänglich. Wie nach einem traumatischen Ereignis, für das die Natur des menschlichen Gehirns offenbar eine wirkungsvolle Schutzmöglichkeit vorsah, wurde sie in der Folgezeit davor bewahrt, sich dieses Ereignisses zu erinnern. Eine Amnesie legte sich über das Geschehen, der Organismus entsorgte, was nicht ertragbar war, um leben zu können.

Nur kurze Zeit nach dem Suizid von Andreas Fröhlich wurde Paula wieder vom Sog des Mahlstroms ökonomischer Notwendigkeiten und Entscheidungen erfasst, und sie arbeitete rastlos an der Vermehrung ihres Vermögens.

Während ihres Vortrags bei einem Bankkunden in Zürich, wo sie die neuesten Marktforschungsergebnisse präsentierte, fiel ihr auf, dass sie von einem älteren Vorstandsmitglied mit silbergrauen Haaren und ebensolchen Augenbrauen, die sich buschig über seine grüngrauen Augen wölbten, aufmerksam beobachtet wurde. Er hatte ein ständiges Lächeln im Gesicht und nickte ihr bei jeder sich bietenden Möglichkeit aufmunternd und wohlwollend zu. Nach der Präsentation tat er etwas übertrieben enthusiastisch seine Zufriedenheit mit den vorgetragenen Ergebnissen kund. Nach dem Meeting kam er auf sie zu und fragte sie mit starkem schweizerdeutschem Akzent, ob sie am Abend schon etwas vor habe, wenn nicht, würde er sich freuen, sie einladen zu dürfen. Paula hatte nichts vor. Sie ließen sich zuerst von seinem Chauffeur in ein stilvolles Feinschmeckerrestaurant fahren, sprachen reichlich dem hervorragenden Wein zu und waren schon etwas angeheitert, als sie ein Taxi zu einer einfachen Karaoke Bar im Züricher Stadtteil Niederdorf nahmen.

Urs Jäggi, zweiundundfünfzig Jahre alt, gebildet, charaktervoll und mit erfrischendem Witz begnadet, skifahrerbraun und gut aussehend, eroberte Paula im Sturm. Selten in den letzten Jahren hatte sie so viel gelacht, geschmunzelt und gescherzt oder mit großen Ohren zugehört, was dieser geistreiche Mensch zu erzählen hatte. Trotz des anstrengenden langen Tages war Paula bis in die Nacht putzmunter und frei von allem Ballast. Er legte seinen Arm um ihre Schulter, als sie gemeinsam ein Lied sangen, und es störte sie nicht, dass er kaum einen richtigen Ton traf. Sie gab ihm einen nichtssagenden Kuss auf die Wange, als das Lied zu Ende war. Er strahlte sie an und erwiderte den Kuss. Sie stießen auf das Du an und sie erzählte von ihrer Zeit in den USA, und er hörte aufmerksam zu. Sie redeten offen über Geld und Geldanlagen, über Tricks und Strategien. Er berichtete ihr von einer geplanten feindlichen Übernahme eines großen englischen Unternehmens, die seine Bank managen wird, und sagte schmunzelnd und augenzwinkernd zu ihr:

»Zuerst werden wir die Aktienkurse ein bisschen drücken, da das Unternehmen gegenwärtig für einen Kauf noch zu teuer, sprich: die Aktienkurse noch zu hoch bewertet sind. Sobald dann der Aktienkurs tief genug gefallen sein wird, werden wir die Mehrheit der Aktien erwerben und, schwuppdiwupp, haben wir das Unternehmen, es handelt sich übrigens um die Infoplan AG, unter unserer Kontrolle. Sobald wir die Katze im Sack haben, wenn ich das mal so salopp ausdrücken darf, werden, wie durch ein Wunder, die Kurse wieder steigen, und die Infoplan AG wieder wertvoll und wir reicher.«

Er sah Paula grinsend in die Augen und fügte lachend hinzu. »So einfach ist das mit dem Geldverdienen.«

Paula war neugierig geworden.

»Wie könnt ihr als Bank die Aktiennotierungen auf Knopfdruck nach unten manipulieren?«

Er betrachtet sie etwas ungläubig, weil er offenbar die Frage für nicht sehr gescheit hielt.

»Wir machen nichts anderes als irgendwelche Leute im richtigen Leben auch, wenn sie den Preis eines Produktes etwas drücken wollen. Man streut anonym Negativinformationen. Zum Beispiel, dass es dem betreffenden Unternehmen nicht gut geht, dass es Lieferschwierigkeiten hat, dass es in Liquiditätsschwierigkeiten steckt, dass der Absatz stockt, dass fehlinvestiert worden ist. Da sind der Fantasie keine Grenzen gesetzt.«

Er lächelte Paula verschwörerisch an, nahm ihre Hand und tätschelte sanft den Handrücken, dann beugte er sich zu ihr und flüsterte ihr witzelnd ins Ohr zu.

»Auch wenn ich dir kein allzu großes Geheimnis anvertraut habe, da das doch alle mehr oder weniger so machen, bitte ich dich, es als unser kleines Geheimnis zu betrachten.«

Er unterbrach sich, sah ihr in die Augen, so als wollte er sich noch einmal versichern, ob es richtig war, was er gleich sagen wollte. Er berührte mit den Lippen ihren Handrücken, so als ob er ihr einen Handkuss geben wollte, und sagte dann mit sehr leiser Stimme.

»Und darf ich dir noch ein Geheimnis verraten, Paula? Du hast mich verzaubert und ich befürchte, ich bin gerade dabei, mich in dich zu verlieben.«

Er war in diesem Moment nun nicht mehr der große, mächtige Banker, sondern wirkte, ganz im Widerspruch zu seiner sonstigen Souveränität, etwas verlegen. Paula lächelte ihn warmherzig an und streichelte sein Gesicht.

»Es ist lieb, dass du das sagst, ich mag dich auch, Urs. Und was die beiden kleinen Geheimnisse angeht, sie sind bei mir absolut sicher aufbewahrt, sicherer als das Bankgeheimnis bei einer Schweizer Bank.«

Sie blieben, bis die Bar schloss und Paula, die wie vernarrt war in den welterfahrenen, lebenslustigen und trotz des Lebensalters sehr attraktiven Mann, wollte sich nicht von ihm trennen. Sie fuhren in ihr Hotel und sie erhielt von Urs Jäggi eine Lehrstunde in gefühlvollem, wohligem Sex, den sie in sich bewahrte wie einen kostbaren Schatz. Urs war ganz anders als ihre jugendlichen Liebhaber, die ungestüm in sie eindrangen, in erster Linie, um sich selbst zu befriedigten und die, nachdem sie sich entladen hatten, sie ansahen, als ob sie ein Lob zu erwarten hätten, um sich dann selbstzufrieden von ihrem Objekt der Begierde abzuwenden. Urs war zärtlich und erfinderisch, benutzte ihren ganzen Körper, um ihre Lust anzustacheln, und führte sie langsam zu ihrem Höhepunkt. Es gelang ihm, ihre Erregungskurve hoch zu erhalten, so dass sie noch einen zweiten Orgasmus hatte. Und er hatte die Geschicklichkeit, die erotische Spannung auch zu erhalten, als die Erregung langsam abflaute und sich ihre Körper weich und entspannt aneinander schmiegten.

In Frankfurt beobachtete sie aufmerksam die Kursentwicklung von Infoplan. Das Schlachtfeld für die feindliche Übernahme, von dem zu diesem Zeitpunkt nur eine Handvoll von Insidern, darunter auch Paula, wusste, dass es dieses Schlachtfeld überhaupt gab, schien eröffnet, als die Aktienkurse plötzlich ins Bodenlose fielen. Bei einem Wert von fünfzig Prozent unter dem Ausgangskurs stieg Paula ein und kaufte mit allen liquiden Mitteln, die sie besaß, deren Aktien. Ein halbes Jahr später, als die Schlacht geschlagen war, und die Bank das Unternehmen geschluckt hatte, und alle angeblichen Liquiditätsengpässe, Lieferschwierigkeiten und Fehlinvestitionen wie vom Erdboden verschwunden waren, war der

Kurs um einhundertzwanzig Prozent gegenüber ihrem Einstiegskurs gestiegen. Paula hatte nicht nur eine erregende erotische Erinnerung an Urs Jäggi, die sie sich abends, wenn sie allein im Bett lag, sehnsuchtsvoll ins Gedächtnis zurückrief, sondern durch ihn auch ihr eingesetztes Kapital mehr als verdoppelt.

VI.

Denn in jeder Handlung ist das,
was der Handelnde hauptsächlich beabsichtigt,
die Enthüllung seines eigenen Bildes.
Dante Alighieri

Im Sommer 2006 wurde Paula nach San Francisco beordert, weil die Muttergesellschaft nicht zufrieden mit der Rendite des Frankfurter Instituts war. Trotz aller Anstrengungen war es ihr nicht gelungen diese auf die anvisierten fünfzehn Prozent zu heben.

Bevor sie nach Deutschland zurück flog, traf sie sich mit Viktor mit der Absicht, das Bild von Kirchner wieder zurückzukaufen. Er verlangte eine horrende Summe. Paula musste sich darauf einlassen, wenn sie nicht mit leeren Händen nach Frankfurt zurückkehren wollte. Es war ihr erstes großes finanzielles Verlustgeschäft, das sie in ihrer Karriere gemacht hatte. Nach einem ausgiebigen Abendessen vergnügten sie sich in einer Jazz-Bar. In der langen und feuchtfröhlichen Nacht erzählte er ihr in schon ziemlich angetrunkenen Zustand, dass man in der Zentrale erwog, das Frankfurter Institut an eine Investmentgesellschaft zu verkaufen. Das war für sie ein ernstzunehmendes Alarmzeichen und sie beschloss zu handeln, sobald sie wieder in Frankfurt zurück sein würde.

Am nächsten Tag lag sie mit einem starken Kater noch im Bett, als die Hotelrezeption Viktor avisierte. Sie hatten ausgemacht, dass er ihr das Bild *Die Liebenden* in ihr Hotel bringen würde. Viktor klopfte und sie öffnete ihm im Bademantel. Er wirkte frisch und ausgeschlafen, obwohl er, wie sie selbst auch, gestern viel getrunken hatte. Er umarmte sie kurz und wollte ihr einen Kuss auf den Mund geben. Er roch nach Himbeere und weckte unangenehme Erinnerungen in ihr. Sie wandte ihr Gesicht ab, so dass daraus nur ein flüchtiger Wangenkuss wurde. Er tänzelte, jugendlichen Elan demonstrierend, in das Zimmer und setzte sich in einen der Sessel.

»Hier hast du dein Juwel wieder. Es schmerzt mich sehr, mich von dem Bild trennen zu müssen. Ich habe es liebgewonnen, zumal es mich immer an dich erinnert hatte.«

»Danke, nett, dass du es vorbei gebracht hast. Jetzt behältst du mich als jemanden in Erinnerung, den du kräftig über den Tisch gezogen hast. Für das Geld, das du verlangt hast, hätte ich mir fast einen Picasso kaufen können. Von Freundschaftspreisen hast du wohl noch nie etwas gehört?«

»Meine liebe Paula, ganz so wie ich sie kenne. Immer auf ihren Vorteil bedacht. Die paar Kröten zahlst du doch in der Zwischenzeit mit links. Du musst das so sehen, eigentlich war das Bild unverkäuflich und du hast es mit deinem Angebot erst käuflich gemacht. Du hast also nur dafür gezahlt, dass du in die Lage kamst, es überhaupt zurückkaufen zu können.«

»Um das Geld geht es mir in diesem Fall nicht. Es war einfach ein unfairer Preis, den du von mir verlangt hast, und das weißt du auch. Du hast mich ausgenützt. Deine Frau hat doch genügend Geld und du brauchst es doch gar nicht von mir.«

Viktor schaute sie treuherzig an und schüttelte den Kopf.

»Nein, brauchen tu ich es nicht, aber es ist gut, es zu haben. Das kannst du sicher nachempfinden, wenn ich dich richtig einschätze. Lassen wir das, ich bin ja nicht nur gekommen, um dir das Bild zu bringen.«

»Was führt dich den sonst noch hier her?«, fragte sie verwundert.

Viktor stand auf, griente sie an, schob das Revers ihres Bademantels auseinander und fasste nach ihren Brüsten und presste gleichzeitig sein Geschlecht gegen ihre Schenkel.

»Oh nein, mein Lieber, das läuft nicht mehr. Betrüge du weiterhin deine Frau mit deinen jungen Schönheiten, aber lass mich aus dem Spiel. Ich habe keine Lust auf deinen Schwanz und schon gar nicht heute und noch weniger so früh am Morgen.«

Sie nahm seine Hand von ihrem Busen und schloss das Revers ihres Bademantels über ihrer Brust.

»Schade, ich finde dich immer noch geil, obwohl du jetzt auch nicht mehr die Jüngste bist. Aber wenn du nicht willst, dann lassen wir es eben.«

»So, nicht mehr die Jüngste, sagst du, wie alt sind denn deine Gespielinnen?«

»Nun, so zwischen achtzehn bis zweiundzwanzig im Schnitt. Du siehst also, da kannst du mit deinen mittelalterlichen dreiunddreißig Lenzen nicht mehr ganz mithalten, auch wenn du noch appetitlich ausschaust und mich durchaus reizt. Ich verrate dir kein Geheimnis, wenn ich dir sage, dass ich wirklich heißen Sex nur mit jungem, festem Fleisch habe. Das ist bei mir nun mal so, und außerdem habe ich es gern, wenn die Mädchen zu mir aufschauen, was fast alle diese Küken machen, das kitzelt mein Ego und stimuliert mich.«

»Die gucken nur auf dein Geld, glaube mir. Aber sei‘s drum, Du wirst dich nie ändern und bist so unendlich von dir überzeugt, dass du eh nicht merkst, was um dich herum wirklich passiert«, konstatierte sie resignierend und bat ihn zu gehen, da sie noch viel zu tun hätte, bis sie zurückfliegen würde.

Sie fand es widerwärtig, wie er über Frauen dachte und war etwas erschrocken darüber, dass sie das nie so wahrgenommen hatte, in den vielen Jahren, als sie mit ihm geschlafen hatte. Ihr fiel wieder das Zitat aus Zarathustra ein: ›Oberfläche ist des Weibes Gemüth, eine bewegliche stürmische Haut auf einem seichten Gewässer‹. Sie musste vor sich eingestehen, dass sie in ihrer Zeit mit Viktor dieser Nietzschen Charakterisierung des Weibes manchmal ziemlich nahe gekommen war.

Seit einiger Zeit jedoch drang die Seichtheit der Gewässer, in denen sie sich bewegte, immer mehr in ihr Bewusstsein. Sie musste feststellen, dass sie sich in vielen Situationen noch nicht allzu weit von der faltenlosen Oberflächlichkeit ihrer Mädchenjahre entfernt hatte. Einer Zeit, in der sie sich und ihren Körper in erster Linie als Präsentationsfläche sah, mit der sie andere beeindrucken wollte. Immer häufiger fragte sie sich, ob sie eigentlich sich selbst lebte, oder nicht vielmehr ein Leben fristete, das sich von ihrer wahren Seele immer mehr entfernt hatte.

Seitdem sie Urs kennengelernt hatte, mit dem sie nach wie vor eng korrespondierte, und der ihr ein guter Freund geworden war, begann sie häufiger über sich und die Welt, in der sie sich bewegte nachzudenken. Er war, was seine Bankgeschäfte anging, unnachgiebig und skrupellos, wie andere in seiner Branche auch. Aber privat zeigte er eine philosophische Tiefe und Vielschichtigkeit des Denkens, die sie beeindruckte. Er öffnete ihr die Augen für die komplizierten Faltungen der Welt, die sie lange Zeit allzu sehr ignoriert hatte. Falten, die entfaltet werden müssen, damit der Kern eines Problems sichtbar werden kann. Die Falten im Gesicht von Urs, die alle Wunden und Leiden, alle Erfolge und Leidenschaften seines Lebens zu spiegeln schienen, waren ihr Symbol für das Leben allgemein. Ein Leben, das, wenn es sich entfalten kann, mehr ist als ökonomischer Erfolg, ein Leben, in dem der Mensch nicht Sklave des Erfolgs ist, sondern Gestalter des Daseins und fähig zur Liebe und Freundschaft.

Zarathustra sprach: ›Bist du Sklave? So kannst du nicht Freund sein. Bist du Tyrann? So kannst du nicht Freunde haben.‹

Als Paula diese Zeilen laut vor sich hin zitierte, runzelte sie die Stirn und rieb sich mit einer Hand das Kinn, so wie ein Mann über seinen Bart streifte, wenn er verlegen oder nachdenklich war. Es war eine seltsam männliche Geste. Paula erinnerte sich – sie wusste sogar noch die genaue Seitenzahl, es war die Seite zweiundachtzig ihrer Zarathustra-Ausgabe –, dass Nietzsche unmittelbar im Anschluss an diese Zeilen Zarathustra über die Frauen sagen ließ: ›Allzu lange war im Weib ein Sklave und Tyrann versteckt. Deshalb ist das Weib noch nicht der Freundschaft fähig: es kennt nur Liebe.‹

Sie wälzte diese Worte im Kopf hin und her: War ich Sklave, bin ich es noch? Bin ich Tyrann? Was für eine Frau bin *ich* geworden in der Welt der Männer, in der ich mich ständig behaupten muss. Kenne ich als Frau wirklich die Liebe, wie das dieser Philosoph behauptet? Bin ich zur echten Freundschaft unfähig? Sie musste an Jette denken und fragte sich, ob sie sich genug um sie bemühte. Konnte sie ihre Freundin sein, oder war sie Sklavin ihrer Verhältnisse?

Sie ließ die Fragen offen und nahm sich vor, diese bei Gelegenheit einmal eingehender mit Urs zu diskutieren. Sie hatte mehr denn je Verlangen nach derartigen existenziellen Gesprächen, die es ihr ermöglichten, mit sich selbst bekannter zu werden.

Paula hatte sich noch ein paar Tage frei genommen, um einige finanzielle Dinge zu erledigen und auch, um mit dem Auto noch etwas durch Kalifornien zu streifen, ein Landstrich, den sie in ihr Herz geschlossen und der alles verkörpert hatte, was ihr an Amerika lieb und wertvoll war. Als sie San Francisco hinter sich gelassen hatte und Richtung Osten fuhr, wehte vom Pazifik ein straffer kühlender Wind und vom Landesinneren strömte heiße Luft zum Meer. Bei klarblauem Himmel war es hochsommerlich warm und in der Ferne sah sie im flimmernden Dunst die schroffen Bergrücken der Sierra Nevada und konnte einzelne Schneefelder erahnen, davor die weiten Ebenen, auf denen Jacarandabäume ihr karges Dasein fristeten.

Aber wenn man mit offenen Augen durch das Land fuhr, konnte man auch erkennen, dass es dem einstmals so reichen Kalifornien nicht mehr gut ging. Allerorten schossen For-Sale-Schilder aus dem Boden. Die unverkäuflichen Häuser überzogen, hässlichen und peinlichen Stockflecken gleich, das Land. Paula beobachtete, wie sich Wohnwagensiedlungen im Schatten der Metropolen in die Landschaft fraßen, und wie den Amerikanern die Wohnmobile, mit denen sie einst in den Urlaub fuhren, zur erbarmungswürdigen Heimstatt wurden.

Paula erkannte die Zeichen hier und auf den Finanzmärkten und löste den Rest an Aktien und Fonds-Anteilen im US-amerikanischen Markt auf. Die zu Wertpapieren gebündelten ›Subprimes‹ waren in nur fünf Jahren um achthundert Prozent angestiegen und auch die Hypothekenzinsen begannen nun unaufhörlich zu steigen. Eine Negativspirale hatte begonnen, sich zu drehen: viele Hausbesitzer, denen, durch die Regierung forciert, Hausbesitz durch extrem niedrige Zinsen und hohe Wertsteigerungen schmackhaft gemacht worden war, konnten nun wegen der hohen Zinsen ihre Hypotheken nicht mehr abbezahlen und mussten ihre Häuser verkaufen. Die Häuserpreise gerieten durch das Überangebot in einen nicht enden wollenden Abwärtstrend. Paulas persönliche Analyse ließ sie nichts Gutes erwarten. Die großen Hypothekenbanken in den USA würden ins Trudeln kommen und die hausgemachte amerikanische Immobilienblase würde spätestens in ein bis zwei Jahren platzen.

Wieder in Deutschland bereitete sie auch ihren Ausstieg aus dem Institut vor. Sie kannte aus eigener Erfahrung nur zu gut die übersteigerten Renditeerwartungen der branchenfremden amerikanischen Finanzinvestoren. Das Institut würde mit teuren Krediten als reine Kapitalanlage gekauft werden. Nach dem Erwerb würde FMS gezwungen werden, diese Kredite selbst wieder abzubezahlen, zusätzlich zu den hohen Renditeerwartungen. Das würde das Institut zwangsläufig wirtschaftlich an seine Grenzen führen. Sie hatte in ihrer Zeit als Geschäftsführerin lernen müssen, dass Marktforschungsinstitute, anders als andere Wirtschaftsunternehmen, nur bedingt Menschen durch Maschinen und Computer ersetzen konnten. Renditesteigerungen waren aber im nennenswerten Umfang nur durch Reduktion des größten Ausgabenpostens, den Personalkosten, zu erwirtschaften. Sie hatte das personelle Einsparpotenzial am FMS bis zum Äußersten ausgeschöpft. Weiter Einsparungen am Kostenfaktor Mensch würden die derzeit noch hohe Qualität vermindern. Dies wiederum würde unweigerlich zum Verlust von Kunden und Umsatz führen. Das Institut, so ihre Schlussfolgerungen, würde niemals in der Lage sein, die Erwartungen der Investoren zu erfüllen. Ihr Stuhl als CEO würde also früher oder später wackeln. Diesem absehbaren Risiko wollte sie entschlossen entgegenwirken.

Sie traf sich mit Urs in der Schweiz und besprach mit ihm ihre Lage. Er stimmte ihrer Analyse in allen wesentlichen Punkten zu und war ihr gerne behilflich bei der Suche nach einem neuen Job. Durch seine Beziehungen wurde ihr eine Anstellung als Marketingleiterin in der Investmentabteilung einer großen Bank in Frankfurt angeboten. Sie nahm an und begab sich in das ruhende Auge des Tornados, dessen Ausläufer drei Jahre später schwere Verwüstungen anrichten sollten. Noch aber war alles auf Expansion ausgerichtet und die Banken versprachen sich gute Geschäfte.

Paula war verantwortlich für die Entwicklung und den Vertrieb neuer Finanzprodukte. Sie mischte gute mit schlechten Papieren, steckte sie in einen Topf und bot diese Verbriefungen als Collateralized Dept Obligations, sogenannte CDO, am Kapitalmarkt an. Nachdem die maßgebenden Ratingagenturen diese mit ›tripple A‹, der höchsten Auszeichnung von Wertpapieren, die diese Agenturen zu vergeben hatten, bewertet hatten und so als sicher galten, konnte die Bank sie bei ihren Kunden als renditeträchtige, aber doch risikoarme Geldanlagen gut verkaufen. Paula Majer war erfolgreich damit und verdiente in Form von Boni und Sonderzahlungen auf die hohen Umsätze ihrer Bank sehr viel Geld. Jeder wollte an dem Boom teilhaben und viele verloren ihr Risikoempfinden und blähten durch Wetten auf steigende wie auch fallende Kurse, Zinsen und Währungen den spekulativen Kapitalmarkt mit ihren Einlagen ins schier unermessliche auf. Auch Paula ließ sich von der allgemeinen Euphorie anstecken. Sie fühlte sich wie eine Glücksspielerin, die eine Glückssträhne hatte und erlag die kommenden zwei Jahre ganz und gar dem euphorisierenden Reiz des vom Glück begünstigten Spielers, und häufte immer höhere Geldbetrage an.

Paula fühlte sich in dieser Zeit jung, hübsch, reich und erfolgreich, aber auch eingepackt in eine Folie der Freudlosigkeit. Sie spürte in sich ein Gefühl des Mangels, ein Hang zum Schmerz, das sie drückte. Nicht dominant, eher leise und unscheinbar, aber immerwährend. Ihr Kontostand stieg, aber ihr seelisches Empfinden verkümmerte und geriet zusehends unter die Räder der materiellen Dynamik. Aus heiterem Himmel wurde sie in dieser Zeit des unaufhörlichen finanziellen Erfolgs manchmal von Heulkrämpfen heimgesucht, sie wirkte gereizt und ihre Mitarbeiter fürchteten ihre Zornesausbrüche, die oftmals wegen Kleinigkeiten über sie hereinbrachen. Paula schwelgte in Reichtum und Luxus und doch war sie unzufrieden und wusste nicht warum. Sie suchte Halt in der Lektüre von philosophischen Werken und dem Besuch von Kunstausstellungen ebenso wie gelegentlich im Alkohol. Sie bezeichnete sich selbst spöttisch als süchtige Quartalsliebende. Ähnlich wie bei einem Quartalssäufer verabredete sie sich alle zwei bis drei Monate mit einem Mann, den sie sich entweder in Internetchats, oder in einfachen Kneipen in Offenbach aufgabelte, wo sie hoffte, von niemandem erkannt zu werden, ging mit ihm in ein Hotel und ließ sich von ihm ficken, primitiv und würdelos. Nach dem Liebesspiel ging sie allein nach Hause, besoff sich sinnlos und suhlte sich in ihrem Katzenjammer. Geplagt von übler Katerstimmung und Selbsthass lag sie am nächsten Tag im verdunkelten Zimmer und hing einsam und niedergeschlagen trüben Gedanken nach. Wenn sie dann im darauffolgenden Tag wieder zur Arbeit ging, war ihr der Selbstzerfleischungsprozess, dem sie sich tags zuvor ausgesetzt hatte, nicht mehr anzumerken. Aber der Stachel einer diffusen Unzufriedenheit blieb und setzte konsequent sein zerstörerisches Werk in ihrer Seele fort. Paula ahnte, dass sie einer neuen persönlichen Katastrophe zusteuern würde, wenn nicht etwas Entscheidendes geschehen würde. Aber sie wusste nicht, was oder wer die Wende einleiten könnte. Sie war ratlos und unfähig, ihr Gefühlsleben zu ordnen.

ZWEITER TEIL

Eine schmerzliche Geburt,
wenn sich der Mensch im reifen Alter
selbst zur Welt bringt.
Stanislaw Lec

VII.

Leben ist das, was dir zustößt,
während du eifrig dabei bist,
andere Dinge zu planen
John Lennon

Felix Kohn blickte durch das Erkerfenster seines Arbeitszimmers auf die schweren schieferfarbenen Regenwolken, die in der Ferne tief und bedrohlich über Frankfurt hingen. Man musste sich anstrengen, die Bankentürme im Dunst des Himmels erkennen zu können. Sie wirkten von hier aus klein und unscheinbar. Kohn hatte das mit vier Erkertürmen und zahlreichem Stuck barock anmutende Gebäude von seinen Eltern geerbt. Das Ende des neunzehnten Jahrhunderts gebaute Haus lag am Rande von Kronberg inmitten eines verwilderten großen Gartens. Eigentlich würde Felix Kohn lieber in Frankfurt wohnen, wo er einen Lehrstuhl für Wirtschaftsgeschichte am Fachbereich Sozialwissenschaften inne hatte. Aber Umstände, denen er sich stellen musste und wollte, hatten ihn im sogenannten Speckgürtel Frankfurts sesshaft werden lassen.

Felix Kohn hatte Soziologie in Frankfurt studiert und promovierte später an der Universität Santiago in Chile summa cum laude. Er wurde an der Freien Universität Berlin habilitiert mit einer Arbeit über die Wirtschaftspolitik von Chile in den 70er Jahren mit dem akademisch langatmigen Titel: *Das politische System Chiles nach dem Putsch von Augusto Pinochet am 11. September 1973 unter besonderer Berücksichtigung des Einflusses der US-amerikanischen neoliberalen Wirtschaftspolitik*. Ihn verband mit Berlin eine Art Hassliebe: einerseits war er fasziniert von der Vielfalt des Lebens in dieser Stadt, der Verbindung von überalterter Urbanität, jugendlicher Spontaneität und kultureller Buntheit, andererseits fühlte er sich durch die Mauer und die abgeschottete Insellage Westberlins immer auch eingeengt und zuweilen sogar eingesperrt. Er erlebte die Maueröffnung, die einen nachhaltigen, bewegenden Eindruck bei ihm hinterlassen hatte, als er mit seiner Frau nach einem Theaterbesuch auf dem Weg nach Hause war. Die Wiedervereinigung setzte seinen klaustrophobischen Ängsten ein Ende und versöhnte ihn mit der Stadt, allerdings nicht ohne einen Wermutstropfen zu hinterlassen. Ihn verstörte, dass in einem Atemzug mit dem Mauerfall die ersten Strophen eines Heldenepos geschrieben wurden, in dem hauptsächlich Politiker und sonstige selbsternannte staatstragende Personen die Hauptrolle spielen würden. Die menschliche, reflexive Erfassung dieser einmaligen Geschehnisse drohte dabei abgetrieben und auf Nebengleise abgeschoben zu werden.

Vier Jahre nach der nicht mehr für möglich gehaltenen Öffnung erhielt Kohn fünfunddreißigjährig einen Ruf an die Frankfurter Universität. Er nahm in gern an, da sein Vater zu der Zeit bereits schwer an Krebs erkrankt war und seine Mutter allein dessen Pflege nicht mehr bewältigen konnte. Seit dieser Zeit forschte und lehrte er an der dortigen Universität und wohnte mit seiner Frau bis 1995 in Frankfurt. Sie kannten sich seit über zehn Jahren, heirateten im Jahr der Wiedervereinigung Deutschlands und führten seither, geprägt von großer Liebe, ein äußerst harmonisches und erfüllendes Eheleben. Seit Felix zum Professor ernannt worden war, wurde auch der immer wieder nach hinten verschobene Kinderwunsch aktuell. Seine Frau Julie setzte die Pille ab und hoffte darauf, eines Tages schwanger zu werden. Im selben Jahr, als sein Vater starb, kam jedoch seine drei Jahre jüngere Frau bei einem tragischen Unfall ums Leben und der Traum von einem Kind starb mit ihr. Bei einer gemeinsamen Bergtour rutschte sie an einem glitschigen Felsüberhang aus und stürzte in die Tiefe. Sie war sofort tot. Lange Zeit war er wie betäubt und von tiefer Trauer niedergedrückt. Eine große, stille Leere hatte sich seiner bemächtigt und ihn in die Einsamkeit gestoßen. Seine Mutter bat ihn nach einiger Zeit, zu ihr nach Kronberg zu ziehen. Er wollte mit seiner Trauer zunächst jedoch noch allein sein. Erst, nachdem sich der Gesundheitszustand seiner Mutter erheblich verschlechterte, ließ er für seine Mutter in das Haus eine Einliegerwohnung einbauen und zog nach Kronberg. Drei Jahre nach dem Tod seines Vaters folgte ihm seine Mutter. Sie starb unverhofft an einer nicht erkannten Lungenembolie. Nach einer harmlosen Rippenfellentzündung, die sie eine Woche an das Bett fesselte, löste sich ein Blutgerinnsel, als sie aufstehen und sich das Frühstück machen wollte. Felix hörte, wie ein Glas vom Nachttisch auf den Boden fiel. Er lief in ihr Zimmer, aber ihr Gesicht war schon blau angelaufen und sie rang vergebens nach Luft. Sie starb in seinen Armen.

Seit dem Tod seiner Mutter lebte Felix Kohn allein in dem Haus. Eine neuerliche Heirat hatte er nach dem Tod seiner Frau nie mehr ernsthaft in Betracht gezogen. Auch fiel es ihm schwer, eine stabile Beziehung zu Frauen aufzubauen. Er begnügte sich seither mit mal längeren, mal kürzeren Affären.

Felix Kohn galt nicht nur als leidenschaftlicher, politischer Kopf und brillanter Analytiker, der hervorragend schreiben konnte, und neben Fachtexten auch Lyrik und einige Prosatexte über nord- und südamerikanische Indianer veröffentlicht hatte, sondern auch als großer Charmeur und Lebenskünstler. Bei aller Brillanz und all seinen Erfolgen blieb er bescheiden. Er war nicht nur ein guter Zuhörer, sondern hatte auch die große Gabe, seine Zuhörerschaft, die er stets mit großer Achtung behandelte, mit seiner warmen, dunklen Stimme schnell für sich einnehmen zu können, indem er ihr das Gefühl eigener Wichtigkeit gab.

In seiner persönlichen Lebensführung hatte Felix Kohn durchaus einen leichten Hang zur Maßlosigkeit. Er war lebenshungrig, legte sich beim Trinken keinen Zwang an und rauchte zu jeder sich ihm bietenden Möglichkeit. Er war humorvoll und hatte immer einen geistreichen Witz in der Hinterhand, über den er oft selbst am meisten lachen musste. Er war sprunghaft, neugierig, spontan und er war ungeduldig. Er selbst begriff seine Ungeduld als eine Art Widerstand gegen innere Vergreisung, als ein Ausdruck von Auf-der-Höhe-der-Zeit-sein insofern, als die Ungeduld im Laufe seines Lebens eher zugenommen hatte. Er fühlte sich manches Mal den heute Zwanzigjährigen näher als den Menschen seiner Generation und stand voll und ganz hinter dieser ›fröhlichen Ungeduld‹, wie er es nannte. Wenn er allerdings auf Begriffsstutzigkeit oder übermäßige geistige Trägheit traf, verlor die Ungeduld den Charakter der Unbekümmertheit und Felix konnte aufbrausend und ungehalten werden. Er pflegte aber unmittelbar nach solchen Ausbrüchen Reuebekenntnisse abzulegen. Schonungslos war er, sobald sein Gerechtigkeitssinn verletzt oder anderen Menschen bewusst schweres Leid zugeführt wurde. In solchen Fällen konnte er beharrlich, unnachgiebig und scharf werden, bewegte sich dann bisweilen am Rand eines zerstörerischen Rigorismus und verurteilte diese Menschen mit nachhaltiger Konsequenz.

Felix Kohn hatte ein feingeschnittenes, stets gebräuntes Gesicht mit einer großen, spitz zulaufenden, schmalen Nase. Die Augen waren leicht mandelförmig, so als ob sich in seiner Ahnenreihe irgendwann einmal asiatische Gene eingeschlichen hätten, und blickten gutmütig und bisweilen schalkhaft und listig in die Welt. Sie hatten eine auffallend ins Türkis chargierende Farbe, die je nach Tageslicht einen mehr bläulichen, dann wieder mehr grünlichen Schimmer annahm. Eins sechsundneunzig groß, schlank und durchtrainiert, war er mit seinen grauen Haaren und dem gepflegten, kurz gehaltenen grauen Vollbart, der an den Wangen und am Hals ausrasiert war, ein durchaus gutaussehender Mann und unter seinen Studentinnen waren viele, die für ihn schwärmten und nicht wenige, die sich in ihn verliebten. Er fühlte sich dadurch geschmeichelt, und es kitzelte durchaus sein Ego, wenn junge Frauen ihn, den deutlich Älteren, noch begehrenswert fanden. Er ging aber bei den Studentinnen oder Doktorandinnen, die seine Übungen, Seminare oder Kolloquien besuchten, aus Prinzip jeder Affäre aus dem Weg. Wie er von Kollegen wusste, brachten solche Beziehungskonstellationen mehr Ärger als Genuss.

Das Telefon klingelte und Felix ging zu seinem großen, mit Papieren und sonstigen Utensilien übersäten Schreibtisch. Er hatte zurzeit ein Forschungssemester und arbeitete deswegen mehr als gewöhnlich zu Hause, was nicht gerade zur besseren Ordnung in seinem Arbeitszimmer beitrug. Er knipste die Schreibtischlampe an, da nur noch wenig Tageslicht durch das Erkerfenster drang, und hob den Hörer ab.

»Hallo.«

»Hola, aqui es Sophia.«

»Hola Sophia«, antwortete Felix auf Spanisch und blieb bei der ihm vertrauten Sprache. »Das ist schön, dass du dich mal wieder meldest. Sag, wie geht es dir?«

»Es ist ziemlich kalt hier, da holt man sich ja den Tod, aber sonst geht es mir gut.«

»Bist du etwa in Frankfurt? Hast du dich wirklich getraut, dein schönes, sommerliches Chile zu dieser Jahreszeit zu verlassen?«

»Ja, ich komme gerade direkt aus Santiago und bin hier in Frankfurt in einem Hotel an der Messe untergebracht.«

»Das ist ja großartig. Warum hast du mir nicht vorher Bescheid gesagt, dass du nach Frankfurt kommst, dann hättest du nicht in einem Hotel absteigen müssen, sondern bei mir wohnen können. Wie lange bleibst du?«

»Der Termin hat sich sehr kurzfristig ergeben. Ich wusste zwar von deiner Sekretärin, dass du in Frankfurt bist, ich wollte dich aber nicht mit meinem Besuch belästigen. Ich kann auch nur drei Tage in Frankfurt bleiben und muss dann noch nach Berlin, bevor ich wieder zurückfliege.«

»Sophia, du weißt, du störst mich nie und du bist natürlich mein Gast, bis du nach Berlin fliegst. In welchem Hotel wohnst du? Ich kann dich heute Abend noch abholen, wenn du willst.«

»Das ist sehr freundlich, aber ich bin doch etwas müde vom Flug und würde mich am liebsten gleich ins Bett legen. Du weißt ja, in meinem Alter stresst so ein Flug doch ziemlich und dann auch noch die Klimaumstellung! Ich wohne im Marriott und wenn du mich morgen abholen könntest, wäre das wundervoll.«

»Sophia, rede nicht vom Alter und Stress, du bist doch die Jugend in persona. Auch wenn du ein paar Jahre älter bist als ich, siehst du um Jahre jünger aus. Stress hat dir noch nie etwas ausgemacht ... Natürlich, wenn es dir lieber ist, dass ich morgen komme, werde ich so gegen zehn Uhr bei dir sein. Wäre dir das recht?«

»Ja, vielen Dank für die Einladung, du bist und bleibst ein Charmeur. Du hast mich schon lange nicht mehr gesehen. Die Jahre gingen nicht spurlos an mir vorüber und auch ich bin gealtert, trotzdem, man nimmt in meinem Alter ja gern Komplimente entgegen, auch wenn sie nicht stimmen.«

»Wie du ja weißt, meine liebe Sophia, sind mir jede Art von Lügen zuwider! Für mich bleibst du immer eine hübsche, blühende Frau. Ja, es stimmt, wir haben uns eine Ewigkeit nicht mehr gesehen. Es ist jetzt schon zwei Jahre her, seit ich das letzte Mal in Chile war. Du erinnerst dich, es war in der Zeit, als ihr Julio, den Sohn von Esteban und Benita Lorca ausfindig gemacht habt. Ich glaube, er lief bei euch unter Kind 11.«

»Ja, ich erinnere mich an Julio, es war für ihn sehr schwierig, mit der Wahrheit konfrontiert worden zu sein, und wegen etwas Ähnlichem bin ich hier, aber dazu morgen mehr. Wir sollten darüber nicht am Telefon sprechen, man weiß ja nie, wer so alles mithört.«

»Ich verstehe deine Vorsicht, nach dem, was dir in Chile widerfahren ist, auch wenn ich glaube, dass deine Furcht hier in Deutschland unbegründet ist. Ich freue mich auf Morgen. Ich bin um zehn zur Stelle. Schlaf gut und erhole dich von dem Jet-Lag.«

»Danke Felix, ich glaube, ich werde gut schlafen. Bis Morgen also.«

Als Felix Kohn aufgelegt hatte, wühlte er in seinen Schreibtischschubladen und fand schließlich, was er suchte. Das Foto von Sophia Cortés wurde vor zwei Jahren aufgenommen und zeigte eine attraktive, elegant gekleidete Dame, mit streng nach hinten gekämmten pechschwarzen Haaren, die zu einer

Art Knoten zusammengefasst waren. Sie saß in einem Straßencafe in Santiago de Chile und lächelte verlegen in die Kamera. Er kannte Sophia jetzt schon achtzehn Jahre und hatte sie 1990 getroffen, als er im Rahmen seiner Habilitationsarbeit über die Verbrechen des Pinochet-Regimes zu Forschungszwecken in Chile war.

Sophia war die Tochter eines Weggefährten Allendes, der unmittelbar nach dessen Tod im Präsidentenpalast eingesperrt und umgebracht worden war. Sie war damals achtzehn Jahre und wurde vor den Augen ihrer Mutter von den Schergen Pinochets vergewaltigt. Ihre Mutter lebte seither in innerer Erstarrung, aus der sie sich bis zu ihrem Tod, der sie drei Jahre später erlöste, nicht mehr befreien konnte.

Sophia war in den Untergrund gegangen und führte ihren entbehrungsreichen und gefährlichen Kampf gegen das Terrorregime Pinochets und dessen von den USA beeinflusste neoliberale Wirtschaftspolitik, die sie für die Verarmung großer Bevölkerungsteile Chiles verantwortlich machte. Hier im Untergrund erfuhr sie zum ersten Mal von den Zwangsadoptionen von Kindern, die von eingekerkerten Frauen geboren wurden. Diese Kinder wurden den gefolterten und erniedrigten Frauen kurz nach der Geburt weggenommen und in Ziehfamilien, überwiegend an verdiente Militärs oder zivile Juntakameraden, gegeben, die diese dann, meist mit gefälschten Geburtsdaten, adoptieren konnten.

Ende der achtziger Jahre engagierte sich Sophia in einer Gruppe, die es sich zur Aufgabe gemacht hatte, die Verbrechen des Pinochet-Regimes aufzudecken, wobei es dieser Gruppe insbesondere um die Aufklärung der Verbrechen im Zuge der Zwangsadoptionen ging. Julio, der Sohn von Esteban und Benita Lorca, war so ein Fall, den Sophia aufklären konnte. Die Eltern von Julio wurden von der Straße weg verhaftet und in ein Geheimgefängnis gebracht und gefoltert. Die

Kleidung, die Pässe, alles, was von der Existenz der Verhafteten hätte zeugen können, wurde ausgelöscht. Nichts von ihnen blieb übrig, nicht einmal ihr Tod wurde irgendwo registriert. Die Leichen von Julios Eltern wurden niemals gefunden. Sophia hatte nur so viel herausgefunden, dass seine Mutter kurz nach der Entbindung ›verlegt‹ worden war, was im Jargon der Militärs bedeutete, dass die Mutter mit Penthotal, dem üblichen Betäubungsmittel der Folterer, betäubt, in ein Flugzeug verfrachtet und über dem Meer abgeworfen worden war. Was mit dem Vater nach der Entführung passiert war, blieb unaufgeklärt. Es war damals das elfte Kind, dessen Herkunft von der chilenischen Gruppe geklärt werden konnte. Die Frauengruppe hatte sich nach dem Vorbild der argentinischen Großmütter und Mütter der Plaza de Mayo gebildet, die mutig schon während der Diktatur den Präsidentenpalast umrundet hatten, um zu demonstrieren und nach ihren Töchtern und Enkeln zu suchen. Der Adoptivvater von Julio war Unteroffizier eines mobilen Einsatzkommandos gewesen, das Verdächtige auf offener Straße kidnappte und verschleppte, und es erfüllte Julio damals mit tiefer Scham, zu erfahren, dass sein Adoptivvater ein Folterknecht war. Als er dann die Wahrheit erfuhr und über seiner wirklichen Herkunft und den Tod seiner leiblichen Eltern aufgeklärt worden war, brach für ihn eine Welt in Stücke, die er in den folgenden Jahren mühsam für sich wieder zusammensetzen musste. Er musste doppeltes Leid verkraften und war gezwungen, sich nicht nur mit den Verbrechen seiner Zieheltern auseinanderzusetzen, sondern musste gleichzeitig den Schmerz über den Verlust seiner leiblichen Eltern verarbeiten, dessen Ursache eben die Büttel waren, denen auch sein Vater angehört hatte.

Felix Kohn hatte damals im Jahr 1990, nachdem Pinochet im März als Präsident abgelöst wurde, viele Interviews mit Betroffenen geführt, auch mit Sophia. Er erinnerte sich, wie sie ihm über ihr bitteres Schicksal und das ihrer Familie berichtete, über den Terror, den unzählige chilenische Familien erleiden mussten. Nach dem Putsch wurde ihre gesamte Familie in Sippenhaft genommen und enteignet (erst 1990 wurde ihr das Vermögen ihrer Familie wieder zurückgegeben). Ihr Bruder war in den Folterkammern des Regimes umgekommen, das Kind ihrer Schwägerin, die in der Gefangenschaft entbunden hatte, wurde zwangsadoptiert. Von der Mutter fehlte jede Spur, aber deren Kind hatte sie mit Hilfe dieser Gruppe gefunden und bei sich aufgenommen. Seither arbeitet sie unermüdlich in dieser Gruppe. Kohn, der seit seinem ersten Aufenthalt in Chile im Jahr 1983, als er dort promoviert wurde, eine enge persönliche Verbindung zu Chile entwickelt hatte, war erschüttert über die Gräueltaten, die damals, von der Welt großenteils ignoriert, die Bevölkerung terrorisiert hatten.

Heute, 2008 und über fünfunddreißig Jahre nach dem Putsch, haben sich viele der geheimen Archive der Dirección de Intelligencia, dem chilenischen Geheimdienst, und der CIA geöffnet, und er hat sich vorgenommen, das Forschungssemester dazu zu nutzen, um einen weiteren kleinen Beitrag zur Aufarbeitung der dunklen Vergangenheit Chiles zu leisten.

Kohn saß vor seinem Schreibtisch und versuchte, in die damalige Zeit wieder einzutauchen. Er war zu dieser Zeit Schüler am Liebiggymnasium. Er erinnerte sich, wie er 1974 während der Fußballweltmeisterschaft in Deutschland als sechzehnjähriger Schüler gegen das Regime in Chile protestiert hatte. Er war zusammen mit einer Freundin auf dem Frankfurter Römerberg, tauchte in den Strom der Demonstranten ein und ließ sich von der solidarischen Begeisterung der Masse mitreißen. Die für ihn überraschende und schöne, angenehme Seite seines politischen Engagements war damals, dass das politisch motivierte Gemeinschaftserlebnis auch seine Gefühle zu seiner damaligen Freundin entflammen ließ, die mit ihm demonstriert hatte. Ein nichtgekanntes Hochgefühl hatte sich seiner bemächtigte, und er hatte das erste Mal in seinem Leben die ungeheuren, unkontrollierbaren Kräfte, die Liebe auszulösen vermag, in sich gespürt und Spuren davon waren ihm heute noch gegenwärtig.

Dies war eine Seite, die persönliche Seite dieser Zeit. Je mehr er sich jedoch im Überschwang der Gefühle wähnte, desto hässlicher und belastender empfand er die politischen Ereignisse, mit denen er sich damals auseinandersetzte, ungeachtet dessen, dass er nur vage Vorstellungen von dem hatte, was tatsächlich in Chile passiert war und passierte. Erst die nüchternen Zahlen der Geheimdokumente, die ihm heute zur Verfügung standen, bezeugten in welchem Ausmaß die chilenische Bevölkerung geschunden worden war. Die Zahlen haben sich unauslöschlich in sein Gedächtnis eingefräst: Über zweitausend Verhaftungen am ersten Tag des Putsches; Tausende von Zivilisten wurden in den beiden größten Fußballstadien Chiles zusammengetrieben; dreizehntausendfünfhundert Menschen wurden in den folgenden Tagen verhaftet, mit Lastwagen weggeschleppt und eingekerkert, so ein freigegebener Bericht der CIA; achtzigtausend Menschen wurden während der gesamten Juntazeit inhaftiert; dreitausendzweihundert Menschen blieben auf immer verschwunden oder wurden hingerichtet; zweihunderttausend gefährdete Personen mussten aus politischen Gründen ins Ausland fliehen und über eine Millionen Chilenen insgesamt haben das Land während des Pinochet-Regimes verlassen. Felix schauderte, wenn er daran dachte, was für Schicksale hinter jeder einzelnen nackten Zahl standen. Tod, Todesqualen, Folter, Vergewaltigung, Kindsraub. Nicht nur die ›Todeskarawane‹ des Generals Sergio Arellano, der vier Tage lang im Norden Chiles wütete, sondern auch die überall im Land offen operierenden mobilen Einsatzkommandos ließen das Land in Angst und Panik erstarren. Sie waren allgegenwärtig und demonstrierten ihre Allmacht für jedermann sichtbar – jeder war potenzielles Opfer.

Über diesen unmittelbaren individuellen Terrorismus hinaus verarmten große Teile der Bevölkerung, wie das Felix Kohn durch akribische Archivarbeit und die Auswertung der vorhandenen ökonomischen Daten dokumentieren konnte. Entscheidend verursacht durch die unverzügliche und lupenreine Einführung eines neoliberalistischen Modells gemäß der Wirtschaftstheorie des US-Amerikaners Milton Friedman. Schon am Mittwoch, den 12. September 1973, also nur einen Tag nach dem Putsch und dem ersten Arbeitstag der neuen Junta, lag der Bericht mit dem Titel ›Ziegelstein‹ der Chicago Boys, Absolventen der University of Chicago, die die Junta-Regierung in ökonomischen Fragen berieten, fertig ausgearbeitet und druckfrisch auf den Tischen der Juntamitglieder. Kohn konnte daraus nur einen Schluss ziehen: der Umsturz war von langer Hand geplant und wurde massiv von den amerikanischen Beratern unterstützt. Milton Friedman selbst besuchte Pinochet und machte ihm sein neoliberales Modell des freien Marktes schmackhaft, mit dem er um die Welt zog, um den Kapitalismus amerikanischer Prägung zu etablieren: Privatisierung, Deregulierung und Einschnitte bei den Sozialausgaben und staatlichen Leistungen. Die Berater der Chicagoer Schule versicherten Pinochet, wie seine Quellen bezeugten, dass, wenn er auf einen Schlag alle Regierungseingriffe in den Markt unterlasse, die Naturgesetze der Wirtschaft und des Marktes wieder ihr Gleichgewicht finden würden, die Volkswirtschaft einen Wachstumsschub bekäme und die Inflation wie durch Zauberhand wieder zurückgehen würde.

Die Medizin, die dem Land mit diesen Strukturanpassungen, den Firmenzusammenbrüchen, Entlassungen und Lohnkürzungen verabreicht wurde, war bitter, wie das die Zahlen, die Kohn finden konnte, belegten. Die Inflationsrate kletterte innerhalb eines Jahres auf dreihundertsechsundsiebzig Prozent, die höchste Rate der Welt damals. Die Preise der Grundnahrungsmittel stiegen ins unermessliche und die Arbeiter, die mit Lohneinbußen und Arbeitslosigkeit am Existenzminimum lebten, verarmten und konnten ihre Familien nicht mehr ernähren. Die Einzigen, die von diesen Umstrukturierungsmaßnahmen und Privatisierungen profitierten, waren eine kleine politische, militärische und wirtschaftliche Elite und ausländische Investoren.

Felix Kohn löschte das Licht in seinem Arbeitszimmer und ging auf der steil nach unten führenden, knarrenden Treppe in das Erdgeschoss des großen Hauses, das für einen Alleinstehenden eigentlich, wie er fand, überdimensioniert war, um sich etwas zum Essen zu machen. In den unteren Räumen roch es nach kaltem Zigarettenrauch. Er selbst rauchte in allen Räumen seines Hauses und jedem, der zu ihm zu Besuch kam, war es erlaubt, zu rauchen, so viel er Lust und Laune hatte. Er konnte sich fürchterlich über die um sich greifende Sitte ereifern, die Leute zum Rauchen ins Freie zu scheuchen oder zum Rauchen auf den Balkon zu verbannen. Nach dem Essen öffnete er für sich eine Flasche Wein, zündete sich eine Zigarette an und ließ sich im Wohnzimmer in einen bequemen Sessel fallen. Er machte den Fernseher an, um die Abendnachrichten anzusehen.

Die Nachrichten verhießen ihm nichts Gutes. Dunkle Wolken schoben sich über den von Monetaristen vom Schlage eines Friedman dominierten Finanzmarkthimmel, und Kohn befürchtete das Schlimmste, nicht nur für Deutschland, sondern für die Welt. Er war kein Prophet, aber der Zerfall des Immobilienmarktes und die sich abzeichnende Hypothekenkrise sowie die zunehmende grandiose Verschuldung der privaten und staatlichen Haushalte in den USA waren für ihn sichere Anzeichen einer aufkommenden Krise, obwohl die Experten im Moment noch abwiegelten.

Milton Friedman und sein ideologisches Modell des freien Marktes holen uns ein und zerstören unsere Volkswirtschaften. Sein weltweiter Erfolg, wird sich zu einem globalen krisenhaften Geschehen auswachsen, und wenn das geschieht, dann Gnade uns Gott, dachte er, obwohl er nicht an Gott glaubte.

Nach den Nachrichten hörte Felix noch etwas Musik und leerte die Flasche Wein, ohne jedoch die düsteren Gedanken über die Zukunft des Planeten und der Menschheit aus seinem Kopf zu bekommen.

Am nächsten Morgen fuhr er nach Frankfurt, um Sophia abzuholen. Sie begrüßten sich überschwänglich.

»Du wirst immer jünger, Sophia, und, wenn ich das sagen darf, du wirst immer hübscher.«

Eine Schönheit, die nicht an äußerlichen Merkmalen festzumachen ist, sondern durch die Ausstrahlung, durch die Empfindung, die ihre Persönlichkeit bei dem Betrachter weckt, hervorgerufen wird, dachte Felix.

»Danke, Felix. Ich fühle mich blendend, wenn man das sieht, freue ich mich. Auch du siehst, wie immer, gut aus, wenn ich das Kompliment zurückgeben darf. Das Junggesellendasein scheint dir zu bekommen, oder hat sich dein Status in der Zwischenzeit geändert?«

»Nein, und es stimmt, ich lebe in der Zwischenzeit gut damit. Auch wenn ich manchmal mit Wehmut an Julie zurückdenke. Wie sieht es bei dir mit der Liebe aus?«

Sie strahlte in verschmitzt an.

»Ich habe mich in meinem Alter nochmal verliebt. Mal sehen, was daraus wird.«

»Ich freue mich für dich. Ich wünsche dir sehr, dass sich alles nach deinen Wünschen entwickelt.«

Sie fuhren zurück nach Kronberg. Felix war gespannt, welche Neuigkeiten Sophia veranlasst hatten, die weite Reise zu ihm zu machen und sich von ihrem Freund und Chile zu trennen, das sie liebte und nur ungern verließ, wie er wusste. Sie war trotz allem Geschehenen eine große Patriotin und äußerst heimatverbunden.

Zu Hause machte er ihr einen starken Kaffee, so wie sie ihn am liebsten mochte, und als sie sich im Wintergarten um einen runden Tisch setzten, holte Sophia einen dicken Aktenordner aus ihrem Gepäck und breitete einige der Papiere auf dem Tisch aus.

»Es ist eine lange Geschichte, Felix, und ich hoffe, du hast Geduld mit mir, wenn ich etwas aushole. Aber mir scheint es wichtig, dass du die Hintergründe kennst, damit du den Anschlag, den ich auf dich vorhabe, nicht von vornherein abschmetterst.«

»Sophia, wie könnte ich dir einen Wunsch versagen!«, wies Felix ihre Vermutung von sich. »Schieß los, du hast alle Zeit der Welt.«

»Danke.«

Sophia legte einen Zeitungsausschnitt vor Felix auf den Tisch. Felix las die Notiz kurz durch. Es ging um einen Prozess in Santiago. Angeklagt war ein gewisser Paulo Diaz wegen Vergewaltigung. Felix sah Sophia fragend an.

»Gedulde dich, du wirst gleich verstehen, was es mit diesem Prozess auf sich hat. Die Verhandlung begann völlig unverfänglich und normal, bis zu dem Zeitpunkt, als der Staatsanwalt den Lebenslauf des Angeklagten zu rekonstruieren versuchte und entsprechend nachfragte, um eventuelle Anhaltspunkte oder Motive für seine jetzige sehr brutale Vergewaltigung zu erhalten. In dieser Befragung kam heraus, dass dieser Paulo Diaz ein ehemaliger Offizier der Pinochet-Junta war, und im Jahr 1973 an mehreren schweren Folterungen und Vergewaltigungen von Häftlingen beteiligt war. Ende 1973 hatte Paulo Diaz die Frau eines Verdächtigen vor dessen Augen vergewaltigt und dann den Verdächtigen gefoltert. Dieser stellte sich als unschuldig heraus und war zudem auch noch der Enkel einer einflussreichen Familie, die Pinochet unterstützt hatte. Paulo Diaz wurde mit einer Abfindung aus der Armee entlassen und es wurde großer Druck auf ihn ausgeübt, Chile zu verlassen. Er könne doch nach Deutschland gehen, legte man ihm nahe, zumal seine Großeltern doch deutschstämmig waren und von dort eingewandert seien, und er darüber hinaus auch eine deutsche Frau habe. Er verließ Chile und fuhr 1974 mit seiner damaligen Frau und zweijährigen Tochter nach Deutschland. Die Tochter war von diesem Ehepaar angeblich im Jahr 1972 adoptiert worden, weil Paulo, wie in den Akten zu lesen war, unfruchtbar war und selbst keine Kinder bekommen konnte. Und jetzt wird es interessant, Felix. Ein Zeuge sagte aus, dass dieses Mädchen, Anna Paula, nicht 1972 sondern erst elf Tage nach dem Putsch von einer gewissen Vittoria Morales in einem Gefangenenlager geboren wurde. Das war am 22. September. Nur sechs Tage später, also am 28. September 1973 ist sie von diesem Paulo Diaz adoptiert worden. Der leibliche Vater der Anna Paula, ein Widerstandskämpfer namens Raul Morales, wurde ermordet. Rauls Eltern, die im Norden Chiles lebten, waren von der Todeskarawane verhaftet und angeblich auf der Flucht erschossen worden. Seine Großeltern sind bereits gestorben. Vittorias Eltern, italienische Einwanderer, haben Selbstmord begangen und in ihrem Testament ihrer Enkelin ihr Haus in

Santiago vererbt, falls sie je wieder auftauchen sollte. Die Großeltern, mit Namen Sacco, leben noch in Italien und haben das Haus vermietet und wollen es solange nicht verkaufen, bis das Schicksal von Anna Paula endgültig geklärt ist.«

»Jetzt verstehe ich dein Interesse«, unterbrach Felix Sophias Ausführungen. »Aber, was hat das mit mir zu tun, wie kann ich dir dabei behilflich sein?«

»Warte ab, ich komme gleich zu deinem Part. Es stellte sich nämlich heraus, dass der Nachname von Paulo bei seiner ersten Ehe mit einer gewissen Jana nicht Diaz, sondern Majer war. Über diesen Namen ist man erst auf die Verbrechen während seiner Dienstzeit unter Pinochet gestoßen. Wie gesagt, er ist 1974 mit einer gewissen Jana nach Deutschland ausgewandert, hatte sich aber schon 1975 von Jana Majer, geborene Preuss, wieder getrennt und nach mehreren Affären sehr viel später in Deutschland eine Spanierin, Mercedes Diaz, geheiratet und den Namen seiner zweiten Frau angenommen. Vor acht Jahren war er unter dem unverdächtigen Nachnamen Diaz wieder nach Chile eingereist und blieb unerkannt, bis zu diesem Vergewaltigungsprozess. Meine eigenen, mühsamen Nachforschungen haben ergeben, dass die Adoptivmutter von Anna Paula in Offenbach gelebt hatte, aber bereits 1988 gestorben ist. Und jetzt verliert sich unsere Spur von Anna Paula. Wir vermuten jedoch, dass sie in Offenbach oder Frankfurt lebt, da sie Großeltern hat, die in Frankfurt leben oder gelebt haben. Meine Bitte an dich wäre nun, ob du für uns Nachforschungen in diesen beiden Orten nach dieser Frau anstellen kannst. Wenn sie nicht in der Zwischenzeit verheiratet ist, müsste sie unter dem Namen Anna oder Paula Majer beziehungsweise Preuss zu finden und jetzt vierunddreißig Jahre sein, wenn man das wahre Geburtsdatum, den 22. September 1973 unterstellt. Aber wahrscheinlich weiß sie das nicht und hat in ihrem Ausweis ein anderes, gefälschtes Geburtsdatum, das eventuell auf das Jahr 1972 lauten könnte, da es üblich war, das Geburtsjahr dieser Kinder vorzudatieren.«

»Wollt ihr dieser jungen Frau wirklich die Wahrheit über ihr Leben sagen?«

»Ja. Wie bei all diesen Fällen, wo wir die verbrecherischen Zwangsadoptionen klären konnten, wollen wir der Wahrheit zu ihrem Recht verhelfen. Wir denken, dass die betreffenden Kinder einen Anspruch darauf haben, zu erfahren, wer ihre richtigen Eltern und wo ihre Wurzeln sind.«

»Es ist jetzt eine sehr lange Zeit seit diesen Ereignissen vergangen und trotzdem wollt ihr das Wagnis eingehen, die betreffende Person mit ihrer wahren Vergangenheit zu konfrontieren? Die Nachricht könnte bei ihr einen Schock auslösen – oder sie gar aus der Bahn werfen, wenn sie nicht stabil genug ist.«

»Wir wissen, dass die Konfrontation mit dieser Vergangenheit eine gewisse Gefahr birgt, und wollen diese Mission deswegen auch nur einem absolut vertrauenswürdigen und sensiblen Menschen anvertrauen. Ich habe dabei an dich gedacht, und meine Organisation war mit meinem Vorschlag einverstanden. Sie hat mich beauftragt, dich zu bitten, die Adresse ausfindig zu machen und ihr die erschütternde und vielleicht auch schockierende Botschaft zu überbringen.«

»Das ist sehr ehrenvoll, aber ehrlich gesagt, habe ich etwas Angst vor dieser Aufgabe. Wir tappen völlig im Ungewissen darüber, wer die Frau ist, in welchen sozialen Bezügen sie heute lebt und wie sie die Nachricht aufnehmen und verarbeiten wird.«

»Du hast mit allem Recht, aber wir haben in fast allen Fällen, die wir bisher aufgedeckt haben, festgestellt, dass nach einer Verarbeitungsphase, die bei dem einen länger bei dem anderen kürzer dauerte, die Betroffenen dankbar waren, die

Wahrheit zu kennen und mit dieser Erkenntnis ein neues, vielleicht bewussteres Leben zu leben begannen.«

Felix blickte nachdenklich vor sich hin. Er bot Sophia eine Zigarette an und zündete sich selbst ebenfalls eine an. Dann stand er auf und ging in dem Raum auf und ab. Schließlich stoppte er vor ihr und sah ihr fest in die Augen, als ob er darin eine Lösung finden könnte.

»Du hast eben gesagt in ›fast‹ allen Fällen. Was passiert, wenn diese Anna oder Paula die Wahrheit nicht verkraftet und zusammenbricht und aus der Bahn geworfen wird? Es ist eine riesige Verantwortung, die ihr, die du mir aufbürden willst. Eine Verantwortung, die eventuell über meine Kräfte geht. Ich will nicht in die Situation kommen, ein Leben zerstört zu haben.«

»Das mute ich dir auch nicht zu. Falls du diese junge Frau ausfindig machen solltest, bleibt es vollkommen dir überlassen, ob du ihr sagst, was du weißt, oder nicht. Wir respektieren jede Entscheidung und vertrauen auf dein Urteilvermögen. Ich weiß, es ist ein heikles Unterfangen, aber gerade deswegen habe ich dich vorgeschlagen. Du wirst das Richtige tun.«

»Ich will mir das, bis du wieder abreist, noch einmal durch den Kopf gehen lassen.«

»Natürlich, Felix. Ich bin ja noch ein paar Tage hier.«

»Könnt ihr das, was du mir erzählt hast, auch alles belegen? Es wäre absolut unverantwortlich, wenn ich falsche Behauptungen aufstellen würde.«

»In diesem dicken Ordner vor dir ist alles belegt und dokumentiert, mit eidesstattlichen Zeugenaussagen, mit beglaubigten Gerichtsakten und mit jetzt freigegebenem geheimem Archivmaterial des Geheimdienstes. Ich würde dir alles hierlassen, falls du dich positiv entscheiden solltest. Aus diesem Grund bin ich persönlich hergeflogen. Aber ich sage dir auch deutlich, dass ich vollstes Verständnis hätte, und dir in keiner Weise böse wäre, wenn du unser Ersuchen ablehnen würdest.«

»Gut, ich werde mir das in den kommenden zwei Tagen ansehen und dich, wenn nötig, mit weiteren Fragen löchern. Du bekommst von mir definitiv eine Antwort vor deiner Abreise. Lass uns jetzt noch ein bisschen raus gehen und einen Spaziergang machen, wenn du willst. Ich kenne im Taunus ein nettes kleines Lokal, in dem wir dann noch etwas essen können.«

»Schön, lass uns das machen, du musst mir auch unbedingt mehr von deinem momentanen Forschungsprojekt erzählen. Ich bin sehr gespannt, wie du dir vielleicht denken kannst. Ich habe, du weißt es, ganz gute Verbindungen zu verschiedenen chilenischen Netzwerken, vielleicht kann ich dich bei der einen oder anderen Sache auch unterstützen.«

Felix Kohn hatte eine unruhige Nacht. Der Bericht über diese Anna beschäftigte ihn sehr und ließ ihn nicht zur Ruhe kommen. Da er nicht schlafen konnte, begab er sich in sein Arbeitszimmer und vertiefte sich bis in die Morgenstunden in Sophias Unterlagen. Sie waren für ihn nach der ersten Durchsicht gut recherchiert und zweifelsfrei abgesichert. Aber es blieb die Frage, wie er mit dieser Wahrheit umgehen sollte. Was war falsch, was richtig, was ist Wahrheit und was Lüge? Der Umgang mit der Wahrheit war schwierig, wie er schon bei scheinbar objektiven Tatsachen, wie der geschichtlichen und politischen Würdigung der Pinochet-Ära, festgestellt hatte. Hinter jedem Geschehen standen Interessen, die bei der Beurteilung des Wahrheitsgehalts einer Erscheinung oder der Darstellung eines Sachverhalts berücksichtigt werden mussten. Viele Wahrheitsbehauptungen hatten sich im geschichtlichen Rückblick als Lügen herausgestellt. Manche in die Welt gestreuten Lügen haben sich später als wahr erwiesen. Und noch viel diffiziler war die Handhabung des Wahrheitsbegriffs, wenn es um persönliche Betroffenheiten ging. Das unteilbar Wahre und der damit einhergehende moralische Rigorismus konnten allzu leicht Aggressionen wecken und war riskant. Die Geschichte war gefüllt mit solchen absoluten Wahrheitsansprüchen, wo der hehre Zweck nahezu jedes Mittel als gute Tat krönte. Nutzen hatte davon nur der Mächtige, und es galten das Recht und der Wille des Stärkeren. Felix Kohn war kein Anhänger eines solchen allgewaltigen Wahrheitsverständnisses. Wahrheit war für ihn das, was sich in einem gemeinsamen Prozess für Menschen, die an diesem prozessualen Akt beteiligt waren, als wahr herauskristallisiert hatte. Für ihn als Lehrenden war Wahrheit eine Gestalt tätiger Vernunft, ein Gespräch, in dem ein zur Sprache gebrachtes Problem oder Bewusstsein vom Anderen aufgenommen und gemeinsam verarbeitet wurde. Deshalb war Lehren für ihn gelingende Kommunikation, deren Ergebnis die Hervorbringung von Wahrheitserfahrungen war. Sie wirkten durch das Verständnis und nicht durch Befolgung von außen auferlegter Vorschriften oder Dogmen. Erfahrungen, die sich in einem kommunikativen Prozess aus einer unendlich großen Vielheit von Kräften und Tatbeständen als gemeinsamer Fundus herausbildeten.

Kohn betrachtete nachdenklich ein Aquarell eines Künstlerfreundes, das neben dem Erkerfenster an der Wand hing. Was war die Wahrheit dieses Bildes? Das, was man sah oder das, was man aus Sicht des Freundes, des Künstlers sehen sollte? Das, was das Gesehene bedeutete, das im Kunstwerk vom Künstler ausgedrückte Wissen? Oder das, was hinter dem dargestellten Wissen als objektiver Gedanke für alle sichtbar wurde: die Wahrheit des Gesehenen, das Schöne, das Erhabene, der Versuch des Künstlers den Betrachter mit dem Unsagbaren, dem Unbegreiflichen in Kontakt zu bringen? Was will Kunst? Was sagt uns Kunst, fragte er sich weiter, und versuchte für sich eine Antwort auf diese Fragen zu finden: Große Kunst will nichts, als sich selbst, sie lädt uns dazu ein, bei sich selbst zu verweilen, innezuhalten. Sie ist der erfüllte Augenblick, die Wahrheit in sich selbst, die in jedem Mensch zum Klingen gebracht wird.

Natürlich war die Wahrheit um Annas Vergangenheit profaner und barg nichts von Erhabenheit, von Schönheit in sich. Trotzdem blieb die Frage, was für sie das Wissen um diese Vergangenheit bedeutete, wie sie mit dem Unbegreiflichen umgehen würde. Ließ sich diese Wahrheit kommunizieren, ohne ihre bisherige Lebenserfahrung zu zerstören? Hatte er das Recht, ihrem Leben, in dem die Wahrheit des Seins sich wie in einem Kunstwerk ausdrückte, und das bisher ohne diese Vergangenheitserfahrung ausgekommen war, die Grundlagen zu entziehen? War ihr Leben bisher falsch und unwahr und darf deswegen korrigiert werden? Es gibt kein richtiges Leben im falschen, sagte einmal Adorno, ein großer Sohn Frankfurts. Das spräche für eine Zusammenkunft mit ihr, es wäre seine Aufgabe, sie aus dem falschen Leben herauszuholen. Nietzsche behauptete, dass wir die Kunst haben, damit wir nicht an der Wahrheit zugrunde gehen. Das spräche gegen die Offenbarung.

Anna war aber kein Kunstwerk an der Wand, das Illusionen, Gedanken, Visionen eines außenstehenden Künstlers verkörpert. Sie war die Verkörperung ihrer Erfahrungen und ihres Wissens von sich selbst und der Welt. Sie war Repräsentantin ihrer Wahrheit per se, die man sicher nicht so ohne weiteres durch den Kontakt mit dem Unvertrauten zerstören könnte.

In den frühen Morgenstunden rang sich Felix Kohn dazu durch, ihr nicht zu verwehren, in einer Welt der Lügen, die

Wahrheit über ihre Herkunft zu erfahren, auch wenn sie schwierig war. Er würde versuchen, sie aufzuspüren, und in einem Gespräch das Unbegreifliche begreifbar machen, sofern sie stabil genug und die neue Wahrheit zu verarbeiten in der Lage schien. Er würde sie in keinem Fall zum Opfer eines unverantwortlichen moralischen Rigorismus machen und das Gespräch abbrechen, wenn er spürte, dass keine gemeinsame Kommunikationsbasis hergestellt werden könnte.

Kohn legte sich für den Rest der Nacht noch ein paar Stunden ins Bett und schlief ruhig und fest. Am späteren Morgen erzählte er Sophia von seinem Entschluss. Sie war erleichtert und freute sich, dass er diese Verantwortung übernehmen würde. Als sie drei Tage später nach Berlin flog, umarmte sie ihn auf dem Flugplatz und hatte ein paar Tränen in den Augen.

»Felix, ich wünsche dir viel Erfolg bei der Suche nach Anna. Wir in Chile haben unsere Arbeit gemacht, es liegt jetzt bei dir, wie sie zu Ende gebracht wird. Du bist ein phantastischer Mensch und wirst das Richtige tun. Von nichts bin ich mehr überzeugt. Halte mich bitte auf dem Laufenden. Ich danke dir, dass ich die paar Tage hier mit dir verbringen durfte. Du hast mich mit Aufmerksamkeiten überhäuft, die mich beschämen. Ich hoffe, ich kann dir einen Teil davon irgendwann einmal zurückgeben. Danke für alles.«

Felix gab ihr einen zarten Kuss auf die Stirn und sah ihr lange nach, bis sie mit federnden Schritten, die sehr jugendlich wirkten, hinter der Absperrung aus seinem Blickfeld verschwunden war.

VIII.

Welch hohes und bewundernswertes
Glück des Menschen!
Dem gegeben ist zu haben, was er wünscht,
zu sein, was er will.
Pico della Mirandolla

Es gab im Frankfurter Telefonbuch nur einen Eintrag unter Majer, und nicht, wie Felix Kohn befürchtet hatte, Dutzende. Dieser Eintrag gehörte zu einer P. Majer. Felix googelte nach P. Majer und fand heraus, dass sie, wie er selbst auch, Mitglied von Facebook war. Die Einträge dort waren jedoch sehr mager. Unter P. Majer war lediglich eine Person weiblichen Geschlechts angemeldet, ohne Abbildung und Geburtsdatum. Es half ihm nicht weiter, um mehr Informationen über Paula Majer zu bekommen, und vorab abklären zu können, ob Paula und Anna Majer identisch waren.

Als er die Rufnummer von P. Majer wählte, hatte Felix ein flaues Gefühl, so als ob er etwas ›Unanständiges‹ machen würde, etwas, das die Intimsphäre grob verletzte, und dessen er sich schämen müsste. Es klingelte lange und er wollte gerade erleichtert auflegen, als am anderen Ende der Leitung der Hörer abgehoben wurde.

»Majer«, meldete sich die Angerufene knapp mit nüchternem Tonfall.

»Hier spricht Felix Kohn. Entschuldigen Sie bitte, dass ich Sie anrufe. Sie kennen mich nicht. Legen Sie bitte nicht gleich auf, ich würde mit Ihnen gerne eine wichtige persönliche Angelegenheit besprechen …«

»Mit fremden Menschen bespreche ich keine persönlichen Angelegenheiten. Woher haben Sie überhaupt meine Telefonnummer?« Felix Kohn wurde mitten im Satz unterbrochen.

»Aus dem Telefonbuch. Es gab nur einen Eintrag unter Majer und ich suche eine Frau Majer. Nochmals, ich bitte Sie nicht aufzulegen, geben Sie mir wenigstens die Chance, kurz zu erklären, um was es geht. Es ist wirklich wichtig.«

Die Leitung war eine Zeitlang tot, so dass Felix schon glaubte, P. Majer habe aufgelegt.

»Sind Sie noch dran, Frau Majer?«

»Ja«, kam zögerlich die Antwort.

Felix hörte im Hintergrund Musik und das Klappern von Schuhen. Offenbar ging seine Gesprächspartnerin in einem Zimmer mit Holzfußboden umher und überlegte, wie sie sich verhalten sollte. Er sagte nichts, sondern ließ ihr Zeit zum Nachdenken. Nach einer unendlich langen Minute des Schweigens hörte er ein Räuspern.

»Herr Kohn, warum suchen Sie mich? Ich bin völlig uninteressant. Ich kaufe nichts und ich will auch sonst nichts. Fassen Sie sich bitte kurz, ich muss gleich weg und habe keine Zeit.«

Die Neugier hat gesiegt, dachte Felix.

»Ich möchte Sie gerne vorab etwas fragen, nur um sicherzustellen, dass ich mit der richtigen Person rede? Ist ihr Vorname Paula und war ihr Vater ein Chilene mit Vornamen Paulo?«

Wieder war die Leitung für eine Weile tot. Felix konnte die Überraschung, die er bei ihr ausgelöst hatte, fast körperlich spüren. Er konnte sich gut vorstellen, wie es in ihrem Kopf arbeitete: Da ruft ein wildfremder Mann an und spricht von ihrem Vater, der schon vor über dreißig Jahren die Familie verlassen hatte …

Sie antwortete leise mit einem fragenden Unterton.

»Ja.«

Felix wollte ihre Neugier auf ihn, den Fremden, weiter schüren, indem er ihr noch einige persönliche Details anbot.

»Hieß ihre Mutter Jana und hat sie sich 1975 von ihrem Vater getrennt, als sie selbst drei Jahre alt waren?«

Diesmal kam die Antwort schneller und die Fragen wurden präziser.

»Ja, auch das ist richtig. Wer sind Sie? Woher wissen Sie das? Es liegt schon eine Ewigkeit zurück. Sind Sie ein Freund von Paulo? Ist ihm etwas zugestoßen? Ist er in Deutschland? Ich kannte ihn ja nicht. Er hat dieses Jahr seinen Sechzigsten, ist das der Grund?«

Felix war sich sicher, dass er die richtige Person am Apparat hatte. Wahrscheinlich wusste sie von ihrem zweiten Vornamen Anna nichts und nannte sich jetzt Paula.

»Lassen Sie mich kurz erklären, Frau Majer. Ich arbeite für eine chilenische Hilfsorganisation, die sich ›Madres de Desaparecidos de Chile‹, Mütter der Verschwundenen, nennt und die Verbrechen aus den siebziger Jahren, die in Chile begangen worden sind, aufarbeitet. Ich selbst lebe hier in Kronberg und lehre an der Frankfurter Universität. Aus diesem Grund hat mich die Organisation gebeten, nachzuforschen, ob hier in Frankfurt eine Frau Majer lebt. Wenn dies der Fall sein sollte, wurde ich gebeten, mit dieser Person Kontakt aufzunehmen. Der Grund meines Anrufes ist allerdings nicht der sechzigste Geburtstag ihres Vaters Paulo Majer. Das, was ich Ihnen sagen möchte, ist leider weniger erfreulich, hängt aber mit Ihrem Vater zusammen. Ich weiß nicht, wie eng ihr Kontakt zu ihrem Vater ist, und ich will Sie nicht verletzen. Aber, falls Sie es noch nicht wissen, muss ich Ihnen sagen, dass er in Chile wegen eines Delikts vor Gericht steht. Im Zuge dieses Verfahrens haben die ›Madres de Desaparecidos‹ neue Informationen aus den siebziger Jahren erhalten, die Sie betreffen, und die ich Ihnen gerne weitergeben will.«

»Was sind das für Informationen?«

»Frau Majer, entschuldigen Sie bitte, ich möchte das nicht am Telefon mit Ihnen besprechen, es handelt sich um sehr persönliche Dinge, die nicht in fünf Minuten gesagt sind. Ich hoffe, Sie haben für meine Haltung Verständnis.«

Die Leitung blieb wieder einige Sekunden still.

»Wie kann ich wissen, dass Sie seriös sind und nicht einfach mit mir anbandeln oder mir etwas verkaufen wollen? Der Telefonterror nimmt immer mehr zu und die Anrufer werden zusehends raffinierter und dreister in letzter Zeit.«

»Da kann ich Ihnen nur zustimmen. Persönliche Daten werden immer häufiger zum Freiwild erklärt und teuer verscherbelt. Ich kann Ihnen Folgendes anbieten. Ich habe eine Homepage, dort können sie nachlesen, was ich mache und wer ich bin. Außerdem können Sie gerne meine Institutssekretärin, Frau Bierbichler, anrufen und sich dort nach mir erkundigen. Ich gebe Ihnen auch meine Adresse, meine E-Mail und persönliche Nummer und würde dann Ihren Rückruf erwarten.«

»Gut, aber ich bitte Sie, mich nicht mehr anzurufen, bis ich mich von mir aus gemeldet habe – oder eben nicht. Wenn Sie nichts mehr von mir hören, bitte ich Sie, Herr Kohn, das zu respektieren.«

»Ich bin mit dieser Regelung absolut einverstanden. Und wenn Sie noch irgendeine Information über mich oder die ›Madres de Desaparecidos‹ brauchen, bitte zögern Sie nicht mir zu mailen oder mich anzurufen. Ich danke Ihnen, dass Sie mich angehört und mir ihre Zeit geschenkt haben. Und ich würde mich freuen, Sie bald sehen und von Angesicht zu Angesicht mit Ihnen sprechen zu dürfen.«

Als Felix Kohn ihr die Adressen und Nummern durchgegeben hatte, verabschiedete sich seine Gesprächspartnerin sehr knapp und kühl, und er war sich unsicher, ob er den richtigen Ton getroffen hatte, um ihr Vertrauen zu gewinnen.

Eigentlich wollte Paula an diesem Abend nach Offenbach fahren und war schon fast startbereit gewesen, als der Anruf kam. Sie hatte Lust auf Abenteuer, Sex eventuell eingeschlossen, und wollte sich mit einem Mann, den sie über das Internet kennengelernt hatte, in einer Hotelbar treffen. Nach dem merkwürdigen Telefongespräch zog sie es vor, zu Hause bleiben. Sie war irritiert von dem Anrufer mit der angenehm warmen und melodischen Stimme, sie brauchte Zeit zum Nachdenken und wollte und konnte sich heute auf keinen anderen Menschen einlassen.

Paula fuhr ihren Laptop hoch und ging auf die Homepage von Felix Kohn. Sie bestätigte, was sie eben gehört hatte. Sie las seinen Werdegang und stutzte als sie sein Geburtsdatum las, seine Stimme klang jugendlicher, jünger als er tatsächlich war. Als sie seine umfangreiche Veröffentlichungsliste studierte, zuckte sie ein zweites Mal zusammen und ihr wurde siedend heiß. Zwischen 1977 und 1979 hatte der junge Felix Kohn unter dem Kürzel FCK, Felix Conrad Kohn, ›Das Indianermädchen Tecumapese‹ und fünf weitere Indianergeschichten veröffentlicht. Paula kannte die Titel alle. War das möglich, dass ich nach so langer Zeit den Schwarm meiner Kindheit nochmal zu Gesicht bekomme, dachte Paula und blickte lange auf das Bild, das Kohn von sich in seine Homepage gestellt hatte.

Sie sah sich als Elfjährige mit ihrem sommersprossigen Gesicht, wie sie für FCK schwärmte, wie sie mit glühendem Kopf von Kumskaka träumend im Bett lag, ihre Mutter nebenan im Schlafzimmer mit einem ihrer Liebhaber. Ihr Busen fing gerade an zu wachsen und sie bekam eine erste schemenhafte Ahnung von dem, was Frau-sein bedeuten könnte. Sie hasste die Geräusche, die zu ihr drangen, das Gequietsche des alten Bettes, das gutturale Geröchel des Liebhabers, das fiebsige Stöhnen ihrer Mutter und hörte doch gebannt zu. Sie war hin und hergerissen zwischen Ekel und Faszination.

Paula saß verkrampft, mit leeren Augen und zusammengepressten Beinen vor dem Bildschirm ihres Laptops und schaute zurück auf ihr Leben, vollgestopft mit weit zurückreichenden emotionalen Entbehrungen: der Verlust des Vaters, als sie ein dreijähriges Mädchen war; die ständig wechselnden Ersatzväter; die sexuellen Exzesse ihrer Mutter, die sie ertragen musste; die Wutanfälle, die die Mutter auf ihrer Tochter ablud, wenn ihre Liebhaber sie wegen der Tochter verließen; die Zusammenbrüche und Weinkrämpfe der Mutter, wenn die Liebe erlosch; die grandiosen, unerfüllbaren Träumereien der Mutter, in denen ihre Tochter die Rolle einer Prinzessin spielen, und deren Glanz auf sie abstrahlen sollte, einer Prinzessin, die sie aus der monotonen Alltagswelt führen würde; die tatsächliche Entwertung und Nichtbeachtung der Tochter im Alltag; und schließlich der Verlust der Mutter, des Großvaters und das Desaster mit Mark.

Sie war ziemlich stolz auf sich, dass sie trotz all dieser Widrigkeiten nicht untergegangen ist, dass sie überlebt und sich durchgeboxt hat durch das Leben. Sie lebte in materiellem Wohlstand, hatte mehr Geld als sie sich jemals erträumt hatte, war unabhängig und niemandem zum Dank verpflichtet. Alles hatte sie sich selbst erarbeitet und einen Platz auf dem Siegerpodest erkämpft. Sie konnte sich kaufen, was sie wollte. Es ist so eingetreten, wie sie es sich damals vorgenommen hatte, als sie nach dem Selbstmordversuch aus dem Krankenhaus wieder nach Hause gekommen war und das lange, wichtige Gespräch mit Jette geführt hatte. Paula ließ mit Genugtuung ihre Augen über die kostbare Ausstattung ihrer Wohnung schweifen. Teure Originale von namhaften Künstlern zierten die Wände, auch das teuer zurückgekaufte Bild von Kirchner hatte einen ihm gebührenden Platz. Sie war umgeben von edlen Designermöbel, Leuchten und feinster Hi-Fi-Technik.

Aber als sie in sich hinein blickte, legte sich ein melancholischer Schleier auf ihre Seele. Es war ihr nicht gelungen, die Vorstellung vom Selbst mit dem gelebten Selbst in Übereinstimmung zu bringen. Wo waren die Kindheitsträume geblieben. Die Sehnsüchte nach Liebe und Nestwärme blieben unerfüllt, die Gefühle von Geborgenheit und uneigennütziger Bestätigung blieben ungelebt. Die Kosten ihres Lebens waren hoch und forderten viele Opfer, von ihr und von anderen. Hatte sie für ihre selbstsüchtigen Ziele andere zu sehr ausgenutzt? War sie Schuld am Selbstmord von Andreas Fröhlich, der ihr plötzlich wieder ins Bewusstsein kam? Sie war sich unsicher geworden.

Paula wandte sich wieder dem Laptop zu und gab als Suchbefehl ›Paulo Majer Santiago de Chile‹ ein. Es gab unter Paulo Majer keine Einträge. Es machte sie stutzig. Sie fand eine Notiz unter Paulo Diaz, der in einen Vergewaltigungsprozess verwickelt war. Handelte es sich dabei um ihren Vater? Zutrauen würde sie es ihm. Aber was war so interessant an dem Prozess? Felix Kohn hätte sich darauf beschränken können, ihr mitzuteilen, dass es einen solchen Prozess gibt und sie hätte sich dann selbst informieren können. Der Zusammenhang mit der Organisation ›Madres de Desaparecidos de Chile‹ blieb ihr schleierhaft. Sie gab den Namen der Organisation ins

Internet ein. Sie las, dass es die Organisation der *Madres* seit 1980 gab, und sie seit dieser Zeit versucht, verschwundene Widerstandskämpfer und -kämpferinnen und deren Kinder ausfindig zu machen. Sie las weiter, dass während des Pinochet-Regimes zahlreiche Kinder von Gefangenen unter falschen Papieren von regimetreuen Familien zwangsadoptiert worden waren. Hing das mit ihr zusammen? Ihre Eltern kamen 1974 nach Deutschland. Aber da war sie schon zwei Jahre alt, wurde also vor dem Putsch geboren. Je mehr sie über diese Zusammenhänge nachdachte, desto mehr weckte Felix Kohn ihre Neugierde, außerdem war sie gespannt auf den großen Schwarm ihrer Kindheit. Was für ein Mensch war dieser Mann, der so anrührende Liebesgeschichten zu Papier bringen konnte?

Als Paula verspätet das Kaffee betrat, saß Felix Kohn schon an dem kleinen Ecktisch, der in einer Art Nische stand und von den anderen Tischen etwas separiert war. Er erhob sich, als sie an den Tisch trat und half ihr mit liebenswürdigem Lächeln aus dem Mantel. Sie trug einen auffallenden korallenroten Hosenanzug, denselben Farbton hatte sie auf ihre Lippen und Fingernägel aufgetragen. Paula musste ihren Kopf weit in den Nacken legen, um in sein offenes, aufmerksames Gesicht sehen zu können. Er strahlte jungenhafte Tatkraft aus, die sein wahres Alter nicht zu erkennen gab. Unter dem Jackett trug er ein dunkelblaues Poloshirt, dazu hellblaue Jeans und Sneakers. Er bot ihr einen Stuhl an, setzte sich dann ihr gegenüber und fragte sie, was er ihr bestellen dürfe. Paula lehnte sich in ihrem Stuhl zurück und beobachtete ihn, als er die Bestellung aufgab. Er zündete sich eine Zigarette an, nachdem sie ihm angedeutet hatte, dass sie nichts dagegen habe, wenn er rauchen möchte. Er beugte sich etwas vor und sah sie prüfend an, so als ob er über ihr Äußeres herausfinden wollte, was sie dachte oder wer sie war. Paula fühlte sich unbehaglich und zündete sich ebenfalls eine Zigarette an.

»Frau Majer, danke, dass Sie gekommen sind. Ich dachte schon, Sie haben es sich im letzten Moment anders überlegt. Aber jetzt sind Sie ja da.«

Paula sagte nichts, sondern sah ihn nur lächelnd an. Sie machte einen stabilen und selbstsicheren Eindruck auf Felix und er war sofort überzeugt, dass er vor sich eine Frau hatte, die ertragen konnte, was er ihr zu sagen hatte. Sie strahlte jedoch nicht nur Selbstbewusstsein aus, sie hatte eine Aura zwischen kühler Eleganz und aufreizender Erotik, die etwas in ihm berührte, an das er nicht mehr geglaubt hatte. Er hatte Mühe, sich der intensiven Gefühle, die von ihm Besitz zu ergreifen drohten, zu erwehren und war gleichzeitig irritiert, da er dieses Gefühl schon fast vergessen hatte. Aber er verdrängte erfolgreich diese Empfindungen und konzentrierte sich auf das, weswegen er eigentlich hergekommen war.

»Ich würde mit Ihnen gerne über weniger ernste Dinge plaudern, aber leider ist das, was ich Ihnen zu sagen habe, schwere Kost und es tut mir leid, dass ich der Überbinger dieser Nachricht bin. Früher kam es vor, dass der Überbringer schlechter Mitteilungen für diese verantwortlich gemacht und dafür bestraft worden war. Ich hoffe, dass Sie milde gestimmt sind und bei mir von einer Strafe absehen. Ich bin nur ein unbedeutender Mittelsmann.«

»Herr Kohn, Sie brauchen sich nicht für etwas zu entschuldigen, wofür Sie keine Schuld tragen. Ich kann sehr wohl unterscheiden zwischen Verursacher und Vermittler. Machen Sie sich deswegen also keine Sorgen.«

»Danke für das Verständnis meiner Situation, Frau Majer«, sagte Felix und war noch mehr überzeugt davon, dass diese Paula Majer fest auf der Erde verankert und so schnell nicht aus der Bahn zu werfen war.

Er berichtete ihr ausführlich über alles, was er von Sophia wusste und in den Akten gelesen hatte. Paula hörte, ohne ihn zu unterbrechen, zu. Sie saugte alles auf, verschlang jedes Wort und fixierte ihn unentwegt mit ihren ausdrucksvollen, dunklen Augen. Als er geendet hatte, saß sie weltabgewandt, kerzengerade, die Hände in den Schoß gelegt und mit leicht bebendem Körper vor Felix. Er sah in eine Maske bleicher Leere und war erschrocken über ihre Reaktion, die er so heftig nicht erwartet hatte.

»Es tut mir leid, dass ich Ihnen das angetan habe«, sagte Felix mit flüsternder Stimme. »Es ist so schwer zu entscheiden, was richtig oder falsch ist. Manche leben besser mit dem Nichtwissen, andere wollen wissen. Ich dachte mir, Sie können mit der Wahrheit leben.«

Paula nickte fast unmerklich mit dem Kopf.

»Sie haben mich völlig richtig eingeschätzt. Trotzdem ist es schwer, so etwas zu hören. Ich habe einmal beide Elternteile verloren und jetzt verkünden Sie mir, dass ich noch andere Eltern habe – und verliere meine Eltern zum zweiten Mal, und das auf diese abscheuliche Weise ...«

Paula musste sich unterbrechen, weil Tränen in ihre Augen schossen. Sie tupfte sich mit einem Taschentuch die Augen trocken. Es war eine Ewigkeit her, seit sie das letzte Mal weinen musste. Sie erinnerte sich genau, es war am 13. August 1991 als ihr Großvater aus dem Leben schied und sie seinen Abschiedsbrief gelesen hatte, den sie Wort für Wort in ihrem Gedächtnis gespeichert hatte. *Wie ein Seiltänzer auf einem Hochseil, das vom Nichts zum Nichts gespannt ist, habe ich versucht, mein Leben im Gleichgewicht zu halten. Ich denke, es ist mir einigermaßen gelungen*, hatte er geschrieben. Konnte sie das auch von ihrem bisherigen Leben sagen? War das Seil am Anfang ihres Lebens so verankert worden, dass es dieses Leben tragen konnte? Stand die Verankerung bei ihrer

Geburt auf einem robusten Fundament? Sie hatte ihre Zweifel und sah sich eher auf einem lasch gespannten, schwankenden Strick balancieren, der jederzeit aus seiner Verankerung springen konnte. Schon einmal hatten die ausladenden Schwingungen des Stricks sie aus dem Gleichgewicht gebracht. Wenn Jette sie nicht aufgefangen hätte, wäre sie längst am Boden zerschellt.

Paula war weit weg in ihren Gedanken, so dass sich Felix nicht traute, etwas zu sagen. In ihrer entrückten Schönheit schien sie ihm vertraut und überwand mühelos die natürliche Distanz, die er zu Paula vor dem Treffen hatte. Die Fremde hatte innerhalb von nur zwei Stunden, die sie jetzt zusammen saßen, alle Zwischenräume zugeschüttet. Er berührte mit seinen Fingern vorsichtig ihre auf dem Tisch liegenden gefalteten Hände, sie ließ es geschehen. Dann umfasste er ihre Hände ganz und streichelte sie, und sie zog ihre Finger nicht unter seinen Händen weg. Er spürte, dass sie eiskalt waren.

»Entschuldigen Sie bitte, es ist alles ein bisschen viel. Ich möchte jetzt gerne allein sein. Ich danke Ihnen aber sehr, dass Sie so offen zu mir waren. Ich werde mich bei Ihnen melden.«

Paula stand auf und Felix half ihr in ihren Mantel.

»Darf ich Sie nach Hause bringen?«

Paula schüttelte den Kopf.

»Danke, ich komme allein nach Hause, aber es ist nett, dass Sie sich um mich kümmern wollen.«

»Wenn ich Ihnen sonst irgendwie helfen kann, würden Sie mich zu einem glücklichen Menschen machen«, sagte er ihr als er ihr die Hand gab und ärgerte sich im selben Augenblick über die Sentimentalität dieser Floskel. Aber er war von der Augenblickssituation und der weltabgewandten Anmut Paulas so ergriffen, dass ihm dieser Satz unbedacht aus dem Mund gerutscht war. Paula sah ihm in die Augen und nickte nur und schien in ihrer Weltentrücktheit die kitschige Abgegriffenheit dieses Satzes gar nicht wahrgenommen zu haben.

Paula irrte weltabwesend kreuz und quer durch die Stadt. Die Gedanken purzelten wild durcheinander und schienen sich gegen jede Ordnung zu sträuben. Der Boden unter ihren Füßen schien zu beben, die Verstrebungen, die ihrem Leben Halt geben sollten, waren angeknackst, das Gebäude, in dem sie sich eingerichtet hatte, wankte. Sie war nicht Paula, nicht Majer, sie war nicht einmal die wirkliche Enkelin ihres geliebten Opas. Wer war sie? Immer wieder fragte sie sich das. Ihre Eltern waren Chilenen, also war auch sie reinblütige Chilenin. Fühlte sie auch wie eine Chilenin? Fühlten Chilenen anders als Deutsche? Welche Gene hatte sie von ihren leiblichen Eltern geerbt, und konnte sich ihr Seelenleben in der durch und durch deutsch geprägten Mutter-Kind-Beziehung jemals frei entfalten? Ihre Eltern waren Widerstandskämpfer, Kämpfer gegen ein offensichtliches Terrorregime, wenn sie den Worten von Felix Glauben schenken konnte. Hatte sie von ihnen ihre rebellische Ader, die ihre Kindheit und Jugend geprägt hatte? Gab es so etwas wie eine genetische Ahnung, die bewirkt hatte, dass sie so häufig gegen ihre Adoptivmutter aufbegehrt, und die zu vielen belastenden Missverständnissen mit ihr geführt hatte? Sie musste ihr Leben neu ordnen, so viel zumindest wurde ihr während des stundenlangen Umherirrens in der Stadt klar. Der schwankende Boden, auf dem sie stand, zwang sie zu einem großen Schnitt, einem Umbruch in ihrem Leben, zwang sie dazu, neue Deutungen ihres Lebensgefüges und neue Lebensperspektiven zu finden, die ihr Stabilität zurück gaben. Sonst, so schien es ihr, würde sie in einer Welt von Lügen und Selbstlügen jeglichen Halt verlieren. Sie durfte nicht darauf hoffen, die Welt verändern zu können, denn die Welt, die Umstände, die Dinge waren stärker als sie. Sie musste sich den Dingen fügen. Sie waren wie sie waren.

Als sie schließlich nach Hause ging, holte sie sich eine Flasche Rotwein, setzte sich ins Wohnzimmer und versuchte, zum wiederholten Mal Ordnung in ihre Gedanken zu bringen, in die sich immer wieder die Gestalt von Felix Kohn hineindrängte. Er hatte einen nachhaltigen Eindruck bei ihr hinterlassen, der sie innerlich aufgewühlt und sie unruhig gemacht hatte. Nach einiger Zeit verscheuchte sie jedoch den Gedanken an diesen eindrucksvollen Mann. Sie konzentrierte sich erneut auf die Suche nach dem roten Faden ihres Lebens, aber sie fand keinen Anfangspunkt, von dem aus der Faden abgespult werden konnte. Der Beginn ihres Daseins erschien ihr ähnlich wie die schwarzen Löcher im Universum, von denen sie gelesen hatte: geheimnisvoll und unsichtbar, aber von einer kraftvollen Wirklichkeit, ohne die das Weltall nicht erklärt werden kann. Ebenso konnte auch ihr eigener Lebenskosmos ohne diesen im Dunkeln liegenden Ursprung nicht erklärt werden. Ein Lebensanfang, der das bisherige Leben in Frage stellte. Alles, was sie geformt hatte und was ihr wichtig war, erschien ihr plötzlich in einem anderen Licht. Je länger sie grübelte, desto weniger gelang es ihr, einen Weg zu sich zu finden.

Es war lange nach Mitternacht, als sie aufstand und aus dem Bücherregal ›Das Indianermädchen Tecumapese‹ holte, das einzige Exemplar von FCK, das ihr geblieben war. Sie setzte sich in einen bequemen Sessel und begann zu lesen. Sie ließ sich in die traumdurchtränkte Welt ihrer Mädchenjahre entführen. Irgendwann nickte sie in ihrem Sessel ein.

Sie erwachte mit steifen Gliedern, als das fahle Licht des beginnenden Morgens in ihr Zimmer drang. Sie rieb sich die Augen und versuchte, sich den seltsamen, furchterregenden Traum in Erinnerung zu rufen: Sie lag hochschwanger im

Bett und ihr Opa saß neben ihr, tätschelte ihre Hand und sprach leise und beruhigend etwas in ihr Ohr, das sie aber nicht verstand. Plötzlich kamen Männer in weißen Uniformen in ihr Zimmer und drängten ihren Großvater hinaus, der sich zwar vehement wehrte, aber gegen die rohe Gewalt dieser Uniformierten nichts ausrichten konnte. Sie schaute ihm flehentlich nach und fing an zu weinen. Er riss sich los und wollte zu ihr laufen, er wurde mit einem lautlosen Schuss aus einer Pistole getötet. Die Männer standen jetzt dichtgedrängt und grinsend über ihr und betatschten ihren schwangeren, nackten Bauch. Am Fußende des Bettes tauchten zwei Gestalten in schwarzer Uniform mit blendenden goldenen Schulterstücken auf, der eine war Pinochet, der andere Paulo. Paulo hatte ein Skalpell in der Hand. Als er gerade ihren Bauch aufschneiden wollte, um ihr das Kind zu entreißen, kam Felix, stieß ihn beiseite und trug sie auf seinen Händen weg. Er ging mit ihr auf dem Arm durch einen duftenden Tannenwald bis vor ihnen plötzlich ein in der Sonne glitzerndes, goldenes Bankgebäude den Weg versperrte. Geblendet von den reflektierenden Sonnenstrahlen stolperte Felix und fiel hin. Er ließ sie fallen. Einige Sekunden blieb sie wie eine Daunenfeder schwebend in der Luft, dann trudelte sie auf die Erde und fiel in einen Sarg, der angefüllt war mit Geldscheinen. Jemand versuchte den Sarg zu schließen. Sie versuchte, sich mit aller Kraft dagegen zu stemmen, aber sie war zu schwach, und es wurde langsam dunkel um sie ...

In diesem Moment war sie aufgewacht.

Paula wurde durch den Traum in nachdenkliche Verstörtheit versetzt. Ohne dass es richtig in ihr Bewusstsein drang, wusste sie, was der Traum ihr sagen wollte: wenn sie nicht als Tote weiter leben wollte, musste sie ihr Leben ändern. Sie musste der neuen Situation Rechnung tragen, und zwar nicht nur im Kopf, sondern auch in ihrem Handeln. Sie ging auf den Balkon und atmete die kalte, wohltuende Luft der schwindenden Nacht ein. So wie die nahende Morgendämmerung die Trennungslinie zweier Zeiten markierte, so war sie jetzt dabei, eine Welt hinter sich zu lassen und einer neuen Zeit entgegenzugehen. Die große, eigentümliche Schönheit eines solchen Wandels konnte sich gerade in dieser Stunde des Übergangs entfalten. Wer nicht die Nacht kannte, konnte nicht behaupten, den Tag zu verstehen und den Glanz der aufgehenden Sonne richtig empfinden. Paula erlebte hier auf dem Balkon fast körperlich die mystische Bedeutung dieser Übergangsstunde, in der die Nacht ihr Geheimnis preisgab, und die ersten Konturen des neuen Tages schemenhaft im frühen Glanz der noch schwachen Sonnenstrahlen sichtbar wurden. Der Freitag, der 29. Februar 2008 war der Beginn eines Tages, der so etwas wie ihre Wiedergeburt einläutete.

Es hatte sechs Mal geklingelt, als sich der Anrufbeantworter einschaltete und die Stimme von Felix Kohn ihr sagte, dass er zurückrufen werde, sobald er die Nachricht abgehört habe. Fünf lange Tage waren seit der denkwürdigen Verabredung mit Felix in dem Café vergangen. Paula hatte sich krankschreiben lassen, um mehr Zeit für sich zu haben und gründlich ihre neue Situation durchdenken zu können. Ohne große Erwartungen war sie über ein verlängertes Wochenende zu Jette gefahren und hatte ihre inneren Gefühlsstürme vor ihr ausgebreitet. Wenn alles schon so verworren war und übergroße Zweifel in ihren Eingeweiden nagten, wollte sie wenigstens ein kleines Stück Vertrautheit um sich spüren. Jette, die eine nachdenkliche, veränderte Freundin erlebte, bemühte sich sehr um sie und sprach ihr Mut zu.

»Pack die neue Situation an den Hörnern, so wie du alles andere bisher auch schon aus eigenem Antrieb gemeistert hast«, hatte sie zu ihr gesagt. »Nimm dein Schicksal als eine

Herausforderung und versuche, deiner ominösen und gleichzeitig spannenden Vergangenheit auf die Spur zu kommen, Señora. Spanisch kannst du ja schon, als ob du es geahnt hättest, dass du das noch einmal brauchen wirst«, hatte sie dann noch etwas schnippisch hinzugefügt und ihr einen zärtlichen Kuss auf ihre Nasenspitze gedrückt.

Als Paula wieder in Frankfurt war, wollte sie sich mit Felix in Verbindung setzen, um sich von ihm die Unterlagen, von denen er gesprochen hatte, geben zu lassen. Sie hatte sich entschlossen nach Chile zu reisen, um vor Ort genauere Informationen einzuholen, und das Haus ihrer Mutter Vittoria und ihrer Großeltern Sacco in Santiago zu besuchen, das jetzt offenbar ihr Haus war. Vielleicht könnte sie von Felix auch noch die Adresse der Saccos, ihrer Urgroßeltern in Italien, erfahren, auch die würde sie gerne einmal kennenlernen, falls sie noch lebten.

Paula lief in ihrer Wohnung umher und wusste nichts mit sich anzufangen. Sie wartete unruhig auf den Rückruf von Felix. Sie goss sich einen Cognac ein, steckte sich ein Zigarillo an und hörte leise Musik. Es beruhigte, ohne sie ruhig zu stellen. Immer wieder stand sie auf, starrte zum Fenster hinaus, betrachtete ein Bild, setzte sich wieder, blätterte in einer Zeitschrift, stand wieder auf und tigerte im Zimmer umher. Sie rieb sich mit der Hand über ihren Handrücken und erinnerte sich an seine zärtliche Berührung und empfand, was seine Augen ihr sagten. Plötzlich klingelte schrill das Telefon. Sie hob sofort ab.

»Hallo, wer ist am Apparat?«

»Ich bin es, Felix Kohn. Sie hatten versucht, mich anzurufen.«

»Ja, vielen Dank für den Rückruf. Ich wollte Sie fragen, ob wir uns in nächster Zeit treffen könnten. Ich würde gerne die Unterlagen einsehen, von denen Sie gesprochen haben.«

»Selbstverständlich, Paula. Darf ich Sie so nennen?«

»Ja, gerne.«

»Es sind Ihre Papiere und Sie können natürlich frei über sie verfügen.« Er machte eine kleine Pause und Paula hörte Papier rascheln. Offenbar blätterte er in einem Terminkalender. »Wie wäre es, wenn wir uns morgen so gegen sieben Uhr abends treffen würden. Ich habe tagsüber leider einige Termine.«

»Ja, das würde mir passen.«

»Würde es Ihnen etwas ausmachen, zu mir zu kommen? Dann könnte ich hier alles zusammensuchen und Ihnen die Papiere ordentlich übergeben – und schön wäre es, wenn Sie ein bisschen Zeit mitbringen könnten.«

»Gerne und Zeit habe ich auch genug.«

Er gab ihr seine Adresse und erklärte ihr den Weg.

»Dann bis morgen.« Er machte eine kleine Pause. »Ich freue mich, Sie zu sehen«, fügte er dann noch hinzu und legte auf.

Als Paula sich für den Abend zurecht machte, fiel ihr auf, dass sie, außer wenn sie Jette in Tübingen besuchte, schon seit Jahren nicht mehr in einem privaten Haushalt gewesen war. Sie lebte zurückgezogen, und wenn sie sich verabredet hatte, dann zog sie es vor, sich auf neutralem Boden mit der betreffenden Person zu treffen. Sie hütete ihr Zuhause vor fremden Einflüssen, und es war ihr auch unangenehm, in fremde Wohnungen zu gehen. Die Intimität und die durch und durch persönliche Atmosphäre, die dort zu herrschen pflegte, machte sie unsicher, und sie empfand die förmliche, und zum Teil affektierte Vertrautheit, in die man in solchen häuslichen Situationen unweigerlich eingebunden wurde, als einen unziemlichen Angriff auf ihre Person, als eine Attacke auf ihre schützende Hülle, die sie vor unbedachten Hinterhalten bewahren sollte. Die Aussicht, zu Felix in die Wohnung zu gehen, bereitete ihr dagegen keinerlei Bauchgrummeln. Im Gegenteil, sie war in beschwingter Erwartung, ohne jegliche Berührungsängste oder Schwere. Während sie sich anzog und sich im Spiegel musterte, nickte sie sich aufmunternd zu und war über diese neue, ungewohnte Gefühlslage erfreut und erstaunt zugleich. Sie war sich unsicher gewesen, was sie anziehen sollte: nicht zu leger, aber auch nicht zu elegant. Sie hatte sich für enge Denim Jeans, einen einfachen, figurenbetonten auberginefarbenen Pulli mit einem großzügigen Rundausschnitt bis zum Brustansatz und hochhackige Schuhe entschieden. Dazu trug sie eine warme, mit Nerz gefütterte Jacke aus feinem Hirschleder.

Sie hatte ihr Navigationsgerät mit der Adresse programmiert und fand schnell das von Felix beschriebene Haus. Da sie etwas zu früh da war, fuhr sie an dem Haus vorbei und parkte auf einem kleinen Parkplatz, um zu warten und sich zu beruhigen. Sie fragte sich, ob er allein lebte. Auf der Facebookseite war er als Single eingetragen, aber das sagte nichts, er konnte natürlich eine Freundin haben. War sie heute Abend anwesend? Jetzt unmittelbar vor dem neuerlichen Zusammentreffen mit Felix Kohn verflüchtigte sich die anfangs gespürte Schwerelosigkeit und machte einer gewissen Nervosität Platz. Sie war aufgeregter, als es der Anlass eigentlich nahelegte und ärgerte sich über die ihrer Meinung nach schulmädchenhafte Überreizung. ›Mein Gott, du holst ein paar Akten ab und möchtest etwas mehr über deine Vergangenheit erfahren. Das ist alles. Was soll also die Aufregung‹, sagte sie laut zu sich, aber die Anspannung legte sich nicht, trotz des ermutigenden Selbstzuspruchs. Sie ahnte, dass das Zusammentreffen mit Felix ihr mehr bedeutete als sie vor sich zugeben wollte.

Um viertel nach sieben klingelte sie.

»Guten Abend, Paula. Kommen Sie doch rein. Haben Sie die Adresse gleich gefunden? Ich wohne ja hier ein bisschen versteckt und abseits der großen Welt. So mancher hat schon Schwierigkeiten gehabt, mich zu finden«, empfing Felix seine Besucherin.

»Die moderne Technik macht so manches leichter. Mit GPS bleibt kaum noch etwas im Verborgenen«, sagte Paula lächelnd.

Er half ihr aus der Jacke.

»Schon lange nicht mehr hat dieses Haus einen so bezaubernden Gast beherbergt. Ich freue mich, Sie zu sehen«, verteilte Felix mit einem breiten Lächeln charmante Komplimente.

Er führte sie in das Wohnzimmer, wo das Kaminfeuer bereits brannte. Die Wohnung roch stark nach Zigarettenrauch und war, im Kontrast zu ihrer eigenen Wohnung, vollgestellt mit Krimskrams. Zwei Wände des Wohnzimmers waren fast vollständig von Bücherregalen zugestellt, wobei in einem der Regale eine Musikanlage mit CD-Player, einem hochwertigem Tonbandgerät und DVD Recorder eingebaut war. Auf einem Ständer stand ein großer Flachbildschirm vor dem Bücherregal. Vor dem Kamin befand sich eine Sitzgruppe, die um einen niedrigen rechteckigen Beistelltisch angeordnet war, auf dem verstreut mehrere Papiere herumlagen. In die gartenseitige Hauswand war eine große Fensterfront mit einer Glastür zum Garten eingelassen worden.

Er lebte offenbar allein. Bilder oder Gegenstände, die auf eine Freundin oder Lebensgefährtin schließen ließen, konnte sie nirgends entdecken. Eine gemütliche Wohnung, die von Leben erfüllt ist, dachte Paula.

»Setzen Sie sich doch, Paula«, sagte Felix und machte eine ausladende Handbewegung, die ihr signalisieren sollte, dass sie freie Platzwahl habe.

»Darf ich Ihnen etwas zum Trinken anbieten? Für später habe ich eine Kleinigkeit vorgekocht. Versprechen Sie sich aber nicht zu viel davon, meine Kochkünste halten sich in engen Grenzen. Ich muss Sie also warnen.«

Er schaute ihr in die Augen und lächelte etwas verlegen.

»Ich meine das wirklich ernst, ich kokettiere nicht. Ich kann wirklich nicht gut kochen, aber ich dachte mir, es wäre ganz nett, wenn wir zu Hause blieben, da können wir freier und ungezwungener miteinander reden.«

»Das ist sehr liebenswürdig, Felix. Ich bin auf alles vorbereitet, Sie können frei über mich und meine Geschmacksnerven verfügen. Wenn Sie so etwas zuhause haben, würde ich gerne einen Campari Soda trinken.«

»Tut mir leid, gerade das habe ich nicht da. Sie sehen, meine Unvollkommenheit ist erdrückend. Entschuldigen Sie.«

»Dann bringen Sie mir irgendetwas anderes. Auch beim Trinken gebe ich mich gerne in ihre Hand.«

»Mögen Sie einen trockenen Sherry? Ich habe ihn vor nicht allzu langer Zeit in England erstanden.«

»Ja, gerne.«

Er holte die gewünschten Getränke und setzte sich ihr gegenüber in einen Sessel. Sie stießen an und er zeigte ihr den dicken Ordner mit den Unterlagen, den er von Sophia erhalten hatte. Sie ließen sich Zeit, die vielen Blätter durchzugehen.

Paula wurde von Seite zu Seite schwermütiger und war fassungslos über das, was Paulo anderen Menschen angetan hatte, und was ihren leiblichen Eltern, Raul und Vittoria Morales, unter der Folter angetan worden war. Sophia und ihre Gruppe hatten detailliert recherchiert und hier stand schwarz auf weiß und in allen Einzelheiten, wie diese Folterungen durchgeführt worden waren und wie die Schergen Pinochets mit Elektroschocks, Waterboarding und anderen Grausamkeiten aus dem Arsenal ihrer Ausbilder die Persönlichkeit ihrer ohnmächtigen Opfer zerstört und oftmals zu Tode gequält hatten. Auch ihren Vater und ihre Mutter. Die Kerkerwände zeigten noch heute die verzweifelten Einritzungen der seit langem toten Insassen. Felix berichtete aus eigenen Recherchen, dass viele der Folterer von der CIA trainiert worden waren und eine breite Blutspur in ganz Chile hinterlassen hatten. Auch Paulo war von der CIA ausgebildet worden, als er im amerikanischen Hauptquartier damals in Frankfurt stationiert war.

Wie schon bei der ersten Zusammenkunft konnte Paula ihre Tränen nicht zurückhalten, vor Wut, Verzweiflung, Leid und Traurigkeit angesichts der niederschmetternden Berichte. Sie konnte nicht begreifen, dass Paulo, der Mann, den ihre Mutter einmal geliebt hatte und dem sie nach Chile gefolgt war, zu so etwas fähig war.

»Es ist schrecklich, was in den Folterkammern und was mit mir passiert ist. Ich komme damit einfach nicht klar. Es tut mir leid, dass ich schon wieder weine. Was müssen Sie von mir denken? Aber irgendwie ist mein Leben aus den Fugen geraten. Ich bin nicht mehr ich. Ich war vielleicht niemals ich selbst.«

»So dürfen Sie nicht von sich denken, Paula«, versuchte Felix ihr beschwichtigend zu widersprechen. »Ich habe lange versucht, mich in Sie hineinzudenken, um mir ein ungefähres Bild machen zu können, welche Kräfte in Ihnen herumzerren und was sich in Ihrem Inneren abspielen könnte. Es ist unendlich schwer, weil jedes Bild von Ihnen sich unweigerlich mit *mir* und *meiner* Wahrnehmungswelt, mit *meiner* Wirklichkeit vermischt. Niemand außer Sie selbst kennt die Wahrheit über Sie. Deswegen möchte ich vielleicht etwas über mich sagen, zu *meiner* Theorie vom Ich. Vielleicht können Sie damit für sich selbst etwas anfangen.«

Paula sah ihn skeptisch an, sagte aber nichts.

»Wenn Sie mir erlauben, möchte ich etwas ausholen. Ich denke, der Genetik wird oft zu großes Gewicht hinsichtlich ihrer identitätsstiftenden Bedeutung und Persönlichkeitsausbildung beigemessen. Wie und was wir erleben, erkennen und als Wissen abspeichern, was wir als Wirklichkeit wahrnehmen, ist, bedingt durch unsere psychische und soziale Biographie, zu ganz überwiegendem Teil eine Konstruktion von Wirklichkeit, die fortlaufend Änderungen unterworfen ist. Die Wahrnehmung der Welt beruht auf schöpferischen, kreativen Aneignungen und Prozessen. Indem ich mich in Auseinandersetzung mit der Außenwelt reflektiere und in einer Art innerem Gespräch mich selbst beschreibe, instruiere und interpretiere, hole ich die Welt in meinen Kopf und konstituiere so mein Ich. Die Welt in meinem Kopf, das sind Vorstellungen und Bilder, Fantasien und Visionen, Träume und Tagträume, Illusionen und Einbildungen. Mit dieser Welt-Aneignung werden gleichzeitig soziale Prozesse und gesellschaftliche Einflüsse in mir wirksam und verändern permanent mein Ich-Bewusstsein.«

»Wenn ich Sie hier einmal unterbrechen darf«, stoppte Paula den Redefluss von Felix. »Genau das geschieht im Moment mit mir. Die Welt hat sich für mich plötzlich geändert. Ich muss für mich die bisher gültige Wirklichkeit verwerfen und völlig neue Wahrheiten verarbeiten. Das verunsichert mich schrecklich und verdreht mir den Kopf. Ich weiß im wahrsten Sinn nicht mehr wo mir der Kopf steht, ich weiß nicht mehr wer ich bin.«

»Das verstehe ich und kann die Wirkung durchaus nachvollziehen. Ihr Ich ändert sich dadurch. Aber ich bin, wie ich eben sagte, der Meinung, dass sich das Ich immerwährend ändert und es eine Illusion ist, zu glauben, ein sicheres, konstantes Ich zu haben. Ich denke, es ist ein Trugschluss davon auszugehen, über die Zeit immer derselbe zu sein. Natürlich ist der Mensch auch genetisch festgelegt und bei einer Reihe von Merkmalen und Eigenschaften relativ unwandelbar, oder anders gesagt, relativ unelastisch. Nehmen Sie zum Beispiel nur die verschiedenartigen Temperamentausprägungen. Aber die Wandlungsfähigkeit des Individuums ist dominant. Worauf ich hinaus will, ist, dass sich diese Entwicklung, also die Veränderung der Persönlichkeit im Normalfall nahezu unbemerkt in einem autobiographischen Kontinuum vollzieht, und nicht in Sprüngen erfolgt. Wenn es zu abrupten, einschneidenden Veränderungen kommt, wie in Ihrem Fall, kann dies zu inneren Spannungen und Verwerfungen führen. Ja, sie können traumatisch wirken und die Persönlichkeit in einem psychischen Kerker gefangen halten. Alles das ist möglich, aber Sie können nicht sagen, dass Sie früher nicht Sie selbst waren. Sie waren *immer* Sie selbst.«

»So weit bin ich einverstanden. Ich war stets ich selbst, aber ich habe nun unter diesen neuen Bedingungen eine andere Sichtweise auf mich, und wenn ich das so pathetisch sagen darf, auch auf die Welt. Überaus erschwerend kommt hinzu, dass sich alles ohne Übergang vollzieht und einen extrem tiefen Einschnitt in mein Leben bedeutet. Ich gehe so weit, mich zu fragen, ob ich heute nicht ein vollkommen anderer Mensch bin als noch vor einer Woche, und ich frage mich, was ich mit diesem Menschen, der mir noch fremd ist, anfangen soll.«

»Es gibt Menschen, die starr an einer einmal eingeschlagenen Strategie festhalten und relativ unbeweglich sind. Ich weiß nicht, wie das bei Ihnen ist. Aber für solche Menschen kann ein Perspektivwechsel wie ein Schock wirken und tatsächlich zu Persönlichkeitsverwerfungen führen. Die perspektivfixierten Menschen rechtfertigen ihre Lebensführung oftmals durch Sachzwänge, die es ihnen nicht erlauben würden, etwas anderes zu tun, als das, was sie eben gerade machen. Sachzwänge sind aber vielfach nicht so zwanghaft, wie sie einem in manchen Situationen erscheinen mögen. Sie entstehen häufig erst durch das unbedingte Verwirklichen-Wollen all dessen, was verwirklicht werden kann, durch das Verdrängen aller Wahl- und Entscheidungsprozesse, wie das einmal prägnant ein Kollege von mir ausgedrückt hat. Nebenbei bemerkt, bedienen sich die Folterknechte aller Länder der Welt der Methode zwanghaften Perspektivwechsels, nämlich der Gehirnwäsche, indem Sie die alte Persönlichkeit zu brechen suchen, um auf deren Trümmern eine neue, gefügige Person zu kreieren. Aber, wie gesagt, das sind Extreme. Im Allgemeinen gelingt es den Menschen ganz gut, neue Perspektiven in die bestehende Persönlichkeitsstruktur zu integrieren.«

Paula erkannte sich in den letzten Bemerkungen von Felix wieder und erschrak über sich selbst. Ihr wurde jäh bewusst, mit welch eiserner Konsequenz sie an einer einzigen Lebensstrategie festgehalten, ja, sich daran geklammert und ihr Handeln und ihr Denken danach ausgerichtet hatte.

»Ich war wohl, wenn ich zurückdenke, bisher nicht sehr flexibel in der Weltwahrnehmung und Selbstbeschreibung, wenn ich das einmal so mit Ihren Begrifflichkeiten ausdrücken darf. Ich habe mich immer sehr kontrolliert, sowohl in meinem Denken als auch in meinem Verhalten. Ich habe mich sehr unter Zwang gesetzt und wenig Alternativen für mich zugelassen. Vielleicht bin ich deswegen jetzt so schockiert und etwas hilflos.« Sie hielt inne und sah Felix entschuldigend an. »Aber was rede ich da? Ich belästige Sie mit meinem persönlichen Kram und beginne hier mein unausgegorenes Innenleben vor Ihnen auszubreiten. Das ist eigentlich sonst ganz und gar nicht meine Art. Es tut mir leid ...«

»Das muss Ihnen nicht leid tun, Paula. Ich freue mich, dass Sie so offen mit mir sprechen. Ich hatte gehofft, dass wir ein aufrichtiges Gespräch führen könnten. Ich danke Ihnen sehr für das Vertrauen, das Sie mir entgegenbringen«, fiel Felix ihr ins Wort.

»Sie sind wirklich sehr freundlich, aber ich kann Ihnen nicht zumuten, meiner intimen Beichte länger zuzuhören ... Obwohl ich Ihnen gestehen muss, dass ich überrascht bin, dass es mir nicht peinlich ist, solche vertraulichen Dinge vor Ihnen auszubreiten, und es mir gut tut, zu reden, mit *Ihnen* zu reden – außerdem, was wird ihre Freundin zu solch einem Gespräch sagen?«

Paula hatte diese Frage auf gut Glück gestellt, um herauszufinden, ob er liiert ist oder nicht.

»Ich habe keine Freundin. Und auch wenn, wir bereden nichts Ungehöriges. Sie machen mich zu einem glücklichen Menschen, aber das habe ich Ihnen vor ein paar Tagen, glaube ich, schon einmal gesagt.»

Paula lachte ihn an.

»Ja, aber Sie können es ruhig noch ein paar Mal wiederholen, wenn Ihnen danach zumute ist.«

»Lassen Sie uns also weiter so freimütig miteinander reden ... Apropos reden, ich habe ganz vergessen an ihr leibliches Wohl zu denken. Entschuldigen Sie bitte. Wenn Sie Hunger verspüren, könnten wir hier gern unterbrechen und etwas essen.«

»Wie sieht es mit *Ihrem* Hunger aus?«

»Wenn Sie mich so fragen, ja, ich könnte jetzt durchaus etwas vertragen.«

»Gut, dann lassen Sie uns jetzt essen.«

»Großartig, ich ziehe mich dann erst einmal in die Küche zurück.«

»Kann ich Ihnen in der Küche helfen?«

»Nein, vielen Dank. Ich komme gut allein zurecht. Ich habe ja schon etwas vorbereitet. Es dauert auch nicht lange. Machen Sie es sich derweilen bequem. Fühlen Sie sich bitte wie zu Hause, Paula.«

Es dauerte ziemlich lange. Paula stand auf und sah sich in dem Wohnzimmer um. Auch hier herrschte, wie in der gesamten Wohnung, nachlässige Unordnung. Auf dem Fensterbrett lagen ein Mitgliedsausweis von Attac, das Vorlesungsverzeichnis und die Frankfurter Rundschau. Auf dem Boden standen ein paar achtlos an die Wand gelehnte gerahmte Aquarelle. Sie überflog die umfangreiche CD-Sammlung und die zahllosen Bücher in den Regalen. Er besaß, wie sie feststellte, eine ganze Reihe von Werken von und über Milton Friedman, über die Universität von Chicago und die Wirtschaftsgeschichte und neoliberale Wirtschaftspolitik, die ihr Interesse fanden. Sie nahm sich vor, ihn bei nächster Gelegenheit darauf anzusprechen. Nach etwa einer halben Stunde bat er sie zu Tisch in das Esszimmer, wo er den Tisch gedeckt und Kerzen angezündet hatte.

Felix ist nicht nur unordentlich, sondern anscheinend auch romantisch veranlagt. Ein intellektueller, romantischer und chaotischer Professor, eine interessante Mischung, dachte Paula.

Seine Kochkünste blieben, wie er es schon angedeutet hatte und sie es bestätigt fand, hinter seinen intellektuellen Fähigkeiten zurück. Aber Paula konnte es auch nicht besser und es störte sie nicht, dass man für die Lammkoteletts gute Kaumuskeln benötigte. Dafür war die Zitronencreme und der Wein, den er zum Essen servierte, hervorragend. Ein chilenischer Wein.

»Es tut mir leid, dass das Fleisch so zäh war«, sagte er nach dem Essen entschuldigend. »Ich habe es extra von einem Bio-Metzger erstanden. Aber wahrscheinlich bin ich selber schuld, ich habe nicht so viel Übung. Aber ich hoffe, der

Wein hat Ihnen geschmeckt. Die Chilenen machen in der Zwischenzeit herausragende Weine.«

»Nein, nein, es hat gut geschmeckt. Im Fleisch steckt man nicht drin. Aber insbesondere die Nachspeise und natürlich der Wein waren exzellent. Ich danke Ihnen sehr für das romantische Essen. Ich habe schon lange nicht mehr in einer solch ungezwungenen, familiären Atmosphäre zu Abend gegessen. Nochmals, vielen Dank für die Mühe, die Sie sich gemacht haben.«

»Ich habe mir Mühe mit dem Fleisch gegeben, das leider nicht gelungen ist. Die Nachspeise, die ihnen so gut geschmeckt hat, war aus der Tüte, und den Wein habe ich auch nicht selbst angebaut und gekeltert. Ich freue mich aber, dass Ihnen der Wein zugesagt hat. Lassen Sie uns doch in das Zimmer nebenan zurückgehen und den Wein dort weitertrinken.«

Paula lachte ihn geradheraus an und ließ sich von ihm in das Wohnzimmer führen, das durch eine Schiebetür vom Esszimmer getrennt war.

Als sie sich wieder gesetzt und Felix Holz nachgelegt und Wein nachgeschenkt hatte, fragte Felix Paula nach ihrer Familie, insbesondere interessierte ihn, was sie über ihren Vater wusste, und wie er ihre Mutter kennengelernt hatte. Paula breitete, unterstützt durch den Alkoholgenuss, die Behaglichkeit des Feuers und die gelöste Atmosphäre, die ihr Sicherheit gaben, bereitwillig ihr Leben vor ihm aus. Sie erzählte ihm von ihrer Jugend, ihrem Studium in Chicago und dem beruflichen Werdegang. Ihre erste unglückliche Liebesbeziehung und den Selbstmordversuch, wie auch die Millionen, die sie in der Zwischenzeit auf ihrem Konto hatte, ließ sie unerwähnt. Es tat ihr gut zu sprechen, und sie fühlte sich fast wie bei einem Therapeuten, dem man alles erzählen kann, ohne Konsequenzen befürchten zu müssen.

»Jetzt wissen Sie fast alles über mich. Ich hoffe, Sie gehen damit pfleglich um. So viel über mich habe ich, außer meiner besten Freundin, noch keinem Menschen anvertraut – offen bleibt meine Zukunft.«

»Ja, die Zukunft, ewiger Rohstoff unserer endlichen Träume. Schön, dass wir sie haben«, warf Felix dazwischen.

Paula ignorierte die Bemerkung und fuhr fort.

»Es fällt mir schwer, mir vorzustellen, wie es weiter gehen soll. Auf welche Fundamente kann ich bauen? Ich muss mein Geburtsdatum ändern, Gott sei Dank bin ich wenigstens ein Jahr jünger und nicht älter. Behalte ich meinen Namen? Bin ich Chilenin? Bin ich Deutsche? Wie gehe ich mit der Vergangenheit meines Adoptivvaters um, wie mit meiner neuen Familie in Italien? Welcher Kultur fühle ich mich verbunden? Fragen über Fragen, die mein Ich, meine Selbstwahrnehmung, meine Wahrnehmung von Welt, meine Individualität tangieren.«

»Ich verstehe die Schwere dieses Einschnitts in ihre Biographie. Ich möchte aber noch einmal betonen, dass Sie trotz allem immer Sie selbst bleiben und aus sich selbst heraus einen Weg finden werden. Gerade die subjektive Verarbeitung der Welt mit ihren Einflüssen macht Sie zu dem einzigartigen Individuum, das ich vor mir sehe. Und um auch auf Ihre Frage einzugehen, welcher Kultur Sie nun letztendlich angehören, würde ich Ihnen antworten: Es gibt Kosmopoliten, die sich überall zu Hause fühlen.«

Paula beobachtete ihren Gesprächspartner, der ihr die Welt zu erklären versuchte. Er hatte dabei einen leicht dozierenden, etwas akademischen Sprachduktus. Genau so, wie sie immer gedacht hatte, dass Soziologen reden würden. Sie stellte sich ihn vor, wie er vor seinen Studenten stand und nahezu druckreif dozierte, oder wenn er in einem Seminar gestikulierend, so wie jetzt auch, mit ihnen hingebungsvoll diskutierte, und seine Gedankengänge vor ihnen ausbreitete. Es schien ihr, dass er gar nicht anders konnte, als mit großem Enthusiasmus sich einer Sache anzunehmen. Immer war er mit seiner ganzen Person engagiert. Sie beneidete seine Studenten um solch einen begeisterungsfähigen Lehrer. Wie viel trockener lief doch ihr Studium in den USA ab. In der Welt der Ökonomen und Banker würden solche Gespräche über Selbstfindung, über Wahrheit, über Probleme des Seins von vielen Kollegen hochnäsig als nichtsnutziges ›Gelaber‹ bezeichnet werden.

Es war spät geworden und weit nach Mitternacht, als Paula auf die Uhr schaute und die fortgeschrittene Zeit registrierte. Sie waren beide so in das Gespräch vertieft, dass sie jegliches Zeitgefühl verloren hatten.

»Felix, ich glaube, es wird langsam Zeit, dass ich aufbreche«, sagte Paula und erhob sich etwas steif geworden aus ihrem Sessel.

»Wollen Sie schon gehen?«

»Es ist schon halb drei, ich glaube, da kann man nicht mehr von *schon* reden. Es war ein schöner Abend mit Ihnen. Wir können das ja nochmals irgendwann wiederholen, wenn Sie mögen.«

»Sehr gerne … Aber wollen Sie nicht hier übernachten. Ich kann ein Gästezimmer für Sie herrichten. Es würde überhaupt keine Umstände machen. Nach den Flaschen zu urteilen, die wir beide getrunken haben, kann ich Ihnen nicht erlauben, noch zu fahren.«

»Das ist sehr nett von Ihnen, aber das kann ich nicht annehmen, außerdem habe ich kein Nachthemd, keine Zahnbürste, kein …«.

Felix unterbrach sie. »Sie können einen Schlafanzug von mir haben und eine Ersatzzahnbürste kann ich sicher auch noch irgendwo auftreiben.«

Paula zögerte einen Moment und wollte schon, einem spontanen inneren Gefühl nachgebend, seinem Drängen nachgeben, entschloss sich dann aber doch im letzten Augenblick diesem Impuls nicht zu folgen.

»Sie sind sehr liebenswürdig, aber ich nehme ein Taxi und hole mein Auto morgen ab.«

Sie verabschiedeten sich vor der Haustür. Als Paula schon beim Taxi war, drehte sie sich nochmals um, ging zurück zu Felix, umarmte ihn kurz, gab ihm einen Kuss auf die Wange und flüsterte ihm ins Ohr: »Danke für alles.«

IX.

Liebe ist nur möglich,
wenn zwei Menschen sich
aus der Mitte ihrer Existenz heraus
miteinander verbinden,
wenn also jeder sich selbst
aus dem Zentrum heraus erlebt.
Erich Fromm

Die Sonne leuchtet in ihren Augen, wenn sie mich anlacht, dachte Felix als er auf die lichtdurchflutete Morgenlandschaft schaute, wo nur noch vereinzelt kleine Reste des Morgennebels wie kleine Wattebällchen auf den Wiesen lagen. Er öffnete weit die beiden Flügel des Fensters, breitete die Arme auseinander und sog mit tiefen Atemzügen die würzige Höhenluft in seine Lungen. Als er gestern durch die stille, menschenleere Hochebene gefahren war, breitete sich vor ihm die Landschaft wie ein unwirklicher Mikrokosmos aus. Eine eigene Welt von Himmel, Bergen, Schafen, Hirten, Pferden, sanften Grashügeln und weitläufigen, blumenübersäten, duftenden Wiesen. Ein stilles, bedächtiges Paradies, nicht nur für die Drachenflieger, die wegen des immerwährenden Windes diese atemberaubende Naturlandschaft für sich entdeckt hatten. Von den Bergen wehte ein starker Wind ungehindert über das baumlose Hochtal, als sie sich Castelluccio, einem Ortsteil von Norcia, zu Füßen der Sibyllinischen Berge in dem gleichnamigen Nationalpark näherten. Die wenigen verschachtelten Häuser des Ortes thronten wie eine Ritterburg auf einem kleinen Hügel am Rande der Ebene. Vom Fenster des kleinen, einfachen Hotels, das sie vorab in Frankfurt gebucht hatten, eröffnete sich dem Betrachter ein atemberaubender Blick über die fast fünfzehnhundert Meter hoch gelegene Ebene des Piano Grande und den am Horizont steil ansteigenden Monte Vettore. In den Prospekten, die Felix in den Händen hatte, als er eine Unterkunft für sich und Paula suchte, wurde *Piano Grande* mit *Große Stille* übersetzt, ein Landschaftsname, der ihn, als er ihn las, spontan angesprochen hatte.

Die Harmonie und die sanftmütige Ruhe, die diese Landschaft verströmte, schlugen Felix in ihren Bann und legten sich wie ein anmutiges, leichtes Gewebe auf sein Gemüt. Eine Art Schleier, der vor aller Unbill des Lebens schützte, und den Menschen alle Angst nahm. Ein Schweigen der Natur, in der Worte das Wahre und Schöne zerstören würden. Über was man nicht reden kann, muss man schweigen. Wie recht doch Wittgenstein hatte, dachte Felix. Er war so versunken in seine Gedanken, dass er das Klopfen nicht gehört hatte. Paula war leise an ihn herangetreten. Erst als sie ihn mit ihren Armen von hinten umfasste und ihren Kopf sanft an seinen Rücken lehnte, erwachte er aus seiner Trance. Er streichelte ihre Hände, die auf seiner Brust lagen, und lächelte versonnen, ohne etwas zu sagen. Lange standen sie so stumm vor dem Fenster, jeder in seine eigene Gedankenwelt eingetaucht.

Sie hatten sich seit dem ersten Abendessen in Felix‘ Wohnung Anfang März des Öfteren getroffen. Mal gingen sie ins Kino, mal ins Theater, mal besuchten sie gemeinsam eine Kunstausstellung. Die letzten Wochen verabredeten sie sich immer häufiger auch zum Abendessen und wurden so nach kurzer Zeit hervorragende Kenner aller guten, einschlägigen Lokale in und rund um Frankfurt. Nach und nach dehnten sie ihre Streifzüge immer weiter auf das Umland und schließlich auch auf weiter entfernte Sternelokale aus, für die sie immer eine Übernachtung einplanten. Für diese Wochenendfahrten buchten sie getrennte Zimmer in ausgesucht schönen Hotels und genossen das Schlemmerleben zu zweit. Sie lachten, schwiegen und diskutierten, unbeschwert und mit großer gegenseitiger Achtung und Zartgefühl. In politischen und wirtschaftlichen Dingen stießen ihre Meinungen oftmals unverrückbar aufeinander, die widerstreitenden Ansichten fochten sie diskutierend aus, ohne jedoch jemals verletzend zu werden. Felix bewunderte ihre Energie, Tatkraft und Hartnäckigkeit, mit der sie ihre Karriere verfolgt, und es, offenbar aus kleinen Verhältnissen kommend, auch zu ansehnlichem Vermögen gebracht hatte, obwohl sie nie über Geld sprach. Gleichzeitig war er auch verwirrt über die manchmal sichtbar werdende Härte gegenüber anderen und die Disziplin und Strenge zu sich selbst. Eine Hartherzigkeit, die, wie es ihm schien, gar nicht zu den Charakterzügen passte, die sie ihm gegenüber offenbarte: weich, anschmiegsam und herzlich. Je länger er sie kannte, umso unergründlicher wurde ihm diese offen zu Tage tretende Diskrepanz, und er wunderte sich, dass Paula, die von der Natur mit so viel Klugheit und hoher Analysefähigkeit bedacht worden war, diese Widersprüchlichkeit an sich selbst nicht wahrzunehmen schien. Möglicherweise gab es in einem für Außenstehende uneinsehbaren Bereich ihrer Seele auch triftige Gründe, die dieses Verhalten erklären könnten. Aber ihm lag es fern, über sie zu richten, vielmehr nahm er sie, wie sie war, und buchte es als Widersprüchlichkeiten des Lebens, mit denen jeder Mensch, er selbst eingeschlossen, zurecht kommen musste.

Sie redete mit ihm sehr wenig über ihren Beruf, über ihre Kollegen und die konkreten Tätigkeiten in ihrer Bank, und versuchte immer, wenn das Gespräch auf diese Themen zusteuerte, auf allgemeine Fragen der Wirtschaftstheorie auszuweichen. Diese Diskussionen bewegten sich auf einem ungemein hohen Niveau und zeugten von einem grandiosen ökonomischen Hintergrundwissen. So spannend Felix diese Gespräche mit ihr fand, so vermisste er in ihren Argumentationen doch oftmals die menschliche Perspektive, die dienende Rolle der Ökonomie, einer Ökonomie, die für den Menschen da ist und nicht umgekehrt. Paula schien sich den ökonomischen Bedingtheiten unterzuordnen.

Wenn sie über Persönliches redete, dann nur stark dosiert, immer darauf bedacht, nicht zu viel von sich preis zu beben. Sie erzählte ihm einzelne Anekdoten aus ihrer Kindheit, von ihrer Mutter und insbesondere ihrem Großvater, den sie offenbar vergöttert hatte, und natürlich ihrer Freundin, die ihr außerordentlich wichtig war. So gut wie nichts ließ sie sich über ihre früheren Beziehungen zu Männern und ihrem damit zusammenhängenden Gefühlsleben entlocken. Ihr Hauptthema war die Beschäftigung mit ihrer Zukunft. Sie schwärmte und träumte von einem neuen Leben und war bereit, die neuen Herausforderungen für ihr Leben vorbehaltlos anzunehmen und zu gestalten.

Dazu gehörte auch, die Verbindungslinien zu der ihr bisher unbekannten familiären Vergangenheit, den neuen Verwandten, zu suchen. Vor einem Monat hatte sie Kontakt zu ihren Urgroßeltern, der Familie Sacco, in Italien aufgenommen. Sie wollte sie unbedingt kennenlernen und hatte gleichzeitig große Angst vor einer Begegnung mit der unbekannten Verwandtschaft. Sie erfuhr, dass die Urgroßmutter bereits vor Jahren verstorben war und nur noch der Urgroßvater lebte. Als sie ihn anrief und sich als die Tochter von Vittoria zu erkennen gab, blieb die Leitung lange Zeit tot. Sie hörte, wie er nach Luft japste und offenbar überlegte, ob er glauben sollte, was er gerade gehört hatte. Dann, so erzählte Paula es Felix mit plastischen Worten, überschüttete er sie mit überschlagender, krächzender Stimme mit einem Wortschwall, aus dem sie leider nur einzelne Wortfetzen identifizieren konnte. So viel wurde ihr aber deutlich, er schien überglücklich zu sein, dass seine Urenkelin noch lebte und sich bei ihm gemeldet hatte und hatte sie zu sich nach Norcia eingeladen.

Paula war aufgeregt wie ein pubertierendes Mädchen, das das erste Mal in ihrem Leben von den Eltern ihres Angebeteten zum Abendessen eingeladen wird. Mit jedem Tag, an dem die Abreise näher rückte, stieg die Nervosität. Sie belegte einen Crashkurs, um ihre Italienischkenntnisse aufzufrischen, konnte damit ihre Unsicherheit aber nur unwesentlich mildern. Eines Tages fragte sie Felix, ob er sie auf dieser Reise zu ihrem Urgroßvater nicht begleiten wolle, da er doch gut Italienisch und er für sie Dolmetscher spielen könnte. Felix ahnte, da sein Italienisch nur unwesentlich über Paulas Niveau lag, dass das Argument der besseren Sprachkenntnisse nur ein Vorwand war, hinter dem sie ihre große Anspannung und allmählich schwindenden Mut zu verbergen versuchte. Er willigte gern ein, zumal er sich an der entstandenen Situation nicht ganz unschuldig fühlte und er in den letzten Wochen eine Nähe, eine wohlige Vertrautheit zu Paula spürte, die er seit dem Tod seiner Frau nicht mehr gekannt hatte.

Sie starteten in Paulas Wagen Anfang Juni gen Süden. Da sie die Gelegenheit nutzen wollten, ein paar Tage zusammen zu verbringen, planten sie eine Route nach Norcia in mehreren Etappen über Mailand, wo sie Karten für die Mailänder Skala bekommen hatten, und Florenz. Um ausreichend Zeit zu haben, die vielen kulturellen Kostbarkeiten und kulinarischen Angebote genießen zu können, wollten sie in Florenz drei Tage verbringen. Felix hatte dort ein Hotel in einem der letzten Geschlechtertürme aus dem 14. Jahrhundert ausgesucht, das, wenn man dem sehr theatralischem formulierten Prospekt Glauben schenken durfte, ein unvergleichliches, von Historie durchtränktes Wohlgefühl vermitteln soll. Ab Florenz wählten sie die Landstraße und ließen in Paulas offenem Sportwagen die liebliche Toskanische Landschaft an sich vorbeiziehen. Paula vergaß für diese Momente die Begegnung mit ihrem Urgroßvater, strahlte über das ganze Gesicht, zufrieden und vollkommen in sich ruhend. Sie schien förmlich die südliche Sonne aufzusaugen, und gab diese Wärme großzügig an Felix weiter.

»Du bist ein Kind der Sonne«, flüsterte Felix und blickte versonnen auf den Monte Vettore, hinter dem sich gerade die ersten Sonnenstrahlen hervorwagten. Paula schmiegte sich etwas fester an Felix, blieb aber ansonsten weiterhin völlig regungslos hinter ihm stehen. Er spürte die Wärme ihres Körpers.

»Ich war noch nie so glücklich in meinem Leben wie heute«, hauchte sie so leise, dass Felix Mühe hatte, die Worte zu verstehen.

Felix drehte sich zu ihr um, nahm sie in seine Arme und küsste sie lange und inniglich auf den Mund. Es war der erste intime und leidenschaftliche Kontakt, seit sie sich kannten, und für ihn, das erste Mal seit dem Unfall seiner Frau, dass ein Kuss, eine Umarmung, ein Körperberührung einen solch unkontrollierbaren Gefühlssturm bei ihm auslöste, der ihn betäubte und zu gleicher Zeit sexuell stark erregte. Als er die Augen öffnete und sie sich ansahen, lag ein feuchter Schimmer in seinen Augen. Er hielt sie immer noch fest in seinen Armen, und als er seinen Kopf wegdrehen wollte, weil er sich vor Paula wegen seines hemmungslosen Gefühlsausbruchs schämte, löste sich Paula von ihm und bedeckte seine Gesicht mit ihren Küssen.

Felix schob Paula ein Stückchen von sich weg.

»Entschuldige bitte meine Sentimentalität. Aber es kommt mir hier alles so traumhaft vor, so überwältigend, so …«

Er unterbrach sich und suchte verzweifelt nach Worten.

»Ich kann es nicht ausdrücken, es kommt so vieles zusammen. Du, die überwältigende Natur, wir, eine Einheit, die von einem unglaublichen achtungsvollen, liebevollen gegenseitigen Verständnis geprägt ist.«

»Was soll ich da entschuldigen? Ich mag Männer, die fähig sind, ihre Gefühle zu zeigen … Nein, das ist nicht ganz richtig. Ich mag *dich* so. Als Mädchen habe ich Jungs, die ihre Gefühle frei äußerten, mit Nichtbeachtung bestraft … mit Ausnahme einer Zeitspanne, in der ich als Achtzehnjährige einmal fest liiert war. Als erwachsene Frau waren mir in den letzten Jahren sentimentale Männer suspekt. Ich wollte mich auf nichts einlassen und erwartete das auch von den Männern. Männlichkeit war in dieser Zeit für mich überwiegend mit unsentimentaler Triebhaftigkeit verbunden. Bei dir ist das ganz anders. Du erinnerst mich an meinen Großvater, den ich sehr geliebt hatte …«

»So, so, an deinen Großvater erinnere ich dich also. Das ist ja nett von dir, dass du mich auf mein Alter aufmerksam machst«, warf Felix gespielt indigniert dazwischen.

»Tu nicht so entrüstet. Du weißt, dass ich das nicht so meine, wie du mir das jetzt zu unterstellen versuchst. Das Alter ist mir völlig wurscht, und ich hoffe, das weißt du. Ich will sagen, dass mein Opa der einfühlsamste Mann war, den ich bisher in meinem Leben kannte, und ich liebte ihn deswegen. Und wenn er Tränen in den Augen hatte, war das kein Ausdruck von Senilität, sondern von Mitgefühl, Empfindsamkeit und Größe.«

»Entschuldige bitte, das war dumm von mir. Aber das Alter berührt eine empfindliche Seite in mir. Du bist jung und hübsch, was hast du von einem fünfzigjährigen alten Knacker.«

»Du kokettierst. Du bist ein wunderbarer Mensch. Nichts an dir ist alt, aber auch gar nichts.«

»Du urteilst über etwas, was du nicht kennst.«

»Ich glaube an das, was ich sehe.«

»Und was siehst du?«

»Ich sagte es bereits: einen einzigartigen, wundervollen Menschen und einen sehr attraktiven Mann.«

»Ich glaube, ich muss aufpassen, dass ich nicht schon wieder von meinen Gefühlen überwältigt werde.«

Felix schloss sie in seine Arme und drückte sie fest an sich.

»Lass uns zum Frühstücken runtergehen. Ich habe Appetit bekommen, und wir haben noch viel vor heute«, sagte Paula und löste sich aus seiner Umarmung. »Du bist noch viel mehr als das. Aber um meine wirklichen Empfindungen auszudrücken, fehlen *mir* die Worte«, fügte sie noch hinzu und nahm seine Hand, um mit ihm nach unten in den Frühstücksraum zu gehen.

In dem kleinen, einfach und rustikal eingerichteten Zimmer waren sie die einzigen Frühstücksgäste. Die Besitzerin des Hotels, eine liebenswürdige ältere Dame, bediente sie mit ausgesuchter, ungewöhnlicher Aufmerksamkeit. Ihre Blicke wechselten fragend zwischen Paula und Felix hin und her. Felix hatte diese versteckt musternden Blicke schon häufig beobachtet, seit er mit Paula zusammen war. Sie schienen abzuwägen, ob er der Vater, der Liebhaber oder nur ein Bekannter, ein Freund von Paula sei. Sie tastete verstohlen Paula ab und lächelte sie an, sobald sich ihre Blicke kreuzten. Als sie fertig gefrühstückt hatten und aufbrechen wollten, kam die Wirtin auf Paula zu und hieß sie willkommen in der Heimat. Paula blickte sie verdattert an und verstand nicht, was sie meinte.

»Sie müssen mich verwechseln, Signora. Ich bin nicht von hier.«

»Sie sind aber doch die Tochter von Vittoria Morales und die Urenkelin von Vittorio Sacco?«

»Ja, das stimmt.«

»Dann ist hier auch ihre Heimat und wir wünschen Ihnen, dass Sie sich wohl fühlen. Vittorio ist ja ganz aus dem Häuschen, seit er weiß, dass seine Urenkelin lebt und sie ihn aus Frankfurt besuchen kommt. Ich habe das Nummernschild ihres Autos gesehen und mir zusammengereimt, dass sie Paula sind. Entschuldigen Sie, dass ich Sie einfach so anspreche, aber das ganze Dorf redet schon seit langem von ihrer glücklichen Heimkehr und der Pfarrer hat in der Kirche ein Dankgebet gesprochen. Sie müssen wissen, die Saccos kommen ursprünglich aus dem Ortsteil Castelluccio, und er war hier sogar vor einiger Zeit Bürgermeister. Vittorio ist erst vor einem Jahr nach Norcia gezogen, weil es ihm gesundheitlich nicht mehr ganz so gut geht und er jetzt mehr Betreuung braucht, die er in Norcia von seinen Verwandten in liebevoller Weise bekommt.«

Paula blickte zu Felix, der mit schmunzelndem Gesicht neben ihr stand.

»Du bist eine kleine Berühmtheit hier«, sagte er auf Deutsch zu ihr, so dass die Signora ihn nicht verstehen konnte.

Paula schüttelte ungläubig den Kopf und sagte ebenfalls auf Deutsch.

»Scheint so. Das ist ja unglaublich, was meine Person für einen Wirbel hier verursacht. Ich bin doch nur eine Urenkelin.«

Zu der Hotelbesitzerin gewandt sagte sie auf Italienisch: »Vielen Dank für den Willkommensgruß, Signora.«

»Ich freue mich, Sie hier beherbergen zu dürfen, das gilt natürlich auch für Sie, Signore Professore Kohn. Richten Sie Vittorio bitte Grüße von mir aus.«

Aus ihrem Gesicht war nicht herauszulesen, was sie über Felix Kohns Beziehung zu Paula vermutete. Sie strahlte ihre beiden Gäste aus Deutschland liebenswürdig an und begleitete sie bis zu ihrem Wagen.

Es war nur eine kurze Fahrt nach Norcia und trotzdem reichte diese Zeitspanne aus, um Paulas Nervositätskurve wieder stark nach oben schnellen zu lassen. Felix fuhr. Immer wieder schaute sie ihn von der Seite fragend an, sie rauchte hastig und prüfte ihr Gesicht und ihre Frisur zum x-ten Mal im Spiegel. Sie parkten auf dem Piazza San Benedetto. Sie hatten noch Zeit, da sie erst gegen Mittag in der Wohnung von Vittorio Sacco erwartet wurden.

»Komm, ich will dir etwas zeigen«, sagte sie und nahm Felix an die Hand. Er schaute sie fragend an, sagte aber nichts, und ließ sich von ihr bereitwillig führen, bis sie in ein winziges Gässchen kamen und Paula vor einer kleinen Pension stehen blieb. Sie zeigte auf ein mit roten Fensterläden verschlossenes Fenster und wollte etwas sagen, aber die Worte fanden keinen Weg aus ihrem Körper, die Stimme schien ihr den Gehorsam zu verweigern. Sie räusperte sich ein paar Mal.

»Hier habe ich vor knapp siebzehn Jahren einmal gewohnt.«

Felix schnappte nach Luft und sah sie ungläubig an.

»Du warst schon einmal in Norcia! Warum hast du mir nie etwas davon erzählt?«

»Es war eine dunkle Zeit und ich rede nicht gerne darüber. Es ist schon lange her und ich war damals noch ein junges, unerfahrenes, gutgläubiges Mädchen, das schwer enttäuscht worden war vom Leben. Es ist vorbei und vergessen.«

»Möchtest du mir nicht sagen, was damals passiert ist? Du weißt genauso wie ich, dass nichts vorbei und vergessen ist im Leben. Alles Vergangene ist lebendig in einem und verändert das Leben, das wiederum das Erlebte verändert.«

»Felix, ich war unsäglich verliebt, wie das nur junge Mädchen so sein können, und bin von einem Jungen schrecklich hintergangen und erniedrigt worden. Meine poetisch begabte Freundin Jette hat das damals einmal so ausgedrückt: Die Blüten der Liebe, die ich leichtherzig in luftiger Höhe in den Wipfeln des Dschungels der Sinne gepflückt hatte, waren mit einem Mal verblüht und torkelten nun grau und verdorrt zur Erde.«

»Wie nahe dir das alles doch noch ist! Es tut mir leid, dass dieser Ort mit so unangenehmen Erinnerungen für dich verbunden ist. Und jetzt hat dich der Zufall wieder hierher geführt.«

»Du sagst Zufall, ich bin mir aber nicht ganz sicher, ob da nicht doch die Hand Gottes meinen Finger über die Landkarte geführt hatte, als ich damals einen Fluchtweg aus der tiefen Krise suchte, oder meinetwegen, nenne es Schicksal.«

»Ich bleibe lieber bei Zufall. Ich würde dir aber insoweit entgegenkommen, dass ich glaube, dass Zufälle nicht unabhängig von individuellen Lebenslinien geschehen, also nicht absolut zufällig sind. Einem konkreten Menschen können nicht x-beliebige Ereignisse zustoßen, sondern aus der unendlichen Zahl von Möglichkeiten nur ein begrenzter Anteil. Insofern kann man auch von Schicksal reden, wenn man damit meint, dass das vergangene Leben in gewissem Sinne das zukünftige schicksalshaft bestimmt. Wer weiß es schon: dass du mich kennengelernt hast und mit mir hier bist, hängt vielleicht bis zu einem gewissen Grad damit zusammen, was dir damals widerfahren ist. Das Schicksal klopft, wie auch das Glück, nicht an und fragt nicht, sondern tritt ein. Nochmals Paula, wenn du mit mir über die damals gemachten schlechten Erfahrungen reden willst, du weißt, du kannst jederzeit auf mich zählen … Warum lächelst du?«, unterbrach sich Felix.

»Nichts, Felix. Du bist einfach süß.«

Sie sagte ihm nicht, dass sie über ihn lächeln musste wegen seiner Art, über alles sehr ausholend und leicht dozierend zu sprechen und sei es nur über einen flüchtig dahingeworfenen Satz. Aber sie liebte ihn. So wie er war.

»Ja, ich weiß, dass ich auf dich zählen kann, und ich bin glücklich, dass ich jemanden habe, mit dem ich über so vieles sprechen kann und der auf alles so kluge Antworten hat. Ich danke dir dafür. Aber es war nicht nur die Erfahrung der enttäuschten Liebe einer jungen Frau, die sich in mein Gehirn gefräst und Spuren hinterlassen hat, sondern die enttäuschte Liebe verband sich mit anderen schrecklichen Geschehnissen in dieser Zeit, die mich selbst betrafen, über die ich aber jetzt nicht reden möchte. Nicht heute, wo ich einen neuen Großvater gewinne, den ich damals unter anderem auch verloren hatte.«

Felix erinnerte sich, dass Paula, als sie erfahren hatte, dass ihre Großeltern in Chile den Freitod gewählt hatten, gesagt hatte, dass das wohl in der Familie liege. Ihm blieb damals unklar, was das bedeutete. Hatte ihr Großvater auch Selbstmord begangen, oder bezog sie das auf sich selbst? Sie hatte nie mit ihm darüber geredet.

»Wie du willst, wir haben viel Zeit, viel gemeinsame Zeit vor uns.«

»Ja, und das ist schön zu wissen. Die Zukunft ist das Einzige, was einem ganz allein gehört und man sollte pfleglich damit umgehen. Ich werde es dir ein andermal erzählen. Nur so viel: Ich hatte seit damals die Hoffnung, je wieder lieben zu können, aufgegeben – und auch die Hoffnung, je wieder von einem Mann geliebt zu werden. Heute muss ich erkennen, dass man die Hoffnung nie aufgeben darf. Sonst bleibt einem nichts mehr als der Tod – man fühlt sich lebendig begraben. Ich kann wieder lieben. Und ob ich geliebt werden kann, wird sich zeigen. Wichtiger als Liebe zu empfangen, ist mir heute, lieben zu können. Ich denke, alles andere wird sich aus dieser neu gewonnenen Fähigkeit ergeben.«

Felix nahm sie in seine Arme und drückte sie fest an sich.

Er hatte schon wieder feuchte Augen bekommen, aber diesmal sah es Paula nicht. Was bist du doch für ein sentimentaler Trottel. Aber lassen sich Glücksgefühle unterdrücken? Sie sind entweder da oder nicht da, dachte er bei sich.

Auch er hatte die Hoffnung, jemals wieder eine Frau innig lieben zu können, vor dreizehn Jahren verloren. Paulas Worte berührten ihn zutiefst, weil ihm bewusst wurde, dass die Gefühle, die in ihm in den letzten Monaten gekeimt waren, denjenigen, die er damals für seine Frau Julie verspürte, sehr nahe kamen. Er hatte sich bis jetzt davor gescheut, seine Empfindungen Paula gegenüber Liebe zu nennen, und in einem ersten Impuls glaubte er, Julie zu verraten, wenn er diesen Gefühlen freien Lauf ließe. Sie hatte tief in seinem Herzen immer noch einen festen, unanfechtbaren Platz inne, und nicht selten führte er mit ihr imaginäre Zwiegespräche, die seine Verbundenheit zu ihr stärkten und sie lebendig hielten. Aber jetzt, in diesem Moment, als er Paulas weichen Körper spürte, der sich an ihn schmiegte, als er den Duft ihrer Haare einsog, als ihn der Zauber der innigen Zweisamkeit umfing, meinte er die Glückseligkeit zu spüren, die nur die Liebe hervorrufen kann. Er war sich nicht sicher, ob Liebe alles entschuldigt, aber er war überzeugt, dass Julie, wenn sie in sein Inneres sehen könnte, sein Verhalten billigen würde.

»Du hast mir Wunderbares gegeben. Du hast mich mir selber zurückgegeben. Ich habe durch dich Mut zum Leben bekommen. Mut, der so viele Jahre hinter verschlossenen Toren eingekerkert war. Du hast die Tore geöffnet«, hörte er Paula in sein Ohr flüstern. »Ich hoffe, ich kann dir jemals ein bisschen von dem zurückgeben, was du mir gegeben hast.«

Felix presste sie noch fester an sich und küsste sie, wie sich nur Liebende küssen können: zärtlich, weltverloren, hingebungsvoll, glückstrunken, fordernd und hemmungslos – und all das in einem einzigen Augenblick vereint.

Um halb zwölf klingelte Paula an dem Haus ihres Urgroßvaters. An der Tür erschien ein kleiner, kugelrunder Mann mit von Leberflecken übersätem Mondgesicht und begrüßte Paula mit einer Umarmung und Felix mit einem Handschlag. Er stellte sich als Cousin von Julia vor, Vittorios verstorbener Frau, und führte sie, fortwährend redend, durch einen langen Flur in den hinteren Teil des Hauses. An den Wänden waren nach Jahreszahl geordnete Urkunden und Auszeichnungen der Landwirtschaftskammer für den Trüffelhändler Vittorio Sacco aufgereiht. Am Ende des Ganges öffnete ihr Begleiter eine große Flügeltür und ließ Paula und Felix mit einer ausladenden Handbewegung, gebeugtem Oberkörper und grinsendem Gesicht eintreten.

Paula griff nach Felix‘ Arm und blieb stocksteif stehen. Sie war völlig überwältigt von dem Anblick, der sich ihr darbot. Vor ihr standen mindestens dreißig Menschen, die klatschten als sie eintraten. Auf einem Sessel, in der Mitte des Raumes, saß oder präziser thronte Vittorio. Kleine, listig blickende und leicht nässende Schweinsäuglein richteten sich auf Paula und musterten sie. Vittorio erhob sich von seinem Sessel und strahlte sie, auf einen Stock gestützt, an. Er war groß und schlank, sein Gesicht war blass und schon etwas eingefallen, so dass sich die Backenknochen wie kleine spitze Hügel auf dem Gesicht abzeichneten und die markante Nase größer wirken ließ, als sie tatsächlich war. Wie Felix sogleich auffiel, hatte er auf der linken Schläfe das gleiche Muttermal wie Paula. Mit einer rauen, stark näselnden Stimme hieß Vittorio Paula herzlich Willkommen im Haus der Familie Sacco.

»Was für eine hübsche Urenkelin ich doch habe! Du bist deiner Mutter wie aus dem Gesicht geschnitten«, rief er mit lauter Stimme stolz in den Raum, so dass es auch bestimmt jeder hören konnte. »Komm, mein Fleisch und Blut, lass dich umarmen.«

Er legte seinen Stock beiseite, winkte sie zu sich und breitete seine Arme aus. Paula schaute kurz, mit kaum unterdrückten Tränen in den Augen zu Felix, löste sich dann von ihm und ging auf ihren Urgroßvater zu. Als sie sich in die Arme nahmen, schwoll das Klatschen an, durchmischt mit Willkommens- und Hochrufen. Nach der Begrüßung durch den Hausherrn wurde Paula von Person zu Person weitergereicht und von allen anwesenden Verwandten und Freunden Vittorios stürmisch umarmt und abgeküsst.

Nach dieser Begrüßungszeremonie, auf der reichlich Wein und Grappa angeboten und mit ausgelassener südlicher Freude die glückliche Heimkehr von Paula gefeiert wurde, zog sich ein Teil der Freunde Vittorios diskret zurück und Vittorio bat den offenbar engeren Freundes- und Familienkreis, der immer noch etwa fünfzehn Personen umfasste, zu Tisch. Er hatte für Paula und ihren Begleiter ein opulentes Mittagessen vorbereiten lassen. Viele der Gäste ergriffen die Gelegenheit, mehr oder weniger lange Reden zu halten und an die Vergangenheit der Familie Sacco zu erinnern und einen Trinkspruch auf die glückliche Heimkehr der verloren geglaubten Urenkelin auszusprechen.

Nach dem Essen, das sich bis in den späten Nachmittag hinzog, setzte sich Vittorio mit Paula auf ein Sofa und zeigte ihr Familienbilder, die er aus einer großen Holzschachtel mit verschließbarem Deckel fischte. Bilder, die ihn zusammen mit seiner Frau und Paulas Großeltern vor dem Hintergrund eines ansehnlichen Hauses zeigte, auf dem mit großen Lettern *Sacco – Trüffelgroßhandel – Castelluccio* geschrieben stand. Er zeigte ihr Bilder von dem Haus ihrer Großeltern in Santiago de Chile, das jetzt ihr gehöre, wie Vittorio ihr mitteilte. Er habe alle notwendigen Dokumente schon vorbereiten lassen, und sie müsse nun nur noch unterschreiben. Zum Schluss reichte er ihr ein Foto, das alle drei Generationen zusammen zeigte: Paulas Eltern, Großeltern und Urgroßeltern. Es wurde bei der Hochzeit ihrer Mutter Vittoria mit Raul Morales in dem Haus in Santiago aufgenommen. Paula war tief von den Bildern berührt und konnte sich von dem letzten Familienfoto kaum noch lösen. Zum ersten Mal sah sie ihre Mutter und ihren Vater, ihre Großmutter und ihren Großvater.

»Deine Eltern haben 1972 geheiratet. Antonio und Maria Sacco, deine Großeltern, haben uns zu der Hochzeit nach Santiago eingeladen. Es war eine schöne Feier und wir konnten unseren Sohn und unsere Schwiegertochter nach ihrer Auswanderung aus Italien wiedersehen. Es war das erste Mal nach über zwanzig Jahren! Und genauso wichtig, wir sahen zum ersten Mal überhaupt unsere Enkelin Vittoria, die 1950, ein knappes Jahr nach der Ankunft von Antonio und Maria in Chile geboren worden war.«

»Warum ist dein Sohn mit seiner Frau ausgewandert?«, fragte Paula.

»1949 war Italien ein armes Land. Hier in der Umgebung gab es keine Arbeit und der Trüffelhandel, den ich damals gerade begann, warf zu wenig ab, um zwei Familien ernähren zu können. Antonio war nicht nur ein unternehmungslustiger und gewitzter Kerl sondern auch überzeugt davon, seinen Weg in Südamerika machen zu können. Und tatsächlich, er wurde ein erfolgreicher Geschäftsmann. Er machte sich bald nach der Ankunft in Chile selbständig und baute einen gut gehenden Weingroßhandel aus dem Nichts auf. Schon nach zehn Jahren konnte er sich das schöne Haus in Santiago bauen, das du hier auf dem Foto sehen kannst. Und nicht nur das. Er hatte sich nebenher auch politisch engagiert und war glühender Verfechter der sozialen Revolution, die mit dem Namen Allende verbunden ist.«

Der Cousin von Vittorio, der Paula die Tür geöffnet und bisher still zugehört hatte, schaltete sich in das Gespräch ein und sagte zu Paula gewandt:

»Du musst wissen, dass dein Urgroßvater damals in den dreißiger und vierziger Jahren ein heißblütiger Kämpfer gegen den Faschismus war. Sein Sohn Antonio hat also nur sein Erbe weitergeführt, und auch dessen Tochter, deine Mutter, hatte wohl noch ein rebellisches Gen in sich.«

»Du übertreibst, Giorgio. Ja, ich habe Mussolini gehasst, aber ich war kein heißblütiger Kämpfer. Ich habe getan, was ich damals als meine Pflicht ansah. Ich habe keinen hohen Preis gezahlt, für das was ich tat.«

»Immerhin warst du ein halbes Jahr im Gefängnis«, widersprach Giorgio.

»Was ist ein halbes Jahr Gefängnis gegen den Preis, den Vittoria und Raul für ihr Engagement bezahlen mussten! Zwei herzensgute, mitfühlende Menschen, die beide eine glänzende Zukunft vor sich hatten. Raul studierte damals Politik und Wirtschaft und Vittoria wollte Lehrerin werden. Sie kämpften für Gerechtigkeit und Freiheit gegen einen übermächtigen und skrupellosen Feind. Sie hatten keine Chance.«

Vittorios Stimme versagte ihm seinen Dienst, und er musste sich mit einem Taschentuch die Tränen aus den Augen wischen.

»Lass‘ uns heute nicht weiter davon reden, Paula. Es fällt mir so schwer, auch heute noch, nach fünfunddreißig Jahren. Ich freue mich so sehr, dass du lebst und hier bist. Nur das ist jetzt wichtig und die Vergangenheit soll erst einmal ruhen.«

Vittorio legte vorsichtig die Fotos wieder zurück in das Holzkästchen und überreichte es Paula.

»Ich möchte dir diese Bilder gerne schenken. Du bist der letzte direkte Nachkomme meiner Familie, und ich denke, sie sind bei dir gut aufgehoben und du wirst sie in Ehren halten.«

»Ich kann sie nicht annehmen, es sind doch *deine* Erinnerungen.«

»Ich habe mir die Bilder schon tausend Mal angesehen und kenne sie in- und auswendig. Du würdest mir eine Freude damit machen. Wenn ich sterbe, und so sehr lange werde ich wahrscheinlich nicht mehr leben, gehören sie sowieso dir.«

Paula gab ihm einen zärtlichen Kuss auf die hagere Wange.

»Danke, du gibst mir einen großen Schatz. Und danke auch dafür, dass ihr alle mich so herzlich in die Familie aufgenommen habt. Es war ein herrlicher Tag heute. Ich hatte nie eine richtige, große Familie und jetzt kann ich mich vor Verwandtschaft kaum noch retten.«

Vittorio schmunzelte.

»Du weißt ja, Familie liegt uns Italienern im Blut. Es tut mir leid, wenn du dieses Gefühl, in einer Großfamilie Geborgenheit zu finden, bislang entbehren musstest ... Aber was rede ich die ganze Zeit, Familie hin und her, es ist spät und ich bin müde geworden. So viel Glück ist anstrengend. Verzeih, wenn ich mich also zurückziehe und dich dir selbst und deinem Freund überlasse …»

Er unterbrach sich, beugte sich zu ihr und flüsterte ihr geheimnistuerisch ins Ohr: »Er ist übrigens sehr sympathisch, dein Freund.«

Laut sagte er zu Felix gewandt: »Passen sie gut auf das hübsche Kind auf.«

Er erhob sich mühsam aus dem Sofa und umarmte beide zum Abschied.

»Wir sehen uns dann morgen wieder, dann zeige ich euch Norcia und wir machen mit dem Wagen eine kleine Tour durch das Piano Grande. Mögt ihr Trüffel? Ich werde euch einen Platz verraten, wo die besten Exemplare zu finden sind. Und, liebe Paula, wir zwei werden morgen dann noch ausreichend Zeit haben, zu plaudern. Du kannst mich ausquetschen, solange du willst und über was auch immer. Wer weiß, wie lange ich noch in der Lage bin, dir von der Vergangenheit zu erzählen.«

Paula bat Felix, zu fahren, weil sie sich jetzt nicht konzentrieren konnte. Die Fülle der Erlebnisse und Eindrücke hatten sie aufgewühlt und viel Energie gekostet, was sich jetzt in einer trägen Müdigkeit äußerte. Paula lehnte ihren Kopf an Felix‘ Schulter, während dieser, seine Augen mehr auf die Umgebung als auf die Straße gerichtet, gemächlich durch die abendruhige Landschaft mit blökenden Schafen und weidenden Pferden, zwischen denen ausgelassene Fohlen herumtollten, nach Castelluccio zurück fuhr.

Nachdem sie eine Weile still unterwegs waren, sagte Paula leise, mehr für sich als für die Ohren von Felix bestimmt: »Es war ein wunderschöner Tag heute und ich bin überglücklich über diesen grandiosen Empfang. Aber ist das nicht alles auch irgendwie befremdlich und absurd? Ich kenne die Leute nicht und sie mich nicht. Die Grenzen der natürlichen sozialen Distanz wurden einfach übersprungen, sie taten alle so, als ob sie mich seit urdenklichen Zeiten kennen würden und hatten doch keine Ahnung von mir.«

Felix sagte nichts. Paula erwartete auch keine Antwort.

Sie kuschelte sich noch näher an ihn und streichelte über seine Nackenhaare. Rechts und links der Strecke breiteten sich mit rotem Klatschmohn durchsetzte Wiesen aus, die tiefstehende Sonne, die jeden Augenblick hinter der Bergkette verschwinden würde, bildete einen gleißenden Strahlenglanz. Plötzlich sagte sie laut und deutlich: »Kann ein Mensch jemanden lieben, ohne den, den er liebt, genau zu kennen? Sag Felix, was glaubst du?«

Sie war darauf vorbereitet, dass sie auch diesmal eine eher ausführliche Felix-Antwort bekommen würde, aber er sagte lediglich ein knappes: »Ja.«

Paula hob den Kopf und sah ihn von der Seite an.

»Mehr hast du dazu nicht zu sagen?«

»Nein.«

Paula schwieg eine Weile und fragte dann leise.

»Liebst du mich?«

»Ich denke ja.«

»Du denkst, du liebst mich. Habe ich dich da richtig verstanden?«

»Ja.«

»Das heißt, du weißt es nicht. Du könntest also auch eine andere lieben?«

Felix zögerte mit der Antwort.

»Ja, könnte ich, tu ich aber nicht.«

»Du *glaubst*, mich zu lieben, du liebst mich also nicht richtig.«

»Was verstehst du unter richtig?«

»Wenn du nur mich liebst und keine andere lieben könntest.«

»Ich habe früher eine andere geliebt und habe nicht gedacht, dass ich noch einmal eine Frau lieben könnte. Jetzt liebe ich eine andere Frau. Das Leben, mein Lebensweg hat mich in deine Nähe und zu dir geführt, aber es hätte möglicherweise auch eine andere sein können, bei der sich so etwas wie Liebe hätte entfachen können. Ich weiß nicht wie und warum sich Liebesglut entzündet und ich möchte es auch gar nicht wissen. Es ist ein menschliches Mysterium. Was ich weiß, ist, dass ich dich *jetzt* liebe.«

Paula erinnerte sich, dass Jette, als sie sie an ihrem achtundzwanzigsten Geburtstag vor jetzt acht Jahren besucht hatte, fast wörtlich dasselbe über das Mysterium der Liebe gesagt hatte: ›Liebe ist ein Mysterium‹ und dann hatte sie noch hinzugefügt, dass dieses Mysterium nicht so sehr darin begründet ist, dass du liebst, sondern genauso darin, dass ein anderer dich liebt oder lieben kann. Wie recht sie doch damit hatte, dachte sie, und noch mehr war sie erstaunt darüber, wie sich die Gedankengänge von zwei ihr am nächsten stehenden Menschen glichen.

Laut sagte sie: »Das ist aber nicht sehr charmant, mir zu sagen, dass du auch eine andere hättest lieben können. Kannst du dir vorstellen, dass das eine Frau nicht so gerne hört?«

»Doch, ja, das kann ich. Niemand will das gerne hören. Auch ich nicht. Aber ich bin überzeugt, dass es so ist, und weil ich dich liebe, möchte ich dir die Wahrheit sagen. Ich glaube, dass Liebe Wahrheit verträgt, vertragen muss.«

»Und warum denkst du, dass du mich jetzt liebst?«

»Ich fühle mich wohl bei dir und bin glücklich mit dir …«, er unterbrach sich.

»Ist das alles, was dir zu Liebe einfällt? Man fühlt sich auch bei Menschen wohl, die man nicht liebt und man kann auch ohne Liebe glücklich sein.«

»Du stellst Fragen, die nicht leicht zu beantworten sind und ich muss erst einmal nachdenken. Sehr schwierig, wirklich. Warum denke ich, dass ich dich liebe?«

»Ja, denke gut nach und sag jetzt nichts Falsches, mein Lieber«, sagte sie mit ironischem Tonfall.

»Ich bin nicht davon überzeugt, dass man, wie du sagst, ohne Liebe glücklich sein oder Glücksmomente erleben kann. Selbst wenn jemand beim Anblick einer schönen Blume Glücksgefühle hat, entwickeln sich diese nicht ohne Liebe, ohne Liebe zu dieser Blume eben. Um Augenblicke des Glücks erleben zu können, sind Zuwendung, Hingebung, Öffnung und eine ordentliche Portion Weltvergessenheit zu einem Objekt oder einer Person unerlässlich. Alles das aber sind unabdingbare Charakterzüge von Liebe. Glück und Liebe sind zwei Seiten einer Medaille. Das eine kann ohne das andere nicht existieren. Liebe macht glücklich und Glück ist die Offenbarung von Liebe. Aber auch das reicht natürlich noch nicht als Erklärung dafür, warum ich *dich* liebe. Es fehlen zwei wichtige Komponenten: Erotik und Verständnis. Ich begehre dich, ich habe Verlangen nach dir, wenn ich nur an dich denke und natürlich noch mehr, wenn ich dich sehe, dich rieche, du bei mir bist. Du bist aber nicht nur begehrenswert, sondern auch, und das ist die zweite Komponente, ein Mensch, bei dem ich das Gefühl habe, alles mit ihm teilen zu können. Wir haben wundervolle Gespräche geführt, ohne den Zwang, überzeugen zu müssen, ohne Besserwisserei und ohne jemals das Gefühl zu haben, nicht mehr sich selbst leben zu können.«

Paula lehnte sich wieder an seine Schulter und blieb lange still lächelnd neben ihm sitzen.

»Es ist wunderschön, was du eben gesagt hast. Danke. Ich weiß nicht, womit ich das verdient habe.«

»Liebe verdient man sich nicht, sie kommt einfach.«

»Bist du wirklich so romantisch? Ich glaube, dass man sich auch Liebe, wie so vieles im Leben, verdienen muss, sonst kann sie nicht gedeihen und welkt rasch.«

»Wenn die Liebe da ist, dann muss man sie auch pflegen, das ist richtig. Man muss dann alles tun, um jegliche Zweifel an ihrer Existenz aus dem Weg zu räumen.«

»Ich meine noch etwas anderes. In meinem Alter fällt die Liebe nicht mehr so einfach vom Himmel, wenn sie denn von da kommen sollte. Ich zum Beispiel habe große Blockaden gehabt, jemanden an mich heranzulassen. Auch wenn ich geglaubt habe, verliebt zu sein, hat sich das nie in so etwas wie Liebe, wie du es definiert hast, transformiert. Irgendetwas in mir hat befohlen: bis hierhin und nicht weiter. Und ich habe mich stets dieser inneren Stimme gebeugt. Allmählich war ich überzeugt davon, dass deine sogenannten Ingredienzen der Liebe, wie Hingebung, Öffnung und Weltverlorenheit, für mich unwiederbringlich verloren sind. Ich hatte mich sehr schnell in dich verliebt und dann entwickelte sich etwas, an das ich nicht mehr geglaubt hatte. Ein ungemein tiefes Gefühl der Zuneigung, das die früher vorhandenen Schlagbäume in mir hinwegfegte. Nachdem diese gefallen waren, vergrößerte sich die Angst, dich zu verlieren. Sie wuchs so sehr, dass ich erwog, dich zu verlassen, um dieser Angst zu entgehen. Nach einiger Zeit und vielen guten Gesprächen und Erlebnissen mit dir wurde mir die Absurdität dieses Vorhabens klar: aus Angst vor dem Tod begeht man Selbstmord. Ich wollte mich schon einmal aus dem Leben schleichen, ein zweites Mal kam das für mich nicht in Frage. Ich wollte einen Versuch wagen und das Prinzip des Gebens und Nehmens, die Nutzenoptimierung, die mein Leben bisher geprägt hat, außer Kraft setzen. Ich entschloss mich, zu lieben, ohne Gegenliebe zu erwarten. Übrigens ein Gedanke, den mir meine Freundin Jette schon vor vielen Jahren einmal nahegelegt hatte, den ich aber damals nicht akzeptierte. Ich nahm dich so, wie du eben bist, und war glücklich, dich lieben zu dürfen. Und was ist passiert? Ein Wunder! Ich kann nicht nur lieben, sondern werde zurückgeliebt. Ich hatte mich entschlossen, mich der Liebe zu dir hinzugeben, was mich, wie gesagt, schon beglückte. Und was ernte ich nun? Liebe. Und das meine ich, wenn ich vorhin fragte, womit ich deine Liebe verdient habe. Ich habe nichts gemacht als zu lieben, und zu versuchen, dich zu verstehen. Aber vielleicht ist das ja der Verdienst, der mit Liebe bezahlt wird.«

Felix legte einen Arm um ihre Schultern und drückte sie an sich, während er langsam weiterfuhr.

»Was du gesagt hast, macht mich betroffen und gleichzeitig sehr glücklich. Ich ahnte nicht, dass du früher einmal solch eine schwere Zeit durchgemacht hattest. Du hast genau das ausgedrückt, was ich versucht habe, wieder einmal leider sehr akademisch, zu umschreiben. Der Liebesdienst ist ein Paradoxon: ich gebe, ohne die Absicht, dafür etwas zu bekommen, und erhalte gerade das, was nicht beabsichtigt war, als Lohn. Ich fordere nicht und bekomme das Geforderte; ich bin da, ohne dass ich gebraucht werde; ich bin ein grundloser Grund. Liebe ist in der Tat ein so flüchtiges, ungreifbares, seltsames Wesen, das mit uns zur Verfügung stehender Begrifflichkeit und Sprache nur schwer zu fassen ist. Aber ist es erst einmal in der Welt, muss es genährt werden, mit dem, was es am meisten Bedarf: mit fortwährender Aufmerksamkeit, Zuneigung, Erotik und Leidenschaft. Du hast gesagt, dass in deinem Alter die Liebe nicht mehr vom Himmel fällt. Man verliebt sich nicht mehr so schnell und schnörkellos. Das ist vollkommen richtig und gilt ähnlich auch für mich. Deswegen kann ich es kaum fassen, dass sich eine in der Blüte ihrer Jugend stehende Frau in mich verliebt hat, einen Mann im doch schon fortgeschrittenen Lebensalter.«

Paula lachte: »Du musst nicht fassungslos sein. Ich liebe dich, weil du so bist, wie du bist. Und dieser Mensch ist in meinen Augen in keiner Weise alt, sondern beweglich, erfrischend, lebenslustig, neugierig, aufmerksam, männlich und lebenserfahren. Ich kenne Männer, die wirken mit dreißig wie Fünfzigjährige. Bei dir ist das genau umgekehrt. Über deinen Körper kann ich ja leider noch nicht allzu viel sagen. Bisher hast du dessen Einzelheiten noch vor mir verborgen gehalten, aber auch der scheint, soweit ich das übersehen kann, ja noch ganz gut in Schuss zu sein. Oder habe ich da etwas übersehen?«

Die letzten Sätze sagte Paula mit einem leicht stichelnden Unterton und lachte ihn dabei fragend an.

»Sehr nett von dir, solche schmeichelhaften Vermutungen anzustellen. Aber im Vergleich zu deinem jugendlichen Körper muss ich da leider die Waffen strecken. Die Biologie lässt sich leider nicht so leicht überrumpeln und der Lebenswandel nagt auch etwas an der Festigkeit des Fleisches.«

»Sei nicht so bescheiden, das bist du doch sonst auch nicht. Du hast eine gute Figur und erste Falten zeigen sich bei mir schließlich auch schon.«

»Du kokettierst, Falten muss man bei dir mit der Lupe suchen und was ist ein knöcherner Männerbody schon gegen die Göttlichkeit eines weichen Frauenkörper, wie du einen hast.«

»Du scheinst ihn ja gut zu kennen. Hast du etwa heimlich durch das Schlüsselloch in meinem Badezimmer geschaut?«

»Hätt‘ ich gern, aber ich kann auch so zwei und zwei zusammenzählen und mir ein Fantasiebild zusammenbasteln.«

»Du Armer, ich hoffe, du hast genug Fantasie gehabt, um dir aus dem verhüllten Kunstwerk á la Christo ein schönes Bild zu puzzeln«, sagte sie schnippisch.

»Nun ja, ich habe es versucht, so gut es eben ging. Ob es mit der Wirklichkeit übereinstimmt, kann ich natürlich nicht sagen.«

»Was würdest du davon halten, wenn deine Madame Christo ihre Verhüllungsaktion beenden würde und das Kunstwerk vor dir enthüllen würde? Dann bräuchtest du dein Fantasievermögen nicht mehr so strapazieren, beziehungsweise nur noch dann, wenn ich nicht da bin.«

»Die Idee könnte fast von mir stammen«, sagte Felix grinsend.

»Stammt sie aber nicht!«

Im Horizont erschien die Anhebung von Castelluccio und warf einen langen Schatten auf die in der Abendsonne bunt leuchtenden Wiesen. Felix steuerte jetzt den Wagen so schnell es ging durch die engen Gassen, die sich durch den Ort schlängelten und stoppte den Wagen vor der Pension. Eng umschlungen eilten sie durch die Vorhalle des Hotels und hatten keine Augen für die Wirtin, die sie wissend lächelnd beobachtete, wie sie die knarrende Treppe hoch in den ersten Stock stürmten.

»Zu wem wollen wir?«, fragte Felix.

»Gehen wir zu mir, ich habe im Gegensatz zu deinem Zimmer ein großes Doppelbett und kann finden, was ich brauche, ohne allzu lange unter einer Unmenge von herumliegenden Dingen suchen zu müssen.«

»Gut«, sagte Felix. »Wenn du glaubst, Erotik hat in ordentlichen Zimmern ein besseres Zuhause, dann gehen wir natürlich zu dir«, feixte er, nahm sie auf die Arme und trug sie in ihr aufgeräumtes Zimmer.

»Nanu, was ist denn das? Du trägst mich über die Türschwelle? Wie soll ich denn das interpretieren? Mein Gott, ich habe doch immer schon geahnt: du bist und bleibst ein unheilbarer Romantiker.«

Sie schlang ihren Arm um seinen Hals und strampelte gespielt mit ihren Beinen.

»Denk dir nicht zu viel dabei. Nimm es als das, was es ist: ein Liebhaber trägt unter Mobilisierung all seiner Kräfte seine Geliebte in ein fremdes, ordentliches Gästezimmer mit einem großen Doppelbett.«

»Du Schuft! Untersteh dich, andeuten zu wollen, dass ich dick bin oder was soll ich ›unter Mobilisierung aller Kräfte‹ verstehen«, spielte sie die Entrüstete und lachte ihn strahlend an.

»Nie und nimmer würde mir so etwas in den Sinn kommen. Ich bin zwar etwas unzurechnungsfähig im Moment, aber ich kann sehr wohl fühlen, was ich auf Händen trage, und das fühlt sich alles fest an. Nein, es bedeutet ganz einfach, dass ich kein Muskelprotz bin. Ich bin es nicht gewohnt, fünfzig Kilo herumzuschleppen.«

»Fünfzig Kilo? Ein Skelett bin ich also in deinen Augen.«

»Ich habe es immer schon gewusst, dass Frauen in Bezug auf ihre Figur und ihr Gewicht leicht wirr sind, und da machst du offensichtlich keine Ausnahme. Noch einmal, ich trage eine gut proportionierte Frau mit einer fantastischen Figur und Idealgewicht auf meinen Armen. Aber wenn wir das Problem noch länger im Stehen ausdiskutieren, kann es passieren, dass ich dich wegen Kräftemangel fallen lasse«, sagte Felix gespielt ächzend.

»*So* leicht kriegst du mich nicht los, mein Liebling«, sagte sie und schlang beide Arme noch fester um den Hals von Felix.

Felix trug Paula quer durch das Zimmer und legte sie behutsam auf das Bett. Hastig zogen sie sich gegenseitig aus. Seine Hände glitten über ihren ungeduldigen Körper, ihre

Brüste und die kleine, nur angedeutete Wölbung des Bauches. Er bedeckte sie mit zarten Küssen und flüsterte ihr ins Ohr: »Du bist wunderschön, Paula, viel schöner als in meinen Fantasien.«

Als Felix mit den Fingern über ihren Arm streichelte und er die Narbe am Unterarm spürte, ließ er seine Hand einen Augenblick ruhig liegen. Paula flüsterte mit geschlossenen Augen: »Es ist vorbei und heute ohne Bedeutung.«

Hingebung, Ergebenheit, Gefühle der Zerbrechlichkeit und Innigkeit, alles Regungen, die sie sich seit siebzehn langen Jahren verboten hatte, und die bisher ein kümmerliches Dasein im Verborgenen führten, wurden an die Oberfläche geschwemmt. Paula fühlte sich leicht, durchlässig und empfindsam. Jede Faser ihres Körpers war elektrisiert und die kleinste Berührung löste eine Sturzflut von sinnberauschenden Empfindungen aus.

Noch lange lagen sie eng umschlungen und konnten wie Kinder, die Freude an einem neuen Spiel gefunden haben, nicht mehr voneinander lassen. Unendlichkeit legte sich über sie und immer wieder neu wurden sie von dem Luststrom erfasst und genossen gemeinsam den Sinnenrausch der Ekstase.

Paula drängte sich ein Satz aus Zarathustra auf, dem sie dieses Mal voll und ganz zustimmte, und murmelte kaum hörbar vor sich hin: »Wollust ist nur dem Welken ein süßlich Gift, für die Löwen-Willigen aber Herzstärkung und der ehrfürchtig geschonte Wein der Weine.«

»Was hast du gesagt?«

»Nichts Wichtiges, es war nur so dahin gesagt. Ich wollte nur ausdrücken, dass ich dich liebe.«

»Ich liebe dich auch.«

X.

Wunden vernarben,
aber die Narben wachsen
zusammen mit uns.
Stanislaw Lec

»Sie ist an gebrochenem Herzen gestorben. Seit dem Tod unseres Vaters ist sie nie wieder richtig auf die Beine gekommen.«

Walter schlurfte langsam neben seiner Schwester den Kiesweg entlang, seine Augen waren noch gerötet von den vergossenen Tränen angesichts des unfassbaren Todes seiner Mutter.

»Ja, es ist schrecklich am Ende seines Lebens zu sagen, ich habe umsonst gelebt, ganz, ganz schrecklich«, stimmte seine Schwester ihm zu

Sie hakte sich bei ihrem kleinen Bruder ein. Gemeinsam gingen sie schweigend den breiten Weg des Hauptfriedhofs mit den schönen alten, schattenspendenden Baumbeständen in Richtung des monumentalen Portals an der Eckenheimer Landstraße. Es gab keinen Trost. Sandra Fröhlich war schon seit Jahren depressiv gewesen und drehte sich in einem zementierten Kreis, aus dem sie keinen Ausweg fand. Sie hatte ihrem Mann nie verziehen, dass er sich durch Selbstmord aus dem Leben geschlichen und ihr allein die Verantwortung für die Kinder überlassen und sie ohne finanzielle Mittel zurückgelassen hat. Sie musste mit ihren Kindern von Hartz IV leben und hatte stets darunter gelitten, ihren Kindern nichts, aber auch gar nichts bieten zu können. Ihr Bruder Walter war jetzt siebzehn und hatte vor einem Jahr die Schule verlassen. Gerne hätte seine Mutter gesehen, dass er studiert hätte wie seine Schwester, die ein Informatikstudium angefangen hatte. Sandra Fröhlich starb an Nierenversagen, wahrscheinlich wegen des zu hohen jahrelangen Tablettenkonsums, wie der Hausarzt behauptete. Ihr Sohn blieb dabei, dass das gebrochene Herz ihren Tod herbeigeführt hatte.

Sie hatte die letzten Jahre sehr zurückgezogen gelebt. Es hatte sich daher nur eine kleine Trauergemeinde in der einfachen griechischen Gaststätte in Frankfurt-Bockenheim eingefunden. Neben der Schwester und deren Mann, bei denen Walter jetzt nach dem Tod seiner Mutter wohnen wird, dem Bruder ihres verstorbenen Mannes mit seiner Frau und einer alten Freundin, waren noch zwei Mitbewohner aus dem Mietshaus, das ihr vom Sozialamt zugewiesen worden war, zur Beerdigung gekommen.

»Vielleicht ist es besser so. Sie hat sich in den letzten Jahren nur noch gequält«, sagte er zu seiner Schwester und schlürfte lustlos an seinem Cola-Glas.

»Es ist nie gut, wenn ein Mensch so unglücklich stirbt. Ich hätte alles geben, wenn ich die Situation hätte ändern können. Aber seit Vaters Tod …« Walters Schwester unterbrach sich und musste schlucken. »Seit Vaters Tod ist unsere Familie auseinandergebrochen. Diejenige, die an Vaters Tod schuld ist, hat auch unsere Mutter auf dem Gewissen.«

Sie hatte hektische rote Flecken im Gesicht, sie war zornig und erbittert auf die Welt, die das zugelassen hatte.

Walter versuchte sie zu beschwichtigen.

»Es ist doch schon sieben Jahre her. Du kannst nicht alles, was danach passiert ist, auf Vaters Tod schieben.«

»Doch das kann ich! Sei nicht immer so beschwichtigend. Was eine Sauerei ist, soll auch als solche benannt werden. Punkt.«

Obwohl erst einundzwanzig Jahre alt, war sie schon einmal kurz verheiratet gewesen. Der Mann, mit dem sie zusammen war, entpuppte sich in ihren Augen schon nach ein paar Wochen der Ehe als absoluter Langweiler. Keine Party, kein Saufen, kein Highlife, kaum Sex. Für ihn schien die Ehe eine Institution zu sein, deren Ziel und Zweck die Abstumpfung der Gefühle und Lebenslust war. Nach nur einem Jahr ließ sie sich wieder scheiden. Seither hatte sie in einer WG zusammen mit drei Frauen ein eigenes billiges Zimmer.

Bald nach dem Traueressen verabschiedete sie sich und zog sich in ihre eigenen vier Wände zurück.

»Ich muss jetzt allein sein«, sagte sie zu Walter.

»Ich verstehe dich, ich hätt auch gern eine eigene Bude. Darf ich morgen zu dir kommen?«

»Ja, morgen ist es okay, Bruderherz.«

Das Zimmer, auf dessen Tür in großen, blauen Lettern S.H. NERD geschrieben stand, war klein, höchstens zehn bis zwölf Quadratmeter und bestand hauptsächlich aus zwei Möbelstücken. Mehr brauchte sie nicht zum Leben. In einer Ecke des Zimmers lag eine Matratze, die ihr als Bett diente und vor dem Fenster stand ein großer unaufgeräumter Schreibtisch mit einem supermodernen Computer, einem riesigen Monitor und anderen Peripherie-Geräte, die sie als Mitglied eines Frankfurter Hacker-Clubs benötigte. Sie, die sich selbst als Netz-Kind bezeichnete, hatte lange gespart dafür und musste, um sich die neuste Technik leisten zu können, auf vieles andere verzichten. Die rot angestrichenen Wände waren beklebt mit Plakaten und Stapel von CDs türmten sich auf dem Boden. Die Kleider hingen an Haken hinter einem grell lila Vorhang, notdürftig den Blicken entzogen, oder lagen auf dem Boden verstreut.

Sie legte eine CD von AC/DC auf, zog ihr schwarzes Kleid aus und ließ sich auf ihre Matratze plumpsen. Es war stickig heiß im Zimmer, jetzt im August, im vierten Stock des alten, schon etwas heruntergekommenen Mietshauses. Wie sie so ausgestreckt und starr dalag und trockene Tränen um ihre Mutter weinte, wirkte sie wie das Klischee, der Abguss einer umgestürzten antiken Statue: der leicht gebräunte Teint, die langen braunen Locken, die stark geschminkten blaugrünen Augen, ein Körper, angefüllt mit Fantasien, die sich aus der Cyberwelt nährten, ein Körper so schmeichelnd wie Fado-Gesang. Sinnlich, melancholisch, weich, zart. Sie war außergewöhnlich schön. Eine grazile Schönheit mit verheerender Wirkung auf die Männerwelt. Sie hatte früh die Macht dieses Liebreizes erkannt. Wenn sie es nur geschickt anstellte, konnte sie von fast jedem Mann bekommen, was immer sie wollte oder bezweckte. Sie hat die ihr von der Natur gegebene Mitgift bisher bereits einige Mal zu ihrem Vorteil zu nutzen gewusst. Sie nickte ein. Aus dem CD-Player, der auf Replay gestellt war, spielte fortwährend laut die Musik.

Mitten in der Nacht wurde sie wach. Im Flur wurde Licht angemacht. Auf der Milchglasscheibe der Tür sah sie schemenhafte Schatten und sie hörte unverständliche Wortfetzen. Jemand klopfte an die Tür: »Kannst du bitte die Musik etwas leiser stellen?« Es war Lisa, die mit ihrer Reibeisenstimme durch die Tür gesprochen hatte. Eine männliche Stimme sagte etwas zu Lisa, dann verschwanden die Schatten und Sibylle hörte, wie eine Tür ins Schloss fiel. Sie stülpte sich Kopfhörer über den Kopf und legte sich wieder rücklings ins Bett.

Vom Nachttisch nahm sie eine Schachtel, randvoll mit Briefen, die ihre Tante ihr gegeben hatte. Es waren Briefe von ihrer Mutter. Neben Schmuck war es nahezu das einzige Private, das von ihrer Existenz Zeugnis ablegte.

Mit Datum vom 22. September 2001 entdeckte sie ein handgeschriebenes Schriftstück von ihrem Vater:

Liebe Sandra,

vor zwei Monaten, am 20. Juli 2001, habe ich meine Arbeit bei FMS verloren. Es war der Anfang meines kläglichen Endes. Unbarmherzig hat mich meine Chefin gemobbt, mir überall Steine in den Weg gelegt, mich degradiert, mich erniedrigt und mich vor anderen verspottet. Ich fühlte mich wehrlos. Ich habe das alles ertragen, weil ich das Geld brauchte – für die Familie, auch für dich. Bis mir M., der kapitalistische Drachen, die unbarmherzige Spinne im Netz, einen Diebstahl unterstellt hat, den ich nie begangen habe. Ich musste lediglich für den Betriebsrat zu Hause etwas ausarbeiten und kopieren, wie du dich erinnerst, und habe dafür Papier aus dem Büro mit nach Hause genommen. Es war eine Dummheit, aus der mir die schlaue Schlange M., ich bekomme den Namen nicht über die Lippen, einen Strick gedreht hat.

Wie du weißt, habe ich mich seither immer und immer wieder um eine neue Stelle bemüht, alles war erfolglos. Ein Fünfzigjähriger ist chancenlos, Alteisen, Dreck in diesem System. Dann habe ich versucht, eine selbständige Existenz aufzubauen, auch da bin ich kläglich gescheitert. Du hast mich mit Recht einen Versager beschimpft. Ich bin ein Versager, ein Verlierer im Getriebe des gnadenlosen, kalten Marktkapitalismus, in dem ich offenbar keinen Platz habe.

Ich bin tieftraurig darüber, dass ich in dieser schweren Zeit so wenig Unterstützung und Verständnis von Dir bekommen habe. Ich bin kein Jammerlappen, als den du mich manches Mal bezeichnet hast. Auch deine ewigen Vergleiche mit ande-

ren erfolgreichen Siegertypen haben mich sehr verletzt. Ich habe mich redlich bemüht und habe mich viel für andere eingesetzt, was mich immer sehr befriedigt hatte, aber das hast du offenbar nicht gesehen, oder wolltest es nicht sehen oder es war dir zu viel Gutmensch. Ich passe nicht in diese Welt und offenbar auch nicht zu dir. Ich sehe nicht, was ich hier noch machen kann. Was bliebe mir: Ein Leben als Revolutionär oder als zerbrochene Kreatur. Ich wäre gerne anarchistischer Revoluzzer und würde mit Vergnügen das unmenschliche kapitalistische System, einschließlich der M., in die Luft sprengen. Aber dazu bin ich, ein Humanist, leider nicht geboren, und als menschlicher Krüppel will ich auch nicht weiter existieren, also werde ich sterben.

Ich weiß, dass du mich dafür verurteilen wirst, wie du mich in so vielem nicht verstanden hast. Du wirst denken, der Versager hat sich klammheimlich aus dem Leben gestohlen, die Verantwortung auf mich abgeladen. Vielleicht hast du recht. Wer soll das entscheiden? Aber ich will und kann darauf jetzt keine Rücksicht mehr nehmen. Einmal im Leben werde ich nur an mich denken und meine Bedürfnisse befriedigen. Tauchen der Tod, das Verlangen nach dem Tod einfach aus dem Nichts auf? Nein, er hat bei mir angeklopft und sich vorgestellt. Ich habe lange mit ihm geredet und ich habe mich entschlossen, mit ihm zu gehen. Ich freue mich darauf, mit ihm die Ewigkeit zu teilen und mit ihm dem Jammertal des Diesseits zu entfliehen. So schlimm wird es im Nichts nach dem Tod schon nicht sein, im Nichts vor meiner Geburt war's ja offenbar auch nicht so arg, sonst hätte ich bestimmt schlechte Erinnerungen daran, ha, ha.

Um die Kinder tut es mir leid, sie werden den Schritt nicht verstehen. Ich liebe sie über alles. Vielleicht kannst du dich trotz deiner Verbitterung durchringen, Ihnen zu sagen, dass ich sie liebe. Ich wünschte mir, dass sie mich nicht in allzu schlechter Erinnerung behalten.

Verzeih mir, wenn ich dich enttäuscht habe. Auch dich liebe ich – auf meine Art, die du nicht akzeptieren konntest. Du hast mir viel gegeben in meinem Leben, mehr als du dir wahrscheinlich vorstellen kannst.

Zeig dieses Schreiben bitte nicht den Kindern, solange sie klein sind, sie würden es nicht verstehen.

Andreas

Sie krümmte sich vor Schmerz unter der Last dieser Worte. Sie verbarg ihren Kopf im Kopfkissen und ließ ihren Tränen freien Lauf.

Wie muss meine Mutter unter dem Brief gelitten haben. Sicher hat sie sich an dem Suizid meines Vaters mitschuldig gefühlt. Die zentnerschwere Last, die mein Vater ihr aufgebürdet hat, konnte sie nicht tragen. Sie war verbittert. Sieben lange Jahre hat sie dafür gebüßt – und auch uns Kinder büßen lassen. Nie hat sie uns etwas von dem Inhalt des Briefes gesagt. Der Vater war für uns immer derjenige, der uns im Stich gelassen hat, der die Familie ins Unglück geschickt hat. Er war der Schlechte, der Schwache, der Mutlose. Die Mutter hat uns Kindern gegenüber immer wieder betont: wenn er uns geliebt hätte, hätte er sich nicht umgebracht.

Noch mehr als das gegenseitige Unverständnis, in dem offenbar ihre Eltern gefangen waren, und das bis zum Tod des einen und darüber hinaus bis zum Tod des anderen Partners andauerte, erschütterte Sibylle aber die offenkundige Unbarmherzigkeit und Kälte der ehemaligen Chefin ihres Vaters. Es war ihr unbegreiflich, wie ein Mensch einen anderen Menschen so erniedrigen, so mit Dreck bewerfen und dem Spott aussetzen konnte, wie das diese M. gemacht hatte.

Wenn mein Vater schon kein Revolutionär sein konnte oder wollte, ich kann es!

Sie schwor sich in dieser Nacht heilige Rache für das begangene Unrecht an ihrem Vater, das nicht nur ihm das Leben gekostet hat, sondern auch das Leben ihrer Mutter zerstört und ihr eigenes und das ihres Bruders nachhaltig zerfasert hat. Die Tränen verblassten und machten einem zornigen Willen Platz, dem Gedanken auch Taten folgen zu lassen. Sie war wild entschlossen, all ihre zur Verfügung stehenden Mittel zur Erreichung des Ziels einzusetzen.

Die nächsten Wochen verbrachte sie damit, Informationen über M. (sie hatte sich angewöhnt, wie ihr Vater auch, nur von M. zu reden) zu sammeln. Die Recherche nach persönliche Daten von M., wie Beruf, Adresse, Alter, Geburtstag, Freunden und so weiter, wurde ihr in den Schoß gelegt, da M. nicht nur Mitglied der Internetplattform Facebook war, sondern auf der Internetseite ihres Arbeitgebers als Investmentbankerin geführt wurde. Somit war sie auch der Google-Suchmaschine nicht verborgen geblieben. Sie setzte sich mit ihren Hacker-Freunden zusammen, um ein Programm zu entwickeln, das es ihr erlaubte, die ein- und ausgehenden E-Mails von M. zu lesen, und die Gespräche und Webcams, die über das Internettelefon liefen, mithören zu können. Das Einschleusen des Programms auf M's Rechner mit Hilfe entsprechender Virenprogrammen stellte für sie kein größeres Problem dar. Im Auftrag mehrerer Banken und Unternehmen hatte sie ganz offiziell schon schwierigere Computersysteme geknackt. Sie verdiente sich ihr Studiengeld mit Jobs, die das Aufdecken von Sicherheitslücken bei diesen Instituten zum Ziel hatten, und konnte davon leben.

XI.

Die Marktwirtschaft kuriert den Magen,
aber die Seele wird ruiniert.
Marion Dönhoff

Felix Kohn überreichte ihr einen Strauß roter Rosen, als sie ihm die Tür öffnete. Es waren elf Stück. Sie rechnete kurz zurück.

Heute ist der 14. September, letzten Donnerstag bin ich nach Chile geflogen, für jeden Tag meiner Abwesenheit eine Rose. Wie einfühlsam und romantisch er doch ist. Wir kennen uns jetzt sieben Monate und seine Aufmerksamkeit mir gegenüber hat kein bisschen nachgelassen, und er achtet, wie immer schon, auf Symbolik. Was ist er doch für ein hinreißender Mann. Man muss ihn einfach liebhaben.

»Tausend Dank, Felix. Du bist sehr aufmerksam.«

Sie legte den Strauß auf die Anrichte im Flur, um die Hände frei zu bekommen und ihn gebührend begrüßen zu können. Ein kleines Päckchen, das zwischen den Blumen versteckt war, fiel auf den Boden. Sie hob es auf und sah Felix fragend an, der schmunzelnd und etwas verlegen vor ihr stand.

»Was ist denn das?«

»Mach es auf, dann wirst du sehen.«

Es war ein silberner, schmaler Armreif in Form einer Schlange, deren Augen aus zwei kleinen Smaragden bestanden. In die Innenseite des Reifes war eingraviert: Paula Morales, Santiago de Chile, 22. September 1973.

»Felix!«

Mehr Worte brachte sie nicht hervor, sondern warf sich ihm an den Hals und hätte ihn sicherlich erdrückt, wenn sie mehr Kraft gehabt hätte. Bevor sie nach Santiago geflogen war, hatte sie den Familiennamen ihrer Mutter angenommen, das Geburtsdatum korrigieren lassen und die doppelte Staatsbürgerschaft erhalten. Sie war jetzt auch Chilenin und stolz darauf.

Sie gingen eng umschlungen in das Wohnzimmer.

»Lass uns setzen, Paula. Du erdrückst mich noch. Ich sehe schon die Schlagzeile in der BILD-Zeitung: Tragischer Todesfall. Linker Professor aus Liebe platt gemacht!«

Sie löste sich nur ungern von ihm und setzte sich auf die Couch.

»Ist mir doch egal, was die BILD schreibt«, sagte sie aufmüpfig, schürzte die Lippen und zog Felix zu sich herunter und küsste ihn leidenschaftlich.

»Wie war es in Santiago?, fragte er, als sie ihn unwillig freigelassen hatte, um in die Küche zu gehen und Kaffee zu kochen.

»Ich habe dich und deine körperliche Nähe sehr vermisst«, rief sie von der Küche.

»Das meine ich nicht. Wie war dein Elternhaus? Wie war es bei Sophia?«

»Ich weiß, dass du das nicht gemeint hast, aber es war das absolut Wichtigste, was ich dir von Santiago sagen kann.«

Paula kam mit einem Tablett mit Kaffee und einer Flasche Champagner wieder in das Wohnzimmer zurück.

»Sophia ist wirklich eine ungemein reizende Person. Sie hat mir viel erzählt von den Geschehnissen damals, und ich sehe heute doch einiges mit anderen Augen. Sie hat mich zu meinem Elternhaus geführt und mir den ganzen bürokratischen Krimskrams wegen des Erbes abgenommen. Dass ich chilenische Staatsbürgerin bin, hat die Eigentumsüberschreibung etwas erleichtert, war aber trotzdem noch mit viel Papierkrieg verbunden.«

»So etwas kann sie. Der Umgang mit Behörden war schon immer ihre Stärke. Ich habe gehört, dass du der Gruppe ›Madres de Desaparecidos de Chile‹ das Haus übergeben hast. Das finde ich großartig. Sie machen gute Arbeit und alles ehrenamtlich.«

»Wer hat dir das gesagt? Sophia? Nein, ganz so stimmt es nicht, wie du das sagst, oder wie Sophia dir das gesagt hat. Ich wollte das Elternhaus, das ich gerade geerbt hatte und mir wertvoll ist, nicht gleich wieder verlieren. Ich habe es der Gruppe lediglich unbefristet mietfrei überlassen und natürlich auch die Finanzierung der notwendigen Renovierungsarbeiten übernommen. Dafür werde ich mir in einem Seitentrakt des doch ziemlich großen Hauses eine kleine Anliegerwohnung einrichten lassen, die für mich freigehalten wird, und in der ich wohnen kann, wann immer ich dort bin. Aber jetzt bin ich hier.«

Sie blickte auf den Armreif mit den funkelnden Smaragdaugen und strahlte Felix an.

»Ich habe mich unendlich nach dir gesehnt und bin schnurstracks zu dir geeilt, um mich von dir verwöhnen zu lassen.«

»So, so, schnurstracks nennst du das, wenn du einen Umweg über San Francisco machst und zwei Nächte dort verbringst – ohne mich«, sagte Felix mit ironischem Unterton.

»Ich war nur kurz wegen einiger privater finanzieller Angelegenheiten dort. Es hat sich terminlich angeboten. Sei mir nicht böse, dass ich dich deswegen warten ließ.«

»Schon gut, Paula. Es war ein Jux, du brauchst dich nicht zu rechtfertigen für das, was du machst.«

»Ich weiß, aber ich will dir trotzdem sagen, was ich so mache und warum. Es war übrigens sehr interessant. Ich glaube, in den USA braut sich etwas zusammen. Ich habe von meinen ehemaligen Kollegen und Bekannten in den USA gehört, dass die ganz Großen der Finanzbranche sich heute am Sonntag in Washington treffen und über das Schicksal des ›Gorilla‹ beraten. Unser kleines privates Glück heute ist also mit den großen Schicksalsmächten verknüpft – zumindest zeitlich.«

»Wer ist ›Gorilla‹?«

»So wird er von seinen Mitarbeitern hinter vorgehaltener Hand genannt. Es ist der CEO von Lehman Brothers. Seine Konkurrenten von Goldman Sachs, Stanley Morgen, Merill Lynch, AIG und wie sie alle heißen, würden sich die Hände reiben, wenn sie ihren ärgsten Konkurrenten los würden. Du musst wissen, der Boss von Lehman ist wegen seiner überheblichen, arroganten und skrupellosen Art sehr unbeliebt in der Branche, und viele wünschen sich ihn zum Teufel.«

Felix wurde hellwach und blickte Paula fragend an.

»Weißt du, was das bedeuten würde, wenn nun nach den Immobilienriesen Freddie Mac und Fannie Mae auch Lehman Brothers Insolvenz anmelden müsste?«

»Ich denke schon. Lehman ist weltweit verflochten und es besteht durchaus die Gefahr, dass der Weltfinanzmarkt zusammenbrechen könnte und damit dann auch die Realweltwirtschaft, und zwar ebenfalls weltweit. Deswegen sagte ich ja, dass unser Glückstag heute mit den großen Schicksalsmächten in Washington verknüpft ist. An der heutigen Sitzung nehmen neben den Chefs der großen Banken und Investmenthäuser unter anderem auch Henry Paulson, der Finanzminister und frühere Goldman Sachs CEO, der den ›Gorilla‹ gut kennt, und Ben Bernanke, der Notenbankchef teil. Es könnte sein, dass die Regierung ein Exempel statuieren und den Bankern zeigen will, dass sie nicht blind auf Hilfe des Staates hoffen dürfen, wenn sie bedenkenlos ihre risikoreichen Geschäfte tätigen und dann riesige Verluste einfahren. Sie glauben alle, dass der Staat sie nicht in Insolvenz gehen lässt, weil sie zu groß sind. Der Staat, so spekulieren sie, würde im Falle einer Pleite nicht das Risiko eingehen, dass das ganze Finanzsystem zusammenkracht, denn das würde eine immense Zahl an Wählerstimmen kosten.«

»Genauso funktioniert das System. Sie haben uns alle in der Hand und niemand traut sich die Finger auf die Wunden zu legen. Es hat sich schon seit Jahren, nein, was sage ich, seit Jahrzehnten angekündigt, dass uns dieses Friedmansche neoklassische Wirtschaftsmodell in den Abgrund führt.«

Felix redete leidenschaftlich und Falten des Unwillens zeigten sich auf seiner Stirn.

»Das ist etwas zu einfach gestrickt, mein lieber Professor. So simple darf doch ein analytisch geschulter, intellektueller Mensch nicht argumentieren. Der Monetarismus Friedmanscher Prägung hat durchaus auch positive Seiten. Konkurrenz tut uns allen gut, treibt uns an und wirkt innovativ. Ich kann mir eine planwirtschaftlich organisierte Gesellschaft nicht vorstellen. Kannst du dir Amerika als ein kommunistisches Land überhaupt auch nur denken? Eine Gesellschaft ohne Kapital und einen freien Markt würde den Wohlstand und die doch offenkundigen Errungenschaften der Industriealisierung zunichtemachen. Was hast du dagegen, dass jeder sein Geld auf seine Weise macht: Vittorio mit den Schweinen, Du mit dem Kopf und ich mit dem Geld anderer Leute; und jeder kann mit diesem verdienten Kapital auf dem freien Markt kaufen, was ihm gefällt. Meinetwegen auch, um mit Marx zu sprechen, was dir wahrscheinlich besser gefällt: ›Jeder nach seinen Fähigkeiten, jedem nach seinen Bedürfnissen‹. Vielleicht ist das die ›höhere Phase‹ der kommunistischen Gesellschaft, die Marx in seiner Kritik des Gothaer Programm von 1875 angedeutet hat«, hielt sie dagegen.

»Du siehst mich einigermaßen erstaunt. Du hast offenbar über den Tellerrand geguckt.«

»Nun ja, ich will neben dir nicht gar zu belämmert dastehen und habe mich bemüht etwas Licht in meine dunklen Flecken zu bringen.«

»Du bist wirklich eine erstaunliche Frau und überraschst mich immer aufs Neue. Aber zurück zum Thema. Nein, es gibt nichts Gutes an dieser fundamentalistischen Ökonomie. Das Schreckensbild der Planwirtschaft, das immer an die Wand gemalt wird, ist doch eine Mär. Sieh dir doch die Wirtschaft an, dort wird geplant auf Teufel komm raus. Du weißt das besser als ich. Du kommst ja aus solch einer Schmiede. Bei allen Organisationen, also auch beim Staat, muss entschieden werden, in welchen Bereichen in welchem Umfang Planung notwendig ist, und in welchen Bereichen eine kontrollierte Selbstregulation sinnvoller erscheint. Ich sträube mich nicht gegen den Markt als solchen, bin aber felsenfest davon überzeugt, dass wenn das Prinzip der Ökonomie des *freien* Marktes alleiniges Kriterium gesellschaftlichen Zusammenlebens wird, was zurzeit der Fall ist, die Gesellschaft früher oder später erodiert und auseinanderbricht. Die Erosionskrise ist durch die zunehmende Ökonomisierung aller Lebensbereiche sehr weit fortgeschritten und rüttelt an die Grundfesten unserer Demokratie, die, kurz gesagt, sind: Gleichheit vor dem Gesetz, Gerechtigkeit und Freiheit. Aber da sage ich dir sicher nichts Neues. Die Freiheit der Chicago-Boys ist die Freiheit der Mächtigen, eine Freiheit unter der

Technologie des Marktes, des freien Marktes. Was den Christen die Dreifaltigkeit ist, ist den Neoliberalen der Glaube an den Washingtoner Konsens mit den drei Säulenheiligen: Deregulierung, Privatisierung und Einschnitte bei den staatlichen Leistungen, was immer auf Kürzungen bei den Sozialleistungen hinausläuft. Die Folgen waren und sind immer die gleichen: Bereicherung der Reichen und Beschleunigung der Verarmung der Armen. Die Gerechtigkeit und das Gleichheitsprinzip bleiben auf der Strecke. Das war in Brasilien so als Humberto de Alencar Castello Branco 1964 die Macht ergriff, das war 1965 so beim Putsch von Suharto in Indonesien, 1973 beim Putsch in Uruguay und Chile und schließlich der Umsturz am 22. März 1976 in Argentinien. Überall wurde das neoliberale System des freien Marktes mit Gewalt und durch Unterdrückung des Volkes durchgesetzt. Du bist ja selbst eine Leidtragende dieser Unterdrückung!«

»Felix, echauffier dich doch nicht so, ich erkenne dich gar nicht wieder. Übrigens war der Putsch in Argentinien nicht am 22. sondern am 24. März.«

Felix sah Paula abermals erstaunt an.

»Was? Stimmt das?«

»Ja, das stimmt.«

»Gut, wenn *du* das sagst. Aber das ist jetzt doch etwas kleinlich, auf die zwei Tage kommt es nicht an.«

»Nein, kommt es nicht, aber was wahr ist, soll wahr bleiben, sagst *du* doch immer. Ich kann ja nichts dafür, dass ich das weiß«, lächelte Paula Felix an.

»Die Überheblichkeit der Wissenden wird dir gleich im Halse stecken bleiben. Alles kannst auch *du* nicht wissen«, sagte Felix spöttisch.

Felix kratzte sich am Kopf und überlegte.

»Wann genau hat Branco in Brasilien geputscht?«

»Am 31. März 64«. Sie antwortete, ohne nachzudenken und konnte sich ein ironisches Schmunzeln nicht verkneifen.

»Wann Suharto?«

»Am 1. Oktober.«

»Und wer hat in Uruguay geputscht?«

»Das war Bordaberry im Juni 73.«

Felix hielt mit seiner etwas lächerlichen schulmeisterlichen Abfrage inne. Er schien angestrengt nachzudenken und fixierte dabei mit gerunzelter Stirn Paulas Telefon, das unschuldig auf einem kleinen Tischchen neben der Couch stand.

»Welche Telefonnummer hat meine Sekretärin?«

»06979839261. Sag mal, soll das jetzt ein Intelligenztest werden, oder was?«, fragte sie grinsend.

»Aber du hast doch nie meine Sekretärin angerufen.«

»Aber du hast mir die Telefonnummer einmal genannt. Erinnerst du dich, es war, als du mich das allererste Mal angerufen hattest.«

Felix blickte sie ungläubig an und schüttelte den Kopf.

»Dein Gedächtnis ist wirklich phänomenal. Einmal vor Monaten etwas gehört und das kannst du dir merken? Gibt es auch etwas, was du vergisst und nicht weißt?«

»Vergessen tu ich wenig, manchmal wünschte ich mir, dass ich besser vergessen könnte. Es kann ungemein belastend sein, die gesamte Vergangenheit, jedes Detail der Vergangenheit mit sich zu schleppen, so als wäre es gerade geschehen. Aber natürlich weiß ich so einiges auch nicht. Zum Beispiel, ob du mich liebst.«

»Paula! Ich liebe dich, das habe ich dir doch schon ein paar Mal gesagt, oder hast du *das* etwa vergessen?«

»Schatz, manche Dinge will man eben mehrmals hören, auch wenn man sie schon einmal gesagt bekommen hat.«

Felix sah in die Ferne, als ob er dort etwas Wichtiges entdeckt hätte.

»Paula, wie schätzt du den Ausgang der heutigen Gespräche in Washington ein?«

»Ich denke, sie werden Lehman Brothers fallen lassen und zwar aus zwei Gründen: erstens weil die Regierung ein Exempel statuieren muss, um vor dem Wahlvolk bestehen zu können und um wiedergewählt zu werden, und zweitens, weil die Unterstützerbanken auf diese Weise einen unliebsamen Konkurrenten loswerden können und deswegen nur zu gern den arroganten Fuld auf die Schlachtbank führen werden. Sie werden einen Teufel tun, die Investmentbank am Leben zu erhalten.«

»Das glaubst du wirklich? Ich denke nicht, dass sie das riskieren werden. Nein, nie und nimmer! Eine Krähe hackt der anderen kein Auge aus. Investment-Banking ist Beschaffungskriminalität, ein Kartell von Kriminellen. Die stecken doch alle unter einer Decke und werden sich gegenseitig stützen, wie die Mitglieder der Mafia. Der Kapitalismus steht auf dem Spiel, das werden die doch mit ins Kalkül ziehen.«

»Täusch dich da mal nicht! Die ökonomischen Entscheidungen sind voll von persönlichen Animositäten, Misstrauen und Irrationalem. Sicher wäre es ökonomisch gescheiter Lehman zu halten, da der volkwirtschaftliche Schaden immens ist, wenn dieses Institut fällt, aber was kann schon die Vernunft gegen die Psychologie ausrichten ...«

Paula unterbrach sich und prostete Felix mit ihrem Champagnerglas zu, setzte sich neben ihn und gab ihm einen zarten Kuss auf die Wange.

»Lass uns von etwas anderem reden. Wie war dein Interview mit dem Reporter vom Bayerischen Rundfunk?«, versuchte sie auf ein anderes Thema zu lenken.

»Hör auf, das war doch ein Schwachkopf! Er hat nichts verstanden, die falschen Fragen gestellt und sich auf die richtigen Antworten keinen Reim machen können.«

»Um was ging es denn?«

»Um das Phänomen der Ökonomisierung der Gesellschaft.«

»Mein Gott, dieses Thema wird mich noch bis in mein Grab verfolgen«, seufzte Paula und verdrehte die Augen.

»Entschuldige, dass ich dich wegen dieses Heinis heute nicht vom Flughafen abholen konnte. Wenn ich gewusst hätte, wie das Interview läuft, hätte ich es abgeblasen und wäre zu dir auf den Flughafen geeilt … Erzähl mir von Chile.«

Montag, 15. September 2008. Frankfurt erwacht mühsam. Frühnebelfelder tauchen die Spitzen der Hochhäuser in Watte. Die schweren Wagen der FES scheppern durch die Straßen, um den Hausmüll zu entsorgen. Der Tag kämpft um seine Existenz. Als Felix auf den Wecker guckt, ist es sechs Uhr. Er greift schlaftrunken neben sich, das Bett ist leer. Traum und Wirklichkeit verschlingen sich gegenseitig. Fiktion ist Träumen, während man wach ist. Gerade, als er wieder einzunicken drohte, kam Paula ins Zimmer und legte sich neben ihn. Ihr warmer Körper duftete. Er drehte sich zu ihr und lächelte sie an. Sie lächelte zurück. Er zog sie an sich und küsste sie. Er ließ sich vom Duft der Liebe einfangen. Den Duft, den Frauen verströmen, wenn sie lieben, wenn sie begehren, wenn sie die Welt in sich aufsaugen wollen. Er konnte sich nicht satt riechen an diesem betäubenden Duft. Eine Welle von Zärtlichkeit ging durch seinen Körper. Sein Körper wurde ganz und gar Empfindung. Er liebkoste sanft ihre Scham, sie presste sich gegen seine Hand. Sie rieb sich an ihm als ob sie die beiden Körper verschmelzen wollte. Plötzlich krallten sich ihre Fingernägel in seinen Rücken, sie bäumte sich auf, schwer atmend umschlang sie ihn mit ihren Armen und Beinen und presste ihn so fest an sich, dass er glaubte erdrückt zu werden. Sie hatte einen Orgasmus, ohne dass er in sie gedrungen war.

Nur mit großer Überwindung gelang es Paula, sich von Felix zu lösen und sich aus dem Bett zu wälzen.

»Liebling, ich muss heute früh raus, es wird ein harter Tag für meine Bank werden. Ich habe schon Kaffee aufgesetzt, er steht in der Küche.«

Als sich Felix wieder einigermaßen in der Gewalt hatte und klarer denken konnte, fragte er: »Warum musst du denn in dieser Herrgottsfrühe schon aufstehen?«

»Lehman ist pleite.«

Felix saß kerzengerade im Bett.

»Nein, das glaub ich nicht!«

»Doch, lies es nachher im Internet.«

»Was bedeutet das für deine Bank, für dich?

»Wir haben eine Unmenge ›fauler‹ Papiere von Lehman in unseren Tresoren, und wir haben viele Papiere von Lehman an Privatpersonen verkauft. Das könnte Ärger geben. Die sind jetzt alle nichts mehr wert. Es wird schwer werden für meine Bank. Was mich selbst angeht, gehe auch ich wahrscheinlich unsicheren Zeiten entgegen.«

»Und das nimmst du so locker?«

»Ja, weil ich dich habe und dich liebe.«

Sie gab ihm einen Kuss auf den Mund, der vor Sprachlosigkeit immer noch halb offen stand, und verschwand.

Es wurde in der Tat ein harter Arbeitstag und viele weitere sollten folgen. Der ökonomische Erdrutsch hatte gerade erst begonnen. Der Bankvorstand ordnete an, alle gehaltenen Positionen der RI-Bank an den Wertpapier- Waren und Devisenmärkten zu sichten. Die asiatischen Börsen eröffneten mit starken Einbrüchen bei den Aktienmärkten, insbesondere bei den Bankpapieren, und verhießen Schlimmstes auch für Europa und die USA. Paula wusste, dass das gegenseitige Misstrauen der Banken untereinander in den nächsten Wochen rasch zunehmen würde und so das Interbankengeschäft nachhaltig stören könnte, da niemand genau wusste, wie viel Schrottpapiere die einzelnen Banken hielten. Sicher war, dass enorme Wertberichtigungen vorgenommen werden mussten und dadurch die Eigenkapitalquote drastisch sinken würde. Jede Bank würde versuchen, ihr Geld zusammenzuhalten und risikoreiche Kredite ablehnen. Unter diesen Bedingungen würden die Kreditströme dann schnell ins Stocken geraten und die Realwirtschaft, die auf diese Kredite angewiesen war, ins Trudeln kommen. Die hohen Verluste an den Börsen traf die Real Invest Bank besonders stark, da sie überdurchschnittlich hohe Investitionen in Lehman-Papiere getätigt hatte. Jetzt musste die RI über alle sonstigen Abschreibungen hinaus auch noch die Totalverluste der Lehman-Pleite verkraften.

Paulas Telefon stand seit den frühen Morgenstunden nicht mehr still, und sie musste sich über Stunden die Anrufe erboster und verzweifelter Kunden anhören. Sie schien zeitweise in der Jauche, die über sie gegossen wurde, zu ersticken. Für viele Menschen, die noch vor einer Woche selbst gierig nach Maximalrenditen lechzten, war sie plötzlich nichts anderes als eine überbezahlte, profitgeile Spekulantin. Einige wenige Kunden hatten aus Unkenntnis der Sachlage oder aus reiner Profitgier ihre gesamten Ersparnisse in renditestarke Derivate-Papiere von Lehman investiert und standen nun vor dem persönlichen Ruin. Sie hielt den Hörer in der Hand, weit weg vom Ohr, starrte mit leerem Blick durch das Fenster auf die machtvollen Bankentürme, hinter deren glitzernden Fassaden sich ähnliche Szenen abspielten, wie sie Paula gerade erlebte. Sie nahm ohnmächtig die selbstquälerischen Hilferufe ihrer Kunden zur Kenntnis. Es gab keine Rettung für diese Leute, denen der Boden unter den Füßen entzogen worden war. Es war entsetzlich. Die Verluste der großen institutionellen Anleger berührten sie nicht, aber, anders als in früheren Jahren, litt Paula unter dem Unglück der kleinen Leute, die etwas von dem großen Geld erhaschen wollten und jetzt brutal auf die Nase fielen. Aber sie konnte das Rad nicht mehr zurückdrehen. Sie scheute sich, Felix von diesen Tragödien zu erzählen. Sie wollte ihn nicht damit belasten, aber noch mehr plagten sie ein schlechtes Gewissen und Schuldgefühle, die sie ihm nicht offenbaren wollte. Es ist mein Geschäft, redete sie sich ein, und hat nichts mit ihm und unserem Privatleben zu tun.

Ihre eigenen Verluste waren ebenfalls erheblich und erreichten rasch die Millionengrenze, obwohl sie versucht hatte, sich schnell von unsicheren Papieren zu lösen. Ihr schier untrüglicher Instinkt für künftige Marktentwicklungen hatte sie im Stich gelassen. Auch besaß sie selbst spekulative Lehman-Papiere, auf denen sie nun, wie ihre Kunden, hilf- und wehrlos sitzenblieb. Und das alles, weil ein paar Leute diesem Gorilla-Typen eins auswischen und ihn aus dem Weg räumen wollten. Davon war sie nach wie vor überzeugt. Sie hatte in diesem Fall einen psychologischen Denkfehler begangen, hatte auf Rationalität statt auf Psychologie gesetzt und musste nun dafür bitter büßen, obwohl sie diese Entwicklung erahnt hatte.

Eine Woche nach dem Lehman-Desaster wollte Felix zu Besuch kommen, um mit Paula gebührend deren *Chilenischen* Geburtstag, wie sie den 22. September 1973 bezeichnete, zu feiern. Sie hatte sich den Montag freigenommen.

Sie machte sich Frühstück und fuhr wie üblich ihren Laptop hoch, um die neuesten Meldungen zu überfliegen und die E-Mails zu checken. Die Welt drehte sich ja weiter, auch an ihrem Geburtstag. In ihrem E-Mail-Postfach fand sie folgende Nachricht:

Ich werde dafür sorgen, dass sich der 22. September in dein Gedächtnis einätzt und du das Datum nie mehr vergisst!

Kommando 22. September

Sie hatte Felix im Verdacht. Ein bisschen martialisch, sich als *Kommando 22. September* zu bezeichnen, und nicht sehr stilgerecht für einen Geburtstagsgruß, dachte sie, aber vielleicht findet er das witzig und wollte damit auf gallige Weise an die damaligen Chilenischen Killerkommandos erinnern. Sie verzieh ihm die leichte Geschmacklosigkeit, die ihm normalerweise nicht unterlief. Sie druckte die Zeilen aus und legte sie auf den Wohnzimmertisch, auf dem bereits ein Geburtstagsgruß von Jette Kreutzer lag. Es klingelte. Ein Fleurop-Bote brachte fünfunddreißig rote Rosen. Auf der beiliegenden Grußkarte stand: Zum zweiten Mal 35, wer auf der Welt kann die Blüte seines Lebens schon doppelt feiern! Du bist und bleibst einmalig. Ich liebe Dich. PS: Ich habe noch etwas zu erledigen und bin gegen zwölf Uhr bei dir.

Felix hatte bei einem Juwelier in Frankfurt eine goldene Halskette mit einem in Silber gefassten tropfenförmigen, schneeweißen Combarbalita-Stein als Anhänger anfertigen lassen, den er noch abholen musste. Es war ein herrlicher Tag, und er freute sich auf Paula, die er die ganze vergangene Woche nicht gesehen hatte. Sie war in ihrer Bank jeden Tag bis spät abends beschäftigt gewesen. Die Arbeit hatte sie fest im Würgegriff und ließ ihr keine freie Minute.

Sie hatten geplant, an diesem Montag in der Gerbermühle am Main Mittag zu essen und den Nachmittag gemeinsam zu verbummeln. Für den Abend hatten sie in der Alten Oper Karten gekauft für das Mozart-Konzert für Klarinette und Orchester, KV 622, gespielt von den Berliner Philharmonikern.

Paula umarmte Felix überschwänglich, als sie ihm die Tür öffnete. Sie benahm sich, als ob sie ihn seit Wochen nicht mehr gesehen hätte, dabei telefonierten sie täglich miteinander. Trotzdem hatte sich die Sehnsucht nach ihm in der vergangenen Woche von Tag zu Tag gesteigert. Als sie sich von ihm gelöst hatte, gab Felix ihr sein Geschenk.

»Was für eine schöne Kette und welch wunderbarer Stein! Tausend Dank, Felix.«

»Er soll dir Glück bringen. Es ist ein Halbedelstein namens Combarbalita. Es ist Chiles Nationalstein, ein Symbol für Kunst, Kultur und Handel und gleichzeitig Glücksbringer. Seinen Ursprung hat er in der Region Combarbalá, die in der Provincia de Limarí in Zentralchile liegt.«

»Er ist wirklich sehr schön, Felix. Er hat einen stillen, geheimnisvollen Schimmer und ist verlockend wie die Gesänge der Sirenen. Ich kann die Chilenen verstehen, die diesen Stein verehren.«

Sie fiel ihm abermals um den Hals und küsste ihn ungestüm. Sie streifte die Träger ihres Kleides über die Schultern und ließ es zu Boden fallen. Er küsste ihre Brust und sie spürte seinen warmen Atem auf ihrer Haut. Es war, als würden alle ihre Gefühle zugleich explodieren: Begierde, Vertrauen, Zärtlichkeit, Hingabe, Lust. Die Welt verlor sich im Augenblick.

Während Paula sich im Bad zurecht machte, hatte sich Felix im Wohnzimmer in einen Sessel fallen lassen. Als er sich einen Whiskey einschenkte, fiel sein Blick auf die E-Mail mit dem Absender ›Kommando 22. September‹, die Paula auf dem Couchtisch abgelegt hatte. Er war verwirrt über die seltsame Nachricht und konnte sich keinen Reim darauf machen. Was war in Chile geschehen? War sie in ihrer manchmal brüskierend kompromisslosen Art mit einer Gruppe unverbesserliche Pinochet-Anhänger zusammengestoßen?

Paula kam in das Zimmer und sah Felix, der die ausgedruckte E-Mail in der Hand hielt, fragend an.

»Findest du das witzig?«

»Was soll ich witzig finden?«

»Nun, die Formulierung ›Kommando 22. September‹, die du dir da ausgedacht hast.«

»Ich?«

»Ja, wer denn sonst.«

»Das ist nicht von mir. Wie kannst du glauben, dass ich solch einen Schwachsinn zu Papier gebe? Ich habe durchaus andere Möglichkeiten, dir zum Geburtstag zu gratulieren, als in der Sprache der Putschisten.«

»Wenn nicht du, wer dann?«

Felix zuckte mit den Schultern.

»Keine Ahnung, du warst doch in Chile. Bist du dort mit jemanden aneinandergeraten, der dir jetzt Böses will?«

»Was heißt hier ›aneinandergeraten‹ und ›Böses‹. Jemand hat mir, auf zugegeben etwas seltsame Art und Weise, zu meinem Geburtstag gratuliert, aber mir doch nicht gedroht.«

»Wer weiß von diesem Datum?«

»Viele sind es nicht, das engt den Kreis möglicher Schreiber ein. Du, Jette, Sophia und ihre Gruppe. Die Herren vom Standesamt.« Paula überlegte. »Mehr fallen mir im Moment nicht ein.«

»Sophia würde so etwas nie schreiben. Die fällt also schon einmal aus, und ich denke, die Bürokraten würden dir auch nicht auf diese Weise zum Geburtstag gratulieren, wenn sie es denn überhaupt je tun würden.«

»Und Jette fällt auch weg, mit der habe ich schon telefoniert.«

»Bleibt meine Wenigkeit, oder aber ein Beteiligter an den damaligen Vorkommnissen in Chile.«

»Oder ein Spinner, die soll's ja auch noch geben. Vergessen wir die E-Mail. Lass uns gehen, ich habe Hunger bekommen«, sagte Paula und zog ihn aus dem Sessel zu sich empor.

Nach dem Adagio, des 2. Satzes von Mozarts Klarinetten-Konzert beobachtete Felix, wie Paula ein paar Tränen über die Wangen kullerten. Er reichte ihr ein Taschentuch und sie flüsterte ihm ins Ohr, dass sie sich zu ihrem Begräbnis dieses zum Sterben schöne Adagio von Mozart wünschte. Felix nickte unmerklich mit dem Kopf.

Als sie spät in der Nacht an den mit ruhigen Atemzügen schlafenden Geliebten geschmiegt noch wach im Bett lag, klang das Adagio in ihr nach.

»Es ist interessant, zu beobachten, wen die aktuelle Finanz- und Wirtschaftskrise an die Oberfläche gespült hat und wohin die Milliardenbeträge fließen. Es sind die alten ökonomischen Wortführer und sogenannten ›Experten‹, die sich in jüngster Zeit wieder zu Wort melden und leider zu selten die Intellektuellen und geisteswissenschaftlichen Eliten, die als Außenstehende das kollabierende Wirtschaftssystem viel objektiver unter die Lupe nehmen könnten. Und die Geldströme ergießen sich geradewegs wieder über diejenigen, die die Gelder verbrannt hatten: Sozialisierung der Verluste, Privatisierung der Gewinne.

Die gegenwärtige Diskussion über die Krise wird just von denjenigen dominiert, die für die Zuspitzung der Krise verantwortlich waren und sind. Können wir denen noch vertrauen? Den Lobbyisten, die vor kurzem den Staat noch verteufelten und nun Milliardenbeträge von eben diesem Staat fordern und an den Gesetzeswerken, die sie damals wie heute begünstigten, mitstricken? Den Politikern, die diese Hasardeure gewähren ließen? Dem Sachverständigenrat, der uns offenbar ahnungslos in die schwerste Krise der letzten 80 Jahre schliddern ließ?

In Anbetracht der zerstörerischen sozialen Auswirkungen des ökonomischen Desasters würde es den unbelasteten Vordenkern und intellektuellen Eliten aus Politik, Wirtschaft und Geisteswissenschaften gut zu Gesicht stehen, wenn sie sich verstärkt zu Wort melden und gangbare Wege durch den

Dschungel der ökonomischen Verirrungen schlagen würden, was ich in dieser Vorlesung versuchen werde.«

Die Studierenden klopften zustimmend auf ihre Schreibpulte. Felix Kohn unterbrach sich und blickte in den großen, vollbesetzten Hörsaal VI. Das aktuelle Thema ›Weltfinanzkrise und soziale Erosion‹, das er für dieses Wintersemester angekündigt hatte, fand offenbar Anklang bei seiner Zuhörerschaft. Zumindest war es bisher mucksmäuschenstill gewesen, was auf ein gewisses Interesse hindeutete. Dieses hatte er offenbar besonders bei einer außerordentlich hübschen Studentin in der dritten Reihe geweckt. Es war ihm nicht entgangen, wie sie buchstäblich an seinem Munde hing und hochkonzentriert zugehört hatte. Jetzt strahlte sie ihn an, schob ihre blonden Haare aus dem Gesicht und klatschte in enthusiastischem Überschwang mit ihren zierlichen Händen unüberhörbar Beifall (sie war die einzige, die nicht auf den Pult klopfte sondern ihre Handflächen dabei zu Hilfe nahm). Felix konnte sich ein angedeutetes Lächeln nicht verkneifen und fixierte sie einen winzigen Augenblick lang, dann wandte er sich wieder seinem Manuskript zu.

»Eine neue Politik der sozialen Verantwortung muss Dominanz zurückzugewinnen und die falschen Propheten und gescheiterten Wirtschaftslobbyisten und Bankrotteure an die Kette legen. Moralische Appelle reichen nicht aus, um die durch diese Art des Wirtschaftens verursachte Erosion des Sozialen zu stoppen. Es bedarf konkreter Taten und Gegenmaßnahmen. Die Gesichtspunkte, die für das gute Leben und Zusammenleben zählen, insbesondere die Gerechtigkeit, können nicht auf Effizienz reduziert werden. Die sozialen Risse und Erosionen, die eine die ethische Vernunft vernachlässigende Ökonomie verursacht hatte, waren und sind heute gegenwärtiger denn je. Schnell gerät in Vergessenheit, was vor zwei oder drei Jahren noch nahezu unantastbare Dogmen waren: Mehrung des Wohlstand aller durch Deregulierung und freie Entfaltung der Marktkräfte; der unerschütterliche Glaube an die Selbstheilungskräfte des Marktes; Effizienzsteigerung durch Privatisierung nahezu aller Lebensbereiche.

Der Markt ist der Ort, an dem das Besondere eingeebnet wird, an dem Nichtgleiches gleichgesetzt, tauschbar gemacht wird. Mit der Einführung des Geldes als universales Tauschmittel ist der Markt ungegenständlich, abstrakt geworden. Die Besonderheiten des zu tauschenden Gegenstandes lösten sich auf, verloren ihre Identität. Der Mensch ist Teil des Marktes – entweder als Anbieter seiner Arbeitskraft oder als Kunde – und als solcher in Geldeinheiten bewertbar, handelbar und den Marktgesetzen unterworfen. Diese fordern abstrakte Austauschbarkeit – auch in Bezug auf den Menschen. Er ist Ware auf dem Arbeitsmarkt und als Nachfrager von Waren Konsument und somit fest in das ökonomische System von Angebot und Nachfrage integriert und den Kapitalinteressen unterworfen. Mit der Aufhebung der Besonderheit verliert der Mensch seine Identität, das je Besondere. Werden wir aber gezwungen, in einer Welt zu leben, in der das Nichtgleiche systematisch gleichgesetzt wird, bleiben Identitätskrisen, Ohnmachtsgefühle und Angst nicht aus.

›Tödlicher Feind‹ des Besonderen ist, wie das Adorno in seiner ästhetischen Theorie immer wieder hervorgehoben hat, die ›Vertauschbarkeit‹. Um diesem Feind des Menschen Widerstand leisten zu können, muss man ihn identifizieren und sich auf ihn einlassen, wie Faust sich auf einen Pakt mit dem Teufel eingelassen hat. Um die Ökonomismen zu überwinden, die der Besonderheit und der Selbstentfaltung des Menschen entgegenstehen, scheint es mir in erster Linie wichtig zu sein, die universalen abstrakten Prinzipien des Marktes wie Tauschbarkeit und Äquivalenzprinzip, Gebrauchswertferne, ökonomische Effizienz und Konsequenz aus dem gesellschaftlichen Denken zurückzudrängen. Diesen Prinzipien könnte entgegengesetzt werden: Stärkung des Besonderen, des Nichtidentischen, Betonung des Eigenwertes der Dinge und des Menschen, statt Markt Erneuerung der ethischen Vernunft und Moral, statt Nutzen Wert, statt ökonomischer Konsequenz individuelle Radikalität, die sich in Störungen, Unbestimmbarkeiten, Brüchen und ineffizientem Verhalten ausdrückt - dies alles sind zentrale Phänomene des Ausdruckverhaltens und der Biographie des Menschen und keine Randbedingungen.

Mit diesen Bemerkungen möchte ich die erste Vorlesung dieses Semesters schließen und Ihnen Gelegenheit für Diskussionen geben. Wir sehen uns dann nächste Woche wieder. Ich danke Ihnen für ihre Aufmerksamkeit.«

Es entflammte eine angeregte Diskussion, über die sich Felix freute, sagte sie ihm doch, dass er den Nerv des Interesses der Studierenden getroffen hatte. Als er nach Abschluss der Diskussion gerade den Hörsaal verlassen wollte, kam mit wiegenden Schritten und einem bezaubernden Lächeln in ihrem hübschen Gesicht die blonde Studentin aus der dritten Reihe auf ihn zu und drückte ihm gegenüber nochmals ihre Begeisterung hinsichtlich des Vorgetragenen aus. Er nahm das Lob ohne erkennbare äußere Regung zur Kenntnis und sagte ihr, dass er sich über ihr Interesse freue. Insgeheim fühlte er sich doch auch geschmeichelt und musste sich zugestehen, dass er von der zauberhaften, offenen und völlig ungezwungenen Art der Studentin ziemlich beeindruckt war.

Er verließ das alte Hörsaalgebäude in der Mertonstraße. Er war freudig erregt, ja fast euphorischer Stimmung, dass er den großen und legendären Hörsaal VI vollgekriegt hatte, ein Hörsaal, in dem in den 68er Jahren Habermas, Adorno und Mitscherlich gelehrt, die turbulenten Vollversammlungen des SDS stattgefunden hatten und Herbert Marcuse und der marxistische Ökonom Ernest Mandel als Gastprofessoren Vorlesungen hielten. Er ging, das Gesicht mit einem leichten Lächeln überzogen, in die Tiefgarage und holte seinen Wagen, um nach Kronberg zu fahren.

Zu Hause öffnete er wie üblich seine Homepage, um die E-Mail-Eingänge zu überprüfen und fand eine Nachricht, die er im ersten Moment sofort löschen wollte, die sich dann aber doch gegen seinen Willen in seinem Gehirn einnistete:

Paula Majer, oder Paula Morales, wie sie sich jetzt nennt, war, wie du weißt, nach ihrem Chile-Aufenthalt zwei Nächte in San Francisco. Sie hat dort Viktor Bregenz, ihren Liebhaber aus ihrer beruflichen Zeit bei California Marketing Services in SF besucht.

Vielleicht solltest du wissen, dass sie mit ihrem alten Liebhaber nicht nur gesprochen, sondern das gemacht hat, was man mit Liebhabern gemeinhin zu tun pflegt ... Paula ist aalglatt und unbarmherzig und nicht so, wie sie scheint.

Eine Freundin, die es gut mit dir meint.

Felix lehnte es für sich normalerweise ab, sich mit anonymen Verleumdungen auseinandersetzen. Er kannte Paula … Natürlich, sie hatte auch eine Seite, mit der er nicht so gut zurande kam. Aber Felix war ebenso klar, dass sie sich ohne eine gewisse Robustheit im harten Wirtschaftsgewerbe nicht hätte durchsetzen können. Nur ganz selten blitzte diese Durchsetzungskraft und Schärfe im Zusammenleben mit ihm durch. War sie unbarmherzig? War sie doppelzüngig und aalglatt, wie die Schreiberin behauptete? Nein, und nochmal nein. Und was die Sache mit diesem Bregenz anging, entschloss er sich, diesem Vorwurf keinen Glauben zu schenken.

Am selben Tag als Felix seine erste Semestervorlesung hielt, wurde Paula vom Vorstand der Real Invest zu einem

Gespräch einbestellt. Als sie den Sitzungssaal betrat, ging Herr Acker, der Vorstandsvorsitzende höchstpersönlich, mit einem breiten Lächeln auf sie zu, um sie mit Handschlag zu begrüßen. Um den großen Tisch saßen neben dem Personal- auch noch der Finanzvorstand.

»Bitte, nehmen Sie doch Platz, Frau Morales«, sagte Acker im freundlichen Ton.

Die anderen Herren erhoben sich kurz von ihren lederbezogenen Sesseln, als Paula Morales sich an das Tischende setzte.

»Ich möchte ohne Umschweife zur Sache kommen. Wie Sie wissen, hatte die Bank in den letzten Wochen enorme Verluste verkraften müssen. Insbesondere hatte der Bereich Investment unter dem Zusammenbruch der Weltfinanzen gelitten. Wir wissen, dass die Verluste im Investment nicht nur Ihnen zuzuschreiben, sondern zum großen Teil den widrigen Umständen zu verdanken sind. Wir sprechen Ihnen hier an dieser Stelle ausdrücklich unser Vertrauen aus und danken Ihnen für die bisher geleistete Arbeit.«

Jetzt werfen sie mich raus, dachte Paula. Etwas anderes kann diese Einleitung gar nicht bedeuten. Sie blickte Acker und die anderen Vorstände herausfordernd an. Sie wollte sich jetzt nicht ducken, sich keine Blöße geben.

»Aus eigenen Kräften konnten wir diese Verluste nicht verkraften, sondern mussten zu unserem großen Bedauern Staatshilfen beantragen, um das Institut zu retten. Sie wissen auch, dass das Ansehen der Banken in der Öffentlichkeit zur Zeit ungerechtfertigter Weise etwas ramponiert ist und die Politiker, die sonst mit uns immer gut kooperiert haben, nun, um Wählerstimmen ringend, auf Distanz zu uns gehen. Das wird sich wieder ändern und sie werden auch wieder Wein mit uns trinken, aber im Moment müssen wir uns dem öffentlichen Druck beugen. Mit anderen Worten, wir müssen ein sichtbares Zeichen unseres guten Willens setzen, dass wir bereit sind, etwas zu ändern. Am stärksten in Verruf gekommen ist nun einmal leider der Investmentbereich und die damit verbundenen Verluste mit den Lehman-Papieren und anderer Spekulationsgeschäften, und dieser Bereich berührt insbesondere Sie, verehrte Frau Morales. Wir sahen uns deswegen gezwungen, sie als Bauernopfer der Politik anzubieten …«

Acker machte eine bedeutungsvolle Pause, blickte Paula in die Augen und fuhr dann fort:

»Wir bieten Ihnen eine einmalige Abfindung in Höhe von drei Millionen Euro an und einen Pensionsanspruch von zweihunderttausend im Jahr, der fällig werden würde, sobald Sie den vorliegenden Abfindungsvertrag unterschrieben haben.«

Das war weit mehr als sie erwarten durfte. Sie unterschrieb. Sie hatte sowieso keine andere Wahl. Ihren Job war sie los, war aber finanziell gut abgesichert und hatte alle Optionen offen – und mehr Zeit für Felix. Sie wusste noch nicht, wo sie sich engagieren würde, aber es würde sich sicher etwas finden lassen, das sie befriedigt.

Als Paula nach einer kurzen Aussprache den Sitzungssaal verlassen wollte, zog Acker sie beiseite und sagte ihr flüsternd, so dass es niemand anderes hören konnte:

»Was Sie demnächst in der Zeitung von unserer Presseabteilung lesen werden, ist für die Öffentlichkeit bestimmt. Wir müssen das so formulieren, da wir sonst keine staatlichen Kredite bekommen würden. Ich möchte Ihnen aber hier versichern, dass wir mit Ihrer Arbeit sehr zufrieden waren, und wir werden das auch die Branche wissen lassen, falls Sie sich bei einer anderen Bank bewerben wollen. Wir wissen sehr wohl, wenn man hohe Renditen erzielen will, muss man auch etwas riskieren. So ist nun mal unser Geschäft. Frau Morales, ich wünsche Ihnen viel Glück für die Zukunft.«

Nach der zweiten Vorlesungsstunde, die ihm wiederum einen vollen Hörsaal bescherte, kam die blonde Studentin aus der dritten Reihe der letzten Stunde zu Felix an das Pult vor. Sie hatte ihre Haare hochgesteckt und trug Jeans und einen tief ausgeschnittenen roten Pulli. Wiederum wurde er durch ihre ungewöhnliche Schönheit und jugendliche Unbekümmertheit beeindruckt.

»Entschuldigen Sie bitte, dass ich Ihnen ihre Zeit stehle. Aber ich habe ein großes persönliches Anliegen. Ich habe mir lange überlegt, ob ich Sie deswegen belästigen darf, aber wie Sie sehen, habe ich allen Mut zusammengenommen, um Sie anzusprechen.«

»Um was handelt es sich?«, fragte Felix und stopfte die Manuskriptseiten in seine Aktentasche, ohne seinen Blick von dem verführerischen Augenpaar abzuwenden. Felix meinte, in diesen Augen nicht nur fachliches Interesse zu erkennen, sondern eine Art schwärmerische Verehrung, die ihm als Person galt. Er kannte solche Blicke aus anderen Situationen mit seinen Studentinnen.

»Wie soll ich es sagen, Herr Professor? Ich studiere Informatik und habe Soziologie als Nebenfach belegt. Ich sitze gerade an einer Hausarbeit über ›Informationelle Selbstbestimmung und Ökonomisierung der Gesellschaft‹. Da letzteres ihr Vorlesungsthema berührt, dachte ich mir, dass Sie mir vielleicht helfen können.«

»Womit sollte ich Ihnen denn helfen können?« Er hätte fast hinzugefügt ›mein Kind‹, so jung kam sie ihm vor.

»Ich wollte Sie bitten, mir etwas von ihrer wertvollen Zeit zu opfern, um mit mir dieses Thema zu diskutieren. Ich bin mir nicht sicher, ob ich auf dem Holzweg bin und mich in etwas verrannt habe. Ich bräuchte jemand, der mit etwas Abstand in meine Gedankenwelt blickt … und da dachte ich an

Sie, Herr Professor. Sie wären meine Rettung. Ich glaube, ich drehe mich im Kreis und weiß nicht weiter.«

Sie legte ihren Kopf kaum merkbar zur Seite und schaute ihn mit großen Augen hilfesuchend an.

»Nun, so dramatisch wird es nicht sein, aber wenn ich Ihnen helfen kann – wenn ich Sie retten kann, wie Sie sich ausdrücken, dann will ich mich Ihnen nicht verweigern.«

»Das ist großartig. Ich habe fest mit einer Absage gerechnet. Sagen Sie mir einen Termin, an dem Sie könnten.«

Felix blätterte in seinem Terminkalender.

»Kommen Sie doch am Donnerstag in meine Sprechstunde, um elf Uhr. Passt Ihnen das?«

»Oh, Herr Professor, es tut mir leid, ich muss an diesem Tag arbeiten, um mein Studium zu finanzieren und kann mich deswegen am Donnerstag tagsüber nicht freimachen. Ich hätte aber am Donnerstagabend Zeit. Ich wäre Ihnen wirklich zu großem Dank verpflichtet, wenn Sie es einrichten könnten, aber natürlich hätte ich Verständnis dafür, wenn Sie keine Zeit hätten. Vielleicht geht es dann an einem anderen Tag.«

Felix überlegte. Er hatte am Donnerstag in Frankfurt zu tun und wollte am Abend in Frankfurt essen gehen, bevor er nach Hause fuhr.

»Ich wollte am Donnerstagabend nach meinem Kolloquium sowieso in ein Restaurant gehen, wenn Sie mir dann Gesellschaft leisten, könnten wir während des Essens miteinander sprechen.«

»Das wäre ja großartig.«

»Gut, in der Clemensstraße 6, hier in der Nähe der Bockenheimer Warte gibt es einen Italiener.«

»Super, Herr Professor Kohn. Ich bin da.«

Sie spitzte etwas die Lippen und es hätte nicht viel gefehlt, da wäre sie ihm, so schien es Felix jedenfalls, um den Hals gefallen.

»Ich heiße übrigens Sibylle, Sibylle Hahn. Nochmals vielen, vielen Dank, dass Sie sich Zeit für mich nehmen. Bis Donnerstag dann.«

Paula hatte unmittelbar nach dem Gespräch mit dem Vorstand die Bank verlassen und ging zu Fuß nach Hause. Sie war merkwürdig ruhig und gefasst, so als ob sie schon seit längerem mit diesem Schritt gerechnet hätte. Paula war von ihrer inneren Gefasstheit verblüfft. Jahrelang hatte sie auf den wirtschaftlichen Erfolg hingearbeitet, hatte sich in die Arbeit hineingekniet und den Erfolg genossen … und jetzt? Mit einem Federstrich wurde ihre steile Karriere beendet und sie weinte dem Ende keine Träne nach. Sie verstand sich selbst nicht mehr. War das alles ihrer ›Wiedergeburt‹ geschuldet? Hat der Einfluss von Felix sie zu einem neuen Menschen gemacht? War sie in der Zwischenzeit abhängig von ihm geworden? Paula ging diesem Gedanken weiter nach. Es würde ihr nicht behagen. Nie wieder wollte sie in Abhängigkeit geraten, auch von Felix nicht, und dieses Versprechen, das sie sich vor langer Zeit gegeben hatte, galt auch jetzt noch. Zu viel hatte sie investiert, damit sie ihre wesentlichen, lebensbestimmenden Entscheidungen nach persönlichen Präferenzen treffen konnte.

Also wie steht es zwischen dir und mir. Paula verfiel wieder in ein gemurmeltes Selbstgespräch, wie sie es früher, als sie allein gelebt hatte, häufiger mit sich führte.

Ja, ich liebe dich. Ich liebe dich sehr, mein lieber Felix. Aber muss Liebe in jedem Fall Abhängigkeit bedeuten? Macht meine Leidenschaft zu dir mich zur Sklavin? Habe ich dich zum Gott erhoben? Nein, und nochmals nein. Es gehört zum Wesen der Liebe, dass sie erhöhen möchte und schmeicheln, dass sie den geliebten Menschen im Glanz ihres Lichtes erstrahlen lassen will. Felix strahlt, ohne mich zu verstrahlen. Ich liebe Felix, ohne mich aufzugeben. Er ist eine Bereicherung für mich und hat mir neue Wege geöffnet. In der Pubertät habe ich mir die Frage gestellt: Wer bist du? Im jungen Erwachsenenalter stellt sich die Frage: Wo will ich hin? Was wird aus mir? Jetzt, im reifen Alter von fünfunddreißig Jahren muss ich mir die Frage stellen: Wo bin ich? Wo gehöre ich hin? Den Blick dafür, zu sehen, wo ich hingehöre, verdanke ich zu einem großen Teil dir, Felix. Dafür bin ich dir unendlich dankbar. Aber ist Dankbarkeit gegenüber einem Menschen schon der erste Schritt in die Unfreiheit? Nein, und abermals nein! Ich gehöre in erster Linie mir und wenn du mich nicht mehr willst, werde ich nicht untergehen, wie damals ... Ich werde leben mit mir und meinem Kind, das ich in mir trage und für das ich in Zukunft viel Zeit haben werde. Ich werde Mutter sein, und, wenn du es willst, mit dir Felix und deinem Kind zusammenleben. Du musst dich entscheiden, ohne dich von mir unter Druck gesetzt zu fühlen. Das nächste Mal, wenn wir uns sehen und Zeit füreinander haben, werde ich dir die freudige Nachricht verkünden.

Paula erreichte ihre Wohnung und fühlte sich erleichtert. Sie streichelte über ihren Bauch, dem man, jetzt Ende des zweiten Schwangerschaftsmonats, nicht ansehen konnte, was er in sich verbarg, und war mit sich zufrieden. In ihrem Arbeitszimmer öffnete sie ihre Facebook-Seite, um Jette eine Nachricht zu senden, dass sie aus der Bank geflogen und schwanger war, was sie bis jetzt noch keinem Menschen mitgeteilt hatte.

Sie sah, dass sie ebenfalls eine Nachricht bekommen hatte. Ein Ralf Attak hatte ihr geschrieben, der sich bei Facebook vor kurzem als ein Freund von Felix vorgestellt hatte, und den sie daraufhin in ihre Freundschaftsliste aufgenommen hatte.

Hallo Paula,

Felix hat mir viel von dir erzählt, und obwohl ich dich nicht persönlich kenne, glaube ich, aus Felix' heraushören zu können, dass du ein netter und anständiger Mensch bist, der Ehrlichkeit verdient. Ich möchte mich eigentlich nicht in die Angelegenheiten von Felix einmischen, aber dieser Fall liegt anders, und es wäre unmoralisch, dich im Unwissen zu lassen. Ich muss dir deswegen leider mitteilen, dass sich Felix in eine blutjunge Studentin verliebt hat. Er trifft sich heimlich mit ihr, auch jetzt am Donnerstag wieder. Es tut mir leid, dir das sagen zu müssen. Ich meine es gut mit dir. Du musst selbst wissen, was du mit dieser neuen Situation anfängst. Sag ihm bitte nicht, dass du die Information von mir hast. Er dreht mir den Hals um.

Ralf

Das ist doch wohl ein Witz, sagte sie laut zu sich. Eben noch male ich mir meine Zukunft mit Felix aus und jetzt das! Das glaube ich nicht. Ich glaub das einfach nicht, verdammt noch mal, schimpfte sie vor sich hin. Wer ist überhaupt dieser Ralf? Felix hat nie von ihm erzählt. Vielleicht hat er Felix mit einer Studentin gesehen, das Semester hat ja gerade begonnen, und jetzt reimt sich dieser Kerl etwas zusammen. So ist Felix nicht, ich hätte gespürt, wenn er sich in eine andere verliebt hätte. Als wir das letzte Mal zusammen waren, haben wir uns geliebt und er war im Bett nicht anders als sonst auch.

Sie wollte das Geschriebene nicht glauben und vertraute Felix, aber der Keim zum Misstrauen war gesät.

Am Donnerstagabend rief sie Felix zu Hause an. Es war niemand da. Sie sprach ihm auf den Anrufbeantworter, er möge sie sobald als möglich zurückrufen. Sie wartete an diesem Abend vergeblich auf einen Rückruf.

Paula lag lange wach im Bett, gegen Mitternacht fielen ihr die Augen zu und einige Zeilen aus Hamlet, den sie erst neulich gelesen hatte, ein:

»Zweifle an der Sonne Klarheit,
Zweifle an der Sterne Licht,
Zweifle, ob lügen kann die Wahrheit,
Nur an seiner Liebe nicht!«

Sie wollte an seiner Liebe nicht zweifeln.

Am nächsten Morgen rief Felix zurück und fragte Paula, nach dem Grund ihres gestrigen Anrufs. Paula ärgerte sich über ihren Argwohn, den sie Felix gestern in Gedanken entgegengebracht hatte.

»Nichts, ich wollte dich nur fragen, ob du mich liebst.«

»Ja, ich liebe dich. Warum wolltest du mich das gestern fragen? Gibt es einen Grund dafür?«

»Nein, nur so. Ich höre es einfach immer wieder gern.«

»Ich verstehe, ich kann mich an diesen drei Worten auch nicht satt hören … liebst du *mich*?«

»Ja.«

Felix zögerte am Telefon und suchte die richtigen Worte, die nicht verraten sollten, was er eigentlich wissen wollte.

»Hat Liebe für dich etwas mit geschlechtlicher Liebe zu tun, ich meine, könntest du mit einem anderen Mann schlafen und mich gleichzeitig lieben?«

Paula war überrascht über dieser Frage, und es dauerte eine Weile, bis sie zögernd antwortete.

»Eine schwierige Frage. Ich weiß nicht, ob ich es noch Liebe im umfassenden Sinn nennen würde, wenn ich dich nicht auch sexuell begehren würde. Aber andererseits ist Liebe keine Funktion des Geschlechtsaktes, sie ist nicht unmittelbar mit dem Geschlechtlichen gekoppelt. Wenn ich aus irgendeinem spontanen Grund lediglich mit einem anderen Mann geschlafen hätte, würde das meine Liebe zu dir nicht berühren. Liebe bedeutet mir weit mehr als nur sexuelle Befriedigung.«

Diese Antwort ließ Interpretationen großen Spielraum und Felix wusste nicht, wie er sie einordnen sollte. Hatte sie nun mit diesem Viktor geschlafen oder nicht?

»Wenn du also mit einem anderen Mann ins Bett gehst, würde das die Liebe zu mir nicht berühren?«

»Was stellst du eigentlich für seltsame Fragen am frühen Morgen. Ich habe nicht vor, mit einem anderen Mann ins Bett zu steigen. Du bist mir durchaus Mann genug, wenn du das meinst … Aber wie steht es denn mit dir, bin *ich* dir Frau genug? Oder ist dir der Sinn nach Jüngeren?«

»Wie kommst du denn darauf, schätzt du mich so ein?«

»Bei euch Männern weiß man das nie genau. Ich kenne einen Mann in San Francisco, für den sind 25-Jährige schon alte Weiber.«

Wieder war die Leitung für einige Zeit still.

»Das ist ja interessant, wen du so alles kennst. Hast du noch Kontakt zu diesem Jugendfetischisten?«

»Ja, warum?«

Sie wechselten das Thema und Paula berichtete ihm ausführlich von ihrem Gespräch mit dem Bankvorstand und ihrer Entlassung und wie gefasst sie diesen Rausschmiss aufgenommen hatte. Felix bewunderte ihre Stärke und sagte ihr das auch.

»Es braucht keine Stärke, Änderungen anzunehmen, die auf innere Resonanz stoßen«, sagte Paula und lächelte ihn durch das Telefon an. Sie sagte ihm nichts von ihrer Schwangerschaft, diese freudige Nachricht wollte sie ihm persönlich überbringen.

Er lud sie ein, das Wochenende bei ihm zu verbringen. Er habe sich schon etwas ausgedacht, womit er sie bekochen könne. Paula musste schmunzeln, sie kannte seine Kochkünste, aber der Wein zumindest würde sie für alles entschädigen.

Es wurde ein verkorkstes Wochenende. Paula und Felix sprachen über vieles, aber nicht über das, was ihnen eigentlich auf der Seele brannte und die Gedanken zu verdüstern drohte. Sie gingen betont vorsichtig miteinander um, und wirkten übertrieben höflich und respektvoll. Die Gespräche hatten die frühere Unbeschwertheit eingebüßt und gediehen hölzern. Wenn sie sich unbeobachtet wähnten, warfen sie sich verstohlene Blicke zu. Beide empfanden deutlich, dass etwas nicht stimmte zwischen ihnen, aber sie fanden keine Worte diese Empfindungen auszudrücken und hakten die empfangenen Signale als eine vorübergehende Missstimmung ab, die in einer Beziehung ausgehalten werden musste und auch wieder verschwinden würde. Aus irgendeinem Grund, der ihr nicht klar wurde, behielt sie die Verkündung ihrer Schwangerschaft in dieser Situation noch immer für sich. Es fiel ihr schwer. Es blieb bei beiden ein ungutes Gefühl zurück, als sie sich am Montag trennten und Paula wieder in ihre Wohnung nach Frankfurt zurückfuhr.

Sie kaufte sich die Financial Times. In einer Mitteilung der Presseabteilung ihrer Bank las sie dort folgenden Text:

»Die Real Invest Bank hat sich mit sofortiger Wirkung von der Leiterin der Investment-Abteilung, Frau Paula Morales, getrennt. Durch ihre spekulativen Hochrisiko-Geschäfte, die sie ohne die notwendigen Risiko-Absicherungen und ohne Wissen des Vorstandsvorsitzenden getätigt hatte, hat die sonst solide arbeitende Bank große Verluste erlitten.

Die Bank stellt sich mit der fristlosen Kündigung ihrer Verantwortung gegenüber der Gesellschaft und setzt Zeichen für ihren Reformwillen. Die RI-Bank wird dieser Tage einen Antrag auf Kapitalhilfe bei der Bundesregierung stellen.«

Nichts als Lügen und Heuchelei, unzählige Male bin ich mit dem Vorstand zusammengesessen, um die Investment-Strategie der Bank zu diskutieren. Nichts wird geschehen, und sie werden ihre Geschäfte weiter so machen wie bisher, dachte Paula, als sie diese Zeilen las.

XII.

Gebt mir den Mann,
den seine Leidenschaft nicht macht zum Sklaven,
und ich will ihn hegen
im Herzensgrund,
ja in des Herzens Herzen.
Hamlet

Paula fuhr für eine Woche zu ihrer Freundin Jette nach Tübingen. Sie brauchte jemanden, mit dem sie sich aussprechen konnte. Da das zurzeit mit Felix nicht mehr ging, war sie die Einzige, der sie sich anvertrauen konnte.

Jette war wie immer, liebevoll und sie flirtete mit ihr, wie in früheren Zeiten. Paula fühlte sich heimisch und umsorgt. Ihr fiel auf, dass Jette in der Zwischenzeit einen schwäbischen Akzent angenommen hatte, der, wie sie meinte, gut zu ihrer unkomplizierten Art passte. Sie nahmen sich viel Zeit füreinander und kakelten alles durch, was sich in der Zwischenzeit angesammelt hatte und ihnen auf dem Herzen lag. Dabei nahmen Paulas Zukunftsperspektiven breiten Raum ein. Wie immer verbreitete Jette Zuversicht und sie machte ihr Mut, die neuen Herausforderungen als Chance anzunehmen und sich darüber zu freuen, dass ihr Leben nochmals etwas Würze bekäme. Jette war beglückt darüber, dass Paula nochmals schwanger geworden war, und sie erinnerte sich an die schreckliche Nachricht vom Tod des Kindes, das damals Paulas Selbstmordversuch nicht überlebt hatte. Und Jette war begeistert von Paulas Angebot, Patentante zu werden, und versprach ihr, sich um den neuen Erdenbürger oder die neue Erdenbürgerin, wie sie extra noch betonte, zu kümmern, komme, was da wolle, fügte sie hinzu, und spielte damit auf die Spannungen an, die zwischen Paula und ihrem Freund zur Sprache gekommen waren. Sie schlug ihr vor, da sie doch jetzt Mutter, und möglicherweise sogar alleinerziehende Mutter werde, ihre Millionen, die sie in den letzten Jahren gescheffelt habe, wie sie sich mit spitzem Unterton ausdrückte, für einen guten Zweck einzusetzen.

»Du und deine Branche, ihr seid ja nicht ganz unschuldig an dem gegenwärtigen Schlamassel. Da böte es sich doch an, dass du deine Branchenkenntnisse und deine Millionen dazu nutzt, einige der Schäden, die ihr angerichtet habt, wieder gut zu machen.«

Paula betrachtete ihre Freundin erstaunt.

»Seit wann interessierst du dich für Politik? ... An was hast du denn gedacht?«

»Politik interessiert mich nach wie vor nicht sonderlich. Aber wenn die Folgen für die Betroffenen gar zu schlimm sind, werde sogar ich wach. Ich habe gelesen, dass sehr viele Familien durch die Krise in finanzielle Schwierigkeiten geraten sind, eventuell sogar zum Sozialhilfeempfänger degradiert wurden, und ihren Kindern nicht einmal mehr das Nötigste kaufen können: einen Schulranzen, einen Zoobesuch, Finanzierung des Schulausflugs und vieles mehr. Insbesondere sind davon, wieder einmal, Alleinerziehende betroffen, die eh schon nicht viel zum Beißen haben.«

Paula griff diesen Gedanken auf und entschloss sich, mit ihrem Geld eine Stiftung zu gründen, die Kinder und Familien, mit Schwerpunkt auf Alleinerziehende, die in finanzielle Not geraten sind, finanziell unterstützt und kostenlose Beratung in geldlichen Dingen anbietet. Für die pragmatisch denkende Paula verband sich damit nicht nur ein guter Zweck, sondern auch der Vorteil einer steuerlichen Ersparnis, was sie Jette allerdings nicht unter die Nase rieb. Sie erinnerte sich, dass bei Stiftungen bis zu eine Million Euro im Jahr vom Finanzamt für Stiftungszwecke angerechnet werden können, mit entsprechenden Auswirkungen auf die eigene Steuerlast. Sie hatte auch schon einen Namen im Kopf: sie würde die Stiftung ›Kids in Not‹ (KiNo) nennen.

Felix hatte einen Termin für eine Podiumsdiskussion beim Berliner Rundfunk über die Garantie, die die Regierung im Oktober für die Ersparnisse der deutschen Mitbürger abgegeben hatte. Die Veranstaltung sollte am Donnerstag stattfinden. Er flog schon am Dienstag und beabsichtigte ein paar Tage in Berlin dranzuhängen. Er glaubte, eine Luftveränderung täte ihm gut und brächte die Dinge mit Paula wieder ins Lot, die am Wochenende verrutscht waren.

Auf dem Flug kam ihm die Begegnung mit Sibylle in den Sinn. Sie hatten in dem gut besuchten italienischen Restaurant gut gegessen und anschließend bei mehreren Flaschen hervorragenden italienischen Wein ein langes, anregendes Gespräch geführt, in dem der eigentliche Grund ihres Treffens mehr und mehr in den Hintergrund gedrängt worden war. Sie erzählte von ihrem Informatik-Studium und schließlich kamen sie unverhofft auf ihre Jobs als quasi professionelle Hackerin. Felix fand es ungemein interessant, wie die Hacker-Freaks die Sicherheitsbarrieren überlisteten und wie es ihnen, fast mühelos, gelang, in die Computer ihrer Opfer einzudringen. Das galt nicht nur für die Computer, in denen sensible Firmendaten abgespeichert waren, sondern auch für private Computer, in denen große Teile des Lebens ihrer privaten Nutzer auf der Festplatte gespeichert waren, und dieses Leben sich nun offen vor den Daten-Einbrechern ausbreitete. Er bekam Angst, wenn er daran dachte, was er selbst alles auf seinem Computer gespeichert hatte und nahm sich vor, in Zukunft der Festplatte nicht mehr alles anzuvertrauen und mehr externe Speichermedien zu nutzen, die vor Hackerangriffen sicher waren.

Das Gespräch fand in einer völlig unverkrampften, sehr offenen Atmosphäre statt. Sibylle war spritzig, frisch, jugendlich keck – und immer wieder wurde er von ihrer fast übernatürlichen Schönheit überrumpelt und konnte sich nur schwer von ihrem ebenmäßigen und, trotz ihrer Jugend, doch ungemein ausdrucksstarken Gesicht lösen. Sie kokettierte mit ihm, strahlte ihn an und machte ihm, der ihr Vater sein könnte, ungeniert kaum verschleierte sexuelle Komplimente; Streicheleinheiten für seine männliche Eitelkeit. Die Zeit verging wie im Flug, und sie hatten, als sie sich trennten, nur wenig über ihre Hausarbeit gesprochen. Sie verabredeten einen neuen Termin in der übernächsten Woche, da er, wie er ihr mitteilte, in der kommenden Woche vom Berliner Rundfunk für eine Diskussionsrunde eingeladen worden sei, bei der es ebenfalls um die gegenwärtige Finanzkrise gehe. Das Thema lasse ihn einfach nicht mehr los, so wie die Schönheit einer Frau sich im Kopf eines jeden Mannes festsetzt und alle anderen Gedanken vertreibe, sagte er scherzhaft.

»Das passt doch, Herr Kohn. Ich bin nächste Woche ebenfalls in Berlin, bei einer guten, alten Freundin … Könnten Sie mir nicht eine Karte für die Podiumsdiskussion besorgen, dann kann ich noch was lernen, anstatt mit meiner Freundin im Berliner Party-Sumpf zu versacken.«

Felix fühlte sich überrumpelt und zögerte.

»Bitte, bitte«, bettelte Sibylle und schürzte die Lippen, wie Kinder das tun, wenn ihnen etwas verweigert wird, von dem sie glauben, dass es ihnen zusteht.

Er konnte ihr nicht widerstehen und versprach, ihr eine Zuschauerkarte zu besorgen. Er würde sie am Eingang auf ihren Namen hinterlegen.

»Das ist prima, vielen Dank. Ich freu mich Sie zu hören … und noch mehr, Sie zu sehen«, sagte sie und strahlte ihn mit ihren blaugrün schimmernden, seltsam tiefgründigen Augen an, die so gar nicht zu ihrem beschwingten, jugendlichen Wesen passen wollten.

»… Die Jagd nach exorbitanten, leistungslosen Renditen am Kapitalmarkt entzieht der Realwirtschaft die Investitionssummen, die sie braucht, um Wohlstand für alle schaffen zu können. Die Investitionen in Derivate und ähnliches hinterlassen nicht nur leere Staatskassen, sondern auch Arbeitslosigkeit und schwächen das Wachstum der Realwirtschaft …«

Sibylle verfolgte die Diskussion nur oberflächlich, beobachtete aber mit größter Aufmerksamkeit das ausdrucksvolle Mienenspiel von Felix Kohn, während er auf der Podiumsdiskussion druckreif sprach. Seine Hände waren ständig in Bewegung, und er setzte sie unentwegt ein, um wichtige Passagen zu unterstreichen, um etwas abzuwehren, um Zweifel auszudrücken. Seine neugierigen Augen konzentrierten sich auf die Diskussionspartner, wenn diese redeten und verloren sich oftmals an der Studiodecke oder sonst irgendwo, wenn er selbst einen schwierigen Gedankengang vortrug, der nicht auf eine bestimmte Person gemünzt war.

»… so dass die gegenwärtige Krise durch gegenseitiges Misstrauen im Interbankengeschäft geprägt ist. Wir könnten das Misstrauen mit einem zu niedrigen Oxytocin-Spiegel zu erklären versuchen und Vertrauen schaffen, indem wir den

Bankenmanagern Oxytocin verabreichen und dadurch die altruistische Kooperations- und Vertrauensbereitschaft stärken. Es ist natürlich richtig, dass wir diese Erklärungsmöglichkeit nicht in Betracht ziehen. Vielmehr erklären wir das Misstrauen unter anderem damit, dass die Akteure keine reellen Informationen über mögliche Kreditausfälle ihrer Geschäftspartner bekommen. Die Konsequenz dieses Ansatzes wäre, die Durchsichtigkeit gerade im Bankgeschäft, das wie kaum ein anderes auf Vertrauen basiert, drastisch zu erhöhen und übersichtliche Regeln und Regulierungen gesetzlich zu verankern …«

Ihre Gedanken schweiften ab. Ein attraktiver Mann, dachte sie. Sie lächelte ihm gewinnend zu, als er gerade ein Statement beendet hatte und er ihr einen kurzen Blick zuwarf. Sie stellte sich vor, mit ihm im Bett zu sein, und der Gedanke gefiel ihr. Obwohl sie ihn ursprünglich nur kennenlernen wollte, um sich an Paula Majer, der Vatermörderin, zu rächen und deren Liebe zu Felix zu zerstören. Sie hatte alles daran gesetzt, die Aufmerksamkeit von Felix auf sich zu lenken und ihn zu verführen. Sie wusste aus dem E-Mail-Verkehr, wie sehr Paula Felix liebte, und sie wollte sie leiden lassen, indem sie ihr das nahm, was sie neben ihrem Geld, wie sie vermutete, am meisten liebte.

Jetzt war aus dem Zweck-Mittel-Verhältnis zu Felix plötzlich etwas entstanden, das völlig außerhalb ihrer Absichten lag und mit dem sie niemals gerechnet hatte. Sie hatte sich verknallt, in einen Mann, der dreißig Jahre älter war als sie selbst, in einen Mann, mit ersten Falten im Gesicht und grauen Haaren. Ausgerechnet in einen Mann, der auch noch einen Vollbart trug, den sie bei Männern eigentlich nicht verlockend fand. Aber alle diese Bedenken, die vor kurzer Zeit noch absolute Ausschlusskriterien hinsichtlich eventueller

Männerbekanntschaften waren, galten nicht mehr. Sie schob sie bedenkenlos beiseite.

Er ist witzig, charmant, intelligent und hat eine ungemein warme, einschmeichelnde Stimme, dachte sie, als er gerade wieder das Wort ergriffen hatte. Er hat schöne Augen und sein Körper wirkt durchaus durchtrainiert und lässt nicht vermuten, dass er nur aus wabbeligem Fleisch und faltiger Haut besteht. Wie hat diese Paula es nur geschafft, sich solch einen Mann zu angeln? Wahrscheinlich hat sie ihn mit ihren Millionen verführt. Aber nein, von Geld lässt er sich nicht beeindrucken, da steht er drüber. Außerdem verdient er als Professor sowieso genug Kohle. Wenn er erfährt, was für ein Luder sie ist, wird er bei seiner Intelligenz und politischen Einstellung schnell seinen Fehler einsehen und sie wieder verlassen.

Nach der Veranstaltung ging Sibylle auf Felix zu, um ihm zu der Sendung zu gratulieren. Da er am Abend nichts vor hatte, fragte er sie, ob er sie noch zu einem Glas Wein einladen dürfe. Aus seiner früheren Zeit hier in Berlin kenne er ein nettes Lokal. Es wurde eine lange Nacht. In aufgeräumter, fröhlicher Stimmung und angeregt durch das vielseitige Berliner Nachtleben tourten sie durch die Kneipen und Etablissements von Berlin. Einige Male sprach Sibylle wildfremde Menschen an und bat sie, sie zusammen mit Felix zu fotografieren. Gab sie ihm anfangs nur unverfängliche Küsse auf die Wange, so wurden die Bezeugungen ihrer Zuneigung zu ihm umso intimer je später die Nacht wurde. In einer Alt-Berliner Kneipe, in der sie gegen drei Uhr morgens hängen blieben, küsste sie ihn und auch den Kuss wollte Sibylle fotografisch dokumentiert sehen: für mein Album, als Erinnerung an dich, sagte sie spitzbübig zu ihm, dem es unangenehm war, sich so in der Öffentlichkeit ablichten zu lassen. Aber Felix fühlte sich jung und unbekümmert in ihrem Beisein und gab sich an diesem Abend dem harmlosen Genuss hin, von einem jungen, hübschen, reizvollen Mädchen angehimmelt und umschwärmt zu werden. Als sie schließlich in seinem Hotel landeten, ziemlich angetrunken, beschwingt und mit schummerigen, versteckten Vertrautheiten angefüllt, war es nur noch ein kleiner Schritt, sich nach den verbalen auch den körperlichen Intimitäten zu öffnen. Sibylle war völlig ungeniert. Sie zog sich aus, legte sich lachend auf das Bett und lockte ihn mit dem Zeigefinger zu sich.

»Komm, lass uns Liebe spielen«, sagte sie schäkernd. Felix spielte ihr Spiel mit, ließ sich locken und verführen und naschte von dem, was sich ihm so unbekümmert darbot.

Am nächsten Tag hatte er einen ausgewachsenen Kater und kam sich Paula gegenüber entsetzlich schäbig und schuldig vor. Er würde den Ausrutscher für sich behalten und die Nacht als nichtssagenden One-Night-Stand abhaken.

Paula, ich hatte dich ja schon gewarnt. Die Beziehung zu seiner neuen Freundin hat sich leider verfestigt. Er hat mir angedeutet, dass er mit einer anderen ein Verhältnis und auch mit ihr geschlafen habe, oder, um es mit seinen eigenen Worten auszudrücken, »tollen Sex« mit ihr gehabt hatte, als er wegen einer Podiumsdiskussion in Berlin war. Es tut mir wirklich leid, dir das von Felix sagen zu müssen. Du solltest daraus vielleicht Konsequenzen ziehen, bevor er es tut.

Ralf

PS: Demnächst schicke ich dir ein paar Fotos auf dein Handy, die meine Worte beweisen, falls du meinen Worten nicht glauben kannst. Ich selbst habe es auch nicht für möglich gehalten. Ich kenne ihn nun schon so lange und hätte nicht gedacht, dass er ein solch unehrenhafter Schuft sein kann. Ich habe die Konsequenzen gezogen und ihm deswegen meine Freundschaft aufgekündigt.

Paula erhielt diese Zeilen über Facebook als nichtöffentliche Benachrichtigung, als sie von Jette gutgelaunt zurückkam, und wurde mit einem Schlag mit einer Realität konfrontiert, die in ihrem Kopf und Herz keinen Platz mehr hatte. Sie war sich Felix so sicher gewesen und wurde von dieser Entwicklung völlig überfahren.

Einen Tag später empfing Paula drei Bilder auf ihrem privaten Handy, die Felix mit einer blond gelockten, und wie es ihr schien, noch sehr jungen Frau zeigten. Auf dem einen Bild stand Felix mit ihr, den Arm um sie gelegt, vor einer Bar. Ein anderes Bild zeigte die beiden vor der Siegessäule, wo die Frau (oder muss man bei diesem Alter noch von Mädchen sprechen?) ihre Arme um Felix‘ Hals gelegt hat und ihm ein Kuss auf die Wange gab. Beim dritten Bild befanden sich die beiden in einer schummrigen Bar und küssten sich innig.

Paula war wie betäubt, wollte aber nicht, wie vor längst vergessen geglaubter Zeit, kopflos wegrennen, sondern zunächst mit Felix reden. Vielleicht war ja doch alles harmloser, als es hier aussieht ... und wer war überhaupt dieser Ralf, der solche intimen Dinge über einen Freund ausplauderte? War das Ausdruck von Freundschaft? Paula verneinte das für sich entschieden. Er hätte mit ihm reden müssen und nicht mit mir über ihn. Ebenso seltsam erschien es ihr, dass er wegen dieser Affäre seine Freundschaft zu Felix beendet hatte. Aber sie konnte über diesen Freund denken, was sie wollte, an der Realität der Bilder führte kein Weg vorbei.

Zur selben Zeit, als Paula über das unverständliche Verhalten von Felix und seinen Freund brütete, bekam Felix Post auf seine Homepage.

Lieber Freund,

ich sagte dir beim letzten Mal, Paula ist aalglatt und unbarmherzig. Ich bin dir für diese Behauptung, glaube ich, noch einen Beleg schuldig. Oder hast du in der Zwischenzeit mit ihr gesprochen und sie zur Rede gestellt? Wenn ja, brauchst du nicht weiterlesen. Wenn nicht, könnte dich Nachfolgendes interessieren:

Paula war am Tod von zwei Menschen schuldig, und zwar aus niederen Beweggründen, nämlich wegen der rücksichtslosen Verfolgung der eigenen Karriere und aus Geldgier. Beides sind Motive, die dir, der du immer für Gerechtigkeit und gegen kapitalistische Auswüchse kämpfst, besonders zuwider sein müssten. Die Ausführung der Tat geschah willentlich und war lange vorbereitet worden, deswegen könnte man unter rechtlichen Gesichtspunkten auch von Mord sprechen.

Während ihrer Zeit als Geschäftsführerin von FMS hat sie die Mitarbeiter rücksichtslos ausgenützt, die Belegschaft bespitzeln lassen, einzelne Mitarbeiter schikaniert und Entlassungen vorangetrieben, nur um den Profit zu erhöhen und bei der Muttergesellschaft CMS gut da zustehen, und, nicht zuletzt, um den Sprung in das internationale Topmanagement dieses Unternehmens zu schaffen. Bei einem Mitarbeiter, Andreas Fröhlich, sie wird sich mit Sicherheit an den Namen erinnern, wenn du sie diesbezüglich ansprechen solltest (falls du nach diesen Ausführungen überhaupt noch Interesse hast, mit ihr zu reden), hat sie die Unterdrückungsmechanismen auf die Spitze getrieben. Sie hat ihn gemobbt, ihn vor anderen Mitarbeitern bloßgestellt und erniedrigt – und sie hat ihm, einem bislang völlig unbescholtenen, gutwilligen Menschen, böswillig einen Diebstahl angelastet, um ihn fristlos kündigen zu können. Dies geschah am 20. Juli 2001. Bei solch einem Kündigungsgrund wurde Andreas Fröhlich natürlich von allen Firmen, bei denen er sich beworben hat (und es waren viele), abgewiesen. Er bekam nie wieder einen Job! Er verzweifelte und aus dem liebevollen und fröhlichen Menschen und Vater wurde ein mutloses und seelenloses, ein depressives Wrack, das für sich und seine Familie keinen Ausweg mehr wusste. Er beging Selbstmord am 22. 09. 2001. Ein Datum, das sich Frau M. gut merken sollte. Er hinterließ eine Frau und zwei Kinder, ein 14-jähriges Mädchen und einen 10-jährigen Jungen. Die Mutter war bisher nur Hausfrau und hatte keinen Beruf ausgeübt und musste sich und ihre zwei Kinder mit Mitteln aus der Sozialhilfe durchbringen. Sie litt erbärmlich darunter, ihren Kindern nichts bieten zu können und wurde selbstzerstörerisch, launisch und entwickelte einen starken Selbsthass, bis auch sie es nach sieben Jahren nicht mehr mit sich aushielt und sich umbrachte. Das ist die zweite Tote, die Paula Majer zu verantworten hat.

Du bist ein intelligenter Kopf, denk darüber nach, was das für ein Mensch sein muss, der solches tut und ob du mit solch einem Menschen weiterhin zusammenleben magst und kannst.

Deine Freundin

Felix überlegte, wer solch ein Schreiben verfasst haben könnte. Wenn der Inhalt wahr ist, wusste die Schreiberin sehr viel über Paula und die Familie von diesem Fröhlich. War es eine Verwandte, die sich rächen wollte? Der Inhalt erschütterte ihn und machte ihn fassungslos.

Er wusste, dass Paula eine atemberaubende Karriere in der Wirtschaft hingelegt hatte, und um so hoch zu kommen, lief sie sicher nicht immer auf Samtpfoten durch die kapitalistische Welt, die keine Idylle war, sondern steiniges, garstiges Gelände. Er kannte diese Welt aus seinen Studien und vielfältigen eigenen Erfahrungen nur zu gut. Aber Paula schien ihm, so wie er sie kennengelernt hatte, keine dieser aalglatten Wirtschaftstechnokraten zu sein, deren rationale, emotionslose Wege eine Spur der Verwüstung hinter sich ließen. Sie hatte, so war jedenfalls seine persönliche Wahrnehmung, durchaus auch eine soziale, altruistische Ader. Sie konnte das Leid anderer empfinden, sie konnte weich, anschmiegsam und nachsichtig sein, und sie hasste, wie er selbst, Ungerechtigkeiten. Passte das zu dem Bild von ihr, das diese obskure selbsternannte sogenannte Freundin gezeichnet hatte? Hatte er sich so in ihr getäuscht? War er blind gewesen? Es konnte natürlich sein, dass sie ihm etwas vorgespielt hat, sie kannte ja seine politischen Einstellungen und wusste, was er verabscheute und was nicht. Wenn das der Fall wäre, hätte sie ihn hintergangen, wäre sie die ganze Zeit unwahrhaftig ihm gegenüber gewesen, was ihn am meisten schmerzen würde, und was er ihr nicht verzeihen könnte.

Wie schwer ist es doch in einen Menschen hineinzublicken, dachte er, ich war mir ihres Wesens so sicher. Jeder hat Fehler, natürlich, ich auch, aber solch ein Verhalten, wie das von Paula gegenüber diesem Andreas Fröhlich wäre unentschuldbar. Aber was heißt überhaupt unentschuldbar, fragte er sich weiter. Entschuldbar war nur eine Tat, wenn diese schuldhaft war. Hat sie schuldhaft gehandelt, damals? Wusste sie, was sie tat und hat ins Kalkül gezogen, dass ein Mensch dabei zugrunde gehen könnte? Sie hatte ganz offensichtlich die legitimen Ansprüche von Andreas Fröhlich auf menschenwürdige Behandlung missachtet. Das war keine Frage und schrecklich genug. Sie konnte zwar nicht wissen, dass er Selbstmord begehen würde. Sie kannte aber mit Sicherheit den Arbeitsmarkt und die Einstellungen der Personalchefs. Deswegen musste sie auch wissen, dass er es mit der Hypothek, ein Dieb zu sein, zumindest äußerst schwer werden würde, eine neue Stelle zu finden. Sie hätte dies berücksichtigen und Schlussfolgerungen daraus ziehen müssen, dass ein Mensch damit eventuell nicht fertig werden könnte, zumal wenn dieser Mensch

Frau und Kinder hat und diese mit in die Katastrophe gezogen würden. Oder hatte Paula nichts von den privaten Verhältnissen Fröhlichs gewusst? Es wäre ihr zuzutrauen. Sie hatte damals in dem Unternehmen ganz offenbar ohne nach rechts und links zu gucken, rücksichtslos agiert. Wahrscheinlich hatte sie alles ausgeblendet, was ihrem Ziel im Weg stand. Ein Charakterzug, der zu Karrieristen passen würde. Ihm war, nachdem sie sich kennengelernt hatten, zuweilen aufgefallen, wie sie dazu neigte, Dinge, die ihr nicht in den Kram passten, beiseite zu drücken, oder die Augen davor zu schließen und sie einfach zu ignorieren. Sie nahm sich, was sie brauchte und in ihrer Macht stand, nehmen zu können.

War das auch bei diesem Viktor Bregenz so, als sie jetzt in San Francisco war, schoss es ihm durch den Kopf. Hat sie sich einfach genommen, wonach ihr zumute war und Sex mit ihm gehabt, ohne nachzudenken, was das für ihn, für ihre Beziehung bedeuten könnte? Er musste sich, zumindest bei diesem Aspekt, am eigenen Schopf fassen. Hatte er sich in Berlin nicht wie Paula in San Francisco verhalten? Was hat ihm diese Nacht mit Sybille bedeutet? Welche Beziehung gingen Sex und Liebe ein?

Seine Gedanken drohten abzugleiten und er zwang sich, seine gedankliche Aufmerksamkeit wieder auf Paula zu lenken.

Hätte sie in der betrieblichen und beruflichen Position, in der sie sich damals befand, *anders* handeln *können*? Natürlich, sie hatte es als Kind nicht leicht. Er erinnerte sich, dass sie ihm erzählt hatte, wie ihre Mutter sie benutzte, mit ihr prahlte, sie auf Schönheitswettbewerbe geschickt und zur Fleischbeschau freigegeben hatte, wie sie in dieser Zeit eine schützende Hülle um sich aufzubauen versuchte, um sich vor der Außenwelt abzuschirmen. Eine Hülle, die mit der Zeit immer dicker und undurchlässiger wurde. Sie hatte ihm erzählt, wie sie als Jugendliche andere sexuell provozierte, und so eigene innere sexuelle Spannungen abbaute, wie sie sich dazu verdammt fühlte, ganz allein ihren Weg durch die Welt zu suchen, ohne irgendwelche Unterstützung von außen. Schließlich ihr Selbstmordversuch, der die schweren inneren Verletzungen, die ihr zugefügt worden waren, offenbarte. Aber entschuldigt dies ihr Verhalten damals als 28-Jährige, als Geschäftsführerin eines Unternehmens?

Ihm war durchaus bewusst, dass niemand für seine Gene, oder für traumatische Erlebnisse, oder ein negativen Umfeld im Kindesalter verantwortlich gemacht werden konnte, aber, so fragte er sich, war deswegen der Mensch ein Leben lang Gefangener seiner missglückten oder unglücklichen frühen Kindheit? War deswegen dieser Mensch im Erwachsenenalter nicht in der Lage eigenverantwortlich zu agieren. Er verneinte das entschieden. Der Mensch ist zur Freiheit verdammt, hatte vor langer Zeit schon Sartre behauptet. Paula war, so folgerte er, als Endzwanzigerin ebenso frei in ihren Entscheidungen gewesen, zumindest war sie frei in ihrem Willen, so oder so zu entscheiden. Er wollte ihr lediglich zugestehen, dass sie als Akteurin, die sich in die Leistungsanforderungen einer US-amerikanischen Aktiengesellschaft eingebunden fühlte, gewissen Restriktionen ausgesetzt war, die ihren individuellen Handlungsspielraum einengten, und sie darüber hinaus sicherlich unter starkem ökonomischen Erfolgsdruck stand.

Felix zündete sich eine Zigarette an. Im Aschenbecher türmten sich die Stummel. Er konnte sie von der Haftung für den Selbstmord von Fröhlich nicht gänzlich freistellen, wollte ihr aber den zweiten Selbstmord nicht anlasten, wie das die Schreiberin getan hatte. Unbestritten ist, falls das stimmt, was dort geschrieben stand, dass sie viele soziale Normen verletzt hat und sie sehr leichtfertig mit der Würde der ihr anvertrauten Mitarbeiter umgegangen ist.

Felix spürte, wie sich sein Herz verengte, wie Paulas bisher nahezu makellose Aura verschattet wurde. Er fühlte die nagenden Zweifel, die aufkommende Distanz beinahe körperlich und beides schmerzte. Er wusste nicht, ob er in Zukunft noch so unbefangen, leicht und vorurteilslos mit ihr leben könnte, wie bisher.

Er musste an Sibylle denken. Mit ihr hatte er sich in Berlin in einem Vakuum befunden, vorübergehend befreit von allem Ballast, von Verantwortung, von Sorgen. Sie hatte ihn für ein paar Stunden in einen Bannstrahl von Leichtigkeit, Schwerelosigkeit und auch Gedankenlosigkeit gesogen – und er musste, auch wenn ihn das erschreckte, vor sich eingestehen, dass er diese unbeschwerten, lustvollen Stunden genossen hatte.

Es lag ihm fern, nur aufgrund von anonymen Anklagen den Stab über Paula zu brechen. Sie war ihm wertvoll, er liebte sie immer noch, und voller Wehmut erinnerte er sich an die schönen Tage mit ihr. An Italien, an ihr Lächeln, an ihr unvergleichliches, etwas krächzendes Lachen, an ihre Diskussionsfreude und Intelligenz, an ihren weichen, warmen Körper. Er musste unbedingt mit ihr sprechen. Er musste sie möglichst bald mit ihr reden, damit sich nichts Unwahres in seinem Kopf einnisten konnte. Er musste klären, wie sich alles zugetragen hatte. Er billigte jedem Menschen zu, sich zu ändern und vergangene Schuld zu tilgen. Also auch ihr. Erst vor Kurzem hatten sie über die Wandlungsfähigkeit des Individuums diskutiert. Es kam ihm in diesem Moment vor, als ob diese Diskussion schon vor einer Ewigkeit geführt worden wäre.

Es hatte zu schneien begonnen. Die träge herab torkelnden Schneeflocken hüllten den Rasen und das Astgestrüpp der Buschgruppen in ein sanftes Weiß. Eine andächtige Stille legte sich über die verhüllte Natur. Die Wege waren von schmutzigem Schneematsch bedeckt und schlängelten sich wie ein schwarzes Adergeflecht durch die weiß getünchte Landschaft des mitten in der Stadt gelegenen Grüneburgpark. Der Winter hatte sich früh zurückgemeldet in diesem Jahr, auch wenn es für Frankfurt nicht ungewöhnlich war, dass im November die Stadt für eine kurze Zeit von einer Schneedecke eingehüllt wurde. Felix und Paula stapften nebeneinander her durch den schmierigen Schnee auf den Wegen und nahmen die frühe weiße Pracht um sie herum kaum wahr, zu sehr waren sie mit sich selbst und ihren Problemen beschäftigt.

»Warum hast du mit ihr geschlafen? Was hat sie, das ich nicht habe? Irgendetwas muss es ja sein, das dir besser an ihr gefällt.«

Paula blickte ihn von der Seite an. Felix starrte vor sich hin und ließ sich Zeit mit seiner Antwort.

»Es war, glaube ich, deswegen, weil ich so allein war. Und dieses Alleinsein vermischte sich mit trüben, belastenden Gedanken und Gefühlen der Enttäuschung, auch der Selbsttäuschung … und dann kam der Alkohol dazu, und eine Frau, eine attraktive Frau, die diese schweren Gedanken verscheuchte und alles ins Leichte konvertierte. Sie nahm mir die Last, machte mir Komplimente, flirtete mit mir, hatte Spaß und vergnügte sich arglos mit mir. Von diesem Moment an war es nur noch ein kleiner Schritt zum Sex. Schwereloser Sex, der keine tiefere Bedeutung für mich hatte. Es war einfach nur Sex. Oder nenn es Spaß, mehr war es nicht … Und wie war das mit dir und diesem Viktor Bregenz?«

»Was soll mit Viktor gewesen sein und warum warst du enttäuscht?«, fragte Paula erstaunt und blieb stehen.

»Du hast mit ihm geschlafen, als du in San Francisco warst. Das war mit Viktor.«

Felix war ebenfalls stehen geblieben, drehte sich um und blickte sie vielsagend an.

»Das ist doch Unsinn, ich habe mit niemandem geschlafen, und schon gar nicht mit Viktor. Wer hat dir denn diesen Stuss erzählt?«

»Das tut nichts zur Sache, ich weiß es eben.«

»Gar nichts weißt du. Glaubst du seit neuestem alles, was dir zu Ohren kommt, sei es auch noch so unwahrscheinlich? Du bist doch sonst nicht so leichtgläubig, sondern recherchierst seriös und gehst den Dingen auf den Grund. Gilt das für mich nicht mehr?«

»Hast du mit ihm geschlafen?«

»Nein, und nochmals nein. Ich liebe dich, Felix. Vergessen? Ich könnte gar nicht mit einem anderen Mann schlafen. Mir kommen deine Gedanken absolut absurd vor.«

»Und wenn ich dir sage, dass du vor sieben Jahren einen Mann in den Selbstmord getrieben hast, stimmt das auch nicht?«

»Du machst gewaltige Sprünge und hast einen offensichtlich allwissenden Informanten. Was soll ich angeblich gemacht haben? Was denkst du von mir? Sind das die trüben Gedanken, die in deinem Kopf herum spuken. Ich soll jemanden in den Tod getrieben haben? Wenn ich das schon höre: getrieben! Bin ich für dich ein Unmensch, der Menschen vor sich her treibt, bis sie sich umbringen? Wen soll ich denn in den Tod getrieben haben?«

»Andreas Fröhlich.«

Paula sah ihn mit großen, fragenden Augen an. Urplötzlich tauchte die Vergangenheit wieder auf, mischte sich in ihr jetziges Leben. Sie erinnerte sich an den tragischen Selbstmord und es tat ihr leid, insbesondere wegen der Hinterbliebenen, der Ehefrau, der Kinder. Andererseits hatte sie diesen Fröhlich damals wegen der Tat verachtet und empfand ihn als lebensuntüchtig … aber getrieben hatte sie ihn nicht. Sie hatte sich aus einer betrieblichen Notwendigkeit so verhalten, nicht anders verhalten können. Er hatte gestohlen und sie konnte dies nicht zulassen, sie musste hart durchgreifen.

Sie starrte auf den nassen Schnee am Wegesrand und war sich unsicher über ihr Auftreten gegenüber Felix. Sie schwankte zwischen Rückzug, weil sie ihr Verhalten von damals heute selbst nicht mehr billigen würde, und Angriff, weil sie empört war, dass Felix ihr unmenschliches Verhalten unterstellte. Die Empörung gewann die Überhand. Ich bin keine Mörderin, kein Unmensch, dachte sie, solche Verleumdungen muss ich mir nicht gefallen lassen, wer auch immer solche Behauptung aufstellt.

Sie blitzte ihn böse an.

»Ich hatte davon gehört, dass er Suizid begangen hatte, ja. Es tat mir leid, insbesondere, tat mir weh, dass er seine Familie im Stich gelassen hat. Aber getrieben habe ich niemanden. Ich musste damals so handeln in meiner Position.«

»Es war eine Lappalie, Paula, und du hast ihn deswegen rausgeworfen, einen verdienten Mitarbeiter, Familienvater und dazuhin schon im fortgeschrittenen Alter. Du *musstest* wissen, dass er keinen neuen Job mehr findet. Hast du ihn gedemütigt und verhöhnt oder nicht?«

»Das weiß ich nicht mehr.«

»Das glaube ich dir nicht. Du hast ein so hervorragendes Gedächtnis, du erinnerst dich, du musst dich erinnern.«

»Ich weiß es nicht mehr, es war eine schwierige Situation. Ich war hart zu ihm, das ist richtig. Ich habe ihm weniger durchgehen lassen als anderen. Aber gedemütigt? Nein, ich glaube nicht, dass ich ihn gedemütigt habe … Wer hat dir diese alten Geschichten eigentlich ins Ohr gesetzt?«

»Ich weiß es. Woher ich die Informationen habe, spielt keine Rolle. Hat es sich damals so abgespielt, Paula?«

»Das woher spielt schon eine Rolle, das hast du wenigstens früher immer behauptet, als du noch nicht so voreingenommen warst wie jetzt. Ich verstehe nicht, was du plötzlich gegen mich hast. Aber egal. Es stimmt in den Grundzügen. Dieser Fröhlich war ein Aufwiegler und ständiger Störenfried, und er hat all meine Reformen blockiert, wo er nur konnte. Ich musste mich seiner erwehren. Vielleicht waren meine Mittel nicht immer die ehrbarsten, zugegeben, aber was hätte ich tun sollen. Ich stand unter enormem Druck und *musste,* wie bereits gesagt, so handeln.«

»Niemand muss müssen. Auch dein Adoptivvater hätte nicht foltern müssen, aber er hat es getan. Jeder Naziverbrecher beruft sich darauf, dass er nicht anders hatte handeln können.«

»Vergleichst du mich jetzt schon mit Folterern und Naziverbrechern!«

»Nein, aber du argumentierst wie sie.«

»Das ist nicht wahr. Ich argumentiere so, weil es der Wahrheit entspricht.«

»Was ist die Wahrheit? Deine Wahrheit, die Wahrheit deiner Vorgesetzten, die Wahrheit der ökonomischen Notwendigkeiten? Es gibt aber keine absolute Wahrheit, sondern nur eine relative Wahrheitserfahrung. Du hast deine gestanzten Wahrheiten durchzusetzen versucht. Du hättest mit Andreas Fröhlich sprechen können, um eine gemeinsame Basis mit ihm zu finden. Hast du das Gespräch gesucht?«

»Man konnte mit ihm nicht sprechen.«

»Du meinst, *du* konntest mit ihm nicht über *deine* Probleme sprechen, denn sprechen konnte er wohl, wie ich gehört habe.«

»Meinetwegen. *Ich* konnte mit ihm nicht über die Probleme reden, die *er* verursachte und die ich mit ihm hatte. Probleme, die meiner Meinung nach den notwendigen Wandel, durch den das Unternehmen wieder ökonomischen Boden unter die

Füße bekam, und den betrieblichen Ablauf empfindlich störten.«

»Probleme, die *deinen* Reformprozess, *deinen* Profit, den betrieblichen Ablauf, den *du* für richtig hieltest, störten. So war es doch, oder?«

Paula fühlte sich allmählich wie in einem Kreuzverhör. Sie ärgerte sich darüber, wie er mit ihr sprach. Sie fühlte sich zu Unrecht beschuldigt und entwickelte eine starke innere Abwehrhaltung gegen alles, was er sagte.

»Wie redest du eigentlich mit mir. Stehe ich unter Anklage?«

»Ja, Paula. Ich klage dich an. So leid es mir tut und so hart es auch klingt. Sag, fühlst du dich schuldig am Tod von Andreas Fröhlich?«

»Meinst du, dass du die richtige Person bist, gegen mich Anklage erheben zu dürfen?«, fragte sie mit scharfen Tonfall zurück.

Sein brandmarkender Ton ließ eine Schranke in ihr herunterfallen und so brachte sie das ›mea culpa‹ nicht über die Lippen, das er von ihr einforderte. Im Gegenteil, die diskreditierenden Verdächtigungen stachelten ihre Angriffslust an.

»*Du* treibst dich in Betten anderer Frauen herum und beschuldigst *mich*. Die Angelegenheit liegt Jahre zurück. Deine Bettgeschichten mit dieser sexgeilen Blondine sind aber taufrisch. Das soll ich etwa einfach so schlucken!«

»Das eine hat mit dem anderen nichts zu tun, aber auch gar nichts, meine Liebe …«

»Meine Liebe? Diese Floskel kannst du dir schenken!«

»… Im einen Fall handelt es sich um schuldhaftes Handeln, das ein Menschenleben gekostet hat, im anderen Fall um einen Fehltritt … Woher weißt du eigentlich, wie sie aussieht?«

»Das tut nichts zur Sache, ich weiß es eben. Erinnerst du dich? Du hast mir eben unter die Nase gerieben, dass es mich nichts angeht, woher du deine Informationen hast. Es sind deine Worte. Also lassen wir die Frage des Woher. Lenke nicht ab … Du glaubst also, dass du keine Schuld auf dich geladen hast, wenn du mit anderen vögelst. Meinst du das so? Meinst du das wirklich so? … Ich kann es nicht glauben. So einfach machst du es dir.«

»Doch, ich habe auch Schuld auf mich geladen, ich habe dich verletzt und es tut mir leid und ich entschuldige mich dafür. Aber dein früheres Verhalten, zeigt einen Charakterzug, der mir stark missfällt, der allem zuwider läuft, an das ich glaube. Und darüber muss ich mit dir reden. Ich mache mir Gedanken, ob ich solch einem Menschen gegenüber uneingeschränkten Respekt aufbringen kann, der als Basis einer unbedingten Liebe notwendig ist. Ich sage es deutlich, diesen Respekt könnte ich nur dem gegenüber aufbringen, der sich glaubhaft von solch einem Verhalten distanziert. Deswegen meine etwas inquisitorischen Fragen.«

Paula war schockiert von dem Vorwurf, der ins Mark ging, weil er sie als Person in Frage stellte, und weil er von ihr verlangte, ihm ihre Läuterung zu beweisen und dies mit einem unterwürfigen Kniefall zu besiegeln. Sie rang um Fassung.

»Das ist starker Tobak. *Du* wirfst *mir* Charakterschwäche vor und erwartest von mir, dass ich mich vor dir in den Staub werfe. Willst du mich etwa an einen Lügendetektor anschließen, um festzustellen, dass ich meine Fehler wahrhaftig bereue? Und was ist das, wenn *du* mich hintergehst und betrügst und meine Liebe in den Dreck ziehst. Schwinge dich bloß nicht auf ein so hohes Ross. Du bist kein Engel, auch wenn dich die ganze Welt so sieht, und du dich selbst so sehen willst. Du bist kein Tugendwächter, der über andere so abfällig richten darf.«

»Ich ziehe deine Liebe nicht in den Dreck. Ich zweifle nicht an deiner Liebe zu mir …«

»Aber an mir als ganzer Person und das ist schlimmer als alles andere«, unterbrach sie ihn. »Erlaubt dir das, mit dieser Frau ins Bett zu steigen – und das in vollem Bewusstsein *meiner* Liebe zu *dir*! Ist das so? Sag, ist das so? Das wird ja immer ekelhafter. Geh mir aus den Augen.«

Felix blickte sie ratlos an. Das Gespräch hatte sich festgefahren. Argumente wurden wie Knetmasse neu geformt und verbogen, unkontrollierte Gefühle brachen sich Bahn, entkernte Vorwürfe und Anschuldigungen schwirrten hin und her. Sie kamen nicht mehr vor und zurück. Sie fanden nicht zueinander. Es war so, als ob die stabile Brücke zwischen ihnen sich aufgelöst hätte. Stattdessen fanden sie sich auf einer kleinen schwankenden, selbstgezimmerten Hängebrücke wieder, auf der sie das Gleichgewicht zu verlieren und abzustürzen drohten. Paula spürte, dass sie an ihre Grenzen gekommen war, und hatte sich nur mit großer Mühe noch in der Gewalt. Vor dem Spaziergang sehnte sie sich nach seinen Küssen und wollte ihm verzeihen, jetzt würde sie am liebsten um sich schlagen. Sie hatte geglaubt, den pubertären Jähzorn, der sie früher häufig in Unannehmlichkeiten gestürzt hatte, überwunden zu haben. Schwer lastete sein Vorwurf der Charakterschwäche auf ihr. Wie ein Messerstich drang er in sie ein und hinterließ eine tiefe Wunde. Sie empfand einen inneren, übermächtigen Drang, etwas zu zerstören, ihn physisch zu verletzen. Um Schlimmeres zu verhindern, wandte sie sich von ihm ab und ließ ihn allein in dem dichter werdenden Schneetreiben zurück.

Zu Hause zog sie sich einen bequemen Hausanzug an, legte eine CD mit Angelo Branduardi ein und machte sich eine Flasche Chianti Classico auf. Allmählich ebbten die Gefühle von Kränkung und unmäßiger Wut ab und eine große Traurigkeit schaffte sich Raum. Wie erstarrt lag sie auf der Couch, stille

Tränen kullerten über ihr Gesicht. Sie hatte einfach kein Glück im Leben, sobald sie einen Zipfel davon erhascht hatte, glitt es ihr auch schon wieder aus den Händen. Von der ersten Sekunde an stand ihr Leben unter einem unguten Stern. Als sie geglaubt hatte, sich in diesem Leben eingerichtet und alle Hindernisse beiseite geschafft zu haben, tauchte Felix auf und alles war plötzlich wieder in Frage gestellt. Und dann kehrte sich wieder alles um, und ihr Leben war kostbar und beglückend wie nie zuvor. Sie fühlte sich bereit, dazuzulernen und in der Lage, ihr Leben mit einem anderen zu verbinden. Sollte das jetzt das Ende dieser glücklichen Verbindung sein? Sie liebte ihn. Sie möchte mit ihm zusammen ihr Kind aufziehen und eine Familie gründen, in der es Anregung und Geborgenheit fände. Sie wollte die Hände nicht in den Schoß legen und darauf vertrauen, dass sich alles wieder von selbst einrenkte. Nein, das war nicht ihre Art. Über jedem Gebirge von Ergebnissen schichtete sich ein Gebirge von Aufgaben, und diese wollte sie lösen, so wie sie, mit einer großen Ausnahme, wo sie sich selbst aufgegeben hatte, alle anderen Aufgaben vorher auch schon gelöst hatte.

Sie wusste, dass sie früher Menschen oftmals ungerecht behandelt hatte, sie war immer mehr auf ihren eigenen Vorteil bedacht gewesen, und hatte andere Menschen häufig benutzt. Jetzt war sie an der Reihe, einzustecken. Hatte Felix nicht gesagt, dass jeder Mensch die Chance habe, sich zu ändern, begangenes Unrecht zu tilgen? Würde er ihr und dem Kind in ihrem Bauch diese Chance auch geben? Für vieles, was er gesagt hatte, konnte sie Verständnis aufbringen. Sie schämte sich durchaus mancher ihrer Taten in der Vergangenheit. Aber war es nötig, dies so anklagend zu formulieren?

Sie redete sich ein, einen Weg zu finden, der die gegenwärtigen Spannungen abbauen würde, obwohl sie im Moment keine Ahnung hatte, wie sie das anstellen könnte. Sie war fest entschlossen, ihre und ihres Kindes Zukunft mit Felix zu teilen, auch wenn er ihr im Augenblick unendlich weit weg erschien, und diese Zukunftspläne eher einer Vision glichen.

Sie stand in einem langen, schlecht beleuchteten Flur. Sie suchte Felix. Vor einer Tür mit der Aufschrift FCK rief sie Felix` Name und rüttelte an ihr, aber sie ließ sich nicht öffnen. Sie rief immer wieder seinen Namen, sie blieb verschlossen. Leicht quietschend öffnete sich stattdessen die Tür von nebenan, auf der mit kleiner Schrift der Name von Andreas Fröhlich gekritzelt worden war. Paula wollte sich abwenden, aber sie wurde von einer vergoldeten Hand gepackt und nach innen gezerrt. In dem Zimmer war es düster, und sie konnte zuerst nichts erkennen. Dann fiel ein scharfer Lichtstrahl auf das Gesicht von Andreas. Sie wollte zurückweichen, aber die Tür hinter ihr war verschlossen.

»Hier also leben Sie, Andreas«, begrüßte sie ihn und wollte ihm die Hand reichen. Er zog seine Hand zurück. Seine Augen waren riesig und der Kopf war ohne Hals unmittelbar mit einem gebeugten, alten Körper verbunden. Er krümmte sich und hatte offensichtlich Schmerzen.

»Frau Majer«, presste er mit bebender Stimme hervor. »Was machen sie denn hier, ich dachte sie sind schon lange tot.«

Paula starrte ihn an und gab ein unangenehmes, hysterisches Lachen von sich.

»Ich habe unzweifelhaft einen Hang zur Selbstzerstörung. Ich bin aber nicht tot zu kriegen, wie Sie sehen.«

»Tot vielleicht nicht, aber Sie haben keine Seele mehr und können deswegen dereinst nur als lebende Tote die Ziellinie erreichen.«

»Aber ich lebe und Sie nicht.«

»Sind Sie wirklich überzeugt davon, dass Sie leben? Ist das ein Leben, das Sie führen? Und wie können Sie behaupten, dass ich nicht lebe, wen sehen Sie denn vor sich? Wie geht es übrigens meiner Frau und meinen Kindern? Ich habe schon lange nichts mehr von meiner Familie gehört. Leider darf ich nur in Begleitung das Zimmer verlassen und meine Kinder besuchen. Begleiten Sie mich und bringen Sie mich bitte zu ihnen.«

Andreas Fröhlich kam auf sie zu. Sie stand mit dem Rücken zur geschlossenen Tür. Als er nur noch wenige Zentimeter vor ihr stand, verwandelte sich das Gesicht in das von Felix. Er stand nackt vor ihr, packte sie und riss ihr die Kleider vom Leib. Zwei goldene Hände legten sich um ihren Hals. Sie bekam kaum noch Luft.

»Bekenne dich schuldig«, flüsterte Felix ihr ins Ohr.

»Küsse mich, dann tu ich alles, was du willst«, erwiderte Paula. Felix küsste sie, so dass sie keine Luft mehr bekam. Seine goldene Hand schloss sich um ihren Hals. In Todesangst rang sie nach Luft ...

Paula wurde wach und befreite sich von dem Kopfkissen, das ihr über den Kopf gerutscht war und ihr das Atmen erschwert hatte. Sie hatte kleine Schweißperlen auf der Stirn und brauchte lange, bis sie in die Wirklichkeit zurückfand. Um sich zu beruhigen, ging sie in die Küche, setzte sich an den Küchentisch und trank vor sich hin sinnierend ein Glas Wasser. Sie fröstelte in dem dünnen Nachthemd. Im Zeitlupentempo schob sie sich ein Stückchen Brot in den Mund und wischte sich immer wieder fahrig einige Krümel von den Lippen. Sie blieb lange so sitzen und dachte über den verstörenden Traum nach. Nahm ihr Felix wirklich die Luft zum Atmen? Würde sie wirklich alles tun, um ihn zurückzugewinnen? Auch dann, wenn er sie schuldig gesprochen hat, oder war das Band zwischen ihnen doch endgültig zerrissen? Erst in den frühen Morgenstunden ging sie wieder ins Bett zurück.

Felix Kohn war am 14. November, wenige Tage nach dem Spaziergang im Grüneburgpark, nach Washington geflogen. Er war von der dortigen Universität eingeladen worden, um als Beobachter an dem am 15. in Washington beginnenden *G-20 Leaders Summit on Financial Markets and the World Economy*, wie die Gipfelkonferenz offiziell hieß, teilzunehmen, und einen Vortrag zu halten, an den sich eine Diskussion mit den Studierenden der Universität anschließen sollte. Er hatte die Einladung schon vor längerer Zeit erhalten und konnte und wollte jetzt nicht absagen, obwohl ihn die Missklänge mit Paula stark belasteten, und er sich große Mühe geben musste, die notwendige Konzentration aufrecht zu erhalten. Aber es war auch eine Möglichkeit, Abstand zu bekommen. Das Gespräch hatte ihn sehr niedergeschlagen, alles war in der Schwebe geblieben, nichts war gelöst worden. Es war eine äußerst unbefriedigende Situation.

Die Konferenz verlief aus seiner Sicht enttäuschend und blieb in Absichtserklärungen stecken. Symptomatisch dafür war für ihn die Schlusserklärung der Staats- und Regierungschefs: »Wir müssen die Grundlage für eine Reform schaffen, die bewirkt, dass eine globale Krise wie die jetzige sich nicht wiederholen kann.« Felix Kohn blieb skeptisch, ob das gelingen würde. Die Interessen der einzelnen Staaten wie China, den USA, den aufstrebenden asiatischen und lateinamerikanischen Staaten und Europas liefen doch sehr weit auseinander, so dass man nicht mit wirklich durchschlagenden Reformen rechnen durfte. Und trotzdem, er fragte sich, was noch geschehen musste, damit die sogenannten Staatenlenker zur Einsicht kämen und die Finanzjongleure an die kurze Leine legten, wie er es schon seit Jahren forderte. Die ökonomische

Welt lag doch schon zertrümmert vor ihnen, worauf warteten diese Herren noch? Auf soziale Revolutionen? Auf Hungersnöte? Auf Kriege?

Jeden Abend, wenn er im Hotelzimmer nochmal seine E-Mails durchsah, fand er Post von Sibylle in seinem elektronischen Briefkasten. Sie schrieb ihm anrührende Briefe. Der Tenor war immer derselbe: Sie blicke mit Stolz auf ihn und immer wieder betonte sie, noch nie in ihrem Leben einen so tollen Mann kennengelernt zu haben, der nicht nur intelligent, sondern gleichermaßen sexy war. Ob ihres schwärmerischen Stils rang er sich jedes Mal ein wohlwollend nachsichtiges Lächeln ab. Er fand die an Vergötterung heranreichende Schwärmerei unangebracht – aber sie wärmte ihn in einer Zeit, in der er sich verlassen und unglücklich fühlte. In der Anlage schickte sie ihm immer einige Fotos von sich, damit er sie, wie sie schrieb, stets vor Augen habe und an sie denke. Die Bilder verfehlten nicht die Absicht der Adressatin. Sie strahlte ihn an, lockte ihn mit einem Schmollmund, warf ihm Küsse zu. Mal zeigte sie sich ihm nackt, mal im durchsichtigen Negligé, mal räkelte sie sich im Bett, mal saß sie verträumt auf einem Stuhl vor ihrem Computer. Als die ersten Bilder kamen, war er peinlich berührt und fand die Zurschaustellung ihres Körpers am Rande des Pornografischen. Andererseits waren sie auch ästhetisch, und er musste sich eingestehen, dass sie ihn erregten, dass er von ihrer jugendlichen Anmut und dem unbefangenen, ausgelassenen Ausleben jeglicher Lustgefühle beeindruckt war. Sie war eine Frau, die seine Fantasien zu nähren wusste.

Sie schwitzt Sex aus, dachte er, man kann ihn riechen und empfinden. In ihrer ästhetischen Körperlichkeit wirkte sie verletzlich und gleichzeitig kraftvoll.

Sibylles erotische Kunstwerke hatten einen unwirklichen und verführerischen Zauber auf ihn, dem er sich nur schwer entziehen konnte. Er ließ sich hier in den USA, weit weg von Frankfurt und Paula, von ihr bezaubern, auch wenn sein Verstand ihm sagte, dass er sie nicht liebte, dass sie zu jung für ihn war, und, wichtiger noch, sie, anders als Paula, seinen eigenen Ansprüchen nicht genügen konnte. Sein Interesse an ihr war rein sexueller Natur und die Beziehung zu ihr nichts als eine Affäre. Nichts von Bedeutung und ohne Auswirkungen auf seine Einstellungen zu Paula. Er würde sie vergessen, wenn er wieder in Frankfurt war, redete er sich ein. War es so? Würde er ihr widerstehen können, wenn er ihren Duft einatmen und ihren Körper fühlen würde? Jetzt, in diesen Momenten in Washington war sie für ihn real und ihre körperliche Erscheinung beflügelte seine erotischen Fantasien und sexuelle Lust.

In Gedanken begann er Vergleiche zwischen Paula und Sibylle anzustellen: Paula zelebrierte Sex wie ein Kunstwerk, das ihn langsam zum Höhepunkt führte, ein Höhepunkt, der nicht unverhofft plötzlich da war, sondern von einem erfahrenen Körper mit Bedacht entfacht wurde bis es zur Explosion der Gefühle kam. Für Sibylle war Sex Kunsthandwerk, alltagstauglich und für den Alltag gedacht, und die Ekstase kam überraschend, überfiel einen wie ein plötzliches Gewitter im Hochgebirge; bei Paula hatte Sex nachhaltige, beglückende Wirkungen, bei Sibylle war Sex eher wie ein Rausch, das lustvolle Hochgefühl verpuffte schnell und ließ ein merkwürdiges Gefühl der Leere zurück, die, wie bei einem Süchtigen, immer wieder ausgefüllt werden musste durch neuen Sex, durch neue Sinnesreize. Durchströmte ihn bei Paula eine Vielzahl von Empfindungen, die ein harmonisches Ganzes bildeten und die gesamte Sensorik des Körpers elektrisierte, so wurde er bei Sibylle, wie im Drogenrausch, von *einem* Trieb beherrscht. War der Sex hier wild, aufbrausend und roh, so empfand er ihn dort als behutsam, rücksichtsvoll und kunstvoll. War er hier geprägt durch Rastlosigkeit, unvorhersehbare Schnitte und Zufall, so wurde das sexuelle Verhalten dort mehr dadurch bestimmt, Gemeinsamkeiten sexueller Lust zu erkunden und so das gemeinsame Lustempfinden zu steigern. Bedeutete Sex bei Sibylle rauschhafte Wollust, so verband er bei Paula Sex mit gefühlvoller Intensität.

Was die rein sexuelle Seite zu Paula und Sibylle anging, so fühlte er sich von der lebenskundigen, intensiven sexuellen Ausstrahlung Paulas ebenso angezogen wie von der wilden, unbeherrschten und manchmal naiven Jugendlichkeit, die Sibylle ausstrahlte. Lust ist Leben, hatte Sibylle zu ihm gesagt, als sie zusammen in Berlin waren. Ganz unrecht hatte sie nicht. Und er musste sich eingestehen, dass er sich gerade in letzter Zeit, ganz im Gegensatz zu seinen früheren von Lebenslust geprägten Jahren, in einem Leben eingerichtet hatte, das mehr und mehr seinen Fachbüchern ähnelte: klar, logisch, übersichtlich. Das Leben aber ist kein Fachbuch. Leben ist poetisch, ausdrucksvoll, bilderreich, romanhaft, sagte er zu sich und nickte energisch mit dem Kopf, wie um diesen Gedanken zu unterstreichen.

Es roch nach polierter Sauberkeit. Er bestellte sich ein zweites Glas Whiskey und wollte sich eine Zigarette anzünden. Höflich, aber bestimmt sagte ihm der beleibte Barkeeper, der, trotz seiner Körperfülle, mit erstaunlicher Behändigkeit hinter der Bar agierte und seinen Mixer handhabte, dass es nicht erlaubt sei, hier zu rauchen. Die Bar verströmte den sterilen Charme internationaler Hotelbars, so wie sie wahrscheinlich tausendfach in aller Herren Länder wiederzufinden waren. Es war egal, ob sich der Gast in New York, in Sidney, Frankfurt oder Washington befand, überall konnte er sich gleichermaßen zu Hause fühlen, wenn Bars so etwas wie ein Zuhause überhaupt in der Lage waren, zu verkörpern. Das Arrangement der Örtlichkeit war dem Gast vertraut, der Barkeeper lächelte immer gleich, das Angebot an Getränken barg keine Überraschungen.

Felix Kohn hatte es nach dem Vortrag und der schwierigen und hitzigen Diskussion mit den Studenten der Universität hierher verschlagen. Er wollte noch etwas trinken, bevor er ins Bett gehen und morgen von Washington aus zurück fliegen würde. Die Bar war mäßig gefüllt mit überwiegend männlichen Anzugträgern, die sich entweder mit lauten Stimmen auf den ledergepolsterten Sitzgruppen niedergelassen hatten oder stumm vor sich hin sinnierend an der langgestreckten Bar Platz genommen hatten, an der auch Felix saß.

»Hi, sind Sie geschäftlich hier?«, hörte Felix neben sich eine Stimme mit englischem Akzent. Er drehte sich auf seinem Hocker etwas zur Seite und betrachtete den Mann, der etwa im selben Alter wie er selbst war. Er trug einen schwarzen Anzug mit weißem Hemd und eine sehr bunte, breite Krawatte. Seine Haare waren pechschwarz und klebten, unterstützt durch offenbar große Mengen von Gel, wie eine zweite Haut auf seinem Haupt und verliehen dem auffallend schmalen Gesicht eine gigolohafte Dramatik.

»Ja«, antwortete Felix freundlich und lächelte ihm zu.

»In welcher Branche sind Sie tätig?«

»Ich bin Professor, Professor für Soziologie.«

»Hier in Washington?«

»Nein, ich war hier nur zu Gast bei der hiesigen Universität. Ich komme aus Deutschland. Und was machen Sie hier, wenn ich fragen darf?«

»Dürfen Sie, dürfen Sie. Ich bin Schriftsteller. Ich habe gerade ein neues Buch geschrieben und es hier in Washington für den US-amerikanischen Markt vorgestellt. Ich wohne eigentlich in London. Kennen Sie London?«, fragte er und zeigte Felix, offenbar gut gelaunt, seine schneeweißen Zähne.

»Ja, ein wenig. Ich hatte im Frühjahr einen Gastvortrag in Greenwich gehalten. Mein Hotel lag damals in der Nähe des Holland Park, wenn ich mich richtig erinnere.«

»Ich wohne in der Sinclair Road, die ist ganz in der Nähe des Holland Park. Mit etwas Glück hätten wir uns damals schon über den Weg laufen können. Wie gefällt Ihnen London?«

»Eine großartige Stadt. Lebendig, jugendlich, anregend. Leider etwas teuer.«

»So sehe ich das auch. Ich bin verliebt in die Stadt und vermeide es, wenn irgend möglich, London zu verlassen – außer zum Segeln. Ich bin begeisterter Segler müssen Sie wissen.«

»Wie wohl jeder Engländer, der etwas auf sich und die glorreiche englische Vergangenheit als Seefahrernation hält.«

Sein englischer Nachbar musste lachen.

»Nun ja, ganz so ist die Wirklichkeit wohl nicht, aber in ihren Träumen denken möglicherweise viele Engländer so ähnlich. Darauf sollten wir anstoßen. Erlauben Sie mir, Sie zu einem Drink einzuladen? Zu zweit trinkt es sich besser. Ich heiße übrigens David.«

»Mein Name ist Felix. Danke, David, gern.«

»Was trinken Sie?«

»Ich glaube, ich bleibe bei Whiskey.«

David bestellte zwei doppelte Whiskeys und Chips und Erdnüsse zum Knabbern.

»Darf ich fragen, was Sie geschrieben haben?«

»Einen Liebesroman, so etwas verkauft sich immer noch am Besten. Die Menschen sehnen sich nach Liebe und verschlingen alles, was mit Liebe zu tun hat. Und wissen Sie warum: weil es keine echte, verzehrende Liebe mehr gibt auf der Welt.«

»Sind Sie davon wirklich überzeugt?«

»Ja, felsenfest. Zumindest was die westliche Welt betrifft. Die USA und Europa sind eine Domäne verlorengegangener Liebe. Sehen Sie, wir leben in einer Optionsgesellschaft, in der jedem prinzipiell alles offen steht und die Wahlmöglichkeiten unendlich sind ... Aber wem erzähle ich das? Haben Sie nicht gesagt, dass Sie Soziologe sind? Dann wissen Sie das besser als ich.«

»Verraten Sie mir, warum Sie glauben, dass wir zur Liebe nicht mehr fähig sind? Das interessiert mich.«

David sah Felix in die Augen, als ob er prüfen wollte, ob sein Gesprächspartner ein persönliches oder berufliches Interesse an diesem Thema habe. Er bestellte nochmals zwei Doppelte.

»Es gibt kaum etwas, das in unserer Lebenskultur nicht als fragwürdig angesehen und nicht auch verworfen werden kann. Wir Menschen leben in der paradoxen Gleichzeitigkeit von ideologischer Alternativlosigkeit und enorm gestiegener zwischenmenschlicher und globaler Komplexität und Wahlmöglichkeit. Das Stichwort ist: Anything goes. Nichts soll uns mehr aufhalten dürfen. Nichts ist unmöglich und alles denkbar und was denkbar ist, ist auch machbar. Wir Menschen haben die freie Wahl und halten uns alle Optionen offen. Mit der Zahl der Wahlmöglichkeiten steigt das Gefühl der Unsicherheit. Das Leben wird unvorhersehbarer und risikoreicher. Würden Sie mir in so weit aus soziologischer Sicht zustimmen, Felix?«

»Durchaus. Aber was hat diese Zustandsbeschreibung mit verlorengegangener Liebe zu tun?«

»Es kommt noch ein zweites hinzu. Die Beziehungen zwischen den Menschen im privaten Bereich speisen sich im Kern aus einem komplizierten Geflecht von Nähe und Hingabe einerseits, sowie Ferne und Bewahrung der unverwechselbaren Individualität andererseits. Mit zunehmendem Grad der

Individualisierung, wie er in unserer Gesellschaft zu beobachten ist, drohen die Beziehungen an Stabilität einzubüßen. Es gibt heute keine austarierte Balance mehr zwischen Rücksichtnahme und dem Ausleben der Individualität. Das Gleichgewicht hat sich stark zugunsten der Durchsetzung egoistischer, individueller Neigungen, zur Dominanz des Ichs verschoben. Die Option einer zunehmenden Zahl von Menschen ist es, Nähe zu haben, und doch die Abhängigkeit zu vermeiden. Man möchte sich nicht ausliefern, sich einen Notausgang offen halten und sehnt sich doch auch danach, sich fallen lassen, sich dem anderen ohne Verlust des Ichs ausliefern zu können. Mit einem Wort: man möchte kontrollierte Nähe und handelt die Beziehungen tendenziell jeden Tag neu aus. Das schafft Freiräume und erhöht wiederum die Zahl der Optionen, ja die Beziehung selbst wird eine Option – es könnte diese aber eben auch eine ganz andere sein.«

Felix konnte sich im Prinzip diesen Überlegungen anschließen und überlegte sich, wie es bei ihm selbst war. Haben seine Beziehungen zu Paula und Sibylle etwas von dieser Beliebigkeit, die David angedeutet hat? Er erkannte sich durchaus in manchen Aspekten wieder, auch er sehnte sich danach, sich fallen lassen zu können, ohne Verlust des Ichs, und er stimmte mit ihm durchaus überein, dass Beziehungen nichts Endgültiges, Vorgegebenes darstellen, sondern in der Suche nach Gemeinsamen immer wieder neu austariert werden mussten.

»Ich stimme mit Ihnen in so weit überein, dass Beziehungen etwas Zufälliges, Optionales an sich haben. Aber ich sehe immer noch nicht, warum deshalb die Liebe auf der Strecke bleiben soll.«

»Die Menschen haben keine inneren Grenzen mehr, wenn es um Erfolg, Anerkennung, Erregung und eben auch Liebe geht. Tausend *mögliche* Partner überfordern sie und machen sie bindungsunfähig. Aber Liebe braucht Bindung und noch wichtiger, Liebe lebt von Respekt. Man könnte die einfache Gleichung aufstellen: Respektverlust gleich Liebesverlust. Und der Verlust von Respekt hat wiederum etwas zu tun mit der Unfähigkeit das Ich zugunsten des anderen zurücknehmen zu können und zu wollen.«

»Kapitalistischer Lebenskampf, jeder kämpft gegen jeden.«

»So kann man es auch formulieren. Wenn ich mich heute binde, dann bin ich morgen nicht mehr frei, das zu tun, was ich will oder glaube, tun zu müssen, und schon fühlt man sich auf der Verliererstraße.«

»Ich denke, dass auch noch ein anderer Punkt in diesem Zusammenhang eine Rolle spielt. Die Angst verletzbar zu sein. Wenn man liebt, bietet man dem Partner immer eine offene Flanke, die er ausnutzen könnte.«

»Ja, und die Angst vor Liebesverlust. Aus lauter Angst die Liebe zu verlieren, verliebt man sich lieber erst gar nicht und begnügt sich mit Sex.«

Jetzt war Felix an der Reihe, zwei doppelte Whiskeys zu bestellen. Sie prosteten sich zu, in dem Gefühl sich über den gemeinsamen Gedankenfundus näher gekommen zu sein.

»Sind Sie verheiratet, David?«

»Nein. Ehe ist in unseren Breiten ja eine monogame Angelegenheit und Monogamie ist nur ein Konzept, um unsere Gelüste zu kappen. Ich glaube, dass Lust verkümmert, wenn sie an *eine* Person gebunden ist. Lust ist sehr variantenreich. Jede Frau erlebt sie anders und jeder Mann wird an einem ewig neuen Mysterium der Lust teilhaftig, je nach dem, mit welcher Frau er zusammen ist. Außerdem glaube ich nicht an lebenslange Treue. Realistischer erscheint mir eine Beziehung nach folgendem Frage-Antwort-Schema. Frage: Versprichst du mir, dass du mich ewig liebst? Antwort: Ich verspreche es dir bis zu dem Zeitpunkt, an dem sich alles ändert.«

Bei Felix begann sich der Alkohol langsam bemerkbar zu machen, während bei seinem englischen Freund noch keine Spuren des Alkoholeinflusses zu beobachten waren. Der Barkeeper hielt sich permanent in ihrer Nähe auf, um schnell die Gläser nachfüllen zu können, aber auch, so schien es Felix, weil er heimlich dem Gespräch interessiert lauschte, dessen Lautstärke so zugenommen hatte, dass es keiner größeren Anstrengungen bedurfte, um ihm folgen zu können.

»Ich neige zu festen Bindungen und könnte ohne Liebe nicht leben. Liebe ist permanente Intensität«, sagte Felix und gewährte David Einblicke in sein Seelenleben, das er vor Fremden in nüchternem Zustand sonst nicht so offen ausbreitete.

»Kein Mensch kann ohne Liebe leben. Das bestreite ich nicht. Aber ich glaube nicht daran, dass ein Mann die Liebe zu *einer* Frau ein Leben lang aufrecht erhalten kann. Sie nutzt sich ab und wird schal – manchmal auch der Sex, den man in einer Ehe praktiziert. Sex ist aber eine wichtige Ingredienz von Liebe.«

»Aber Sex ist nicht Liebe.«

»Richtig, Sex kann auch ohne Liebe leben und ekstatisch sein. Dazu braucht es die Liebe nicht unbedingt.«

»Absolut richtig, Sex funktioniert auch ohne Liebe. Er gehorcht unserem Urinstinkt und ist notwendig zum Überleben der Art. Liebe zwischen Mann und Frau kann es zwar auch ohne Sex geben, wie zum Beispiel manchmal bei betagteren Ehepaaren oder im Falle von Krankheit, aber im Normalfall gehören Liebe und Sex zusammen. Liebe ganz ohne Sex ist nur schwer vorstellbar.«

»Das sehe ich ähnlich, Felix. Aber ich muss hinzufügen, so ist das *heute*. Das war nicht immer so. Die Liebe hat sich genau in dem Moment vom Sex abhängig gemacht, da sich der Sex von Liebe unabhängig gemacht hat. Und das ist fatal.

Stimmt bei einem Liebespaar der Sex nicht mehr, zweifelt es an ihrer Liebe und vergisst, dass Liebe viel mehr ist als Sex. Ich würde sogar noch weiter gehen: Liebe degeneriert heute zur Sklavin des Sex, was dann dazu führt, dass Frauen oder Männer, die sich nicht begehrenswert fühlen und glauben, keine sexuelle Ausstrahlung zu haben, sich minderwertig fühlen und nicht geliebt werden können – und, genauso schlimm, auch nicht zur echten Liebe fähig sind. Das führt dann geradewegs zum Jugendwahn, der gerade hier in Amerika, aber nicht nur hier, besonders ausgeprägt ist, wie ich das in meinem Roman ›Jugendliebe‹ versucht habe, auszudrücken. Sex ersetzt Liebe, wird zur Ware, die man verkauft und an den Mann bringen will. Man lässt an sich herumschnippeln, um den eigenen Warenwert zu erhöhen. Ist die Reizerhöhung irgendwann im Alter einmal an ein natürliches Ende gekommen, empfindet man sich als entwertet, wertlos.«

»So ist es«, ließ sich Felix vernehmen und stierte in sein Glas, trank es aus und bestellte zwei neue Doppelte. »Dann fängt das lamentieren an. In Endlosgesprächen sucht man das Übel an der Wurzel zu packen, redet viel über Liebe und meint eigentlich den Verlust an Sexappeal. Man sucht psychologische Erklärungen über das Erlahmen der Liebe. Psychologie als die neue Religion, mit der man alles zu begründen können meint. Dabei käme man sich manchmal näher, wenn man weniger redet. Über Liebe kann man nicht reden, sie ist da oder eben nicht.«

»Liebe ist wie Ebbe und Flut, das Gefühl ist plötzlich da, dann ist es wieder weg, dann kommt es wieder – oder auch nicht. Wer weiß das schon«, sagte David, jetzt auch mit schon etwas schwerer Stimme.

Sie prosteten sich zu, grinsten sich an, bestellten sich noch jeweils einen doppelten Whiskey und redeten endlos weiter. Offenbar tat es beiden gut zu reden. Der Barkeeper lächelte unbeteiligt und stellte behände auf die Theke, was bestellt wurde.

Am nächsten Tag, als Felix mit schwerem Kopf an der Rezeption stand, um auszuchecken, überreichte ihm der Hotelmanager eine exorbitant hohe Barrechnung und einen Umschlag von David Bradley, der bereits abgereist war. In dem Umschlag befand sich sein Buch ›Jugendliebe‹ mit einer Widmung:

Für Felix.

Danke für den interessanten Abend – Sex ist fantasievolles Spiel, Liebe ist gefühlvolle Fantasie, beides zusammen rauschhafte Verzückung. Das wünsche ich dir für die Zukunft.

David.

XIII.

Der Mensch ist das,
wozu er sich macht.
Jean Paul Sartre

Die stark übergewichtige Frau umarmte Paula stürmisch, presste sie an ihren üppigen Busen und erdrückte sie schier mit ihren fleischigen Armen. Es war ein typischer Fall, den sie da in den Armen hielt, um Hilfe bittend. Der Mann hatte seine Frau mit ihren zwei Kindern vor drei Jahren verlassen, als das jüngere der beiden Mädchen gerade geboren worden war. Im Zuge der ökonomischen Krise wurde die alleinerziehende Mutter aus betrieblichen Gründen entlassen und musste sich und ihre zwei Kinder irgendwie über die Runden bringen, mit einem Haufen Schulden, die ihr Mann ihr zurück gelassen hatte. Der war unauffindbar und zahlte weder seine Schulden noch den Unterhalt für die Kinder. Es reichte hinten und vorne nicht.

Paula arbeitete mit ihrer Stiftung KiNo eng mit Sozialämtern und Wohlfahrtsverbänden zusammen, die ihr die schlimmsten Fälle übermittelten, um die sie sich dann intensiv bemühte. So wie Claudia Schmitt bekamen sie entweder Geld aus der Stiftung, um die ärgste Not der Kinder zu lindern, um ihnen einen Schulausflug zu finanzieren, einen Kino- oder Zoobesuch zu ermöglichen oder ein paar neue Schuhe zu kaufen. Paula bekam Dankbarkeit zurück. Anrührende, herzzerreißende Dankbarkeit für kleine Dinge, die ihr selbst selbstverständlich waren. Oftmals war sie tief gerührt, über die Freude, die sie mit wenig Geld auslösen konnte. Viele Familien mit alleinerziehenden Müttern erinnerten sie an ihre eigene Kindheit, wo es ihr so oft an dem Notwendigsten mangelte, und sie dachte an ihre Mutter, die mit sich und ihren Sorgen nicht klar kam, so wie jetzt auch viele Mütter mit sich rangen und die Not sie beugte.

Sie empfand die Arbeit als erfüllend und versank darin, als ob es darum ginge, Jahre vertaner Zeit aufzuholen. Sie schrieb ihre alten Kollegen zwecks Spenden an, die oftmals unverhofft großzügig reagierten. Urs Jäggi, ihr alter Freund aus der Schweiz, spendete einen fünfstelligen Betrag und er sammelte in eigener Initiative bei so manchen Vorstandskollegen noch viele weitere Spenden für Paulas Stiftung. Sie organisierte Patenschaften, wobei sich Familien oder Einzelpersonen für eine längere Zeit um in Not geratene Familien kümmerten und sei es nur, dass sie stundenweise die Kinderbetreuung übernahmen, damit die Mutter zur Arbeit gehen oder Besorgungen machen konnte. Sie richtete eine eigene Internetseite für KiNo ein, auf der sich Interessierte informieren konnten. Sie hatte ein Büro angemietet, in dem sie Beratungsstunden anbot und eine Halbtagskraft beschäftigte, die sie unterstützte und ihr Bürotätigkeiten abnahm.

Ihr Privatleben versuchte sie strikt von ihrer Stiftungstätigkeit zu trennen, obwohl es ihr manchmal schwer fiel, die belastenden Schicksale dieser in Not geratenen Menschen nicht mit nach Hause zu nehmen. Sie ging dermaßen in ihrer Arbeit auf, dass ihr wenig Zeit blieb, an sich selbst zu denken. Aber sie wollte es so.

Das Verhältnis zu Felix hatte sich abgekühlt. Sie telefonierten ab und zu miteinander, hatten sich auch noch zwei, drei Mal getroffen, ohne jedoch die Worte zu finden, die nötig waren, die Beklemmung und Verkrampfung, die zwischen beiden nach wie vor herrschte, auflösen zu können.

Solange er nicht von dieser Studentin abließ, war es Paula nicht möglich, sich ihm zu öffnen. Sie konnte es jetzt nicht und wird es niemals ertragen und akzeptieren, dass er neben ihr eine Freundin hatte. Auch nagten Zweifel in ihr, ob er den sexuellen Kontakt zu ihr tatsächlich abgebrochen hatte. Er spielte ihr gegenüber die Affäre herunter und gab ihr den Status einer Freundschaft, bei der Liebe keine Rolle spielte. Wenn Liebe nicht ihm Spiel war, konnte sie dann ausschließen, dass auch Sex keine Bedeutung mehr hatte? Er wehrte Gespräche darüber schon im Ansatz ab und gab lediglich zu, dass er sich ab und zu mit ihr träfe, was aber seine Beziehung zu ihr, Paula, nicht berühren würde. Sie empfand die von Felix als harmlos titulierte Treffen mit dieser jungen Frau völlig anders und fühlte sich zutiefst verletzt.

Sie sah im Moment keine Möglichkeit, die Zwischeneiszeit zwischen ihnen in wärmere klimatische Verhältnisse zu überführen. Auch war sie nach wie vor überzeugt davon, dass Felix ihr Verhalten während ihrer FMS-Tätigkeit ihr nach wie vor nicht verzieh und möglicherweise an ihrem Charakter zweifelte. Dieser Charakterzweifel, wenn er den zuträfe, wäre schwerwiegend. Er hatte ihr gegenüber diese Vorwürfe zwar nie mehr wiederholt, aber was besagte das schon. Er war ein Meister darin, seine wahren Gedanken zu verbergen. Sie fand keinen Weg zu ihm, sah sich nicht in der Lage, eine Brücke über den aufgeworfenen Graben zu bauen. Sie fühlte sich in einem marternden Schwebezustand, einem hermetisch abgeschlossenen Status quo, in dem Raum und Zeit aufgehoben waren, den sie nicht die Kraft hatte aufzubrechen. Sie lebte in einem Zustand der Retardation, in dem sie weder geistig noch physisch fähig war, in Bezug auf Felix eine Entscheidung herbeizuführen. Ihre Arbeit war Fluchtpunkt und gleichzeitig erfüllende Tätigkeit, vielleicht auch ein bisschen Arbeit im Büßergewand. Und sie war dankbar ein Baby in sich zu wissen, mit dem sie häufige und innige Zwiegespräche führte, so wie sie das schon als Kind mit sich getan hatte, wenn sie sich einsam gefühlt und mit sich selbst gesprochen hatte.

Ihr Sohn wuchs in ihr heran und oft streifte sie gedankenverloren mit der Hand über ihren Bauch. Niemand konnte ahnen, was diese Geste bedeutete. Paula, von graziler Statur, behielt ihre Figur, die bisher vollständig verbarg, was sich in ihrem Körper vollzog, obwohl sie Ende Dezember schon in den fünften Schwangerschaftsmonat kommen würde. Noch immer hatte sie Felix nichts von seinem Kind erzählt. Sie würde die Schwangerschaft solange vor ihm geheim halten, bis die Liebe neu aufgeflammt war. Falls sich die Glut nicht wieder neu entfachen würde, wollte sie das Kind alleine aufziehen, ohne Felix von ihrer Schwangerschaft in Kenntnis zu setzen. Unter allen Umständen wollte sie verhindern, dass er aus Mitleid oder Pflichtgefühl zu ihr zurückkomme. Wenn sie abends in ihrem Sessel saß, das Feuer im Kamin prasselte und sie ihren Gedanken nachhing, spürte sie manchmal, wie er mit den Füßen an die Bauchdecke boxte. In solchen Momenten war sie glücklich und ein zufriedenes Lächeln streifte über ihr Gesicht. Oft griff sie dann zum Hörer und teilte Jette ihre Glücksgefühle, die die Bewegungen des Kindes bei ihr auslösten, mit großem Enthusiasmus mit. In diesen Augenblicken vergaß sie Felix, konnte ihn jedoch niemals für längere Zeit völlig aus ihrem Kopf vertreiben und die Sehnsucht nach ihm verdrängen.

Als Paula Jette sagte, dass sie sie in Tübingen besuchen kommen würde, konnte sie es kaum erwarten, Paula zu sehen, ihr über den Bauch zu kraulen und die Bewegungen des Kindes zu ertasten. Sie war fast so aufgeregt, als ob sie selbst schwanger wäre. Als Paula neben ihrer Freundin saß, gestand Jette ihr, dass sie ernsthaft überlegt hatte, ob sie sich nicht von einem x-beliebigen Kerl ein Kind machen lassen sollte, das sie dann mit ihrer Lebensgefährtin großziehen könnte. Leider fehle ihr allerdings die dazugehörende Freundin im Moment, da sie wieder einmal Solo sei, fügte sie dann hinzu und zog eine Schnute, wie ein Kind, dem man das Lieblingsspielzeug entzogen hat. Paula streichelte ihr über die Haare und musste über Jettes Absichten schmunzeln.

Getragen von einem tiefen Gefühl zärtlicher Zuneigung zu ihrer Freundin, die immer für sie da war und ihren Lebensweg stets mit Aufmerksamkeit und unaufdringlicher Verliebtheit begleitet hatte, schlug Paula ihrer Freundin vor, gemeinsam einen Urlaub im sommerlichen Chile zu verbringen.

»Wir könnten dem kalten Deutschland den Rücken kehren, faulenzen, uns von der Sonne verwöhnen lassen, Konzerte besuchen, Land und Leute und die Heimat meiner Eltern kennenlernen. Wir könnten dort zusammen Weihnachten und Neujahr feiern und solange bleiben, wie dein Arbeitgeber dich entbehren und es mein lieber Sohn in meinem Bauch zulassen würde.«

»Und wir könnten zusammen in deiner Wohnung wohnen?«

»Ja, die Wohnung in Santiago ist groß genug für uns zwei, wir könnten uns dort einrichten und das erste Mal in unserem Leben über einen längeren Zeitraum zusammen wohnen und uns füreinander Zeit nehmen. Wäre das nicht schön, Jette!«

Jette war begeistert und sagte spontan zu. Sie strahlte Paula an und küsste ihre Freundin.

Paula organisierte die Reise und den Aufenthalt in ihrem neuen Heimatland unter tätiger Mithilfe von Sophia Cortés, die sich angeboten hatte, Reiseführerin zu spielen und sie durch das Land ihrer Eltern zu führen.

Die vier Wochen in Chile ließen tiefe Spuren in Paula zurück. Nicht nur, dass sie von Jette verhätschelt und von ihren zärtlichen Liebesbeweisen in einen federleichten Kokon eingewoben wurde, die eine kindhafte Sorglosigkeit und Leichtigkeit in ihr auslösten, sondern sie war auch von der unverfälschten Liebenswürdigkeit, der Wärme, Offenheit und Gastfreundschaft der Chilenen, die sie über Sophia kennengelernt hatte, überwältigt. Sie entwickelte in dem Land ein Gefühl von Vertrautheit, von Heimat, wie sie es in Deutschland so noch nie gespürt hatte. Der Gedanke, sich hier in Chile, hier in Santiago niederzulassen, erschien ihr nicht mehr völlig absurd und reifte auf einem nährreichen Boden, zumal sie zusammen mit Sophia daran ging, eine Niederlassung ihrer Stiftung in Santiago zu gründen. Sie sei eine hervorragende Ergänzung zu der Organisation der ›Madres de Desaparecidos de Chile‹, wie Sophia ihr in einem der vielen intensiven Gespräche, die sie führten, betont hatte, und bot sich an, dort mitzuarbeiten.

Als Paula den Gedanken, eventuell nach Chile überzusiedeln, Jette gegenüber ansprach, war diese völlig überrascht. Sie betrachtete ihre Freundin mit skeptischer Miene und rief spontan:

»Das ist doch wohl nicht dein Ernst? Was ist dann mit Felix? Du weißt wohl, dass er beamteter Professor in *Frankfurt* ist und nicht in Santiago. Ich glaube dir nicht, dass du so gleichmütig und ergeben eine mögliche Auflösung einer so innigen und leidenschaftlichen Beziehung hinnehmen willst.«

»Es hängt von ihm ab. Ich weiß nicht, wie sich das mit ihm und mir weiterentwickeln wird.«

»Liebst du ihn denn noch?«

»Ja, ich denke schon ... ja, ich bin mir sicher, ich liebe ihn immer noch. Aber ich will nicht eine Geisel dieser Liebe werden. Wenn er sich für eine andere entscheidet, oder vielmehr, wenn er sich gegen mich entscheidet, kann ich nichts dagegen machen und will auch nichts dagegen machen. Ich muss mich leider darauf einstellen, eventuell auch ohne ihn weiterzuleben. Und wenn dieser Fall eintreten sollte, werde ich nicht in Frankfurt bleiben und habe mit Santiago eine Alternative.«

»Du willst nicht um ihn kämpfen, Paula?«, fragte Jette und versuchte in ihren Augen zu ergründen, was in ihr vorging.

Die Körperhaltung drückte Gefasstheit aus. Ihre ins Leere blickenden Augen dagegen waren in ständiger Bewegung, so, als ob sie etwas suchten, was aber nur in ihrem Kopf zu existieren schien. Das Gesicht spiegelte das Widersprüchliche, das in ihr vorging: wie sie sich dem Unbeeinflussbaren fügte, ebenso wie es in ihr knirschte und sie aufbegehrte, gegen das, was in und mit ihr geschah.

Jette konnte sich lebhaft vorstellen, wie es in ihrem Innern aussah, das sie, was Felix betraf, vor ihr bisher erfolgreich verborgen hatte: Hoffnung, Liebe, Sehnsucht, Mutterglück, Stolz, Wut, Eifersucht, Verletztheit, Trotz, Trauer und Mutlosigkeit. All dies dürfte wild durcheinander purzeln und sich gegenseitig bekämpfen. Erinnerungen an das Desaster mit ihrem Freund Mark und die Folgen, die diese Trennung nach sich zog, lösten eine starke innere Unruhe bei Jette aus. Sie betrachtete Paula, die ihr gegenüber in einem Korbstuhl im Wohnzimmer ihrer Wohnung in Santiago saß, nachdenklich und sorgenvoll. Ihre schwarzen Haare glänzten im Schein der untergehenden Sonne, die durch das große geöffnete Fenster in den Raum drang und ihn in ein freundliches Licht tauchte. Eine ungemein anmutige Frau mit sehnsuchtsvollen, samtglänzenden Augen, dachte Jette, eine Frau von einer so zarten, weichen Gestalt, deren hohes Maß an Willensstärke, Durchsetzungskraft und Energie, wie sie es in den letzten fünfzehn Jahren gezeigt hatte, sich in keiner Weise aus der äußeren Erscheinung erschloss.

»Ich möchte, dass er bei mir bleibt – aber nicht um jeden Preis«, sagte sie mit tonloser Stimme. »Er muss sich von dieser Studentin trennen, und zwar sofort und ohne wenn und aber. Und er muss mir zeigen, dass er mich liebt, mich achtet und respektiert, so wie ich bin: Mit meinen Widersprüchen und Unvollkommenheiten, mit meinem ehrlichen Bemühen, die Mangelhaftigkeiten und Fehlbewertungen in meiner beruflichen Karriere zu überwinden und daraus zu lernen, und nicht zuletzt mit meiner Neigung zur romantischen Liebe, zur Leidenschaft und zu unbedingter Treue.«

Paula sah versonnen auf die Staubkörnchen, die in dem gleißenden Licht der Sonnenstrahlen tanzten. Unvermutet tauchten die Bilder auf, die ihr erschienen waren, als sie damals mit dem Tode rang.

»Ich möchte dir etwas erzählen, dass ich noch keinem Menschen anvertraut habe. Es war eine beinahe mystische Erfahrung, die ich nie in meinem Leben vergessen werde, und die damals so wirklich war und mir jetzt immer noch wirklich erscheint, als ob ich das Gesehene tatsächlich erlebt hätte. Als ich mich umbringen wollte, mir die Pulsadern aufgeschnitten hatte und dann allmählich das Bewusstsein verlor und in das absolute Nichts abzugleiten begann, umgab mich plötzlich ein grelles, bläulich weißes Licht. Ich schien nicht mehr im eigenen Körper zu sein. Ich hatte das Empfinden in der Luft zu schweben und sah aus einer Höhe von etwa zwei bis drei Metern auf mich, auf meinen Körper hinab. Ich fühlte mich heiter und war von vollkommenen Glücksgefühlen, von einer ungeheuren friedlichen Empfindung überwältigt. Dann registrierte ich Geschwindigkeit und Richtung und hatte das Gefühl, zu beschleunigen, nach oben gezogen zu werden. In diesem Sog begann ich mich aufzulösen, wurde von einer Flamme verschluckt und empfand mich jenseits von Raum und Zeit. Dann hatte ich ein Gefühl, als ob ich mich immer schneller von den irdischen Dingen, den Menschen, den Orten und Ereignissen des Lebens entfernte. Es war ein Abschied, der einem keine Zeit ließ, irgendetwas länger zu betrachten oder festzuhalten. Die Höhe- und Tiefpunkte meines Lebens rauschten an mir vorüber. All das löste jedoch überhaupt keine Gefühle in mir aus, es war reines Denken. Seit diesem Erleben habe ich keine Angst mehr vor dem Sterben. Versteh mich nicht falsch, ich möchte nicht sterben, dazu bietet das Leben zu viel, wie ich jetzt weiß, aber die Angst vor dem Akt des Sterbens ist wie ausgelöscht. Seit mir bei diesem kleinen Schnupperkurs ins Jenseits die Furcht vor dem Ende des Lebens genommen worden ist, fürchte ich weder Tod noch Leben. Schopenhauer hat einmal gesagt: das Leben ist eine missliche Sache, ich will es damit hinbringen, über es nachzudenken. Ich möchte es heute anders formulieren: das Leben ist schön, ich will es damit hinbringen, es zu genießen. Großes Glück und tiefe Zufriedenheit war mir beschieden in der kurzen Zeit mit Felix, aber es gibt auch noch andere Quellen des Glücks.«

Sie streichelte sich sanft über den Bauch und lächelte ihre Freundin an: »Auch du bist in deiner Art solch eine Quelle für mich.«

Jettes sorgenvolle Miene verflog. Sie lachte Paula unbeschwert an. Ihre klaren blauen Augen strahlten und die Sommersprossen in ihrem Gesicht, die sich über die Jahre eher noch vermehrt hatten, versteckten sich in den Falten ihrer gekräuselten Nase. Sie stand auf und gab ihr einen Kuss auf den Mund, aus dem diese schönen Worte den Weg in ihr Ohr gefunden hatten.

»Danke, meine Liebe. Das höre ich gern. Ich brauche dir wohl nicht zu sagen, was du für mich bist. Ich bin glücklich, mit dir hier sein zu können und, neben deinem Baby, eine weitere Quelle deines Wohlergehens sein zu dürfen. Und ich freue mich riesig, von dir zu hören, was für eine Stabilität dein Leben gewonnen hat. Du hast deine Fähigkeiten genutzt und etwas aus dir gemacht. Wenn auch nicht alles Gold war, was dein Leben hervorgebracht hat, so bist du dir doch im Kern immer treu geblieben, soweit ich das beurteilen kann.«

»Ich habe viel darüber nachgedacht und ich bin in der Zwischenzeit davon überzeugt, dass jeder, wie alt er auch wird, sich doch im Innern ganz und gar als derselbe fühlt, der er als junger Mensch, vielleicht sogar als Kind war. Ich verstehe heute vieles in mir, das mir früher unverständlich erschien. Ich sehe heute die Aufgabe des Lebens darin, immer neue Lösungen, Zusammenhänge, Konstellationen zu entdecken und zu erfinden, wie man als Mensch sein kann, der man im Innern immer ansatzweise schon war.«

Mit einem kaum merklichen Anflug von Ironie sagte Jette: »Wie weise meine kühl kalkulierende Bankerin doch geworden ist. Du hast deine Lebensphilosophie offenbar gefunden. Ich möchte dazu nur anmerken, dass sich im Rückblick, den das Alter gewährt, manchmal nur zusammen fügt, was vielleicht nie zusammengehört hat und nur im Schaulaufen der Erinnerung eine Ordnung annimmt. Nicht alles, was zusammenwächst, war von vornherein dazu bestimmt, Teil eines zusammenhängenden Gewebes zu werden.«

Paula ignorierte den ironischen Unterton und sagte in ernsthaftem Tonfall.

»Kann sein, die Erinnerung spielt so manchem einen Streich. Ich habe von Felix gelernt, dass alle äußere Wahrnehmung Interpretation durch das Ich ist. Da das Ich in der Jetzt-Zeit lebt, ist die Wahrnehmung vergangener Ereignisse durch das Jetzt-Ich gefiltert. So weit, so gut. Durch die Rückkoppelung des Jetzt-Ich mit meiner Vergangenheit spiegelt es aber zu jedem Zeitpunkt auch das Gesamt-Ich, offenbart demjenigen, der genau hinsieht, das, was ich wesentlich und wirklich bin.«

»So hätte Felix reden können. Du bist eine gute Schülerin. Ich verstehe, was du sagen willst, meine Liebe. Das Ich ist in der Tat ein kompliziertes Geflecht und schwer zu fassen. Das habe ich in meinem Beruf als Neurologin in den letzten Jahren nur allzu oft erfahren müssen. Es lässt sich ja nicht einfach irgendwo im Gehirn lokalisieren und es gibt auch nirgends eine zentrale Schaltstelle, die bestimmt, was mit mir geschieht ... Ich möchte, wenn ich darf, in diesem Zusammenhang gern nochmals auf deine Nahtoderfahrung zurückkommen. Ich habe mich in meiner beruflichen Arbeit schon einige Male mit diesen Phänomenen, wie du sie erlebt hast, beschäftigen dürfen. Interessant daran ist, dass deine Erlebnisse offenbar keine singulären Erfahrungen darstellen. Die Literatur, die ich über Nahtoderlebnisse gelesen habe, zeigt, dass viele Betroffene von sehr ähnlichen Geschehnisabläufen berichten, was auf eine neurologische Basis der Sterbenserlebnisse hindeutet. Insofern ist das, was du gerade erzählt hast, mir nicht ganz fremd, es gehört offenbar zur Biologie des Menschen. Die vergangenen Lebensereignisse spulen sich offenbar sehr schnell und minutiös ab. Es muss also Speicherräume in unserem Gehirn geben, in denen die objektiven Lebens-Geschehnisse uninterpretiert durch das Ich sicher gelagert sind und im Zustand des Sterbens abgerufen werden können. Kurz vor dem Ableben kommt es dann offenbar zu einer verstärkten Ausschüttung von Noradrenalin und anderen Neurotransmittern, die Glücksgefühle und Ekstase hervorrufen, von denen die Betroffenen vollkommen vereinnahmt werden, wie du es ja auch erfahren hast. Ich finde es absolut beeindruckend, dass die Natur es so eingerichtet hat, dass der normale Sterbensvorgang eines Organismus keine Schmerzen, keine Leiden verursacht. Das finde ich wirklich faszinierend und ...«

Jette unterbrach sich mitten im Satz, weil sie sah, dass Paula Tränen in den Augen hatte. Sie ging zu ihr und nahm sie in die Arme.

»Jette, ich will nicht ekstatisch Sterben, sondern glücklich Leben. Das tu ich nicht. Ich leide erbärmlich. Warum macht Felix das? Warum verletzt er mich so? Ich verstehe es nicht. Es tut so weh«, sagte Paula leise mit niedergedrückter Stimme, und alles Leichte war aus ihrem Gesicht verschwunden.

Jette hielt sie fest umarmt und streichelte ihr sanft über den Rücken, ohne etwas zu sagen. Lange verharrten sie so.

»Ich habe Fehler gemacht, aber bin ich deswegen ein Monster? Er müsste doch in der Zwischenzeit wissen, wie es in mir aussieht. Es passt gar nicht zu ihm, sich mit einem Fast-noch-Teenager abzugeben. Hübsch ist sie ja, zugegeben. Aber reicht Schönheit allein. Sind die Männer wirklich so gepolt, dass sie dann alles andere hintanstellen? Ist es tatsächlich so, dass sich Ruhm und Intelligenz Schönheit und Jugendlichkeit kauft? Ihm schien der Altersunterschied zwischen uns beiden schon sehr groß, so hat er es mir wenigstens einmal angedeutet. Und jetzt das! Ich bin fast dreißig Jahre! Habe ich gegen solch eine knackige, mädchenhafte Sinnenfreude, die Männer offenbar anzieht, noch eine Chance?«

»Mach dich nicht schlechter als du bist. Du bist eine ungemein sinnliche, schöne und attraktive Frau und könntest mit jeder Frau der Welt konkurrieren, wenn es darum ginge. Aber ich glaube, es steckt etwas anderes dahinter. Er war enttäuscht von dir, was in den besten Beziehungen vorkommen kann, und dann tauchte genau in diesem Moment, an dem sein emotionales Korsett etwas brüchig war, dieses durchaus anziehende Mädchen auf. Und dann ist es eben passiert. Sie hat ihm den Kopf verdreht, hat es darauf angelegt, ihn zu verführen. Er erlag ihren sexuellen Reizen und fühlt sich offenbar bei ihr als jugendlicher Held. Wahrscheinlich schwärmt sie ihn an und er fühlt sich gebauchpinselt, dass er bei jungen Frauen noch so gut ankommt. Aber das gibt sich. So wie ich ihn kenne, wird er nicht glücklich mit ihr.«

»Auch wenn er jetzt von ihr ablässt, wie kann ich sicher sein, dass er nicht mit der Nächstbesten, die ihn anschwärmt, wieder anbändelt.«

»Sicher kann man sich eines Mannes oder einer Frau allerdings nie sein. Da habe ich leider eine Vielzahl einschlägiger Erfahrungen machen müssen. Trotzdem lohnt es sich, die Liebe zu wagen. Sex ist Körper, Natur und Wirklichkeit im vergänglichen Augenblick. Liebe ist die Überwindung der Kluft zwischen Körper und Seele, zwischen Natur und Geist, zwischen Wirklichkeit und Traum und Erkenntnis im verewigten Augenblick.«

»Das klingt sehr schön. Aber ich weiß nicht, ob das richtig ist? Alle Verliebtheit, wie ätherisch sie sich auch gebärden mag, wurzelt allein im Geschlechtstrieb. Das hat Schopenhauer gesagt. Vielleicht liegt er damit richtig.«

»Mag sein, dass bei manchen Männern das so ist. Da kenne ich mich nicht sehr gut aus. Es ist der Sex, der treibt, fordert und verlangt. Das empfinde ich ähnlich wie offenbar die Männer. Das ist auch Okay und kann die Liebe würzen. Aber eigentlich beglückend ist die Liebe: sie hält inne und nimmt die Welt, wie sie ist. Ich liebe dich nun seit Jahren und bin immer wieder neu verliebt, obwohl wir noch nie miteinander geschlafen haben.«

»Willst du?«

»Lassen wir es doch wie es ist. So ist es gut. Ich habe gern Sex mit Frauen, aber auch schon das stille Vibrieren, das vor der körperliche Liebe durch meinen Körper geht, empfinde ich als ungemein erregend. Dieses Körpergefühl habe ich oft, wenn ich mit dir zusammen bin, und du mich durch deine pure Anwesenheit verzauberst. Mehr brauche ich dann nicht. Körperliche Liebe mit Frauen würdest du wahrscheinlich anders als ich empfinden, aber ich kann den Sex nur genießen und in ihm aufgehen, wenn die Partnerin so ähnliche Empfindungen hat, wie ich selbst. Du magst die herbe, kraftvolle und drängende Männlichkeit, mich treibt die geschmeidige, gefühlvolle weibliche Liebeskunst in den Olymp der Lust. Außerdem möchte ich nicht, dass du etwas tust, das nicht vom Herzen kommt.

Aber um nochmals auf Felix zu kommen. Ich denke, er ist einfach fasziniert von ihrer komplikationslosen und bedenkenlosen Jugendlichkeit und fühlt sich damit selbst um Jahre jünger. Er beginnt vielleicht sogar zu denken, wie er als Jugendlicher gedacht hat. So etwas kann faszinierend sein – für eine Zeitlang, aber nicht auf Dauer. Der Altersweisheit sind Grenzen gesetzt: zurückbringen kann sie uns nichts, schon gar nicht die Jugend in ihrer Echtzeit. Felix ist liebenswürdig, neugierig und blitzgescheit, doch sein ungestümes, unstetes Gemüt, seine heftige Energie rennen oftmals gegen die Mauern der Vernunft und reißen sie ein. Ich denke um beider Anlagen willen liebst du ihn, Paula. Was ich sagen will, rede mit ihm noch einmal. Versuche herauszufinden, was die wahren Gründe für sein Verhalten sind. Besiege deinen Stolz und deine Verletztheit und öffne dich ihm, zeig ihm deine Gefühle, wenn dir an ihm liegt. Wenn das Gespräch dich nicht befriedigt, kannst du immer noch die Zelte abbrechen.«

Paula blieb lange stumm, lehnte ihren Kopf an Jettes Schulter und ließ sich von ihr streicheln.

»Gut, mein Liebling. So mache ich es«, sagte sie kaum hörbar und drängte sich noch näher an ihre Freundin.

Jette lächelte. Es war das erste Mal, dass Paula sie Liebling genannt hat.

Während Paula in Chile Pläne schmiedete und zusammen mit Jette eine ausgefüllte Zeit gegenseitiger Achtsamkeit und Zärtlichkeiten verbrachte, bemächtigte sich Felix Kohn eine Stimmung, die zwischen Freudlosigkeit und Melancholie und Unruhe, die zuweilen in eine Hyperaktivität einmündete, hin und her schwankte. Er sehnte sich nach Paula, nach ihrer Wärme, nach ihrem Körper, im gleichen Atemzug aber versuchte er sich von ihrem Bann zu befreien. Negative Kräfte von innen, die sich in Abneigung und Mutlosigkeit äußerten und negative Kräfte von außen, wie Desinteresse und Gleichgültigkeit, ließen ihn in einem Zustand der Entschlusslosigkeit verharren, der für ihn völlig neu war. Er fühlte sich erwartungslos und ohne Perspektive, in einer paradoxen Verfassung stillstehender Bewegung. Vieles, was er in dieser Zeit machte, geschah mechanisch, ohne Engagement, ohne Willenskraft. So wurde er auch leicht zum Spielball außer ihm stehender Einflüsse, die an ihm herumzerrten und ihn für ihre Interessen benutzten.

Felix Kohn war im Sog der katastrophalen ökonomischen Entwicklung ein gefragter Gesprächspartner in Rundfunk und Fernsehen und Publikumsliebling der Talkshows geworden. Medien, die vor der Krise keinerlei Notiz von ihm genommen hatten, stilisierten ihn nun zu einem Wirtschaftsguru hoch und huldigten ihm wie einem Star. Anfangs irritierte ihn die ungewohnte Popularität und es war ihm unangenehm, wenn er sogar auf der Straße von wildfremden Menschen angesprochen wurde. Nach einiger Zeit fügte sich Felix den neuen Begebenheiten und begann die ungewohnte Aufmerksamkeit, die ihm in der Öffentlichkeit zuteilwurde, zu akzeptieren.

Sibylle nutzte seine Publizität für sich, tauchte häufig neben ihm und mit ihm auf, drängte ihn, sich mit ihr zusammen ablichten zu lassen, und plauderte freimütig mit den Journalisten über *ihren* Freund. Sie lebte neben ihm auf und war stolz auf *ihren berühmten Professor*. Sie lachte ungezwungen in die Kameras, strahlte, wenn man ihr Komplimente über ihr Aussehen oder über Felix und sie als Paar machte. Als sie von sensationsgierigen Reportern der Klatsch-Presse gefragt wurde, wie sie als junge, attraktive Frau mit dem großen Altersunterschied zurechtkäme, lobte sie die ungeheure Vitalität von Felix und ließ zweideutig dezent durchblicken, dass er ein sexuell aktiver und attraktiver Mann sei, und jede Frau, die noch Fantasien habe, sich solch einen Mann erträumen würde.

Felix Kohn, dem es unangenehm und peinlich war, wenn sie so über ihr Privatleben sprach, bat sie, diesbezüglich doch zurückhaltender zu sein, zumal es nicht der Wahrheit entsprach, da sie nicht mehr miteinander schliefen. Sie schnurrte ihm ins Ohr, dass das doch die Zuschauer der Talkshows und die Leser der Boulevardpresse hören wollten. Es sei Spaß, wie das ganze Leben Spaß sei, und er solle das alles nicht auf die Waagschale legen. Und überhaupt, sie sage doch nichts, als die Wahrheit. Er sei nun mal sexuell sehr attraktiv und sie wünschte sich nichts sehnlicher als mit ihm zu schlafen, mit ihm Liebe zu spielen.

Felix fühlte sich einsam in dem Kokon publizistischer Berühmtheit und sehnte sich immer mehr nach Paula, von der er längere Zeit nichts mehr gehört hatte. Im Januar erhielt er eine in Chile abgestempelte Postkarte von ihr. Es war eine Fotomontage, die sie zusammen mit Jette am Strand von Santiago zeigte. Beim Anblick dieser Karte spürte er, wie schmerzliche er Paula vermisste, ihre zärtlichen Berührungen ihre ausdrucksvollen, lebendigen Augen, die vertrauten Gesprächen mit ihr. Er fiel in eine seelenwunde Stimmung.

Er beschloss, sich von Sibylle zu trennen. Er rief sie an und schlug er ihr vor, sich kommende Woche im Café Hauptwache zu treffen, und deutete an, dass er etwas Wichtiges mit ihr zu besprechen habe. Auf ihre Frage, um was es sich handelte, blieb er ausweichend und unbestimmt und ließ lediglich verlauten, dass es um sie beide ginge. Felix erschien es schäbig, über das Telefon die Beziehung zu beenden.

Am folgenden Abend war er mit seinem Freund Robert Bode verabredet, ein Freund, den er schon aus Studienzeiten kannte, als dieser noch Meisterschüler im Städel war. In der Zwischenzeit war er längst anerkannter Maler und hatte eine Professur an der Fachhochschule für Design in Offenbach.

Felix war, wie immer, ein guter Gastgeber, allerdings erschien es Robert, dass er in einer ungewöhnlich sentimentalen Verfassung war. Er war höflich, das war er von ihm gewohnt, aber gleichzeitig erschien er ihm fahrig, unkonzentriert und mit sich beschäftigt, was er bei ihm nicht kannte.

Nachdem Felix die dritte Flasche Wein aufgemacht hatte, begann er unvermittelt von Paula zu erzählen. Er sagte ihm, dass er zu hart über sie geurteilt habe, und dass es wichtig sei, verzeihen zu können. Er liebe sie und trotzdem habe er sich auf Sibylle eingelassen. Und dann sprudelte es aus ihm heraus und er verlor sich in Selbstvorwürfen.

»Ich habe mich mit ihrer Jugendlichkeit geschmückt. Wenn ich neben ihr stand, hat ihre ungewöhnliche Schönheit mir geschmeichelt. Aber häufig löste ihre Anwesenheit auch ein zwiespältiges Gefühl in mir aus. Wenn ich mit ihr unterwegs war, schwankte ich oft zwischen unbekümmerter Euphorie und verzehrenden Selbstzweifeln. Wie schäbig kam ich mir manchmal vor, wenn ich mit ihrer Jugend nur meine männliche Eitelkeit befriedigte. Wie ausgeliefert fühlte ich mich, wenn ich bei ihrem Anblick manchmal von einem Augenblick auf den anderen von heftigen sexuellen Fantasien befallen wurde, die alle anderen Gedanken erdrosselten.«

»Sie ist hübsch und sexy, da ist es doch normal, dass man solche Fantasien entwickelt. Was anderes ist es, wie du dich mit ihr in der Öffentlichkeit präsentierst. Ich habe manchmal das Gefühl, dass dir die plötzliche Berühmtheit doch etwas zu sehr in die Birne gestiegen ist, wenn ich das als dein alter Freund einmal so sagen darf. Kannst du dir nicht ausmalen, wie verletzend das für Paula sein musste. Du sagst, du liebst sie. Dann ist mir, ehrlich gesagt, dein Verhalten unverständlich und auch, entschuldige, wenn ich so offen bin, unverzeihlich.«

»Ich verstehe und akzeptiere, was du sagst, Robert. Ich danke dir für die offenen Worte. Ich habe mich bereits durchgerungen, mit Sibylle Schluss zu machen und zwar endgültig. Kein Geplänkel mehr.«

»Gut. So erkenne ich dich wieder, und so mag ich dich, was mir in letzter Zeit zugegebenermaßen manchmal schwer fiel.«

»Aber wenn Paula mich nun nicht mehr liebt, was ich ihr nicht einmal verdenken könnte?«

»Du weißt es nicht, also musst du zunächst aus dir selbst heraus die Entscheidung treffen und darfst dich nicht von irgendwelchen Spekulationen abhängig machen. Was du in der Finanzwirtschaft nicht gutheißt, sollte auch für dich privat Gültigkeit haben.«

»Ich glaube, sie liebt mich nicht mehr.«

»Glauben, glauben, Felix. Was bedeutet schon glauben? Du bist doch kein Mönch. Wissen musst du, wissen, was dir wichtig ist. Willst du weiter wie ein Gockel herumlaufen, dem vor lauter Stolz auf seine Eroberungen, seine Publizität und die oberflächlichen Anhimmeleien, nur noch der Kamm schwillt, oder willst du Tiefe in einer Beziehung, willst du Liebe? Liebe ist kein oberflächliches Spiel der Geschlechtsorgane, sondern ein tiefes Lebensgefühl der Geschlechter. Du musst dich entscheiden.«

»Meine Entscheidung ist gefallen, unwiderruflich!«

»Gut, du bist ein kluger Kopf, wovon dir viel in die Wiege gelegt worden ist. Vergiss nicht: Klugheit ist eine Gabe. Liebe ist Kunst, ein Gesamtkunstwerk. Es ist nie zu spät für die Erkenntnis, dass es schwieriger ist, zu lieben als klug zu sein.«

Am gleichen Abend bekam er elektronische Post von seiner unbekannten *Freundin*:

Lieber Freund,

ich gratuliere dir zu deinen publizistischen Erfolgen in den letzten Monaten. Du bist jetzt ein berühmter Mann. Umso mehr musst du um deinen guten Ruf besorgt sein. Was ich erfahren habe, gefährdet diesen guten Ruf. Denn deine Freundin Paula hat auch viele Jahre später noch Menschen betrogen und ins Unglück gestürzt. In ihrer Zeit als Bankerin bei der Real Invest Bank hat sie mindestens 30 Menschen Lehman-Zertifikate aufgeschwätzt, die ihr anvertrauten Gelder sind alle verloren. 6 von diesen armen, betrogenen Menschen haben ihr GESAMTES VERMÖGEN in diese dubiosen Papiere gesteckt, die ihnen von Paula Morales empfohlen worden waren. Sie sind um ihre gesamten Ersparnisse geprellt worden, die sie für ihre Kinder oder ihre Rente zurücklegen wollten. Das alles liegt erst eineinhalb Jahre zurück, als die Krise zumindest für die Fachleute schon ersichtlich war, wie du auf verschiedenen Veranstaltungen mehrmals betont hast.

Aus verlässlicher Quelle weiß ich auch, dass sie eine Stiftung gegründet hat, mit dem alleinigen Zweck, dich zurückzugewinnen und sich bei dir einzuschmeicheln. Sicher hat sie dir davon erzählt und ihr selbstloses, gönnerhaftes Samaritertum herausgestellt. Es ist leider alles nur geheuchelt!

Ich sage dir das alles, weil ich mir Sorgen um dich mache und dir die Augen öffnen will. Eine Frau wie Paula ändert sich nie. Vergiss sie! Es gibt auch noch andere Frauen, die du lieben kannst, und die dich lieben und dir alles geben. Verzeih denen, die es verdienen und sei hart zu denen, denen Härte gebührt.

Deine Freundin

Felix las das Schreiben mehrmals durch. Diese sogenannte Freundin kannte sich im Privatleben von ihm und Paula offenbar vortrefflich aus. Es waren, wie beim letzten Mal, massive Anschuldigungen. Und trotzdem war diesmal etwas anders, sagte ihm sein Gefühl, ohne zu wissen, was das Andere konkret war.

Zunächst ging er ins Internet und rief die Seite von KiNo auf. Es stimmte, was die Schreiberin behauptete, sie hatte tatsächlich eine Stiftung gegründet. Er war erstaunt, was Paula in so kurzer Zeit hinter seinem Rücken aufgebaut hatte. Es war eine tolle Sache und aller Ehren wert. Er hatte keinen Schimmer davon gehabt, dass sie sich dermaßen für die Opfer des Finanzdesasters, für das sie ein kleines Stück mitverantwortlich war, engagiert hatte. Sie hatte ihm kein Sterbenswörtchen davon erzählt. Da hatte sich seine selbsternannte Freundin getäuscht. Dieses Engagement kam aus freien Stücken und nicht, um ihm zu imponieren. Das konnte er sich bei Paula auch schlecht vorstellen. Dazu war sie viel zu selbstbewusst und stolz.

Er las die E-Mail nochmals durch. Sie hat auch hier Schuld auf sich geladen, war mitverantwortlich, dass Kleinanleger um ihre Ersparnisse gebracht wurden, dachte er. Aber in diesem Fall hatte sie die Menschen nicht bewusst betrogen und sie ausgenommen. Sie war offenbar von der Anlageform überzeugt, sonst hätte sie, wie sie ihm einmal gesagt hatte, nicht selbst viele Lehman-Papiere erworben und große Verluste damit gemacht. Auch war nicht vorhersehbar, dass die Regierung der Vereinigten Staaten Lehman fallen lassen würde, wovon er selbst ja auch überzeugt gewesen war. Es war die Blindheit und auch Profitgier des Berufsstandes, dem sie angehörte, und der sie zu einem Täter und Opfer gleichermaßen gemacht hatte. Natürlich, sie hatte alle Bedenken, die ein verantwortlicher Mensch in dieser Situation hätte berücksichtigen müssen, beiseite gewischt, sie hatte keine alternative Denkrichtungen für sich zugelassen, und sie war gehorsamer Diener einer Zunft, die nichts als ihre eigenen Interessen und die Festigung ihrer Macht im Blick und keine Antennen für das Gemeinwohl hatte. Gleichwohl, sie hatte nicht, wie dies bei diesem Andreas der Fall war, erbarmungslos *persönliche* Interessen durchgesetzt, sondern das getan, was Leute ihres Faches zu Tausenden gemacht haben.

Als Felix über den Inhalt des Schreibens nachdachte, fiel ihm auf, in welch gehässigem Duktus es gehalten war. So schrieb nur jemand, dem es ein persönliches Bedürfnis war, Paula an den Pranger zu stellen, sie zu demontieren, möglicherweise sogar, sich an jemandem zu rächen. Das angedeutete sorgenvolle Mitleid mit ihm, die Besorgnis um seinen guten Ruf schien ihm vorgeschoben. Der Zweck dieses Schreibens war ein anderer. Aber was war der eigentliche Sinn, solche Zeilen an ihn zu richten? Wer war diese sogenannte Freundin?

Er las zum wiederholten Mal die letzten Sätze.

Vergiss sie! Es gibt auch noch andere Frauen, die du lieben kannst, und die dich lieben und dir alles geben. Verzeih denen, die es verdienen und sei hart zu denen, denen Härte gebührt.

Eine Aufforderung, sich von Paula abzuwenden und sich einer anderen Frau zuzuwenden, ein Hinweis, Paula nicht zu verzeihen und hart zu sein.

War es ein Schreiben einer Frau, die ihn heimlich liebte und Paula als Nebenbuhlerin betrachtete, eine Frau, die einen Keil zwischen ihn und Paula treiben wollte? Er überlegte, wem er in letzter Zeit Avancen gemacht hatte, wer Ansprüche auf ihn anmelden, wer ihn heimlich lieben könnte. Könnte es eine Verehrerin sein, die ihn aus seinen Sendungen kennt? Nein, dazu wusste sie zu viel aus seinem Privatleben – oder hatte Sibylle wieder einmal zu offenherzig geplaudert? War es eine Studentin aus seiner Vorlesung oder dem Seminar, die sich in ihn verliebt hatte. Es wäre nicht das erste Mal. Aber woher wusste sie von Paula und noch wichtiger, woher hatte sie so viele Insiderkenntnisse *über* Paula aus deren Vergangenheit? Auch sprach die Mailschreiberin etwas an, über das er sich in letzter Zeit Gedanken gemacht hatte und gebrauchte Wortwendungen, die seinen Gedankengängen unglaublich nahe kamen ... War Sibylle eifersüchtig auf Paula? Sie war die einzige, die Grund dazu hätte, außerdem war sie ein Computerfreak, ein Nerd, wie sie sich selbst bezeichnet hatte, und hätte die Möglichkeit gehabt, im Internet Nachforschungen anzustellen. Was wusste er eigentlich von ihr? Sie hatte fast nichts über ihre Familie erzählt und sehr wenig über sich selbst. Er dachte, dass es an ihrer Jugend liege, dass sie so sparsam mit ihren biografischen Daten war. Je länger er aber über sie nachdachte, desto mehr fiel ihm auf, dass sie für ihn eigentlich nur als Jetztfrau existierte. Er wusste so gut wie nichts über ihre Vergangenheit *und* ihre Zukunftsvisionen – und er hatte sich auch nie danach erkundigt.

Am nächsten Tag rief er Sibylle an und fragte sie geradeheraus, ob sie ihm die E-Mails geschrieben habe. Sie verneinte, empört über diese Unterstellung, und fügte hinzu, dass sie zu solch schäbigen und hinterlistigen Methoden nicht fähig sei, und überhaupt, sie verstehe die ganze Frage nicht. Andere Frauen würden sie nicht interessieren und es gäbe für sie doch überhaupt keinen Grund, eine andere Frau, die sie nicht kenne, zu diffamieren.

Grund gäbe es schon, dachte Felix, behielt diesen Gedanken jedoch für sich.

Sibylle betonte, dass sie ihn lieben würde, so wie er sei und wäre glücklich damit. Sie werde ihm alle Freiheiten lassen und ihm keine Fesseln anlegen. Sie redete ununterbrochen, als ob es um ihr Leben ginge und steigerte sich immer mehr in stillose Liebesschwüre hinein. Felix wollte sich zu diesem Thema in kein längeres Gespräch verwickeln lassen. Mit dem Hinweis, dass sie alles weitere nächste Woche besprechen könnten, beendete er Sibylles Redeschwall und legte auf.

Am Abend desselben Tages telefonierte Felix mit Sophia Cortés. Er erkundigte sich nach Paula, und Sophia war sehr erstaunt, dass er nicht wusste, was seine Freundin tat und wo sie sich aufhielt.

»Ich dachte, ihr seid befreundet und in einer festen Beziehung. Du siehst mich überrascht. Redet ihr nicht mehr miteinander?«

Felix druckste herum und fand nicht die richtigen Worte.

»Ja, doch, ... nein, ... ich meine, wir reden schon noch miteinander, aber wir haben uns im Moment nicht allzu viel zu sagen.«

»So, so«, ließ sich Sophia vernehmen.

»Versteh mich richtig, ich … Ich weiß auch nicht, was ich sagen soll. Ich habe vor kurzem nicht einmal gewusst, dass sie in Chile ist.«

»Hör mir mal zu, Felix. Du weißt, ich mische mich ungern in die Angelegenheiten anderer. Ich will bei dir mal eine

Ausnahme machen, weil ich dich hoch schätze und dich gern habe, wie du weißt. Wenn ich dich richtig verstehe, herrscht zurzeit Funkstille zwischen euch. Das bedaure ich außerordentlich, da ich Paula hier als äußerst charmante, tatkräftige und liebenswürdige Frau kennengelernt habe, und mit ihr zusammen in Santiago ein Büro ›Ayuda para niños en apuros‹ aufbauen werde. Ich freue mich schon auf die Zusammenarbeit mit ihr. Ich weiß nicht, was zwischen euch vorgefallen ist. Sie hat wenig über dich geredet. Aber das Wenige klang durchaus positiv. Wie gesagt, ich finde sie sehr sympathisch, und so wie ich dich kenne, habe ich das Gefühl, dass ihr gut zusammenpassen würdet. Mein Rat wäre deswegen: Versuche mit ihr zu sprechen. Du kannst doch gut reden, es ist deine Profession. Oder meinst du, das Zerwürfnis sei nicht mehr zu kitten?«

»Doch, doch, aber wir haben uns ziemlich weit voneinander entfernt.«

»Du dich von ihr, oder sie sich von dir?«

»Wie weit sie von mir weg ist, weiß ich nicht.«

»Und wie nah bist du ihr noch?«

»Ich weiß nicht, wie sie über mich denkt, aber leider ist mir in letzter Zeit auch nicht mehr ganz klar gewesen, und da liegt das eigentliche Problem, was ich von ihr halten soll. Alles purzelt zurzeit in mir durcheinander. Sie ist nicht richtig fassbar, sie hat so viele Facetten.«

»Ich kenne dich jetzt schon so viele Jahre, die Vielschichtigkeit eines Menschen war doch noch nie dein Problem. Das macht die Menschen doch erst interessant, hast du argumentiert. Gilt das nicht mehr? Oder nur bei Paula nicht?«

»Es gilt noch, auch für Paula. Trotzdem ist es bei ihr anders. Sie lebt in Extremen. Sie ist romantisch, kann aber auch sehr nüchtern und berechnend sein, sie ist sehr leidenschaftlich, aber auch kühl und distanziert, sie ist passiv und hingebungsvoll, und dann auch wieder von äußerster Tatkraft, sie kann heute habgierig und morgen selbstlos sein.«

»Hat nicht jeder Mensch diese widersprüchlichen Eigenschaften? Nur zeigen es viele nicht. Paula ist in dieser Hinsicht in der Tat anders. Sie spielt einem nichts vor und kann in ihrer Direktheit manchmal verletzend sein. Ich dachte du liebst diese Offenheit, die immer auch verletzlich macht?«

»Ich mag das und liebe sie deswegen auch, immer noch.«

»Wo liegt dann das Problem?«

Felix erzählte ihr von Sibylle.

»Es war alles so einfach mit ihr, ohne jegliche Probleme. Ich muss zugeben, ihre feenhafte Schönheit hatte mich in gewissem Sinn verzaubert, auch wenn das wie ein Klischee klingt. Sie hatte mir mit ihrer arglosen Mädchenhaftigkeit eine gewisse Leichtigkeit des Seins zurückgegeben.«

»Du sprichst in der Vergangenheit. Du bist also auf dem Weg, deine Einstellung und Sichtweise zu dieser Sibylle zu überdenken, habe ich das richtig herausgehört?«

»Ja.«

»Das ist gut und du wirst sicher die richtigen Schlüsse für dich ziehen. Darf ich dir trotzdem aus der Sicht einer in die Jahre gekommenen Frau einen Rat geben?«

»Nur zu, dein Rat war mir immer schon teuer.«

»Die Sorglosigkeit und der Lebensmut der Jugend beruht zum Teil darauf, dass sie bergauf gehend, ihre Kraft spürt und das Ziel, den Gipfel des Berges vor Augen hat. Sie sieht nicht den Tod, da er am Fuß der anderen Seite des Berges liegt. Hat sie den Gipfel erreicht, bietet sich ihr ein erhabener Weitblick und Erfüllung. Ist er aber einmal überschritten, wird das Gehen zwar zunächst leichter, da aber gleichzeitig auch die Lebenskraft abnimmt und wir die Gebrechlichkeit und den Tod am Fuße des Berges gewahr werden, welchen wir bis dahin nur vom Hörensagen kannten, verliert das Privileg der Jugend, die sorglose Heiterkeit und der jugendliche Frohsinn seine Dominanz. Sibylle ist auf der einen Seite ganz unten am Fuß des Berges, du bist auf der anderen Seite. Erfreue dich an der Jugend und schöpfe aus ihrer Unbekümmertheit neue Kraft, benutze diese aber nicht dazu, wieder bergauf steigen zu wollen, um zurück auf die andere Seite zu gelangen. Du gehörst nicht mehr dazu und bedenke auch, die Grenze zur Lächerlichkeit ist schnell überschritten. Bleib auf deiner Seite des Berges und genieße dort die Früchte deines vergangenen Lebens.«

»Was ist falsch daran, sich nach jugendlicher Verspieltheit zu sehnen, zu einem Zeitpunkt, da sie verblasst und nur noch Erinnerung zu werden droht.«

»Die Sehnsucht nach Jugend währt ewig, das gilt ja im besonderen Maße für uns Frauen, die mehr noch als ihr Männer über Fruchtbarkeit, Jugendlichkeit, Attraktivität und unvergängliche Erotik definiert werden, und mit solchen Erwartungshaltungen permanent konfrontiert werden. Ich könnte dir davon ein Lied singen. Nein, ich habe nichts gegen das Sehnen. Aber etwas anderes ist es, sich zum Fronknecht dieses Begehrens zu machen, diesen Wunschtraum zu einer seinsbestimmenden Leitlinie zu erheben. Es gibt für Ältere auch andere Wege, sich am Dasein zu erfreuen. Ich habe dir vor längerer Zeit erzählt, dass ich wieder liiert bin. Was mich dabei erfüllt, ist partnerschaftliches Verständnis, Liebe, einfühlsame Sexualität, Zärtlichkeit, Kreativität und diese Empfindungen sind nicht weniger intensiv als die draufgängerischen Gefühle Jugendlicher. Wie ich dich kenne, bist Du nicht nur intelligent, tatkräftig und aufgeschlossen allem Neuen gegenüber, sondern ebenso voll Gefühl und Fantasie. Das sind gute Anlagen für ein erfülltes Altwerden-können.«

»Ich lass mir das durch den Kopf gehen und ...« Felix unterbrach sich. Er blieb eine Weile stumm und schien nachzudenken. Er wechselte das Thema und fragte Sophia in die Stille hinein:

»Ist Paula allein in Chile?«

»Wie meinst du das? Willst du mich fragen, ob sie mit einem Mann hier ist?«

»Ja.«

»Nein, sie ist mit keinem Mann hier, sondern mit einer Frau, und diese turtelt mit ihr aber fast genauso, wie ein Mann.«

»Das ist Jette«, sagte Felix erleichtert. »Sie kennen sich schon eine Ewigkeit und haben ein, wie soll ich es ausdrücken, sehr spezielles Verhältnis miteinander.«

Sophia musste über den etwas gewundenen Ausdruck ›spezielles Verhältnis‹ lächeln, sie hatte sich schon gedacht, dass Jette etwas mehr war, als nur eine gute Freundin.

»Stört dich dieses Verhältnis?«

»Nein, kein bisschen. Jette ist eine fröhliche und bodenständige Frau und liebt Paula schon seit Jahren. Ich wundere mich nur manchmal, wie solch eine Liebe, ohne im gleichen Maß erwidert zu werden, so lange und so intensiv anhalten kann.«

»Ich habe schon das Gefühl, dass Paula auf ihre Art Jette ebenso liebt, nur, dass sich ihre Liebe zu ihr eben anders ausdrückt. Ich selbst habe beide liebgewonnen und bedaure es sehr, dass sie Ende des Monats wieder zurückfliegen müssen.«

»Müssen?«, fragte Felix verwundert. »Ist etwas passiert, ist sie krank?«

»Nein, aber sie hat irgendeinen unaufschiebbaren Arzttermin in Deutschland, den sie nicht versäumen will.«

»Dann ist sie vielleicht doch krank und wollte dich nur nicht belasten. Weißt du zufällig, wann der Termin ist?«

»Ja, ich kenne den Termin *zufällig*, es ist Dienstag, der 3. Februar. Schön übrigens, dass du so besorgt um Paula bist«, sagte sie schmunzelnd.

Dass Männer sich so schwer tun, zuzugeben, was sie emotional bewegt, dachte sie, nachdem sie sich verabschiedet hatten.

Das Büro lag in einem Hinterhaus in der Leipzigerstraße in Frankfurt-Bockenheim. Vor dem kleinen eingeschossigen Backsteingebäude spielten Kinder im Schnee, der dieses Jahr besonders lang liegen blieb. Es war eisig kalt, so dass die Kinder sich auch weiterhin noch einige Zeit an der weißen Pracht würden erfreuen können.

Felix ging die Treppe in den ersten Stock hinauf und läutete an der Klingel mit dem Namensschild ›Stiftung KiNo, Niederlassung Frankfurt‹.

Er hörte einen Summer, drückte die Glastür auf und betrat ein helles Zimmer, das offensichtlich als Warteraum diente. Vier Stühle standen an der Wand neben einem Tischchen, auf dem einige Zeitschriften lagen. Eine junge Frau im Rollkragenpullover und Jeans kam aus ihrem Bürozimmer, begrüßte ihn und fragte ihn freundlich, wie sie ihm helfen könne. Er sagte, dass er gerne Frau Morales sprechen würde.

»Haben Sie einen Termin bei Frau Morales?« erkundigte sie sich freundlich. Nachdem er ihr gesagt hatte, dass er unangemeldet hier sei und es sich um eine private Angelegenheit handelte, bat sie ihn, Platz zu nehmen.

»Ich werde mich erkundigen, ob Frau Morales Zeit für Sie hat.«

Sie warf einen Blick auf das Titelblatt der Illustrierten, die auf dem Tisch lag.

»Sie sind Herr Kohn, ist das richtig?«

»Ja. Kennen Sie mich?«

»Ja, flüchtig«, sagte sie mit einem angedeuteten Schmunzeln im Gesicht und zeigte auf das Titelblatt.

Es zeigte ihn im dunkelgrauen Anzug zusammen mit Sibylle, die in einem dunkelblauen Kleid mit großzügigem Dekolleté seitlich hinter ihm stand. Er erinnerte sich an das tiefgeschnittene, figurenbetonte Kleid, das er für den Anlass als etwas zu gewagt empfand. Es entstand Anfang des Jahres bei einem Empfang im Frankfurter Römer nach einer hitzigen Podiumsdiskussion. Als Paulas Mitarbeiterin augenzwinkernd verschwunden war, legte er das Heft unter den Stapel der anderen Zeitschriften.

Nach ein paar Minuten erschien Paulas Mitarbeiterin wieder.

»Frau Morales hat leider gerade eine Kundin bei sich und bittet Sie um Entschuldigung, dass sie Sie im Moment nicht empfangen kann. Das Gespräch nimmt noch etwa eine Stunde in Anspruch, und sie lässt nachfragen, Herr Kohn, ob Sie gegen fünf Uhr nochmals vorbei kommen könnten.«

»Richten Sie ihr bitte aus, dass ich um fünf hier sein werde.«

Felix war nervös. Er hatte die halbe Nacht gegrübelt und viel über das Gespräch, das er mit Sophia geführt hatte, nachgedacht. Heute Morgen hatte er sich entschlossen, Paula spontan aufzusuchen, um mit ihr zu reden. Er hatte die Befürchtung, dass Paula dem Gespräch ausweichen könnte, aber, so folgerte er, wenn er bei ihr im Büro stehen würde, konnte sie keinen Bogen mehr um ihn machen. Er ging in ein Bistro an der Bockenheimer Warte und trank einen Cognac, um die Zeit zu überbrücken. Es dämmerte bereits und die Straßenlaternen, die vor etwa einer halben Stunde flackernd angegangen waren, beleuchteten mit fahlem Licht die Geschäftsstraße dieses Viertels, als er gemächlich zurück zu Paulas Büro ging.

Er klingelte. Paula öffnete selbst. Sie trug ein bequemes Rollkragenshirt unter einem malvenfarbenen Cardigan. Sie hatte ihn mit Absicht eine Stunde warten lassen, weil sie Zeit brauchte, sich umzuziehen und ihre Schwangerschaft, die vor einem aufmerksamen Beobachter jetzt nicht mehr so leicht zu verbergen war, zu kaschieren. Sie begrüßten sich mit einer kurzen Umarmung, freundschaftlich, lächelnd und beide leicht verlegen. Sie hatten sich schon seit fast zwei Monaten nicht mehr von Angesicht zu Angesicht gegenüber gestanden.

»Darf ich dich zu einem Drink einladen, Paula?«

»Ja, gerne, ich hol nur schnell meinen Mantel.«

Das Büro war leer, anscheinend war die Mitarbeiterin schon gegangen. Der Stapel mit den Zeitschriften lag ordentlich geschichtet auf dem Tisch. Obendrauf lag wieder die verräterische Zeitschrift mit seinem und Sibylles Konterfei. Er wollte sie gerade in seiner Manteltasche verschwinden lassen, als Paula zurück kam.

»Du brauchst sie nicht zu verstecken, Felix. Ich kenne das Titelblatt, alle Welt kennt das Titelblatt«, sagte sie ruhig, ohne einen Anflug von Vorwurf.

Er legte die Zeitschrift wieder zurück und hielt ihr die Tür auf.

Er lud sie in die Bar des Frankfurter Hofes ein.

Ein neutraler Ort zum Reden, ein anonymer und diskreter Ort, an dem die Privatsphäre geachtet wird, dachte Felix.

Paula bestellte sich einen trockenen Sherry, Felix für sich einen Whiskey ohne Eis.

Eigentlich will ich ja wegen meinem Kind keinen Alkohol mehr trinken. Aber vielleicht erinnert er sich an unsere erste Begegnung. Damals haben wir genau das gleiche getrunken, damals vor langer Zeit als ich Felix zu Hause besuchte. Ich bin auch fast so nervös wie in Kronberg. Beginnt jetzt alles wieder von vorn?

»Zum Wohl, Felix.«

»Auf dein Wohl, Paula.«

Paula nippte an ihrem Glas und sah ihn erwartungsvoll an.

Nun komm schon mit der Sprache raus. Was willst du mir sagen? Es muss wichtig sein, sonst hättest du mit Sicherheit nicht mein Büro aufgesucht, sondern mich angerufen.

»Es ist schön, dich wieder zu sehen. Wie war es in Chile? Vielen Dank übrigens für deine Karte.«

Im Gegensatz zu dir, sehe ich dich fast jeden Tag. Du lächelst mir aus allen Zeitungen und fast jeder Talkshow entgegen. Lässt du eigentlich keine Talkshow aus?

»Es war sehr interessant dort. Ich soll dich auch ganz herzlich von Sophia grüßen. Es ist eine reizende Person.«

»Danke. Du hast recht, sie ist eine außergewöhnliche Frau, ich mag sie sehr. Nein, ich würde sagen, in gewisser Weise liebe ich sie.«

Und wie steht es mit mir, liebst du mich auch? Und was ist mit dieser Sibylle, schenkst du der auch deine Liebe? Wenn ich dir jetzt sagen würde, dass ich dich noch liebe, wie würdest du dann reagieren? Würdest du Sibylle aufgeben?

Was ist mit Paula? Sie ist so förmlich, so sachlich. Ob sie noch etwas für mich empfindet?

»Sie arbeitet für die KiNo-Stiftung in Santiago. Ich freue mich sehr, dass sie sich dazu bereit erklärt hat.«

»Ich habe schon viel von deiner Stiftung gelesen. Ich finde es eine tolle Sache, die du da aufgezogen hast. Es ist bestimmt auch viel Arbeit damit verbunden.«

»Ich habe ja auch viel Zeit, seitdem man mich bei der Bank gefeuert hat. Und, wie du weißt, Arbeit hat mir noch nie viel ausgemacht.«

Soll ich sie jetzt darauf ansprechen, wie das mit der falschen Beratung mit den Lehman-Papieren gelaufen ist? Es ist noch zu früh, wir sollten erst noch etwas trinken. Ihr Glas ist leer.

»Möchtest du noch einen Sherry oder etwas anderes?«

Jetzt wundert er sich bestimmt, dass ich kein zweites Glas Sherry will. Vielleicht denkt er, ich bin unter die Spießer gegangen, die es für eine Sünde halten, zu solch früher Stunde schon mehr als ein Glas Alkohol zu trinken. Egal, ich muss an mein Kind denken.

»Ein Mineralwasser.«

Was hat sie denn, sie trinkt doch sonst gerne Alkoholisches. Ist sie vielleicht doch krank?

Felix schaute sie fragend an, sagte jedoch nichts.

Jetzt erwartet er bestimmt eine Erklärung, warum ich nichts Alkoholisches mehr trinke. Ich möchte ihm auf keinen Fall die Wahrheit sagen. Was leuchtet denn einem Männerhirn als Ausrede am ehesten ein?

»Ich mache gerade eine Diät und darf nicht so viel Alkohol trinken.«

Felix nickte verständnisvoll.

Das verstehe ich nicht, sie hat doch eine blendende Figur, aber wer versteht schon die Frauen, wenn es um die Figur geht.

»Du siehst blendend aus. Braungebrannt, hübsch und strahlend. Es scheint dir gut zu gehen?«

»Danke für das Kompliment. Es geht mir gut, wenn du meine Gesundheit und körperliche Verfassung ansprichst. Aber es gibt ...«, sie unterbrach sich und überlegte, wie konkret sie werden sollte. »Sagen wir mal so, es gibt Umstände, die auf die Dauer so nicht bleiben können, die wir eigentlich schon lange geklärt haben sollten. Ich halte wenig davon, solch wichtige Dinge auf die lange Bank zu schieben ...«

Paula unterbrach sich abermals und schaute Felix mit ernster Miene an.

»... Oder wie siehst du das, Felix?«

Immer geradlinig, immer das Ziel vor Augen, das ist Paula. Man kann von ihr behaupten, was man will, aber nicht, dass sie um den heißen Brei herumredet. Sie hat mich von Anfang an durchschaut und genau gewusst, warum ich gekommen bin. Aber sie hätte ja auch das Gespräch von sich aus suchen können.

»Das sehe ich genauso, deswegen wollte ich mit dir reden. Du warst ja leider lange nicht zu erreichen, so dass es nicht eher möglich war, mit dir zu sprechen.«

Jetzt schiebt er die Schuld auf mich, dass es bisher nicht zu dem Gespräch gekommen ist. Das ist unfair. Er hätte schreiben oder mailen oder sonst was tun können. Wahrscheinlich passte es ihm gut in den Kram, dass ich außerhalb seines Gesichtsfelds war, um mit seiner Sibylle turteln zu können. Ich muss Klartext reden, meinen Standpunkt unmissverständlich klarstellen, auch wenn ich damit mit der Tür ins Haus falle. Ansonsten hat das ganze Treffen hier keinen Sinn.

»Jetzt bin ich ja da, Felix. Wir können reden. Aber eines möchte ich von vornherein klarstellen. Wenn du dich nicht von dieser Sibylle trennst, können wir uns alles weitere Gerede sparen. Du brauchst dich nicht zu entschuldigen, wenn du das nicht willst, oder dir keine ehrliche Entschuldigung einfällt, aber mit dieser Sibylle musst du Schluss machen.«

Oh Gott, was ist das für ein Gesprächseinstieg. Sie beginnt mit einer Drohung, einer Erpressung, einem Ultimatum! Darauf bin ich jetzt ganz und gar nicht vorbereitet. Was soll ich dazu sagen? Ganz schuldlos ist sie an dem Zerwürfnis nun auch wieder nicht. Soll ich ihr das jetzt aufs Butterbrot schmieren?

»Felix, ich weiß, dass ich Fehler gemacht habe, und vieles davon tut mir auch schrecklich leid. Aber ich kann es nicht mehr rückgängig machen und muss damit leben. Du selbst hast mir jedoch in deinem typischen Dozentendeutsch wörtlich gesagt, vielleicht erinnerst du dich an den ersten Abend bei dir zuhause: *Indem man sich in Auseinandersetzung mit der Außenwelt reflektiert und sich in einer Art innerem Gespräch selbst beschreibt, konstituiert man sein Ich.* Und weiter sagtest du: *Mit dieser Welt-Aneignung verändert sich permanent das Ich-Bewusstsein.* Ich habe dir geantwortet, dass ich bis dato nicht sehr flexibel in der Weltwahrnehmung und Selbstbeschreibung war, und dass ich mich immer sehr kontrolliert habe, sowohl in meinem Denken als auch in meinem Verhalten. Ich musste mir eingestehen, dass ich mich bis zu diesem Zeitpunkt sehr unter Zwang gesetzt und wenig Alternativen für mich zugelassen habe. In der Zwischenzeit ist das anders. Ich denke, dass ich mich in dieser Hinsicht geändert habe. Ich denke, dass ich aus mir selbst heraus, so wie du es damals gefordert hast, einen neuen Weg gefunden habe, einen gangbaren Weg mit Zukunftsperspektiven, ohne mich selbst aufgeben zu müssen. Wie sagtest du doch damals so weise: *Die Zukunft ist ewiger Rohstoff unserer endlichen Träume. Schön, dass wir sie haben.* Ich habe Zukunft und freue mich, auf alles, was noch kommt. Ich würde diese Zukunft gerne mit dir verbringen, wenn du mich noch liebst. Wenn nicht, werde ich nicht verzweifeln und meinen Weg allein gehen. Ich denke, es ist wichtig, dass du das weißt, bevor du antwortest.«

Mein Gott, was hat diese Frau nur für ein phänomenales Gedächtnis! Es stimmt, das hatte ich gesagt, und ich nehme ihr ab, dass ich es sogar wortwörtlich so gesagt habe. Sie hat vollkommen recht, jeder Mensch ändert sich. Und Paula hat sich in ganz besonderem Maße geändert, unter schwierigen Umständen. Sie hatte es wirklich nicht leicht in ihrer Kindheit und Jugend, dann der Schock mit der Adoption. Umso mehr ist zu bewundern, dass sie es geschafft hat ... Wenn ich jetzt was Falsches sage, habe ich sie verloren. Sie ist stark, ungemein stark und unabhängig. Habe ich etwa geglaubt, dass sie mir hinterher hechelt? Was bin ich doch für ein Dummkopf, ein Idiot! So etwas würde sie niemals machen. Aber liebt sie mich überhaupt noch oder ist ihr die Liebe abhanden gekommen? Oder ist für sie Liebe für ein Leben zu zweit nicht mehr so wichtig?

»Liebst du mich noch, Paula?«

Dass sich Männer auch immer absichern müssen! Macht er seine Liebe zu mir davon abhängig, dass ich *ihn liebe? Entweder man liebt oder nicht.*

»Ja, das sagte ich doch. Ich würde nie meine Zukunft mit einem Menschen teilen, wo Liebe keine Rolle mehr spielt. *Ich* liebe dich noch, trotz allem.«

Sie liebt mich noch! Alles andere ist unwichtig. Was für ein großes Herz sie hat bei allem, was sich ereignet hat.

Felix' Körper entspannte sich, er strahlte sie an und streichelte zart über ihren Handrücken. Paula ließ es geschehen.

»Ich liebe dich auch, Paula. Ich habe dich immer geliebt.«

»Und wie ist es mit Sibylle? Liebst du die auch?«

Ich habe sie begehrt. Ich fand sie anziehend und kess. Vielleicht habe ich mich anfangs auch verliebt. Aber lieben? Nein! Ich liebe Paula und will sie nicht verlieren. Ich muss mich hier und jetzt klar und deutlich ausdrücken.

»Nein, ich habe sie nie geliebt. Vielleicht war ich anfangs etwas verknallt. Ich kann dir aber nicht sagen, was dieses Gefühl ausgelöst hat.«

»Du weißt nicht, in was du verliebt warst? Das glaube ich dir nicht. Sei bitte ehrlich zu mir.«

»Sie war hübsch und jung. Ich begehrte sie.«

»Das ist doch schon etwas. Du begehrst sie nicht mehr? Sei ehrlich!«

»Ich denke nicht. Das ist vorbei.«

«Du *denkst*, du begehrst sie nicht mehr? Was ist denn das für eine Antwort. Man muss doch wissen, ob man jemanden begehrt oder nicht.«

Weiß ich wirklich nicht mehr, was ich will? Bin ich so faserig und labbrig geworden, wie ein nasser Schwamm, den man auspressen und nach Belieben formen kann, der möglicherweise schon alle Form verloren hat?

»Ich will nicht leugnen, dass ich schöne Stunden mit ihr verbracht habe. Ich habe sie begehrt, mich von ihrer Jugend verführen lassen. Eines aber weiß ich jetzt, dass ich *dich* liebe.«

»Du Armer, die böse Jugend hat dich verführt. Sollst du mir jetzt leidtun? Ich bin schließlich auch noch in den Dreißigern und nicht uralt. Oder siehst du mich so?«, sagte sie mit beißendem Unterton.

»Nein, natürlich nicht. Ich war unglücklich über unsere Situation und dann bin ich einfach da hineingeschliddert.«

»Und morgen fühlst du dich wieder unglücklich und schlidderst wieder, ohne dass du etwas dafür kannst, in eine neue Affäre hinein?«

»Nein, es war dumm von mir. Ich weiß nicht, was mit mir geschehen ist. Sie hat mir den Kopf verdreht und mir geschmeichelt, und dann ist es eben passiert, damals in Berlin.«

»So, so. Du weißt für einen so klugen, berühmten Kopf auffallend wenig über dich. Dass ihr ein paar schöne Stunden zusammen verbracht habt, davon gehe ich auch aus, sonst hättet ihr nicht so verliebt geguckt und geturtelt, wie zum Beispiel auf diesen Bildern hier.«

Paula wühlte in ihrer Handtasche und zog schließlich drei Fotos heraus und legte sie auf das spiegelblanke Mahagonitischchen.

Felix blieb fast das Herz stehen. Er war sprachlos. Er starrte die Bilder ungläubig an. Er kannte die Bilder. Sibylle hatte sie an ihrer ersten gemeinsamen Kneipentour in Berlin aufgenommen. Er konnte sich noch genau erinnern, als sie jemanden bat, sie beide zu fotografieren.

Wie kommen diese Bilder in Paulas Hände? Bilder, die Sibylle selbst gemacht hat? Sie können nur von Sibylle selbst sein, da gibt es keinen Zweifel.

»Woher hast die Fotos?«

Paula sah es in seinen Augen flackern, er starrte auf die Bilder, als ob sie jederzeit explodieren könnten. Er saß wie gelähmt in seinem Sessel.

»Ein gewisser Ralf Attak hat sie mir auf mein Handy überspielt. Dieser Ralf behauptete, ein Freund von dir zu sein und wusste gut über dich, aber auch über mich Bescheid. Es war nicht die einzige Nachricht, die er mir schickte. Ich hatte keine Zweifel, dass er dich gut kannte.«

Mein Gott, Sibylle hat mich hintergangen. Das gibt es keine Zweifel. Sie hat mich bei Paula angeschwärzt – und sie ist natürlich auch die sogenannte Freundin, *die mir die Dossiers über Paula und ihre Vergangenheit gemailt hat. Sie hat alles geplant, sie hat mich benutzt. Wofür? Um an mich heranzukommen und sich in den Medien zu suhlen? Um sich an Paula zu rächen? Aber was verbindet sie mit Paula? Sie hat ihm Liebe vorgetäuscht, Leidenschaft geheuchelt. Es ist unglaublich. Selbstverständlich ist sie auch der Adressat des ›Kommando 22. September‹. Was war am 22. September?*

»Felix, was ist mit dir los? Sag, du bist ja vollkommen bleich im Gesicht. Ich hole dir ein Glas Wasser.«

»Nein, kein Wasser, ich brauche einen doppelten Cognac. Ich bin total erledigt.«

Paula betrachtete ihn besorgt und ergriff seine Hände. Sie waren kalt, feuchtkalt. Sie befürchtete eine Herzattacke und stand auf, um Hilfe zu holen.

»Bleib bitte hier, es ist etwas anderes, als du denkst. Bestell mir einen doppelten Cognac, das wäre sehr freundlich.«

Als der Kellner den Cognac vor ihm abgestellt hatte, kippte er ihn in einem Zug hinunter.

»Felix, jetzt red‘ schon, was ist denn passiert, was habe ich gesagt oder getan, dass du dich so aufregst. Hängt es mit den Bildern zusammen?«

Nach dem Cognac kam langsam wieder Farbe in Felix‘ Gesicht, und er fasste sich wieder etwas.

»Liebe Paula, ich kann jetzt nicht darüber reden. Aber ich habe einen furchtbaren Verdacht und den muss ich erst aufklären. Eine Frage und eine Bitte habe ich aber in diesem Zusammenhang. Hatte Andreas Fröhlich, ein früherer Mitarbeiter von dir, Kinder?«

Was rührt denn Felix jetzt wieder in diesen alten Geschichten herum? Ich weiß, dass ich damals einen großen Fehler gemacht habe, ich bereue meine Haltung von damals zutiefst, aber muss er darin gerade jetzt rumstochern. Ich denke, wir wollen über uns und seine Beziehung zu dieser Sibylle reden. Ich verstehe ihn nicht. Von was will er ablenken? Was bezweckt er?

»Ich verstehe deine Fragen nicht, kannst du mir bitte erklären, was …«

Felix unterbrach sie.

»Bitte Paula, beantworte einfach meine Fragen, sobald ich selbst Klarheit habe, werde ich dich über alles aufklären. Bitte, es ist wichtig.«

»Er hatte einen Jungen und ein Mädchen.«

»Weißt du, wie alt das Mädchen damals war?«

»Ich glaube, sie war vierzehn.«

»Und wann hat sich dieser Andreas das Leben genommen? Bitte, versuche, dich genau zu erinnern.«

»2001, am 22. September.«

Felix rechnete nach.

Dann müsste sie jetzt einundzwanzig sein. Sie ist es. Hinter dem Kommando 22. September verbirgt sich ebenfalls Sibylle. Es ist der Todestag ihres Vaters.

Paula beobachtete ihn, wie es in ihm arbeitete. Dann fiel es ihr ebenfalls wie Schuppen von den Augen. 22. September. Natürlich: ›Ich werde dafür sorgen, dass sich der 22. September in dein Gedächtnis einätzt und du das Datum nie mehr vergisst!‹

So hieß es in dem Schreiben, das ich bekommen habe. Gemeint war nicht mein Geburtstag, sondern der Tag, an dem Andreas Fröhlich starb. Wenn Sibylle, die Tochter von Fröhlich ist, wollte sie sich an mir rächen. Sie plante kaltblütig, mich ins Unglück zu stürzen, indem sie Felix verführte, sie weidete sich daran, über mich triumphiert zu haben. Was für ein Schlag muss das für Felix sein. Wie muss er sich ausgenutzt fühlen.

Sie schlug die Hände vors Gesicht und schüttelte den Kopf.

»Paula, was ist mit dir?«

»Du tust mir so unendlich leid. Alles war auf mich gemünzt, doch ich konnte die Wahrheit nicht erkennen.«

»Du würdest mir einen großen Gefallen tun, wenn du mir alle Mails, die du von diesem Ralf bekommen hast, weiterleiten würdest. Kannst du das für mich machen?«

»Natürlich, gern. Felix, wir sollten reden, wir …«

Wieder wurde sie von Felix unterbrochen.

»Bitte, Paula, lass uns gehen. Wir reden ein andermal. Jetzt geht das nicht.«

Felix machte auf Paula einen verstörten Eindruck. Er saß stocksteif in seinem Sessel. Sein Körper glich einer Wachsfigur, die mit leeren Augen geistlos ins Leere blickte. Einzig seine Hände waren ständig in Bewegung und wühlten sich durch die Haare und den Bart. Sie überließ ihn jetzt ungern sich selbst, aber er musste diesen inneren Kampf wohl erst einmal mit sich selbst ausfechten, mit sich und Sibylle. Sie war in dieser Tragödie zu diesem Zeitpunkt nur noch ein Nebencharakter, obwohl die Autorin des Stückes, sie anfänglich in den Mittelpunkt ihrer Dramaturgie gerückt hatte.

Als Felix in seinem Volvo saß und auf der Autobahn Richtung Kronberg fuhr, ließ er die letzten Monate nochmals Tag für Tag, Woche für Woche in seinem Kopf passieren und erst jetzt wurde ihm das ganze Ausmaß dieser Intrige bewusst. Er kam sich vor, wie ein pubertierender Pennäler, der beim ersten Anblick einer attraktiven Frau den Kopf verliert, der sich viel darauf einbildete, eine Schönheit erobert zu haben, der glaubte, um seiner selbst willen angehimmelt zu werden. Dabei war er nichts als ein eitler Gockel, dem die Henne die goldenen Federn gerupft hat, nichts als ein Federvieh, das einen guten Braten abgeben würde.

Zuhause ließ er sich völlig zerschlagen auf das Sofa plumpsen und genehmigte sich einen weiteren großen Whiskey. Sein Laptop blinkte und zeigte ihm an, dass er eine Nachricht hatte. Es war Sibylle, die ihn darüber informieren wollte, dass heute Abend eine Sendung des Privatsenders RTL II mit ihr ausgestrahlt würde. Wenn er sie sehen wollte, könnte er um viertel nach zehn einschalten. Sie würde ihn dann nach der Sendung anrufen. Er schaute in der Programmzeitschrift nach, was um diese Zeit für eine Sendung ausgestrahlt werden würde: ›*Sag die Wahrheit und sprich darüber. Ein Magazin über Ehe und Liebe.*‹ Er hatte noch nie etwas von dieser Serie gehört. Es klang ihm aber ganz nach einer dieser unsäglichen Sendungen, in denen sich die Leute vollkommen schamlos über die intimsten Dinge ihres Lebens äußern und sich öffentlich entblößen, nur um im Fernsehen auftreten zu können.

Die Katastrophen hören nicht auf, dachte Felix. Und so war es auch.

Sibylle berichtete in diesem Magazin ausführlich darüber, wie sie den berühmten Felix Kohn in einer Vorlesung kennengelernt und sich von einem Augenblick auf den anderen in ihn verliebt hatte. Sie schilderte ihn als süß, charmant und sexy. Als die Interviewerin sie fragte, ob sie auch im Bett auf ihre Kosten käme, da der Altersunterschied von dreißig Jahren doch beträchtlich sei, sagte sie wörtlich: *Das spielt überhaupt keine Rolle. Sie glauben gar nicht wie vital mein Freund ist. Er ist feinfühlig, erfahren und wild. Ich sage ihnen ganz freimütig, auch sie würden mit Sicherheit auf ihre Kosten kommen ...*

Felix glaubte seinen Ohren nicht. Mit offenem Mund saß er völlig perplex vor dem Fernseher und japste nach Luft über das, was sie an Peinlichkeiten über ihn und ihr Intimleben fernsehöffentlich gesagt hatte.

Das Handy klingelte, er schreckte in seinem Sessel hoch und drückte automatisch auf die Annahmetaste.

»Ich bin's, mein Liebling. Wie fandst du die Sendung? Die Interviewerin war richtig süß. Sie hatte großes Verständnis für mich und meine Situation. Ich war ja so schrecklich nervös. Sag, wie war mein Kleid? Ich habe es extra für die Sendung gekauft. War ich hübsch und sexy? Ich bin ja immer noch so aufgeregt, Schatz. Meine erste eigene Sendung im Fernsehen!«

Sibylle redete in einem fort, ununterbrochen prasselten die Worte auf Felix nieder und drohten ihn zu ersticken, bis er sie abrupt unterbrach.

»Ich muss mit dir reden, morgen ...«

»Aber wir reden doch …«

»Morgen um eins im Café Hauptwache.«

»Aber wir wollten doch erst nächste Woche ...«

»Wir verschieben das Gespräch auf Morgen!«, unterbrach Felix Sibylle nochmals sehr ruppig und legte auf.

Sibylle war schon da, als Felix das Cafe betrat. Sie stand auf und wollte ihn umarmen, er wies sie ab und bat sie, sich wieder zu hinzusetzen. Er nahm ihr gegenüber Platz und bestellte sich einen Kaffee. Sibylle beobachtete ihn und verfolgte jede seiner Bewegungen aufmerksam mit ihren großen, stark geschminkten Augen, ohne etwas zu sagen. Sie konnte sich sein Verhalten von gestern und heute nicht erklären.

Felix war gefasst und ruhig als er begann, ihr darzulegen, was er wusste, dachte und fühlte. Er ließ Sibylle dabei nicht aus den Augen und registrierte, dass es genauso war, wie er vermutet hatte. Er schloss mit dem Satz: »Ich kann gar nicht ausdrücken, wie schwer du mich verletzt hast. Ich möchte dich nie wieder sehen.«

Sibylle brach in Tränen aus und Felix konnte nur mit Mühe verstehen, was sie schluchzend sagte.

»Ich liebe dich, Felix. Ich liebe dich wirklich. Anfangs habe ich mich tatsächlich an Paula rächen wollen. Es war großes Unrecht. Ich war wie von Sinnen, weil sie am Tod meines Vaters schuldig war und letztendlich auch meine Mutter, die ihre Einsamkeit nicht mehr ertragen konnte, unter die Erde brachte. Ich schob alles auf Paula. Ich wollte sie bestrafen. Die größtmögliche Strafe war, wenn ich ihr das Liebste, was sie besaß, wegnehmen, wenn ich ihre Liebe zerstören könnte. Ich wollte Paula demütigen, wie sie meinen Vater gedemütigt hatte, und über sie triumphieren. Mit der Zeit änderte sich das alles. Ich verliebte mich in dich, ich wollte dich für mich, für mich ganz allein. Ich machte alles, um dich zu gewinnen. Ich weiß, dass ich nicht ganz hässlich bin und ich habe gespürt, dass ich dir gefalle. Ich habe dir doch gefallen, oder? Nachdem wir miteinander geschlafen haben, habe ich gespürt, dass du meine große Liebe bist. Ich habe noch nie in meinem Leben so schönen Sex gehabt wie mit dir. Ich habe mich jeden Tag nach dir gesehnt, ich habe dich im Fernsehen bewundert und konnte es gar nicht glauben, dass dieser Mann auf dem Bildschirm mein Freund war. Felix, ich liebe dich. Glaube mir, das ist kein Spiel mehr. Bleib bei mir, verlass mich nicht.«

Dicke Tränen quollen aus ihren Augen und hinterließen tiefe Spuren der Verwüstung in ihrem sorgfältig geschminkten Gesicht, als sie Felix verzweifelt anschaute. Die Menschen in dem Café waren von dem Ausbruch peinlich berührt und versuchten krampfhaft, keine Notiz von dem Liebesdrama zu nehmen und ihre eigenen Gespräche fortzuführen. Felix fühlte sich äußerst unbehaglich und versuchte, sie zu beruhigen, aber es war ein zweckloses Unterfangen, Sibylle war in Auflösung begriffen. Wimmernd und heulend griff sie nach seiner Hand:

»Bitte Felix, bitte. Ich brauch‘ dich, ich kann ohne dich nicht leben.«

Der Vater hat sich umgebracht, die Mutter hat sich umgebracht. Bringt sich die Tochter auch um? Ist sie gefährdet? In was für eine Tragödie bin ich da geraten? Könnte ich es aushalten, wenn Sibylle wegen mir Suizid begehen würde? Ich muss es aushalten. Ich kann mich nicht erpressen und in ein Verhältnis zwingen lassen, das ich aus triftigen, nachvollziehbaren Gründen ablehnen muss. Ich bin dem Ruf der Sirenen gefolgt und habe Schiffbruch erlitten, jetzt muss ich die Trümmer zusammenräumen.

»Sibylle, es ist mein letztes Wort, ich werde mich von dir trennen. Solch ein Verhalten ist für mich nicht verzeihbar, auch wenn sich für dich die Situation heute anders darstellen mag.«

Sibylle Hahn saß lange Zeit regungslos auf ihrem Stuhl und sah mit wirrem Blick ins Leere. Nach unendlich langen, schmerzhaften Minuten ging ein Ruck durch ihren Körper, sie fischte einen Spiegel aus ihrer Tasche, wischte sich die Schminke aus dem Gesicht und zog ihre Lippen nach. Sie sah Felix noch einmal lange an, stand dann langsam auf und sagte: »Ich wünsche dir alles Gute mit deinem Kind«.

Dann verließ sie das Lokal.

Als es an der Haustür klingelte, war Paula gerade dabei, Abendbrot zu machen. Sie erwartete keinen Besuch und trug einen legeren Hausanzug. Sie fragte durch die Gegensprechanlage, wer da sei und war überrascht, Felix‘ Stimme zu hören.

»Ich hoffe, ich störe nicht. Kann ich dich sprechen?«

»Ich bin nicht zurecht gemacht.«

»Das macht nichts.«

»Gut, ich mach dir auf.«

Paula öffnete ihm die Wohnungstür, und Felix ließ forschend seinen Blick über ihren Körper gleiten. Die kleine Wölbung ihres Babybauches war unübersehbar. Ein leises, unbestimmtes Lächeln zeigte sich in seinem Gesicht.

»Bitte guck nicht so kritisch. Du musst entschuldigen, dass ich nicht standesgemäß angezogen bin, ich habe keinen Besuch mehr erwartet.«

Felix, der eine Hand hinter dem Rücken verborgen hatte, überreichte der überraschten Paula einen riesigen Strauß roter Rosen.

»Ich gratuliere dir und freue mich riesig, Vater zu werden«, sagte er grinsend.

»Woher, in Gottes Namen, weißt du denn das schon wieder?«

»Von unserer allwissenden ›Freundin‹ Ralf Attak, da war sie wenigstens einmal zu etwas nütze. Ansonsten sollten wir sie aus unseren Gedanken ausschließen. Dieses Kapitel ist, für mich zumindest, abgeschlossen.«

Paula nickte verstehend.

»Hast du Hunger? Wenn du willst, kannst du mit mir mitessen. Für dich find ich bestimmt auch noch eine gute Flasche Weißwein im Keller.«

»Wunderbar.«

»Was ist wunderbar?«

»Dein Bauch.«

»Fang jetzt bloß nicht an, mich auf meinen Bauch zu reduzieren. Ich bin durchaus mehr als Bauch.«

»Das weiß ich doch, ich liebe dich *und* deinen Bauch und das, was er zurzeit noch verbirgt. Gib mir eine letzte Chance und wir werden alles erreichen: Nur was wir nicht wagen, bleibt unerreichbar.«

»Das hast du schön gesagt, auch wenn diese Erkenntnis nicht auf deinem Acker gewachsen ist.«

»Wenn nicht von mir, von wem denn dann?«

»Weißt du wirklich nicht, wer das gesagt hat?«

»Nein, der Satz ist mir gerade so eingefallen.«

»Nun ja, mein lieber A-Mann, er hätte von dir sein können, aber was wahr ist, soll wahr bleiben. Er entstammt der Feder Senecas.«

»Du hast natürlich vollkommen recht. Was wahr ist, soll wahr bleiben. Diese umfassende Erkenntnis hätte ebenfalls aus der Feder von Seneca kommen können, aber ich nehme an, der Satz ist ein Original meiner allwissenden Paula. Apropos A-Mann, verbirgt sich dahinter auch ein antikes Geheimnis, das ich Unwissender eventuell wissen müsste?«, sagte Felix ironisch schmunzelnd.

»Das ist eine andere, lange Geschichte. Du nimmst keinen Schaden, wenn du sie nicht kennst und wenn ich sie als mein kleines Geheimnis hüte«, sagte sie und entschwand in die Küche.

Der Autor:

Henning Schramm, Jg. 1944, Studium der Soziologie und Volkswirtschaft, wiss. Mitarbeiter an der Goethe-Universität Frankfurt, Schwerpunkt: Erziehung und Entwicklung in der Dritten Welt, danach langjährige Tätigkeit in der Markt- und Meinungsforschung, lebt heute als Schriftsteller in Frankfurt am Main: www.henningschramm.de

Weitere Buchveröffentlichungen des Autors:

Mensch, sei Mensch!
Fünf Essays zur Freiheit des Menschen
2012, 176 S., ISBN 978-3-943041-20-0

Als der Himmel weinte
Kriminalroman
2009, 212 S., ISBN 978-3-8391-4030-7

Innenansichten
Die Nachkriegsgeneration - autobiographisches
2008, 255 S., ISBN 978-3-86582-716-6

Recht auf Ineffizienz
Orientierung und Lebenssinn im Kapitalismus - Ein Zeitporträt
2005, 132 S., ISBN 3-86582-195-2

Bildungsarbeit mit Ausländern in der BRD
Erwachsenenbildungsansatz und Evaluierungskonzept
1983, 78 S., ISBN 3-88939-121-4